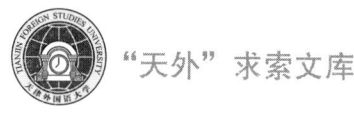

"天外"求索文库

【比较文学研究学术丛书】

丛书主编 张晓希

中国现当代文学中的跨文化书写

Cross-cultural Description in Modern Chinese Literature

[日] 藤田梨那 ◎著

中央编译出版社
Central Compilation & Translation Press

图书在版编目(CIP)数据

中国现当代文学中的跨文化书写 /(日)藤田梨那著.
—北京:中央编译出版社,2013.9
ISBN 978 – 7 – 5117 – 1772 – 6

Ⅰ.①中…
Ⅱ.①藤…
Ⅲ.①中国文学 – 现代文学 – 文学研究 ②中国文学 – 当代文学 – 文学研究
Ⅳ.①I206.6

中国版本图书馆 CIP 数据核字(2013)第 216088 号

中国现当代文学中的跨文化书写

出 版 人	刘明清
责任编辑	邓　彤
责任印制	尹　珺
出版发行	中央编译出版社
地　　址	北京西城区车公庄大街乙 5 号鸿儒大厦 B 座(100044)
电　　话	(010)52612345(总编室)　　(010)52612352(编辑室)
	(010)66161011(团购部)　　(010)52612332(网络销售)
	(010)66130345(发行部)　　(010)66509618(读者服务部)
网　　址	www.cctphome.com
经　　销	全国新华书店
印　　刷	北京金瀑印刷有限责任公司
开　　本	787 毫米 × 960 毫米　1/16
字　　数	303 千字
印　　张	19.5
版　　次	2013 年 9 月第 1 版第 1 次印刷
定　　价	65.00 元

本社常年法律顾问:北京市吴栾赵阎律师事务所律师　　闫军　　梁勤
凡有印装质量问题,本社负责调换。电话:(010)66509618

前　言

　　20世纪，整个亚洲经历了近大半个世纪的战乱，侵略与被侵略，殖民与被殖民，以至反殖民、反侵略的反复周折，一直持续到第二次世界大战及朝鲜战争结束。长期的战乱，在政治上、经济上、文化上都给亚洲各国带来了重大的损伤；另一方面，亚洲各国不断崛起，反抗侵略，争取主权，奠定了民族独立和现代化发展的基础。20世纪初又是大批中国知识分子留学海外的时代，他们到日本、苏联、美国、欧洲留学，形成了第一次留学热潮。陈独秀、周恩来、蒋介石、汪精卫、王国维、鲁迅、秋瑾、周作人、郭沫若、许寿裳、陶晶孙等都曾留学日本。这些进步知识青年日后成为政治界、军事界、文化界的代表人物，在中国革命运动中起到了重要的推动作用。

　　战乱的另外一个后果就是造成了大批的海外流亡者，其中包括流亡知识分子。他们因种种原因出走他国，流亡漂泊，最终客死他乡异土。但我们在这里要重视的问题是，无论留学或流亡都意味着人们离开自己所属的文化中心，步入周边的异文化区域，成为"周边"性存在，这为他们带来了从周边看中国、看世界的环境，也为他们更切实地理解异国文化提供了难得的机会。比如鲁迅、周作人、郭沫若、许寿裳、陶晶孙、司马桑敦、郁达夫等，留学期间他们置身他国的"中心"，体验东亚的政治局势，这样的体验必然使他们更清楚地认识祖国的现实，更切身地感到被奴役、被歧视的痛苦。他们书写了以日本、朝鲜、中国台湾为题材的小说、诗歌，反映了他们的民族意识、文学思想的发展，成为中国现代文学中异域书写的最先开拓者。流亡知识分子亦是如此，他们虽流亡海外，对祖国仍是赤心耿耿，怀念不已。他们以流亡者的视角书写中国，又以外来者的视角书写异国。正如赛义德所说，"流亡者有两个视点：过去留下的和现在存在的双重透视视点",①留学生或流亡知识分子所具有的就是由地政和文化身份不同所致的双重透视视点,比较与关照的思维常常支配着他们的自我认识和他者认识。他们虽然远离祖国,但在异国他乡他们反而可以获得观察异文化的人地之利,有从外围审视祖国的机会,有广域思考的可能性。与中国或固定区域的作者相比较,他们描写异域的作品具有广视围、多角度的特点。

在文化交流全球化的当下,我们有必要重新关注中国作家的异域书写,将这些发自周边的文学声音带进当代文学世界,我们有必要将这些作品整理、梳理,并作学术性的研究,予以充分的定位与评价。

本书将研究的范围限定在从"五四"时期到20世纪末,以中国、日本、朝鲜、韩国为中心,通过对具体作品的研究,探讨其文学意义与文学定位问题。重视文本的考证性研究、文学理论的运用。依各个作品的不同性质,关联具体的时代背景、事件、政治动向、文学思潮与作者的思想,挖掘酝酿作品产生的史料、信息。力求接近作家,准确地估价作家的写作意义与文学价值。为中国现当代文学研究打通一个连接东亚的新领域。

---

① 赛义德(Edward W. Said):《知识分子论》,大桥洋一译,平凡社,中文笔者译,第98页。

目　录

第一章　"五四"时期的朝鲜题材小说与诗歌 ………………… 1

第一节　"五四"运动与"三·一"独立运动的关联 ………… 1
第二节　小说中的朝鲜叙述 ……………………………………… 7
一、郭沫若《牧羊哀话》 ……………………………………… 8
二、鲁迅、周作人与武者小路实笃的《一个青年的梦》 …… 16
三、蒋光慈《鸭绿江上》 ……………………………………… 27
四、台静农《我的邻居》 ……………………………………… 33
第三节　诗歌中的朝鲜 …………………………………………… 38
一、康白情《鸭绿江以东》 …………………………………… 39
二、郭沫若《狼群中一只白羊》 ……………………………… 41
三、朱自清《朝鲜的夜哭》 …………………………………… 46
四、殷夫《赠朝鲜女郎》 ……………………………………… 49
第四节　"五四"时期朝鲜题材作品的特点 …………………… 52

第二章　鲁迅与夏目漱石文学 …………………………………… 55

第一节　鲁迅的现代与夏目漱石的现代 ………………………… 55
一、两个留学体验 ……………………………………………… 58
二、"个人主义"的两义性 …………………………………… 62
三、"个人主义"的发展方向 ………………………………… 67
四、鲁迅的"个我"觉悟 ……………………………………… 69
第二节　鲁迅与《クレイグ先生》 ……………………………… 76

一、夏目漱石的留学与《クレイグ先生》 …………………… 78
　　二、鲁迅与漱石文学 ………………………………………… 81
　　三、从《关于作者的说明》看鲁迅对夏目漱石的认识 …… 84
　　四、漱石文学的"低徊趣味" ……………………………… 89
第三节　《クレイグ先生》翻译 ………………………………… 93
　　一、"轻快洒脱"的笔致与鲁迅的翻译 …………………… 93
　　二、对话与拟声语的翻译 …………………………………… 96
　　三、对真实的感动 ………………………………………… 102
第四节　从《克莱喀先生》到《藤野先生》 ……………………… 108
　　一、鲁迅的日本留学与《藤野先生》 ……………………… 108
　　二、《藤野先生》的明与暗 ………………………………… 114
　　三、"日暮里"的象征性 …………………………………… 119
　　四、对真诚的感动 ………………………………………… 122
第五节　《野草》与《梦十夜》 …………………………………… 131
　　一、鲁迅的厨川白村翻译与夏目漱石 ……………………… 132
　　二、《第七夜》西行的象征性 ……………………………… 134
　　三、《过客》中的西行意象 ………………………………… 136
　　四、悬在空中的恐怖 ……………………………………… 139
　　五、反抗绝望 ……………………………………………… 140

第三章　郭沫若的朝鲜半岛书写 ………………………………… 144

第一节　关于郭沫若《牧羊哀话》创作背景及意图的考察 …… 145
　　一、"山东问题"与李垠与方子的婚姻 …………………… 146
　　二、两个意图——悲恋与反日 …………………………… 149
　　三、六月十一日 …………………………………………… 153
第二节　《狼群中一只白羊》的悲剧 …………………………… 157
　　一、《狼群中一只白羊》序文中的几个问题 ……………… 157
　　二、两个关键语 …………………………………………… 163
　　三、白色的象征意义 ……………………………………… 167
第三节　《女神》时期反殖民统治的诗歌 ……………………… 171

一、诗的背景与媒体资料 …………………………………… 172
　　二、诗形的特异性——跨民族、跨语言的关怀模式 ……… 176
　　三、东方与西方的关照——关注反殖民统治的视角 ……… 182
　第四节　日本流亡期的变形抵抗作品《鸡之归去来》……… 186
　　一、流亡与抵抗的炼狱 ……………………………………… 187
　　二、《鸡之归去来》与《沫若自选集》…………………… 189
　　三、朝鲜人问题与东京大地震 ……………………………… 191
　　四、对朝鲜劳工的关心 ……………………………………… 194
　　五、连带感与抵抗精神 ……………………………………… 202

第四章　东西冷战时期流亡作家司马桑敦 …………………… 204

　第一节　司马桑敦的异域体验与书写 ………………………… 204
　第二节　从后殖民角度解读《高丽狼》……………………… 208
　　一、地理上的周边性 ………………………………………… 210
　　二、政治上的周边性 ………………………………………… 211
　第三节　《阿里郎》恋歌的象征性 …………………………… 215
　第四节　从60年代旅韩游记看"后殖民"韩国 ……………… 221
　　一、朝鲜半岛与故乡比邻 …………………………………… 221
　　二、回顾朝鲜战争 …………………………………………… 223
　　三、对韩国政局与学生运动的关注 ………………………… 224
　第五节　《艺妓小江》——双重文化认识与书写实践 ……… 227
　　一、司马桑敦与战后日本 …………………………………… 227
　　二、第29届国际笔会大会与东西文学交流的视野 ………… 228
　　三、《艺妓小江》中战后日本都市风景 …………………… 231
　　四、小江的爱与藤村操的自杀 ……………………………… 233
　　五、《艺妓小江》与约翰朗《蝴蝶夫人》………………… 237
　　六、双重透视的文化认识与实践
　　　　——《艺妓小江》提示的问题 ………………………… 241

第五章　华人文学与异域语境书写 ·················· 254

第一节　华人文学所提示的问题 ·················· 254
第二节　在日华人文学创作 ······················ 256
第三节　陶晶孙的异域体验 ······················ 257
第四节　双重透视模式的文化认识 ················ 260
第五节　陶晶孙异域语境中的《淡水河心中》 ······ 263
　　　一、万国之奴的土地 ······················ 263
　　　二、十三号水门殉情案与所谓"心中" ········ 263
　　　三、殖民统治的悲剧 ······················ 267
　　　四、《淡水河心中》日语书写的意义 ·········· 268

第六章　20世纪90年代新朝鲜题材小说的出现 ········ 272

第一节　20世纪90年代朝鲜题材小说所提示的新课题 ·· 272
第二节　《船月》的叙述空间与主题 ················ 274
第三节　作者与韩国的深层因缘 ·················· 278
第四节　从"他者"形象描述到跨民族的文化认同 ···· 282
　　　一、船娘朱爱宝眼中的金九形象 ············ 282
　　　二、金九的愿望与悲哀 ···················· 285
　　　三、孙桂荣与金九 ························ 287
　　　四、尹奉吉的奉献精神 ···················· 289
第五节　"韩流三部曲"中跨文化书写——算命鸟与天堂鸟 ·· 294
第六节　"韩流三部曲"的当今意义 ················ 299

后记 ·· 302

第一章 "五四"时期的朝鲜题材小说与诗歌

第一节 "五四"运动与"三·一"独立运动的关联

1918年11月第一次世界大战以德、奥等同盟国的失败而告终结，1919年1月18日，处理战后问题的"和平会议"在巴黎开幕。中国以战胜国的身份参加"和会"，并提出恢复主权的要求。要求主要分三方面，1. 取消外国在中国的特权。2. 取消日本强加于中国的"二十一条"不平等条约。3. 归还德国在山东占有的各项权益。但巴黎"和会"本来就操纵在英、美、法、日、意等国的手中，是各国列强营利分赃的会议，所以中国的要求根本得不到正当的处理。各国列强从一开始就拒绝讨论中国所提第1、第2项要求。在第3项"山东问题"的讨论过程中，竟承认了日本在山东的各项权益。《凡尔赛和约》中分明地记载了有关日本接管德国在山东的各项权益的规定。中国外交的失败，列强帝国的蛮横无理激起了中国人民的强烈不满，1919年5月4日，一场反帝爱国的运动——"五四"运动——终于爆发了。

第一次世界大战期间，俄国和亚洲的弱小国家纷纷涌起，为争取独立与殖民帝国抗争，特别是俄国十月革命的胜利给了亚洲各国极大的鼓舞，"五四"运动在很大方面受了十月革命的影响。中国的邻国朝鲜先"五四"运动一步，于1919年3月1日发起了全国性的独立运动，即"三·一"独立运动。众所周知，朝鲜在1910年"日韩合并"以后失去了自己的主权，沦为日本的殖民地。政治、经济、教育、司法、军事等各方面都受着日本帝国主义的主宰，人民生活在水深火热之中。他们没有申诉痛苦的自由，稍有不稳便要遭受日本统治者的残酷镇压。1919年1

月李朝先王李太王去世，葬礼定在3月3日，朝鲜人民便利用这个机会，在3月1日，三个宗教团体的代表宣读了独立宣言，点燃了独立运动的火把。京城的数十万民众高喊"万岁！"涌上街头示威游行，独立运动的浪潮很快就波及到全国各地，京城以外的许多地区也同时举行示威活动。面对朝鲜人民的独立运动，日本统治者实行了残酷的镇压，日方除了调动驻扎在朝鲜的日军外，还派遣了增援部队，在朝鲜各地逮捕、虐杀参加运动的民众。日本政府的目的不独在于镇压独立运动，还企图彻底摧毁朝鲜基督教的势力。日军在镇压过程中，曾把基督教徒们封锁在教堂里，放火烧杀。1974年出版的朝鲜史研究会编《朝鲜的历史》一书以具体的统计数字记述了当时的情况："仅据日本官宪方面的不十分充实的资料可知，从三月一日至五月末，便有七千五百零九人被杀，一万五千九百六十一人负伤，四万六千九百四十八人被检举，其中大多数后被虐杀。"①其中包括许多基督教徒。关于日军镇压之残忍、扫荡之彻底，现今已有不少详细记述的著作，在此不准备重复。

"三·一"独立运动无疑是朝鲜人民反抗日本帝国主义统治，争取民族独立的运动。这次运动本来受到美国总统威尔逊（T. W. Wilson）提倡的"和平条款十四条"的鼓舞。1918年1月威尔逊发表此条款，提出"民族自决"、"保护弱小民族"、"公平解决一切殖民地纠纷"的主张。他的提倡给朝鲜和中国人民带来了一个美好的幻想，②以为美国能主持"正义"，保护弱小国家的利益，其他列强国家也会在美国的影响下改变他们对弱小国家的态度，产生了"公理战胜强权"的幻想。但朝鲜的"三·一"独立运动最终遭到日本帝国主义的镇压，归于失败。独立运动失败后，朝鲜的独立志士们曾向巴黎和会提交过独立请愿书，③也同样遭到列强国家的无视。中国人民目睹朝鲜在国际社会上如此遭遇，再加上自己亲身体验的"山东问题"交涉的失败，依赖大国的幻想已经完全破灭，同时也激起了对本国政府和列强国家的强烈义愤。很明显，朝鲜的

---

① 《朝鲜的历史》，朝鲜史研究会编，三省堂，1974年，第216页，笔者译。
② 陈独秀在《每周评论》创刊辞中说："美国大总统威尔逊屡次的演说，都是光明正大，可算得现在世界上第一个大好人。"
③ 韩国人上海新韩青年党的代表金奎植，在1919年4月受上海的韩国临时政府的委托，向巴黎和会提交了独立请愿书。参考赵芝熏、高丽书林，《韩国民族运动史》，1975年，第138页。

独立运动对于中国人民来说正是反抗帝国主义压迫、争得民族生路的最迫近、最现实的样本，"五四"运动更迫近地受了朝鲜独立运动的影响和激励。

作为历史重大事件的"五四"运动，有关促使它爆发的诸要因，许多专著已作了基本类似的归纳，诸要因包括第一次世界大战期间中国民族工业的发展与工人阶级的壮大；段祺瑞政府向日本的妥协所导致的外交失败；巴黎和平会议对中国主权的蹂躏；中国人民对美国总统威尔逊民族自决"十四条"的失望与愤怒；"十月革命"的胜利等。长期以来对"五四"运动发生的背景、条件的理解基本上限制在以上归纳的范围之中。这里并没有注意到朝鲜的独立运动。直到 60 年代末以后我们才开始看到一些涉及"三·一"独立运动与"五四"运动之关连的历史专著和论文。如：

中国：《从五四启蒙运动到马克思主义的传播》，丁守和、殷叙彝，1979 年，三联书店。

《现代中朝友谊关系史的开端》，杨昭全，《世界历史》，第三期，1979 年。

《中朝关系史论文集》，杨昭全，1988 年，世界知识出版社。

日本：《"三·一"与中国的"五·四"运动》，小岛晋治，《朝鲜史研究会论文集》，第 17 号，1980 年。

《中国近现代史》，1982 年，东京大学出版社。

《"五四"运动序说》，狭间直树，1982 年，同朋社。

《"三·一"运动与"五四"运动》，小野信尔，《殖民地时期朝鲜的社会与抵抗》，1982 年，未来社。

韩国：《韩国的"三·一"独立运动对中国的"五·四"爱国运动的影响》，李圣根（日文），《新韩学报》，15 号东京 1969 年。

《中国对"三·一"运动的反应》，李龙范《"三·一"运动 50 周年纪念论文集》。

《从学生运动的角度看"三·一"运动和中国的"五·四"运动》丁世铉，《"三·一"运动 50 周年纪念论文集》所收，1969 年。

(韩国方面论文目录援引自和韩国外国语大学朴宰雨教授的论文《韩国"三·一"运动与中国"五·四"运动之间的对话》)

上述论文中,《从五四启蒙运动到马克思主义的传播》还限制在初步的涉及程度,但已将朝鲜的独立运动与俄国"十月革命"并列起来加以强调。文中指出:"1919年3月我们的邻国朝鲜爆发的反抗日本帝国主义的压迫、争取民族独立的革命运动,对中国人民发生了特别亲切的感觉和影响,许多报刊用很大的篇幅报导这一事件,发表评论同情和支持朝鲜人民的正义斗争。在这种形势下,中国人民受到极大的鼓舞,……广大人民联合起来自己解决自己的问题的时候已经到了。这时,也只是在这时,人们才开始真正体会到,中国的独立和解放只能靠中国人民的'直接行动'"。①从反抗殖民统治这一层来看,朝鲜的独立运动比俄国的"十月革命"更切近于中国的现实问题,直接行动的"三·一"独立运动给了中国人民莫大的冲击和启发。以上论文均根据"五四"时期的历史资料具体地揭示了当时中国对朝鲜独立运动的关注和对朝鲜人民所处的悲惨现实的同情。在此我们有必要回顾历史,重新展示人们未曾注意的一个历史的面目。

"三·一"独立运动发生后,中国的进步人士、知识青年马上作出强烈的反应。3月16日《每周评论》13号以《朝鲜独立消息》的题目报导了独立运动的情况并分析了独立运动发生的原因。紧接着在3月23日《每周评论》14号上,陈独秀发表《朝鲜独立运动之感想》。文章开首指出:"此次朝鲜独立运动,伟大、诚恳、悲壮,有明了正确的观念,用民意不用武力,开世界革命史的新纪元。我们对之有赞美、哀伤、兴奋、希望、惭愧种种感想。"②这篇文章里我们可以看到陈独秀对"三·一"独立运动的感想是强烈而复杂的,他高度评价和赞扬了独立运动的意义,同时对运动的失败、朝鲜民众遭受的迫害感到痛心;通过"三·一"独立运动看到被压迫民族争取解放的希望,而回顾中国的现状,又不得不感到惭愧。

---

① 丁守和等《从五四启蒙运动到马克思主义的传播》,三联书店,1979年,第118页。
② 《陈独秀文存》下,辽东图书公司,1965年,第607页。

杂志《新潮》在4月1日登载孟真（傅斯年）的《朝鲜独立运动中之新教训》和穗庭的《朝鲜独立运动感言》。傅斯年在《朝鲜独立运动中之新教训》中指出："这次朝鲜的独立，就外表论来，力量是很薄弱的，成功是丝毫没有的，时间是很短的，但是就内里的精神看起来，实在可以算得开革命界新纪元。"①他的这段评价呼应了陈独秀的观点，但与陈比起来态度显得更冷静、更沉着。他对这次运动分析出三层教训，第一，"是非武器的革命。"他知道被日本统治着的朝鲜人民是不允许持有武器甚至铁器的，他们只能靠自己的嘴，喊出自由的声音，靠一双手来抵抗统治者的刀枪。第二，"是'知其不可为而为之'的革命。"朝鲜人民虽力量薄弱，仍能团结一致，竭民族之全力抗争。傅斯年以朝鲜民众的这种毅力来反省自己，反省中国人瞻前顾后的弊病，指出"看看朝鲜人的坚强毅力，我们不真要惭愧到无以自容的地步了。"第三，"是单纯的学生革命。"他赞扬朝鲜的学生们不依靠武人和资本家的赞助，他们的举动是最纯洁、最光明的。

杂志《国民》在1919年4月号上也登载了许德珩草于3月15日的《人道与和平》一文，强烈谴责日本对朝鲜独立运动的镇压。文章中说："自民族自决之声浪播于全球而朝鲜安南咸思顺应世界之潮流以求自立，然窥观主张正义人道之和平会议诸公其对之则何如……日之于朝鲜也，其暴虐凄惨之淫威，恐又非二十世纪文明各国所曾习见。"②许德珩以日本镇压朝鲜独立运动的事实来揭露列强帝国鼓吹"民族自决"的真象，对朝鲜表示绝大的同情，对操纵巴黎和会的帝国主义给予痛切的批判。

"三·一"独立运动引起了中国人民对邻国朝鲜的关注，这种关注是基于中国人民切身的生死存亡问题上的，所以它是深切的、强烈的。对于朝鲜亡国后的处境和独立运动的失败，中国人民是深切同情的，但同时朝鲜人民的行动又成为中国人民反省自己的一面镜子，激发了中国民众的奋斗精神。

"三·一"独立运动与"五四"运动的影响关系目前还未被许多人注意和研究，韩国外国语大学朴宰雨教授认为"三·一"运动"实在是

---

① 《新潮》，第1卷，第4号，1919年4月1日。
② 《人道与和平》，载于《国民》，1919年4月号，第3页。

"五四"爱国运动主要外因之一。"①实际上我们翻开历史便可了解到"五四"前后中国已非常注目朝鲜,最明显的例子反映在"山东问题"的认识上。当中国人民得知巴黎和会决定将德国在山东的各项权益全部移交给日本的消息后,全国上下,群情激愤,各界人士纷纷起来抗议。人们此时都以日本吞并朝鲜为前鉴,意识到朝鲜与中国国土相连,唇齿相依,日本帝国主义吞并朝鲜,其野心在于侵略中国、霸权亚洲。日本侵占山东便是要使山东沦为第二个朝鲜,从而向大陆伸展势力。人们疾呼"呜呼!是非奴隶我、牛马我、朝鲜我,使我山东父老子弟诸姑伯姐,永远沦为大陆之下,终无见天日之期乎?"。②"青岛去,山东失,全国将随之沦亡。四万万国民,被人作奴隶……一如朝鲜之前鉴,永久不能恢复我自由。"③《天津学生罢课宣言》中也痛斥道:"埃及之亡,借款条约亡之也。朝鲜之亡,奸人卖国亡之也。今我中国二者备矣,国已亡矣,所未亡者民气而已。"④可见当时中国人民已对朝鲜的现实认识得很清楚,朝鲜就是中国的一面反面镜子,警告中国民众,不马上站起来抗争就会蹈朝鲜的覆辙,朝鲜确实成为激起中国人民国家危亡之危机感的实例。

另一方面,"三·一"独立运动也成为鼓励中国人民的积极因素。5月4日北京的学生们发表《北京学生界宣言》,呼吁道:"朝鲜之谋独立也,曰:"不独立,毋宁死"。夫至于国家存亡,土地割裂,问题吃紧之时,而其民犹不能下一大决心,作最后之奋救者,则是二十世纪之贱种,无可语于人类者矣。"⑤周恩来在《天津学生联合会报》发刊旨趣中也提到朝鲜的独立运动,他说:"这次全国学生自动的事业,在世界上可以说很不稀罕,但是在我们东亚,实在是不甚多见。日本的米骚风潮,朝鲜的独立运动,这都是受世界新思潮的波动,在亚洲历史上增加些国民自觉的事绩。"⑥周恩来明确地把朝鲜的独立运动看做为亚洲民族革命运动的

---

① 朴宰雨,《韩国"三一"运动与中国"五四"运动之对话》收《"五四"运动与二十世纪的中国》,中国社会科学文献出版社,2001年。
② 《青岛潮》、《五四爱国运动》所收,中国社会科学出版社,1979年,第211页。
③ 同上,第258页。
④ 《青岛潮》,第314页。
⑤ 同上,第310页。
⑥ 《周恩来早期文集》,南开大学出版社,1993年,第304页。

开端，肯定了其唤起国民自觉的伟大意义。

日本的小野信尔氏在他的论文《"三·一"运动和"五·四"运动》中通过对五四时期中朝相互影响关系的分析得出一个结论："三·一运动给了中国人民一个很大的冲击，以此为转折点，朝鲜人民从中国的反面教材转变为正面模范，两国的友好连带关系有了飞跃性的发展。"①的确，"三·一"独立运动后中国比以前任何一个时期都更注视朝鲜，并从朝鲜民众那里得到了鼓励和希望，但应该注意到从反面的教训转变为正面的模范并不意味着反面的那一部分就此消失，正如陈独秀在《朝鲜独立运动之感想》中所述的那样，朝鲜给中国的教训是复杂的、多面性的。"三·一"独立运动以后朝鲜在中国人民眼里一直是包含了反面教训和正面模范的存在，朝鲜独立运动应是以这两个意义成为激发"五·四"运动的主要外因。对此问题在今后的史学研究上还有待深入的探讨。

"三·一"独立运动后，在汉城、俄国、上海成立了三个大韩临时政府，大批朝鲜独立运动家逃亡到中国，他们和中国的革命家、知识青年一起参加"五·四"运动，编写诗歌、话剧，如《高丽亡国史》、《安重根》、《朝鲜亡国恨》等。② 1920 年以后在中国各地建立起中朝合作组织"中韩国民互助社"、"中韩协会"，两国的交往深入民间，形成了有组织性的运作。这样的关系一直持续到第二次世界大战结束。③

第二节　小说中的朝鲜叙述

以上我们粗略地叙述了"五·四"时期朝鲜与中国的关系，两国人民的交流已越过了国界，深入到民间，扩展到广大的中国社会。这样的状况自然也就为中国的文学创作提供了丰富的题材。"五·四"前后，中国的一些进步作家如鲁迅、郭沫若、康白情、蒋光慈、朱自清、台静农、殷夫等创作了描写朝鲜的诗歌和小说。他们对朝鲜是怎样认识的？怎样描

---

① 《殖民地期朝鲜的社会与抵抗》，未来社，1982 年，第 66 页。
② 杨昭全，《现代中朝友谊关系史的开端》，《世界历史》，第 3 期，1979 年。
③ 杨昭全，《中朝关系史论文集》，世界知识出版社，1988 年，第 208 页。

写的？这是我们以下所要探讨的问题。

韩国外国语大学朴宰雨教授将20世纪以来中国作家的朝鲜题材创作分为四个阶段。第一阶段是从日俄战争（1894年）到"三·一"独立运动，"五四"运动前夜（1918年）。第二阶段是从"五四"运动（1919年）到新中国成立之前。第三阶段是从新中国成立到1988年中韩交流开始前夜。第四阶段是1988年中韩交流开始到现在。① 各个阶段的主要作品有：

第一阶段：《朝鲜痛史》、《朝鲜亡国演义》、《奴隶痛》、《中东和战本末纪略》、《宦海潮》等。

第二阶段：郭沫若《牧羊哀话》、《狼群中一只白羊》，蒋光慈《鸭绿江上》，鲁迅翻译《一个青年的梦》，台静农《我的邻居》，李辉英《万宝山》、《人世间》、《夏夜》，康白情《鸭绿江以东》，朱自清《朝鲜的夜哭》，殷夫《赠朝鲜女郎》，萧军《八月的乡村》，巴金《发的故事》、《火》，舒群《没有祖国的孩子》，卜乃夫《北极风情话》、《红魔》、《金色的蛇夜》等。

第三阶段：杨朔《三千里江山》，陆柱国《风雪东线》、《上甘岭》，老舍《无名高地有了名》，巴金《英雄的故事》，陈白尘《纸老虎显形记》，魏巍《谁是最可爱的人》、《东方》，孟伟哉《昨天的战争》、《抗美援朝歌选》等。

第四阶段：理由《浪迹萍踪》，肖凤《韩国之旅》，许道明《木槿花的传说》，孔庆东《独立韩秋》，夏辇生《船月》、《虎步流亡》、《回归天堂》等。

我们在讨论中国作家的朝鲜题材创作时，基本上可以参考朴宰雨教授的这个时代划分。本章准备围绕"五四"时期的文学作品，对郭沫若、鲁迅、蒋光慈、台静农的作品进行具体的分析。

一、郭沫若《牧羊哀话》

郭沫若的《牧羊哀话》应该算是"五四"时期最早出现的朝鲜题材作品。1919年3月朝鲜独立运动发生不久，他就写了小说《牧羊哀话》，这也是我们今天能够看到的郭沫若的第一篇小说。郭沫若在《创造十年》

---

① 参考朴宰雨，《中国现代韩人题材小说发展趋势考》。

中触及到《牧羊哀话》的产生背景和动机。

> 转瞬便是一九一九年了。绵延了五年的世界大战告了终结，从正月起，在巴黎正开着分赃的和平会议。因而"山东问题"又闹得甚嚣且尘上来了。我的第二篇的创作《牧羊哀话》便是在这时候产生的。
>
> 做这篇小说时是在二三月间，学校里正在进行显微镜解剖学的实习。我一面看着显微镜下的筋肉纤维，一面构成了那篇小说。那在结构上和火葬了的《骷髅》完全是同母的姐妹。我只利用了我在一九一四年的除夕由北京乘京奉铁路渡日本时，途中经过朝鲜的一段经验，便借朝鲜为舞台，把排日的感情移到了朝鲜人的心里。①

这里包含着有关《牧羊哀话》写作背景及主题的重要因素。第一是第一次世界大战后巴黎和平会议上所争执的"山东问题"。第二是作者对朝鲜的关心。作品通过描写一对朝鲜少年少女的悲恋故事，反映朝鲜人民对日本侵略的反抗。因此这部小说具备了两个特征——强烈的悲剧性和现实性，它的主题反映在悲恋与反日上。

1. 两个历史事件

《牧羊哀话》最初发表在1919年11月《新中国》第7期上，有关写作时间，作者自己大略地作了说明，是在二、三月之间。但我们仔细考证他所依据的资料，便可推测出更准确的写作时间。郭沫若在《创造十年》中谈到《牧羊哀话》中对朝鲜金刚山的描写，根据了日本作家大町桂月的旅游记《金刚山游记》，查《金刚山游记》的发表时间是在1919年3月1日，载于杂志《中央公论》。可知《牧羊哀话》至少应写于3月1日以后，也就是"三·一"独立运动以后。所以，这篇小说的写作背景中有"山东问题"，同时也有"三·一"独立运动这两个要素。与此同时还有一个史实存在，那就是朝鲜李王世子李垠与日本皇族梨本宫方子的婚姻问题。因为这个史实发生在日朝之间，与世界规模的巴黎和平会

---

① 《创造十年》，第62页。《郭沫若全集》，第12卷，人民文学出版社，1982年。

议相比，规模、影响性比较小，所以很容易被忽视。但是这个史实对中国来讲却是一个暗示"山东问题"之未来的一个事件。

李垠是朝鲜李太王的第三子，四岁时被封为英亲王，1907年，年仅11岁便随伊藤博文来日留学。实际上留学只是一个借口，日本为实现统治朝鲜的目的，把李垠带到日本来做人质。3年后的1910年《日韩合并条约》签订，李王朝从此灭亡。1916年8月李垠与日本皇族梨本宫方子订婚。当时各家报刊都在8月5日登载了有关这个婚约的消息。1918年11月日本政府发布《皇室典范》，增加了"皇族与王公族婚姻"的条目，实现了皇族女子与王族、公族的婚姻。同年12月5日，天皇敕许方子与李垠结婚，即日各家报刊发表了天皇的敕许及李垠、方子的正式婚约。婚礼定在1919年1月25日，这个决定于1月17日正式发表。这一天是巴黎和平会议开会的前一天。但不幸在婚礼的三天前，李垠的父亲李太王突然去逝，李垠奔丧回国，婚礼延期到1920年春季。1月22日以后各家报刊连日登载李太王葬礼的消息。"三·一"独立运动在李太王的葬礼之际爆发。

李垠与方子的婚姻无疑是日本政府布下的一个政治骗局，朝鲜人民是不会欢迎它的，而且这个婚姻还使一位朝鲜女子陷入悲惨的境遇，那就是李垠原来的婚约者闵甲完。闵甲完与李垠同年同月同日生，1907年11岁时被拣择为未来的皇太子妃，同年订婚。但这时李垠已留日，10年后的1918年李垠却与方子订婚，一直等了10年之久的闵甲完被迫取消婚约。按当时朝鲜的习惯，被拣择的女子如被解除婚姻，一生不能再结婚，而且兄弟姐妹也都被闭婚（不允许结婚）。我们可以想象被取消婚姻的闵甲完及她的家族所受的精神打击之大。闵甲完的父亲闵泳敦当时是外交官兼宗庙祭官，闵家属于朝鲜贵族，但婚姻解除后，闵家受到朝廷及日本总督府的压迫，家势跌落，一年之间失去了祖母和父亲，闵甲完也被迫于1920年亡命上海。

巴黎和平会议与李垠的婚约这两个事件都发生在1919年1月。规模虽然不同，但有两个共同点，一是日本的参与，二是日本无视对方国家的主权。对中国人民来说，"山东问题"直接威胁到自己国家的主权。李垠的婚姻又告诉中国人民，被剥夺了主权和自由的国民是多么悲惨。我们可以想象，每天从报刊上关注巴黎和平会议进展的郭沫若是不会放过登在同一报刊上的李垠与方子的婚约及李太王去世的消息的,从这两个事件中他完全能够看出日本的意图所在。巴黎和平会议激发了他的爱国之心,李垠与方子的婚约、闵甲完的不幸又打动了他的诗人之心,使他为朝鲜落泪。

《牧羊哀话》以朝鲜金刚山麓的一个小村庄为舞台,以第一人称"我"贯穿全篇。一个中国青年"我"来到金刚山探胜,住宿在村民"伊妈"家里。一天他在山里看到了一位牧羊女子。听到伊妈讲关于这位牧羊女子的悲哀故事。牧羊女子原是伊妈服侍的李朝子爵闵崇华的女儿闵佩荑,她与伊妈的儿子伊子英一起长大,彼此以兄妹相称。但子爵的妻子与伊子英的父亲秘密勾结,企图杀害子爵父女。他们的阴谋被伊子英发觉,他为保卫子爵父女,被自己的父亲杀死。闵佩荑在伊子英死后,接管他曾经看管的羊群,一个人到山里放牧。

2. 双层叙事的意义

这篇小说采用了双层叙事的手法,第一层是中国青年"我"的叙事,即外层叙述,这个"我"也可以说是作者的分身。"我"站在现在的空间和时间上,在朝鲜的金刚山麓,听朝鲜人伊妈讲述朝鲜悲哀的故事。"我"以联系过去与现在的想象来共鸣伊妈的故事。第二层是伊妈的叙事,即内层叙述。她站在过去的时间和空间上,叙述过去的一个特定场面的故事。闵佩荑和伊子英便是第二层叙事中被叙述的人物。

这篇小说的特点在于伊妈叙事的双重性和隐喻性。伊妈讲述闵佩荑一家为何从京城搬到金刚山下来时说:

> 佩荑小姐本来不是这里的人,十年前,她家住京城大汉门外。小姐的父亲闵崇华,本是李朝的子爵。只因当时朝里,出了一派奸臣,勾引外人定下了甚么合邦条约。闵子爵一连奏了几本,请朝廷除佞安邦,本本都不见批发。子爵见大势已去,不可挽回,便弃了官职,携一门上下,从京城里迁徙而来。①

---

① 《牧羊哀话》,见《郭沫若全集》,第9卷,第7页。

伊妈所说"合邦条约"指1910年的《日韩合并条约》，此条约签订后朝鲜便从此灭亡，成为日本的殖民地。上文中"一派奸臣"指李朝朝廷中的亲日派，"外人"指的是日本人。伊妈的这段讲述强调朝鲜灭亡的内因在于朝鲜内部亲日派的卖国行为。再有一点，闵子爵后继夫人和伊妈的丈夫也是亲日派，伊妈的儿子伊子英是被他父亲错杀而死的。这个事件打破了闵佩荑与伊子英相怜相爱的幸福。小说中亡国悲剧和恋爱悲剧都源于内部的背叛，伊妈的叙述说明悲剧的祸根不一定全在外部，而最致命的是内部的腐败和背叛。这里隐藏着另外一层意义，即作者郭沫若的一个指涉意图，那便是影射中国政府内的亲日派曹汝霖、章宗详、陆宗舆出卖山东的背叛行为，暗示中国若失去山东进而被日本所奴役，那根本原因必在中国人自己身上。

3. "六月十一日"的隐喻性

伊子英被害是在6月11日，这一段叙事也是具有隐喻性的。这个日期暗示着什么？作品中曾三次触及到这个日期：一，第三节："他就在那一年，被他的父亲杀死了"。二，第四节：闵李玉姬书信中的日期，6月11日。三、第四节："我那英儿，他便在那年六月十一日的晚上死的"。本作品最初登载在1919年11月《新中国》上，郭沫若曾在"六月十一日"之后插入注解："朝鲜人便是现在也大概是用阴历。"这一条插在文中的注解，用语并非十分明确，读者或许会一带而过，不去忖度其中的真意。但在小说中作者特意用了具体的日期，并对此加上注解，这本身就反映了这个日期含有特别的意义，或许因为作者受到当时社会形势的限制，不便把它明确地写出来。那么这个日期的真意何在呢？

首先，我们需要确定"六月十一日"是在哪一年。作品中有两处描写值得注意，第一处是第三节中伊妈的讲述。10年前闵子爵一家住在京城，"只因当时朝里，出了一派奸臣，勾结外人定下了什么合邦条约"，这个合邦条约就是指1910年的《日韩合邦条约》。闵子爵弃官弃职，携全家搬到金刚山下来。伊子英这时12岁。第二处是第三节中，在金刚山下的高城"无风无浪地过了四年，我那英儿已经长到十六岁，闵小姐也长到十五岁上了。""我的英儿，他就在那一年，被他的父亲杀死了！"。

即伊子英是在从京城搬到金刚山4年后，16岁时受害的。综合这两处描写，可推证"六月十一日"是1914年农历6月11日，换算到阳历后应是1914年8月2日。①这正是第一次世界大战爆发的时期。1914年7月28日奥地利向保加利亚宣战，揭开了大战的第一幕，8月1日德向俄国、3日向英国宣战，8月23日日本向德国宣战。从此，战火从欧洲蔓延到亚洲。郭沫若所注目的"山东问题"早在大战开始的这个时期成为德、英、日三国争执的对象。日本为了夺取德国在山东的各种权益，9月2日向青岛发动大攻击，侵入山东。11月德国败退，日本占领辽东半岛。根据这个史实，对《牧羊哀话》中的1914年6月11日（阳历8月2日）的解释应具有两个可能性，一是暗示着大战的开始。二是暗示着9月2日日军侵入山东。但考虑到"山东问题"与《牧羊哀话》写作动机的直接关系，第二个解释或许要比第一个更确切。

《牧羊哀话》的悲恋从伊子英受害开始，但其远因却发自1910年的日韩合并。伊子英被杀的6月11日，阳历8月2日（或9月2日）是中国山东被侵略的日子。日本在日俄战争后夺取了满洲，这次又来夺山东，企图使中国成为第二个朝鲜。郭沫若为了暗示日本帝国主义的这个野心，特意把伊子英被害的日期设在阴历6月11日，为了强调他的这个意图，又在作品中特意加上了注解。可以说在当时的中日关系和社会形势下，这是他做出的最大的努力。他或许希望有心的读者能够理解到他的真意。总之，"六月十一日"这个日期并非作者随便设定的，作者刻意将悲恋与反日聚焦在这一点上，以此突出反日的主题。"六月十一日"的悲剧既是恋爱悲剧又是亡国悲剧，悲恋与反日相交于这一点。

我们可以推测，小说中闵佩荑和伊子英的人物设定受了朝鲜末代皇太子李垠婚姻事件的影响。笔者之所以认为《牧羊哀话》中悲恋的意图产生于朝鲜李王世子李垠与方子的婚姻，主要根据以下几个理由：第一点，伊子英，又叫英儿，这个"英"字与李垠4岁时所封"英亲王"的"英"一致。少女闵佩荑又与李垠原本的订婚人闵甲完同姓。即姓名相仿。第二点，闵甲完与李垠订婚时俩人都是11岁，而《牧羊哀话》中的少年、少女也是11岁和12岁，即年纪相仿。第三点，闵甲完虽然和李垠

---

① 参考西泽利男，《新旧历月日对照表》、《历的百科事典》所收，新人物来往社，1993年。

订了婚，但李垠赴日留学，一去不返。闵甲完足足等了10年，等来的是李垠和方子的婚约及她自己的被破婚。对闵甲完来说，李垠被日本夺去，已成了永不归来的人了。而《牧羊哀话》中伊子英被他父亲错杀，更进一步说是被日本夺去了生命，对闵佩荑来说，自己所爱的人被日本夺去，自己也被永远遗弃，这一点与闵甲完的不幸是相同的。

前面已经介绍过，李垠和方子的婚约于1918年12月5日，经日本天皇的敕许正式决定，1919年1月公布于世。同时1月18日巴黎和平会议开幕。可以想象，此时密切关注巴黎和平会议的郭沫若同时也会注意到李垠和方子的婚约、李太王的去世等一系列报导。而且郭沫若东渡日本时，曾在朝鲜逗留过一段时期，他的长兄也时常出使朝鲜。这几点都可以使我们推想到郭沫若对李垠11岁时的婚约和闵甲完的存在有一定的了解。

以上所举的理由都足以证明郭沫若从李垠与方子的婚约联想到少年少女时代就定下终身的李垠和闵甲完，激起他对日本帝国主义的愤慨、对闵甲完的同情，从而构思了《牧羊哀话》的悲恋故事。作者笔下的少年少女的爱情是纯洁的、美丽的，正因为它纯洁、美丽，所以在受到摧残时，悲哀的情绪就来得更深刻，更能打动读者的心。

《怨日行》是穿插在《牧羊哀话》中的一首诗，它倾吐了朝鲜人民在日本帝国主义的统治下忍受的痛苦。

《怨日行》

炎阳何杲杲，晒我山头苗。土崩苗已死，炎阳心正骄。
安得后羿弓，射汝落海涛？安得鲁阳戈，挥汝下山椒？
羿弓鲁戈不可求，泪流成血洒山丘。
长昼漫漫何时夜，长恨漫漫何时休。①

诗中用"炎阳"比喻日本统治者，用"山头苗"比喻朝鲜人民，烈日要把苗子活活晒死，人们却不能用"羿弓"、"鲁戈"来把烈日打下来。这正反映了朝鲜当时被日本残酷统治到家家不能有刀或铁器，只能五户

---

① 《牧羊哀话》，第11页。《郭沫若全集》，第9卷所收。

一把菜刀，勉强度日的状态。手里没有武器，人们只好流泪忍受，他们恨不得太阳快下山，好喘上一口气。郭沫若通过这首诗表达了压抑在朝鲜人民心底的痛苦和愿望，同时也表达了作者对朝鲜人民的深切同情。

《牧羊哀话》以"我"的一场恶梦结尾，"我"梦见自己站在英儿的坟墓前：

> 坟台全景，突然变成一座舞蹈场！场之中央，恍惚有对妙龄男女裸身歌舞。两人的周围恍惚有许多羊儿也人立而舞。又恍惚还有许多狮儿、豹儿、虎儿……也在里面。
>
> 恍惚之间、突然来了位矮小的凶汉，向着我的脑袋，飒的一刀便斫了下来！
>
> 灯亮已息了，只可恨天尚未明。我盼不得早到天明，好拜辞了伊妈而去 象这样断肠地方，伤心国土，谁还有铁石心肠，再能够多住片时半刻呢？①

这里描写的场面，由坟台变为舞场；由一对男女的舞蹈变成群羊、群虎、群豹、群狮的舞蹈，舞蹈场中闯进一个矮小的凶汉，挥刀便斫。这场面不正隐喻着"三·一"独立运动的情景吗？当时身在日本的郭沫若自然不能公开地将自己对朝鲜独立运动的感触表露出来，他只能用梦境、隐喻的形式和手法把自己的心情表达出来。作品中第一层叙述者"我"站在现在的时间上，用梦境的形式将伊妈叙述的过去的事件与现在发生着的事件连接起来。梦中的"我"也在坟台前，舞蹈场中，也被矮小的凶汉砍了一刀。这表示着"我"的想象已与伊妈的叙事融合，"我"也加入了不幸的朝鲜人的境遇，过去与现在在"我"的感触中相连接。

第一次世界大战后，郭沫若非常关心"山东问题"的动向。在世界各国列强虎视眈眈地企图吞并中国的时候，他很敏感地察觉到日韩合并后走上亡国之路的朝鲜正在暗示着中国命运的危机。朝鲜人民的痛苦就是中国人民的痛苦，他的心和朝鲜人民的心在反日感情上紧紧地连在一起。朝鲜李王世子李垠和梨本宫方子的婚约，刺激了他的浪漫的想象力，

---

① 《牧羊哀话》，第11页。《郭沫若全集》，第9卷所收。

促使他构想了朝鲜少年少女伊子英和闵佩蕟的悲恋故事。我们通过作品分析可以明确地看到社会背景与作者的创作意图及主题都是密切相关的,悲恋和反日互相交错并融合在作品中。虽然在一些语句表现上还夹杂着一些大中华主义的成分,(如闵子爵的名字闵崇华,伊妈对中国称"大国"等)但从整个情节和主题来看,作者对朝鲜抱有深切的同情和连带意识,对朝鲜的关心和对中国未来的担忧彼此呼应,相互关联。

二、鲁迅、周作人与武者小路实笃的《一个青年的梦》

鲁迅和周作人对朝鲜的关注也很早,20世纪20年代初鲁迅就与朝鲜独立运动家、学者开始交往,李又观、金九经、柳树人、申彦、李陆史等朝鲜人士都与鲁迅有过通信和交往。① 在作品方面与朝鲜有关的可以举周氏兄弟对日本作家武者小路实笃《一个青年的梦》的介绍与翻译。

武者小路实笃是日本大正时代白桦派的作家。1916年他的戏剧小说《一个青年的梦》连载在杂志《白桦》上,1917年单行本出版。时代正值第一次世界大战时期,日本大举出兵,占据山东半岛,开始伸展侵略中国的势力。在这样的形势下,年方32岁的日本作家武者小路实笃发表了标志反战主题的《一个青年的梦》,他的行动,在当时的日本可谓非常大胆和冒险。不能否认,从艺术性角度看,《一个青年的梦》的艺术完成度并不是很高,也不能算是他的代表作,但从这部作品的时代性和主题精神而论,仍具有一定的意义和价值。而周氏兄弟对这部作品的反应恰好证明了这一点。

《一个青年的梦》写一个日本青年在梦中被一个不相识的人带到阴间和其他地方,与第一次世界大战中牺牲的亡灵或失去亲人的亡灵见面,与他们讨论战争问题。全篇共分4幕。第一幕,通过亡灵们的讲演,控诉战争的恐怖与愚蠢,批判日本内阁政府,敌我双方的亡灵们和解,握手。第二幕,通过日本青年与乞丐亡灵的对话,主张改造人性,培育有"爱与感谢"之心的一代新人。第三幕,以三个不同的场面描写被国策渲染的狭小的集团主义、国家主义者所导致的危害,暗示战争的原因。第四幕,通过各国代表与恶魔、神的对话,引导出实现世界和平的具体方

---

① 杨昭全,《中朝关系史论文集》,世界知识出版社,1988年,第483页。

向和蓝图。

1914年以来，武者小路实笃一直坚持人道主义理想，发表了一系列反映反战思想的作品，如《他三十岁时》、《我也不晓得》、《妹妹》、《恶梦》、《A与幻影》、《后来者》等。这些作品都作于第一次世界大战期间。而《一个青年的梦》聚集和浓缩了武者小路实笃对战争罪恶的思索，从人类生存的角度提示了御制战争的蓝图。这部作品发表后，并没有得到日本社会的重视，日本文坛完全冷遇了他。但这篇小说在问世后仅一年就被中国的周氏兄弟所发现。

最早将《一个青年的梦》介绍到中国的是周作人。1918年5月，周作人在杂志《新青年》第4卷第5号上发表《读武者小路实笃君作〈一个青年的梦〉》，文章中介绍了作品的情节，并对其反战精神作了积极的评价。周作人自1912年开始订阅杂志《白桦》，一直关注白桦派的作家，特别重视武者小路实笃。早在1913年他就评价武者小路实笃说："《白桦》中，武者小路的作品最好。"① 1918年周作人读了《一个青年的梦》，进一步接近了武者小路实笃，并对他提倡的"新村"思想产生了深刻的共鸣。周作人在《读武者小路实笃君作〈一个青年的梦〉》写道：

> 日本从来也称好战的国。（中略）但，我们看日本思想言论界上人道主义的倾向日渐加多，觉得是一件最可贺的事。虽然还是极少的少数，还被那多数国家主义的人所妨碍，未能发展，但将来大有希望。武者小路实笃君就是这派中的一个健者，《一个青年的梦》便是新日本的非战论的代表。②

反顾历史，当周作人发表这篇文章时，日本之为好战国，已成为亚洲各国的共识。在这样的形势下，日本国民站起来反战，可以说是很有勇气的行为。周作人对武者小路实笃的感动首先就在这一点上。周作人对武者小路实笃的评价可分二点。第一点是人道主义的反战精神。他在介绍《一个青年的梦》中强调："人人都是人类的相待，不是国家的相

---

① 《周作人日记》，1913年4月2日，大象出版社，1996年。
② 《新青年》，第4卷，第5号，第426页。

待。"和平"非从民众觉醒不可"。还指出："要人民求积极的和平，先得教他们痛切的感到和平的必要。武者小路君此书就是要他们感到这必要，也就是自己感得痛切不过，不得不直叫出来。"①"人人都是人类的相待，不是国家的相待。"其意在否认狭隘的国家主义、民族主义思想，宣扬"人类爱"，唤起民众的觉醒。这里反应了武者小路实笃的人类主义精神。对周作人和鲁迅来说，武者小路的宽广的视野、中肯的倡导，正是中国迫切需要的。纵然《一个青年的梦》并不是一篇艺术性较高的作品，但它之所以能引发周氏兄弟的强烈共鸣，就在于其真挚、朴实的人道主义理想。周作人所重视的第二点是不顾寡势，"知其不可为而为之"。周作人引用武者小路的《自序》：

  我也知道说出来也没用，但是不说更觉得不释然。我若不从艺术一方面说出来，我终免不得肚胀，我作这书，算是出出气。（中略）自己的精神，自己的真诚，从内里出来，决不是装上去的。所以我想，靠这个诚，或能在人心中，能够意外的得到知己。②

  武者小路实笃在《自序》中承认自己所处的环境，以寡敌众，力量自然是弱小，但同时又坦诚地表明不得不写的理由。他对日本的对外侵略感到莫大的忧虑，"觉得现在社会的事情，不像在正路上走，能得到平和的样子。"他为了表示他的忧虑，冒寡势之险，发表了这篇反战小说。表明了在历史动乱之时，知识分子坚持自己的立场，不轻易与政治势力雷同的性质。正像塞义德所说，"知识分子，根本地来说，绝不是调停者，而是赌于批判精神的人。对于当权者或传统势力，决不应不加审视地无条件地承认，而应彻头彻尾地掷与批判。"③武者小路实笃的勇气使周作人非常感动，称他的行动为"知其不可为而为之"。周作人在《读武者小路实笃君作〈一个青年的梦〉》中写道：

---

① 《新青年》，第4卷，第5号，第427页。
② 同上，第428页。
③ 塞义德，《知识分子论》，大桥洋一译，平凡社，第49页，引用部分笔者译。

虽然力量不及，成效难期，也不可不说，不可不做。现在无用，也可播个将来的种子；即使播在石路上，种子不出时，也可聊破当时的沉闷。使人在冰冷的孤独生活中，感到一丝的温味，鼓舞鼓舞他的生意。

明知"说也没用"然而不能不说，因为还有对于人类这"爱"存在。虽然还怀疑这问题太大太早，然而觉得这样下去总不是事，所以写几句，希望青年能够对于这个问题，稍稍注意，就满意了。①

周作人评价武者小路实笃的勇气基于对人类的"爱"，从中也获得鼓舞，通过介绍武者小路实笃的作品，向中国社会发出质疑和呼唤。周作人的介绍和宣传，促使鲁迅关注并翻译了武者小路的作品。20年代后周作人提倡的"人的文学"也多来源于武者小路的影响。武者小路提倡的"新村运动"此后传到中国，在北京，天津等大城市引起了很大的反响，"白桦派"文学陆续传入中国。在介绍白桦派文学方面，周作人的功绩是不能否认的。与此同时，1925年周作人在《语丝》上发表《朝鲜的传说》三篇，介绍古代朝鲜的民族故事，也开始关注朝鲜文化。

鲁迅接触武者小路实笃始于周作人的介绍。他读了周作人的《读武者小路实笃君作〈一个青年的梦〉》后马上阅读了《一个青年的梦》，觉得很受感动并产生了翻译它的想法。在《译者序》中他说："《新青年》四卷五号里面，周启明曾说起《一个青年的梦》，我因此便也搜求了一本，将他看完，很受些感动：觉得意思很透彻，信心很强固，声音也很真。"②从这一段记述我们可以知道鲁迅对《一个青年的梦》的反应很迅速，评价的态度很深切、认真。《新青年》四卷五号里还登载了鲁迅的《狂人日记》，鲁迅的第一篇小说与周作人的《读武者小路实笃君作〈一个青年的梦〉》登载在同一期《新青年》上，鲁迅在自己的文学起步点上与武者小路实笃的作品偶然相遇，这可以说是鲁迅人生和文学中的一个有历史意义的事件。《一个青年的梦》是鲁迅介绍日本文学的第一本译著，此后他开始积极地关注和介绍白桦派的文学，为引进日本文学作出

---

① 《新青年》，第4卷，第5号，第429页。
② 《鲁迅全集》，第10卷，人民文学出版社，1982年，第192页。

了很大的贡献。

中文《一个青年的梦》于1919年8月至10月陆续发表在《国民公报》上，1920年1月又载于《新青年》第7卷上。在《新青年》第7卷第3号，第二次连载时，武者小路实笃应周作人的要求，发表了《与支那未知的友人》一文，对鲁迅的翻译表示感谢。同号上还登载了北京大学校长蔡元培、陈独秀对《一个青年的梦》的评论。中文《一个青年的梦》于1922年做为上海商务印书馆《文学研究会丛书》出版单行本。1927年又在上海北新书局《未名丛刊》出版单行本。《一个青年的梦》前后再版7次，出版部数不下15000部。可见这部作品给中国读书界的影响之大。

《一个青年的梦》中文译本采取保留原文文体的逐字逐句的翻译方式，译文附有两篇译者序，这两篇序文是我们探讨鲁迅翻译这篇作品的动机和目的的重要资料。在此准备从两个侧面探讨鲁迅《一个青年的梦》翻译的意义。一，翻译和发表在时间上的意义。二，对原作反战精神的认同与宣扬。

第一，翻译和发表在时间上的意义

鲁迅于1919年8月初着手翻译，到1920年截止，译文登载完毕。这段时期中外发生的大事件有：巴黎和会、山东问题、"三·一"独立运动、"五四"运动。正是中国和亚洲各国反日、反帝气势高涨的时期，也是中日关系十分险恶的时期。

在日本，武者小路实笃的这部作品发表后并没有得到人们的重视，他在《自序》中谈到："日本对这次的战争，大概并非神经质，我也被一般人所无视，所轻蔑。所以这部作品没有得到反对的反响也许也是当然的事。"① 《一个青年的梦》发表的1916年正值第一次世界大战之中，日本自1910年"日韩合并"以来，通过朝鲜不断向中国大陆伸进侵略的魔掌，第一次世界大战初日本攻占了青岛，迈出了占领山东、侵略中原的第一步。日本国内经济有了很大的发展，士气国势都倾向于侵略战争，一般国民正沉浸在歌颂战争的狂热中。所以武者小路的作品没有被人们所重视。但是武者小路对此采取的态度是："我也知道说出来也没用，但

---

① 《武者小路实笃全集》，第2卷，小学馆，1987年，第499页。笔者译，下同。

是不说更觉得不释然，做为艺术家不说出来就难免要憋在肚子里难受，我作这书就是为了出这口气。"①在当时日本国内的情况下，武者小路的这部作品可以说是不适时宜的尽管如此，他还是坚持自己的想法，把反战的意图表示出来。对此周作人受到了莫大的鼓舞。鲁迅对这一点也有同样的感触。在《一个青年的梦》《译者序》中他谈到开始翻译的一段经过：8月1日《晨报》副刊编辑孙伏园来访，要求鲁迅写文章，但鲁迅回答："文章是做不出了。《一个青年的梦》却很可以翻译。但当这时候，不很相宜，两面正交恶，怕未必有人高兴看。"②"两面交恶"指中日两国对山东问题的争执。鲁迅虽然很感翻译这篇作品的必要，但还担心不合时宜，不会得到人们的注目。当天晚上他"点上了灯，看见书脊上的金字，想起日间的话，忽然对于自己的根性有点怀疑，觉得恐怖，觉得羞耻。人不该这样做，我便动手翻译了。"③他通过回味武者小路的作品，反思自己瞻前顾后的态度，觉得自己是错了。在当时日本得意忘形的时刻，武者小路敢于站起来对自己国家的行为，包括对青岛、朝鲜的侵略进行大胆的批判，鲁迅对此很受鼓舞。他肯定武者小路的信念和精神是正确的，值得学习的。在《译者序》中评价说：

现在还没有多人大叫，半夜里上了高楼撞一通警钟。日本却早有人叫了。他们总之幸福。

武者小路氏《新村杂感》说："家里有火的人呵，不要将火在隐蔽处搁着，放在我们能见的地方，并且通知说，这里也有你们的兄弟。"他们在大风雨中，擎出了火把，我却想用黑幔去遮盖他们，在睡着的人的面前讨好麽？④

在对中国社会的认识及自己应取的态度上，鲁迅与周作人都有过近似的忧虑和踌躇，而武者小路实笃的敢为促进了他们的自我反省。《一个青年的梦》在第一次世界大战中问世，大胆地批判了日本帝国主义的侵

---

① 《武者小路实笃全集》，第2卷，小学馆，1987年，第499页。
② 《新青年》，第7卷，第2号，第228页。
③ 同上。
④ 同上。

略。"山东问题"引起日中对立,"五四"运动激发中国人民的反日激情,在这样的形势下,将《一个青年的梦》掷向中国社会,还是需要很大的勇气的。鲁迅之所以感动于《一个青年的梦》,决不是偶然的,在翻译《一个青年的梦》之前,他已经发表了冲破中国社会沉默的《狂人日记》,鲁迅《狂人日记》的写作动机与他翻译《一个青年的梦》的动机非常接近。鲁迅在《呐喊》自序中回忆他与钱玄同的一段对话:

> 那时偶或来谈的是一个老朋友金心异,"我想,你可以做点文章……"
> 我懂得他的意思了,他们正办《新青年》,(中略)但是说:
> "假如一间铁屋子,是绝无窗户而万难破毁的,里面有许多熟睡的人们,不久都要闷死了,然而是从昏睡入死灭,并不感到就死的悲哀。现在你大喊起来,惊起了较为清醒的几个人,使这不幸的少数者来受无可挽救的临终的苦楚,你倒以为对得起他们么?"
> "然而几个人既然起来,你不能说决没有毁坏这铁屋的希望。"
> 是的,我虽然自有我的确信,然而说到希望,却是不能抹杀的,因为希望是在于将来,决不能以我之必无的证明,来折服了他之所谓可有,于是我终于答应他也做文章了。这便是最初的一篇《狂人日记》。①

这里清楚地记述了《狂人日记》产生的曲折过程,为了唤醒在铁屋中沉睡的人们,为了冲破"寂寞"与"悲哀",纵使只有一丝希望,也应闯一闯。鲁迅写《狂人日记》的动机与他从《一个青年的梦》感受到的启示,在坚持真诚,拯救民众这一点上基本是一致的。即武者小路的强固的信心、真实的声音与鲁迅的思想发生了共鸣,这个共鸣促使鲁迅翻译了《一个青年的梦》。

周作人和鲁迅对武者小路反战精神的共鸣正反映了当时中国知识分子觉醒。比如在朝鲜"三·一"独立运动后,中国民众对朝鲜人民"知不可为而为之"的毅力给了高度的评价,傅斯年在1919年4月1日《新

---

① 《鲁迅全集》,第1卷,第418~419页。

潮》上发表《朝鲜独立运动中新教训》中,总结的第二条教训就是"知其不可而为之的革命",他同时反省到:"中国此刻最可虑的现象,就是社会上一般的人,对于改革事业,总是虑到不可能。——这是中国人万劫不复的命运的定案。看看朝鲜人的坚固毅力,我们不真要惭到无以自容的地步了。"这样的自我反省刺激了中国人民主体意识的觉醒,充实了"五四"运动的精神力量。鲁迅受到武者小路"知其不可为而为之"精神的鼓舞,决意翻译《一个青年的梦》,就是要象武者小路那样,"擎出火把,"撞一通警钟。

第二,对原作反战精神的认同与宣扬

武者小路实笃在《一个青年的梦》自序中说:"我是同情战争的牺牲者,爱和平的少数人中的一个。提起战争,世界上的人马上就会想到日本人。但即便是日本人也绝不是好战的。国家与国家的关系如此下去,实在可怕。这是世界上谁都感觉到的,但只是感觉到也无益,我也知道说出来也没用,但是不说更觉得不释然。"①武者小路实笃在此表明自己的立场和愿望,并把自己的反战精神和愿望寄托到作品中去,通过战争的牺牲者、死者的亲人、朋友和做为主角的日本青年来表现出来。

在第一幕中日本青年被一个不相识的人带到野外去,参加了阴间的和平大会。与会的除了青年以外都是在战争中丧生的鬼魂,有死在战场上的士兵,有死在外国侵略者手上的老百姓,有年轻人,也有老人,还有女人和孩子。他们纷纷述说战争的恐怖、死亡的痛苦。下面引用鲁迅译文中一段鬼魂的叙述:

> 诸君虽然觉得可笑,但我们所能承认的战争的原因,除了国家的利己家的战争是另一事以外,其实只有怕做属国这一点。这样战争,才是个人或国民可以承认的战争。别的战争,国民都该自己起来反对的。南阿的战争,是英国之耻。青岛的战争,是J国之耻。E国对印度人的办法,应该反对。J国对朝鲜的办法,也是僭越的。即使印度、朝鲜没有独立的力量,然而竟用了怕教这国兴盛似的办法,是可耻的。俄国、德国、奥国对波兰的态度,也是可耻的。不自然

---

① 《武者小路实笃全集》,第2卷,第499页。笔者译。

的妨害那地方的人的自由,也是坏事。我们只为怕这一事,才起来战争。当做亡国属国这样看待,实在是难受的。我们不但对于使别国变成亡国属国的事,没有兴趣,而且觉得从心底里出来的反感。(中略)倘要别国做属国或亡国,换一句话,就是要别国人做亡国之民,是应该羞耻的事。我们倘若为此而战,便违背了人类的意志,我们单为要免做亡国民这一事,才该战争。①

一个死在战场上的鬼魂讲了上述的话。他强调世界上唯一能够承认的战争只有为不做属国、不做亡国奴而战的战争。其他的战争都应该反对。他指责英国、法国、俄国、德国等列强帝国对其他国家的侵略,其中有 J 国对青岛、朝鲜的侵略。这个 J 国指日本,他批判日本侵略青岛、朝鲜是可耻的、僭越的事。为什么是可耻的、僭越的呢?就是因为奴役他国、占领他国,是出于国家的利己和贪欲,是违背人类意志的。他还指出"夺别国的领土,拿了别国国民做自己的国民,这是不合理的,无论如何不该做的。"实际上他的这一段话就是在指责日本吞并朝鲜。于耀明氏曾针对这个鬼魂的话指出:"我觉得这无论如何首先就是对日本的'日韩合并'即侵略朝鲜的行为的强烈的批判了。"②正如于氏所说,武者小路通过鬼魂的叙述指责了日本对朝鲜、青岛的侵略行为,虽然他用了"J 国"一词,但也足以让读者明白这是在指涉日本。在这里,武者小路大胆地批判自国政府,批判一部分日本民众的民族意识,他站在全人类的立场上,分析当时的世界局势,道破各列强国的侵略野心与其危险性。

武者小路的基本观点是国家、个人、人类三者中应以人类为最高基准,希求和平、友爱是整个人类的意志,国家和个人都不能违背这个人类的意志。国与国之间应以互相尊重的态度相待。个人与国家也不是单纯的隶属关系,国家不能压迫个人的利益,个人要向着人类的高度进步。对于国与国,人与人的关系,武者小路在《自序》中说:"法国人爱法国,英国人爱英国,俄国人爱俄国,德国人爱德国,我认为这是自然的事,(中略)但在爱自己的同时也应尽量体谅别人的心情,这是人的义

---

① 《鲁迅全集》,第 4 卷,中国人事出版社,1998 年,第 2278 页。
② 于耀明,《周作人与日本近代文学》,朝林书房,2001 年,第 116 页。

务,因此很担心过强的国家利己者。"①鲁迅在《一个青年的梦》译者序中赞扬:《一个青年的梦》"意思很透彻,信心很强固,声音也很真。"他很重视武者小路的人类主义思想,在《译者序》中他还指出:

> 我对于"人人都是人类的相待,不是国家的相待,才得永久和平,但非从民众觉醒不可"这意思,极以为然,而且也相信将来总要做到。现在国家这个东西,虽然依旧存在,但人的真性,却一天比一天的流露。②

鲁迅很同意武者小路关于国家、个人与人类的认识。鲁迅重视的主要有二点,一,否定狭隘的民族主义、国家主义,以人类置于国家之上。二,唤起民众的自觉。在这二点上,周作人与鲁迅持了一致的观点,也是他们翻译介绍外国文学时的基本基准。

《一个青年的梦》中日本青年与乞丐的对话在反应作者的人类主义上起了很重要的作用。他们讨论如何作才能消灭战争。试看代表社会主义者的乞丐幽灵与日本青年对话:

> 青年:你以为这世间怎么办才好呢?
> 乞丐:是的,也仍是除却依着实行,使人们从心底里知道多谢的东西的真正多谢之处,没有方法罢。也仍是除却从民众觉醒过来之外,都不中用罢。
> 青年:但要改变现在各国的意志,国不会亡麽?我是想不亡国而去掉战争哩。
> 乞丐:如果所谓"国"这思想,全如现在,那可不能。须凭着民众的力,改变了国的内容才是。世界的民众成了一气的时候,从根底里握住手,那时战争便许自然消灭了。(中略)还没有真明白凡有损人利己的人们,不管是本国人是外国人,都应该当做和平之敌,加他制裁,所以不

---

① 《新青年》,第7卷,第2号,第68页。
② 同上,第227页。

> 行的。承认现在的国家，却否定现在的战争，这可决没有这样的称心事呵。
>
> 青年：我也觉得如此；但要改变现在各国的意志，又觉得是不可能的事呢。
>
> 乞丐：全在根，全在根，全在民众呵。人们再进步些就好了，再一步，再两步。①

在这里，武者小路提出实现人类和平的具体方法，那就是"实行"——实际行动、民众的觉醒、世界的民众从根底里握住手。周作人在介绍《一个青年的梦》的文章中也翻译引用了上述这段对话。但他的译文中有一处与鲁迅不同。即原文"根でお互いに握手し切ってしまえば"一句，周作人的翻译为"大家握手时"，鲁迅的翻译为"从根底里握住手"。原文中的"根で"意思是从心底真心地，就是说世界的民众不是站在自己国家利益的角度上，而是都站在人类的水平上，真心地握手、团结，真正的和平才能实现。所以这个"根で"很重要。鲁迅的译文用了"从根底里"，证明他意识到这一点。这虽然只是一个例子，但由此可见鲁迅对《一个青年的梦》理解的精细，对武者小路所强调的民众的觉醒和人类主义共鸣之深。

鲁迅翻译《一个青年的梦》如何与中国社会挂钩？鲁迅在《译者序二》，追申自己的感想：

> 我考虑到几位读者，或以为日本是好战的国度，那国民才该熟读这书，中国诅咒战争；自己诚然不愿出战，却并未同情于不愿出战的他人；虽然想到自己，却并没有想到他人的自己。譬如论及日本并吞朝鲜的事，每每有"朝鲜本我藩属"这一类话，只要听这口气，也足够教人害怕了。
>
> 所以以为这剧本也很可以医许多中国旧思想上的痼疾。②

---

① 《一个青年的梦》、《鲁迅全集》，第 6 卷所收，中国人事出版社，1998 年。
② 《新青年》，第 7 卷，第 2 号，第 67 页。

这里他提出的仍是"我们"与"他们"或国与国的认识问题。他举了中国人对朝鲜的说法,日本吞并朝鲜,一些中国人指责日本,但同时又说出"朝鲜本我藩属"的话,仍然将朝鲜看做自己国家的属国。鲁迅批评这就是"只想到自己,却并没有想到他人的自己",自我中心的利己思想,实际上在意识上是与日本不分上下的。对战争也是一样,中国人虽然不愿意出战,但并没有用实际行动去阻止战争,也没有想到不愿出战的他人。这就反应了中国人狭小的自我观念。鲁迅试图通过介绍武者小路的作品,宣传他的反战精神和人类主义精神。以此来医治"中国旧思想的痼疾"。

在思考战争与和平的问题时,朝鲜做为一个历史实例,特别受到鲁迅的重视。除了以彼思己,忧国忧民外,他通过接受武者小路的作品,将视野涉及到日本,举出在敌国仍有爱和平的人,仍有提倡超越"彼"与"己"的人类主义思想的人,进而启发人们扩大眼界,觉醒并追求全人类的真正的和平。

三、蒋光慈《鸭绿江上》

20年代后半期,彗星一般地出现在中国文坛上的蒋光慈(1901年~1931年)在世仅仅30年,创作活动仅仅6年便去世了。但仅仅6年之间他创作了大量的作品,如《新梦》(1925年)、《少年飘流者》(1926年)、《鸭绿江上》(1927年)、《短裤党》(1927年)、《哀中国》(1927年)、《纪念碑》(1927年)、《野祭》(1927年)、《菊芬》(1928年)、《冲出云围的月亮》(1930年)、《田野的风》(1931年)等,都是忧国、革命、反抗色彩极鲜明的作品。他的逝去就象一颗巨大的彗星拖着火红的光尾,向地球落去,将那巨大的光火掷向大地。我们今天读他的作品,几乎每一篇中都能够看到他生命的火光。

蒋光慈在"五四"时期参加了学生运动,不久加入了共产党,20年代初被派遣到苏联留学,在莫斯科他看到十月革命后苏联的新面貌,"全身、全心、全意识"地感受着革命后的气氛。他写了许多诗歌,热情歌颂十月革命,歌颂列宁。留学体验对他日后的革命意识及文学态度都起了很大的决定性作用。留苏的几年在他短暂的一生中是最重要的一段时间。

蒋光慈1924年从苏联回国后，便陆续发表作品。1926年4月在《创造月刊》第2期上发表《十月革命与俄罗斯文学》，详细介绍了十月革命后的苏联文学，这是在中国介绍马列主义文学理论最早的文章。与此同时，在《创造月刊》同一期上又发表了短篇小说《鸭绿江上》。这是一篇描写一位高丽青年的悲恋故事的作品。登场人物是在莫斯科留学的四个留学生：一位中国留学生，叫维嘉，以第一人称"我"主导全篇的叙述；还有一位中国学生C君；一位波斯学生，叫苏丹撒得；一位高丽学生，名叫李孟汉。中国、高丽、波斯，这三个民族在当时都受着列强国家的统治和压迫（中国受着英、俄、德、日等国的瓜分；高丽已失去自己的国家，成为日本的殖民地；波斯从19世纪以来一直受着俄罗斯和英国、德国的统治）。来自这些国度的青年们会聚在十月革命后的莫斯科，他们的宿舍设在一个尼姑院（修女院）里，一天晚上下了大雪，除了C君出去找朋友以外，留下三个人便围在炉火旁谈自己的恋爱经验。轮到高丽青年李孟汉时，他以悲哀的心情讲述了他的恋爱故事。李孟汉和云姑是竹马长大的一对恋人，在鸭绿江口的C城里，他们俩渡过了无忧无虑的孩儿时代，从天真的友爱发展到有意识的相爱。但是他们的幸福却被日本统治者破坏了。李孟汉悲痛地说："我们高丽自从被日本侵吞之后，高丽的人民，唉！可怜啊！终日在水深火热之中，终日在日本人几千斤重的压迫之下过生活。"①李孟汉所说"高丽被日本侵吞"就是指1910年的"日韩合并"。李孟汉和云姑都是李朝贵族的后裔，"日韩合并"后，他们的父亲就都辞掉官职，隐居林下了。但不久李孟汉的父亲被日本统治者套上了暗杀日本警官的罪名，被逮捕并被杀害，他的母亲也投海自杀。一瞬间李孟汉成了孤儿，而且不久日本当局又要陷害他，于是他只好与云姑分手，渡过鸭绿江，向中国逃亡。他和云姑虽是难舍难分，但也希望以后终有再团圆之日。但云姑后来因参加反日运动，被日方逮捕，死在狱中。鸭绿江之别竟成了他们的永别。李孟汉得知云姑囚死的消息后悲痛万分，发誓要解放高丽，为云姑报仇。

李孟汉的叙述中最重要的用语就是"悲哀"一词。他说"祖国的沦

---

① 《蒋光慈选集》，人民文学出版社，1960年，第322页。

亡,同胞的受苦,爱人的屈死,这岂不是世界上最悲哀的事情么?"①李孟汉的悲哀不仅在于失去了云姑,他还控诉日本的侵略和奴役,他的心情是悲哀的,他的恋人是悲哀的,他的高丽也是悲哀的。

1. 叙述的双重指向

《鸭绿江上》的恋爱故事基本上与郭沫若的《牧羊哀话》相似,均设定一个和平幸福的境域被日本统治者破坏的情节,突出朝鲜人民的痛苦和悲哀。在叙事手法上《鸭绿江上》有一个特点,作者采用了第二人称的叙述。如下面一段叙述:

> 唉!在十四岁这一年中,朋友,我的悲哀的不幸的生活算开始了。俗语说,"天有不测的风云,人有暂时的祸福。"在我们高丽,朋友,暂时的福是没有的,可是暂时的祸,说不定你即刻就可以领受着。你或者坐在家里没有做一点事情,但是你的生命并不因此就可以保险的。日本人的警察,帝国主义者的鹰犬,可以随时将某一个高丽人逮捕,或随便加上一个谋反的罪名,即刻就杀头或枪毙。唉!日本人在高丽的行凶做恶,你们能够梦见么?任你们的想象力是如何丰足,怕也不会想象高丽人受日本帝国主义者的虐待到什么程度啊!②

上面是李孟汉的一段叙述。从叙事学的角度来看,李孟汉处在叙述者的位置,而中国青年维嘉和波斯青年苏丹撒得则处在被叙述者的位置上。李孟汉的叙述很明显是指责日本对朝鲜人民所施加的镇压行为。李孟汉的父亲为什么被杀,就是因为他"是一个热心恢复高丽独立的人"。叙述中第二人称"你"、"你们"在作品中指维嘉和苏丹撒得,但在作品外还指一般读者。作者的用意在于要用朝鲜悲哀的现实来暗示中国的将来。日本吞并了朝鲜,又以朝鲜为跳板,侵入了中国东北地区,若照此下去,中国就会象李孟汉说的那样,"暂时的福是没有的,暂时的祸,说不定你即刻就可以领受着。"即中国人的暂时的祸就会开始,中国人的生

---

① 《蒋光慈选集》,人民文学出版社,1960年,第323页。
② 同上,第335页。

命也会像朝鲜人那样没有保险。作者在此向中国人民敲起警钟。作品中的第二人称"你"、"你们"包含了一般读者。正像美国叙事学家詹姆斯·费伦（James Phelan）在他的《作为修辞的叙事》①中阐述的那样："发自'本书'的声音所称谓的那个你既是本文内的又是本文外的；它指的不仅是受述者——主人公，而且还有作为实际读者的你。"即"一个内在的文本的'你'——受述者——主人公"与"一个外在的文本外的'你'——有血有肉的读者"浑淆在一起。《鸭绿江上》的作者对李孟汉的叙述除了在文本中加进受述者的一些惊叹、愤慨之外，并未加上更多的议论，而主要让李孟汉一个人倾述、发泄他的激情，以第二人称"你"、"你们"来吸引读者进入叙事中来，与文本中的受述者（被叙述者）重合，同情和理解叙述者的境遇。在作品的结尾，李孟汉的叙述结束的时候，文本中出现这样一段描写：

> 李孟汉将话说到此地，忽然出去找朋友的 C 君回来了。C 君淋了一身的雪，好像一个白鹭鸶一样，我们忽然将注意点挪到他的身上——我们的谈话也就中止了。②

这里 C 君的出现和众人的注意点的移动实际上是一个双关的暗示，即，C 君是中国留学生，暗示着中国，人们将注意力转向他，就意味着由朝鲜的悲哀故事转到对中国的注目；还表示了作者以朝鲜为反面镜子，反照中国将要面临的危机。

2. 地点与主题相互关照

《鸭绿江上》的另一个特点是地点的选择。作者将地点选在莫斯科，在当时，莫斯科对作者来说是一个最光明、自由、幸福的地方，留学中他写的诗《红笑》、《莫斯科吟》、《劳动的武士》、《十月革命的婴儿》等都表现了他对苏联的热爱。作者让三个不同国家的青年会集在莫斯科，让李孟汉叙述他的悲惨的恋爱故事，作者的意图就在于要布置下一个对

---

① 这里援用陈永国译《作为修辞的叙事》（James Phelan, *Narrative as Rhetoric*），北京大学出版社，第 108 页。
② 《蒋光慈选集》，人民文学出版社，1960 年，第 431 页。

照的局势,即自由与不自由,自主与不自主的对照。作品的开首描写一个尼姑庵,即修女院,又点出时间是革命之后,但尼姑们还是传统的装束,传统的生活。中国留学生维嘉说她们是:"不自由,枯寂,悲哀"的,这里出现的是自由与不自由、新与旧的对照。在革命后的莫斯科,留学生们谈论自己的恋爱经过,这本来是一个自由的境遇,但朝鲜留学生的恋爱谭又成了一个悲痛的,不自由的境遇,这又是一个自由与不自由的对照。在这篇作品中我们可以看到三种对照,即:

(1) 十月革命后的苏联与代表革命前的尼姑庵。
(2) 青年们的恋爱谭与李孟汉的悲恋。
(3) 自由国度苏联与殖民地国家。(朝鲜、中国等)

上面三种对照都是从莫斯科这个地点反射出来的。这种对照使作品的主题,即朝鲜受日本统治的悲哀,更加突出,更加深刻。而且这个主题还涉及到中国和亚洲的弱小国家与民族。

蒋光慈在诗《哀中国》(1924年)中倾吐了他对中国的悲哀:

　　我的悲哀的中国!
　　(中略)
　　旅顺大连不是中国人的地方么?
　　可是久已做了外国人的军港;
　　法国花园不是中国人的地方么?
　　可是不准穿中服的人们游逛。
　　(中略)
　　东望望罢,那里是被压迫的高丽;
　　南望望罢,那里是受欺凌的印度;
　　哎哟!亡国之惨不堪重述啊!
　　我忧中国将沦于万劫而不复。

诗中中国的现状与朝鲜可谓百步之内,朝鲜的悲哀将成为中国的悲哀,这是作者最为痛心的事情。此诗与《鸭绿江上》的写作时期很接近,足可反映作者对当时的朝鲜的认识。很明显,作者将朝鲜作为一面镜子,反照中国将要面临的危机。小说中李孟汉讲到"天有不测风云,人有旦夕祸福"时，特用了第二人称"你"，将读者拉进叙事中来，刻意要以朝鲜的悲哀暗示中国的将来，唤起中国民众的觉醒。作者在《哀中国》中高喊："我愿跑到那昆仑之高巅，做唤醒同胞迷梦之号呼。"足以表示他忧国警世的心情。

3. 对蒋光慈的评价

建国后，对蒋光慈作品评价比较早的，可以说是黄药眠的《蒋光慈选集》序文（1951年）。在序文中黄药眠评价说："作为蒋光慈作品的最突出的思想是什么呢？显然的，那就是爱国主义，这种精神，在他的作品里随处都可以看到。（中略）从左翼文学理论之史的发展看来，蒋光慈显然占着非常重要的位置。他继承了"五四"运动的革命传统，同时又直接继承了国际的革命文学传统，把苏联的文学理论介绍过来。在文学方面，他是从北方飞来的最初的候鸟，带了时代的光辉，正是光慈首先把五四新文艺运动推向更高的阶段。"① 黄氏的评价从蒋光慈的作品看，或从五四以来的文学史来看，都是极中肯的。黄氏对蒋光慈在文艺上的贡献举出了三点：第一是"在创作实践上替左翼文艺运动奠下了若干基础。"第二是为"文艺带来了一些新的题材和新鲜的人物"。第三是为"革命文学争取了许多读者，扩大了政治的影响。"

就《鸭绿江上》来说，特别是对第二点，我认为应再补充上一些成绩。黄氏在第二点中评价在题材上蒋光慈注意到当时的各种重大事件，如学生的抵制日货运动、奥汉铁路工人罢工、黄埔军校、上海工人的三次暴动、南昌暴动、湖南农民运动等；在人物上，注重描写工人、店伙、革命知识分子、地下工作者、农会领袖、叛逆的女性，把描写的范围扩大。我认为在题材上还应加上日本吞并朝鲜、朝鲜人民的反抗；苏联的革命、革命后的状况，即国际性的视野。在人物上，还应加上朝鲜青年。

可惜黄氏对《鸭绿江上》的评价仅是一句话："这是光慈的比较完整的短篇小说。"②但实际上这部小说以莫斯科为舞台，间接地传递了十月革命后争得自由的国度的气氛，并以此反映出三种对照，来突出它的主题。在情节构造上和叙事手法上都反映了作者周到精彻的旨意，在作者初期

---

① 《蒋光慈选集》，人民文学出版社，1960年，第12页。

② 同上，第25页。

的作品中，特别是位于《少年飘薄者》与《短裤党》之间，是一篇颇具特色的作品。

四、台静农《我的邻居》

台静农一贯以乡土作家著名，第一部小说集《地之子》（1928年，未名社）中大多数作品都以他的家乡为题材。鲁迅曾评价它为"优秀之作"，[1]还在《中国新文学大系》小说第二集序言中对《地之子》作了较高的评介。

冠于《地之子》之首的《我的邻居》是一篇朝鲜题材小说，与其他作品相比，是别具特色的作品。它通过一个中国青年"我"的回忆和想象，描写了"我"和"我"的邻居——一个朝鲜爱国青年——同处的一段经历。小说在题材上捉住了两个历史事件——1923年的东京大地震和震后发生的朴烈事件。两个事件在回忆和想象的世界中把"我"和"我"的邻居连接在一起。"我"在一个寒冷的早上从报刊上偶然看到了一个事件的报导：

> 我翻到第二版的时候，看见了一条关于日本的新闻，说有暴徒某，朝鲜人，谋炸皇宫，被警察擒住，已于某某日正法；该犯年二十余岁，身材短小，面微麻……[2]

这一段报导使"我"想起了一年前住在隔壁的一个青年。一年前这个青年搬进"我"隔壁的一间阴森的房间来，而且终日蛰伏在房间里，使"我"感到莫名其妙。过了一段时间"我"才有机会与这个邻居搭讪，才知道他是朝鲜人，又知道他是经历过1923年东京大地震的。他们之间有下面一段对话：

> "府上是广东吧？"
> "不，我是朝鲜人，先生！"

---

[1] 《二心集·我们要批评家》，鲁迅，《鲁迅全集》，第4卷。
[2] 《地之子》，未名社，1928年，第4页。

"原来是朝鲜!"我带了十二分的惊异与恍然的神情。(中略)

他原来是异国的飘泊者,不幸误会竟生在我们的中间。

"先生来中国多少时间了?"

"去年日本地震后来的。"

"据说那次东京地震,你们韩人死了不少?"

"唔,是的。"

他用照旧一样的口吻答我,可是声音微微地颤动,他似乎已经知道我的意思,我不禁有些赧然了。他隐护他的伤痕,当同人们相遇的时候。①

他们的对话中有两点是很重要的,一点,邻居是朝鲜人;另一点,东京大地震时韩人死了很多。这里所说韩人的牺牲不是指地震时的受难,而是指震后日本人虐杀朝鲜人的事件。大地震后,在东京流传出许多有关朝鲜人的谣言,说他们往井里散毒、放火、杀人等。不久警察和市民的自警团便开始搜捕和虐杀朝鲜人。据统计,当时被害朝鲜人达6600余人。②但受到诬陷和残杀的不仅限于朝鲜人,还有许多在日中国人和日本劳动者、共产主义者也被残杀了。翻开日本现代史,我们就可以看到在这一段时期日本政府对国内无产阶级运动所施加的一连串的残酷镇压。日本政府和警方在大地震发生后大量检举社会主义运动家,杀害了劳动会干部川合义虎、平泽计七等10人;逮捕和杀害了社会主义运动家大杉荣、伊藤野枝。日本政府一连串的逮捕、暗杀、虐杀,都是为了乘地震的混乱,一举歼灭反政府的无产阶级运动的势力。被逮捕的人中还有反日的无政府主义运动家朴烈和金子文子。朝鲜人朴烈当时是无政府主义团体"不逞社"的中心人物,大地震后他们马上被逮捕,罪状是对日韩合并怀有强烈不满,偷运炸弹企图暗杀天皇和皇太子。当时朴烈25岁。1925年10月朴烈以"大逆罪"嫌疑被起诉,同年11月对外报道开禁,人们才开始通过报道了解这个事件。1926年3月25日日本大审院判处朴烈、金子文子死刑。实际上朴烈的罪状完全是日本政府和警方捏造的,

---

① 《地之子》,未名社,1928年,第16~18页。
② 武田幸男,《朝鲜史》,山川出版社,1985年,第271页。

目的不外乎是要毁灭国内的革命势力。

台静农在《我的邻居》中涉及到东京大地震，让"我"对朝鲜人的被害表示同情。这反映了作者对当时残杀朝鲜人的事件有一定的了解和同情。这个事件对朝鲜青年来说显然是留下了心灵上的创伤，他"声音微微的颤动"，"他隐护他的伤痕"，这些都表示了他心里的伤痕之深。一年后"我"看到报刊上的消息时，便猜疑犯人就是这个邻居。"我"的邻居是怎样一个青年呢？作品中这样描写：

> 人很短小，显得十分精悍，他的神情使人一见面便有些奇怪，脸上微微有些麻，双眉如两把短刀，往下戚着；身体并不雄壮，然而非常的精悍；他的头发已经秃顶，却不像一个秃顶的老学者，还是少年的英姿。他宛然是一只饥饿在腹中燃烧的鹰。长开眼睛四望之后，双眉便立刻攒聚起来了。①

朝鲜青年的特征是矮小而精悍，有一双尖锐的眼睛。他的动作带有强烈的冲击感，致使"我"怀疑他是一个危险人物或大盗。这个朝鲜青年的形象与朴烈有相似的地方。金一勉在他的著作《朴烈》②中谈到朴烈的性格说："综合当时有关朴烈的记录，可以判断朴烈是一位不大说话，沉着到带有一些可怕的威严的人。他决不献媚于世间，而总是正大光明的。对外显出大胆的强行的性格。"③再看朴烈在狱中的身体检查报告："朴烈（25岁）身高5尺2寸2分（1米58公分），体重42.75公斤（中略）体瘦、营养不良，发浓，眉浓。额圆而宽。"④根据这些资料我们可以知道朴烈是一个个子矮小，眉毛浓厚的青年。朴烈的性格是比较剧烈的，据说他本来的名字叫朴准植，8岁的时候自己把名字改为朴烈，理由是自己的性格太剧烈。⑤《我的邻居》中的朝鲜青年在体形、面貌和性格上反映了朴烈的特征。他强烈的性格表现在一双尖锐的眼睛上。作品

---

① 《地之子》，未名社，1928年，第5~11页。
② 金一勉，《朴烈》，合同出版社，1973年。
③ 《朴烈》，同上，第54页，笔者译。
④ 同上，第212页，笔者译。
⑤ 森川哲郎，《朝鲜独立运动暗杀史》，三一书房，1976年，第221页。

中有几处描写他眼光的地方。

> 当他在院中格格地徘徊的时候,曾经冷然地向我一瞥;从这一瞥之后,他的恶毒确已穿进我的血管中,在周身轮环地跳动着;
> 他昂然地冷峭地向我一瞥;
> 他冷然孤独地微笑了,很严肃地对我一看,
> 他闪闪的眼光,有如闪电一般四射,大概是要图来日的复仇吧,我想。①

朝鲜青年的眼光传递着一种强烈的感情,"我"从中读出的是恐怖、愤恨、凄怆和复仇。小说中的朝鲜青年是一个异国的飘泊者,潜伏在"我"的隔壁,秘密地准备复仇的行动。一年后在报刊上出现了"朝鲜人,谋炸皇宫"的报导。这个朝鲜青年通过几个重要的事件——东京大地震、朝鲜人虐杀事件、谋炸皇宫的连接,俨然显现出一个近似朴烈的民族英雄的形象。

《我的邻居》中对朝鲜青年的刻画主要通过"我"的眼光和联想,用了一种自由联想的意识流的手法。在第1节中,"我"以一个懒散、怯懦的大学生登场,在"我"的懒散、缓慢的动作中潜伏着一种强烈的不安的意识。

> 我斜倚在藤椅上,负着阳光使全身温和与舒畅,正如一个老人在阳光之下消失他的末日;我手里拿了一支烟轻微地吸着,烟气弥漫了这矮而小的房间,与阳光互相晖映,顿使我回到过去的梦境与寥廓的远天,心是象狂风中的波上的小舟一样,荡漾得不能自安,正如老年人在他末年的回想的国土里得到的不安和悲怆。②

"我"的意识随着烟气的弥漫开始波动起来,但波动是被动的、消极的,还只是一种潜在的运动,所以"我"还不能捉摸到它的真象。但到

---

① 《地之子》,第13~19页。
② 同上,第2页。

他看到报上登的朝鲜人谋炸皇宫的消息时，这个意识的波动便开始显出明显的影像。

> 我的心因而又回复到方才不安的状态中了。
> 我扔开报刊，两目凝视着虚空，青烟同阳光绕着我的左右，我不愿深思下去，只是他偏引了过去的许多景象一齐奔驰到我的脑里。①

一个朝鲜青年的影像浮现在"我"的意识中，一年前朝鲜青年刚搬到"我"隔壁来时，"我"还不知道他是朝鲜人，"我"对这个邻居的想象是：学生军（第2节）→广东人→理学家（第3节）。"我"对邻居产生了好奇心。但第二次看见他时，从他那严厉的神情，尖锐如鸷鸟一般的眼睛，破烂的装束，"我"的想象又有了变化，这回是：一只饥饿在腹中燃烧的鹰→决不是老实人→危险人物→江湖上的大盗→魔鬼（第四节）。"我"的感觉从好奇到恐怖。"我"第3次见到邻居时大胆地开口打了招呼，这时"我"才知道自己的邻居是一位朝鲜人，而且知道他经历了东京大地震，这时"我"对邻居的想法完全不同了。小说中这样写道：

> 我无端地感到我这不幸的邻人身世的悲哀，他怎样地遭遇恶人的毒手，他怎样地逃开恶人的罗网，他含泪地别了祖国，别了慈母，别了他的爱人！
> 他如一只大鸟，暂时虽然脱了猎人的逼迫；使他在无尽的天空中飞着飞着，也就足以使他愤恨和凄怆了；所以他闪闪的眼光，有如闪电一般四射，大概是要图来日的复仇吧，我想。②

这时"我"的猜疑、好奇、恐怖的感觉都消失了，代之而来是理解、忏悔与同情。"我"的联想是：朝鲜人→异国的飘泊者→东京地震→虐杀朝鲜人→邻人身世的悲哀→一只大鸟→复仇。对于"我"来说，朝鲜青

---

① 《地之子》，第4页。
② 同上；第19页。

年的蛰伏、令人不解的行动、严厉的神色,都是为了图谋复仇。对朝鲜青年的身世和复仇心的同情,反过来就是对压迫朝鲜人的痛恨。一天晚上朝鲜青年突然被警察逮捕了,这时"我"的感情是愤怒、焦灼、火焰狂烧(第6节),"我"的意识清楚地喊出"我"的愤怒:"我要痛恨这群野兽们将我的不幸的异国朋友掠去了!"一年以后"我"看到报上的报导时,回忆和想象又涌上心头,"我"想:"这是不是你呢?为了你沉郁的复仇,作了这伟大的牺牲,我的不幸的朋友!"(第6节)在"我"的心里,朝鲜青年已不是"彼此不注意"的邻居,而成为异国的朋友。

这样看来,《我的邻居》的描写并不在于朝鲜青年的具体行动,而着重在"我"的想象意识的变化。"我"对朝鲜青年的想象从开始的无意识状态逐渐变化到清醒的认识和想象程度,最后把这个邻居看成自己的朋友,对他表示很深的同情和支持。"我"的感情和想象的依据无疑就是对日本吞并朝鲜后一系列残酷的殖民统治的认识。"日韩合并"后朝鲜人民被逼得家破人亡,四处流亡。但有压迫的地方就一定会有反抗,朝鲜人民以弱抵强,往往要付出很大的牺牲,但他们不折不挠,继续抵抗。小说中朝鲜青年以矮小的身躯去行谋炸皇宫的复仇,反映了朝鲜人民不屈的精神。"我"对朝鲜青年的理解和同情无疑代表了作者台静农对朝鲜的认识,视邻居为朋友便是他对朝鲜人民所抱的感情。

第三节　诗歌中的朝鲜

在诗歌方面,"五四"运动以来,自由形式的现代诗有了很大的发展,胡适、周作人、鲁迅、康白情、郭沫若等都为白话新诗作出了很大的贡献。新诗中也有以朝鲜为题材的作品,如康白情的《鸭绿江以东》、郭沫若的《狼群中一只白羊》、朱自清的《朝鲜的夜哭》、殷夫的《赠朝鲜女郎》等。诗人们在不同地点——或在日本,或在中国,或在中朝边境,接触朝鲜的人情风味,触景生情,咏出诗人对朝鲜的感怀。但同时它们也有一个共同的特点,这些诗歌都以当时的时代为背景,围绕着受殖民统治的朝鲜的现实,突出反抗、斗争的精神。

一、康白情《鸭绿江以东》

康白情在1920年5月,乘南满铁路路过鸭绿江边时作了《鸭绿江以东》一诗,这是"五四"时期他涉及朝鲜最早的一首新诗。这个时期康白情的新诗以不受古典诗词的禁锢,清新、自然的特色为中国诗坛带来了新风。朱自清在《中国新文学大系》导言中对"五四"时期康白情的新诗作了很高的评价,他说:"这时期康白情氏以写景胜,梁实秋氏称为'设色的妙手';(中略)又《鸭绿江以东》、《别少年中国》,悲歌慷慨,令人兴奋。"①《鸭绿江以东》以鸭绿江畔的风景和诗人的感慨开端。

> 鸭绿江以东②
> 鸭绿江以东不是殷家的旧土了!
> 但滔滔的江水还尽管绿着。
> 江之东是尚白的,
> 却也有些种药的在这里穿着蓝褂儿。
> 江之西是尚蓝的,
> 却也有些挑菜的在那里飘着白带儿。
> 什么东西江水,可以割断人间的爱么?
> 鸭绿江以东不是殷家的旧土了。
> 但我也不愿她还是他的旧土,
> 让她就是她自己的旧土好了!

第一句说:鸭绿江以东的朝鲜已不是殷家即殷商箕子的封地了,就是说自古以来中国殷箕子之后的朝鲜,现在变成日本的属国。这一句乍看起来似乎很有些"朝鲜本我藩属"的气味,但读到第二句以后便知道诗人的意思并不如此。望着鸭绿江东西的景物,江东边尚白的朝鲜人中也有穿着蓝褂的;江西边尚蓝的中国人中也有穿着白衣的。诗人接着说:江水怎能割断东西人们的交流和爱呢?诗人强调的是东西两方的连带关

---

① 《中国新文学大系》,第8卷,中国香港文学研究社,1968年,第3347页。
② 此诗引自《中国新文学大系》第8卷,中国香港文学研究社,1968年,第3445~3447页。

系，虽然朝鲜被日本夺去了，但两国自古以来相互交融的文化还在，生活还在，爱还在，这就是中朝两国人民之间的生活和感情上的连带感。所以诗人说不论朝鲜还是中国的旧土，他希望朝鲜就是她自己的，独立的，自由的。

诗人看到满山的杜鹃花，联想到朝鲜和故乡的现实，感叹到：

呀！我最爱你杜鹃花，
爱你底红，
呀哈！"溅我黄儿千斗血，
染红世界自由花！"
——朱家郭解底侠风那里去了？
但我相信这个还终归睡在我们底骨子里的。

诗人从杜鹃花的红色联想到血，联想到自由花。这首诗作于1920年，诗的背景应是朝鲜"三·一"独立运动与日本对中国的侵略。诗中从杜鹃花联想的血就是朝鲜人民的血，象征着"三·一"独立运动时朝鲜人民的牺牲，鲜红的血溅到"黄儿"（中国人）头上，开出自由之花。杜鹃花隐喻着朝鲜人民的悲壮、英勇和牺牲。诗人从杜鹃花又联想到自己的故乡，与朝鲜相比，中国曾有的英勇到哪里去了？朱家、郭解①是中国古代的游侠，专为人打抱不平，救人危机，以德报恩，勇敢无比。诗人反问自己，朱家、郭解那样的勇气到哪里去了？表示中国受到朝鲜人民的鼓舞，将唤醒曾有的英勇，起来战斗。最后诗人用杜鹃鸟的典故呼唤中朝两国人民崛起。

噫！哪里的杜鹃声？
"还我蜀来！还我蜀来！"
望帝之灵怎么也飞到这里来了？
"还我蜀来！还我蜀来！"
哦，好兄弟，好姐妹，

---

① 朱家、郭解，见《史记》游侠列传，第64页。

鸭绿江以东不是殷家底旧土了。
但我也不愿她还是他底旧土,
起哟！起哟！……

这里用了蜀王望帝杜宇死后化为杜鹃鸟的典故,"还我蜀来!"一语双关,一是替朝鲜呼吁,从日本的统治下还她自由；一是为中国呼吁,从日本的侵略下夺回丧失的国土。诗人呼吁中朝人民站起来,为争取独立而战斗。

《鸭绿江以东》用鸭绿江既表示东西空间的割断,又表示两个空间的连接,割断是因为日本夺去了朝鲜,中国失去了一个邻国；连接意味着一条江水连接两岸,一衣带水,尚白和尚蓝的人民依然有爱的交流。杜鹃花象征着朝鲜人民的血、独立、勇气和牺牲,也象征着中国人民故有的勇气。杜鹃鸟的叫声喊出中朝两国的愿望。这首诗反映了康白情对朝鲜的关怀和鼓励,也反映了他通过朝鲜来反省自己,反省中国,呼吁觉醒,呼吁独立的激情。

二、郭沫若《狼群中一只白羊》

《狼群中一只白羊》作于 1920 年,是"五四"时期郭沫若以朝鲜半岛为题材的最早的一首诗歌。这是继小说《牧羊哀话》后第二篇作品。"三·一"独立运动一年后,1920 年 10 月第八届国际基督教礼拜日学校世界大会在东京举行,与会者中有一位朝鲜老牧师,他在讲话中痛斥日本对朝鲜独立运动的镇压,呼吁与会者们为朝鲜的牺牲者祈祷,但他的讲话被司会人强制中止了。郭沫若当时在日本九州,得知这个情况非常愤怒,写下了《狼群中一只白羊》一诗。[①]这首诗前面附有很长的序文,叙述第 8 届国际基督教礼拜日学校世界大会的情形,特别叙述了朝鲜老牧师的讲话。

会场既失所,闻其第二日夜,复开会於日本青年会馆。其最后

---

① 《狼群中一只白羊》作于 1920 年 10 月 10 日,载于同年 10 月 20 日《时事新报》副刊《学灯》,未见收入《郭沫若全集》。

之演说者乃朝鲜老牧师白氏。白氏白发白髯白衣白履登坛，英宣教师一人为其通译，徐徐说出：

　　朝鲜是基督教传教最新的地方，同时又为传道效果最显著之区域。这可以说因为是神之末子，所以特受神之宠爱。现在有四十万之基督教徒，有东洋传道底使命的自觉。中国底满洲早有由朝鲜派遣的传道师了。然此有最可悲痛的事实存在：此大会若在六月以前开会时，可有二百五十人之会员自朝鲜来会。然今情形一变，除余一人之外乃无他人能来。不能来会之理由实乃世界之悲痛。而今约有一千人之朝鲜人呻吟於水火之中，而我独脱出万般反对万般危险单身只影而来现於此……

　　此时司会者勃劳恩博士竟摇铃宣告闭会。白牧师握原稿高举其手，一手拭泪，放出悲壮之声而喊叫曰"哦哦！满堂的兄弟姐妹！请为我，为我的同胞祈祷哟！"悄然就席云云。

当时有关这次礼拜日学校世界大会的情况，日本的各家报刊都报道得很频繁，从开会的第一天10月5日到14日闭会的那一天为止，每天必有一、二段长篇报道，但是有关这位朝鲜牧师的讲话和被中止的情况却只字不提，只有一部教会的内部刊物《基督教报》中简单地触及到这个情况，证明郭沫若的叙述确有其事。因此，这段序文的意义在于在当时的国际形势下冲破了媒体的抹杀和封锁，直接地揭露了当时发生在国际基督教礼拜日学校世界大会上的事件，传达了朝鲜人向世界发出的控诉和呼吁，这首诗及序在其他朝鲜题材作品中少见的。

　　狼群中一只白羊
　　1 "哦哦！
　　2 满堂的兄弟姐妹！
　　3 请为我，为我的同胞祈祷罢！"
　　4 哦哦！这是何等悲壮的喊叫！
　　5 何等圣洁的泪潮呀！
　　6 白牧师！圣洁的老人！
　　7 我禁不住我的泪泉滔滔流迸！

8 我禁不住我的魂髓战栗难任！
9 白牧师！圣洁的老人！
10 你为什么要向他们悲号？
11 你为什么要叫他们祈祷？
12 他们不是一些披着羊皮的狼群？
13 他们不是一些敛着利爪的鸷鸟？
14 他们不是抓扼着了你的咽喉？
15 他们不是吞噬尽了你的心脑？
16 他们如能为你祈祷，如还配乎祈祷，
17 他们怎能忍听你这样悲不忍闻的叫号？
18 白牧师！圣洁的老人！
19 你须知世间上那有什么圣徒？那有什么宗教？
20 那有什么自由？那有什么人道？
21 那有什么平等？那有什么同胞？
22 都是些政治家底顽童！资本家底祖庙！
23 野心家底护符！文章家底资料！
24 都是些虚矫！虚矫！虚矫！虚矫！虚矫！
25 白牧师！圣洁的老人！
26 你为什么要向他们悲号？
27 你为什么要叫他们祈祷？
28 白牧师！圣洁的老人！
29 我想你被他们扼着了咽喉的时候，
30 我想你一手握着原稿，高举，一手抿着眼泪，
31 放声喊叫的时候，
32 假使你有利剑在手，
33 假使你有手枪在手，
34 假使你有炸弹在手，
35 我想你心底的怒涛必已染遍狼群鸷鸟之头！
36 白牧师！圣洁的老人！
37 你手中的原稿怎么不变成手枪，炸弹，剑刀？
38 你须知哭也无益了！

39 祈祷也无益了！
40 天国已经倒坏了！
41 天国中的羊群要被狼群吞尽了！
42 狼群中的一只白羊呀！
43 别再和他们嬉戏了罢！
44 别再和他们嬉戏了罢！
45 快丢下你的 Bible！
46 快创造一些 Rifle 罢！（各句前数字，笔者附加）

　　这是46句的长诗。郭沫若把序文中白牧师的呼吁分成三行，冠于诗首，第4、5句咏出郭沫若的感动，"哦哦！这是何等悲壮的喊叫！""何等圣洁的泪潮呀！"这两句中的"悲壮"和"圣洁"便是贯穿本诗的关键词。朝鲜受着日本的统治，稍有反抗便要受到残酷的镇压，甚至以基督教的立场来申述自己的痛苦也是不允许的。郭沫若把压迫朝鲜牧师的人们形容成"披着羊皮的狼群"（第12句）、"敛着利爪的鸷鸟"（第13句），向"狼群"和"鸷鸟"悲号的老牧师是何等悲壮！这"悲壮"正可以说是郭沫若感动于白牧师的一个印象点，也是他诗情激发的一个源点。

　　"圣洁"除了第5句"何等圣洁的泪潮"之外，还用在"白牧师！圣洁的老人！"一句中，诗中第6、9、18、25、28、36句，共反复六次使用。"圣洁"又可以说是郭沫若从白牧师的形象中吸取的另外一个印象点。"圣洁"一语在日本的大正、昭和初期，在基督教世界，特别是新教中是一个比较普遍的用语。它本是 Holiness 的译语，表示基督教徒皈依上帝，洗清身心的污垢，进入圣化的境地。现在《圣经》和赞美歌中仍然使用这个用语。本诗以"白牧师！圣洁的老人！"一句的反复重叠形式展开诗的内容，这一句共反复了6次，第一次（第6句）呼吁后，诗人叙述了自己的感动；第二次（第9句）呼吁后，诗人要问白牧师为何要向人们哀愿，并强力地反问制止讲演的人们不正是狼与鸷鸟？第三次（第18句）呼吁后，诗人强调世间已没有真正的圣徒、宗教、自由、平等、同胞。一切都是虚矫。第四次（第25句）呼吁后，诗人再一次试问白牧师为何要向人们哀愿。在诗人眼里，那些制止白牧师讲演的人们，那些默认制止的人们，便是压迫白牧师及他的同胞的狼与鸷鸟，是披着宗教外衣的骗子。但尽管如此白牧师仍然在呼吁着"兄弟姐妹"，哀愿他们一起祈祷，这本出于他的虔诚的信仰心。诗人在此感受的便是"悲壮"与"圣洁"的情绪。

本诗后半，诗人强力地呼吁行动。"白牧师！圣洁的老人！"第五次（第28句）呼吁后，诗人想象白牧师手中拿着的不是原稿，而是利剑、手枪、炸弹。第六次（第36句）呼吁后，诗人断然否定"哭"与"祈祷"，宣告天国已倒坏，狼群正要吞尽天国中的白羊。第42句"狼群中的一只白羊"很明显就是比喻白牧师所处的状况。在如此状况下，信仰、祈祷都只不过是"嬉戏"。所以诗人在结尾呼吁"快丢下你的Bible！""快创造一些Rifle罢！"。关键词"圣洁"6次反复重叠，随着每一次反复，诗人的感悟更加深刻，诗人的激情更加高涨。从整体看，它形成一个内在声音渐次强烈的表现形式。朝鲜的独立运动及日本的残酷镇压，可以说是郭沫若对当时的基督教采取否定态度的背景。无视民族的独立自主，虐杀与镇压到处横行的地方，不会有真正的宗教。郭沫若否定的便是当时社会形势中的基督教的虚伪性。《狼群中一只白羊》在咏诵诗人对悲壮、圣洁的白牧师的感动的同时，还呼吁人们拯救朝鲜不能靠宗教，要靠实际行动。表现了诗人对实际行动所抱的信念。

当时在日本留学的郭沫若，与中国的其他作家不同的是他可以从日本的角度来迫近朝鲜问题，更清楚地了解朝鲜的情况。"三·一"独立运动、第八届礼拜日学校世界大会，都给他提示了一个民族存亡的重要问题。对郭沫若来说朝鲜的问题也是中国的问题，日韩合并后的朝鲜便成了一面反照中国的镜子，唤起他的民族危机感。《狼群中一只白羊》表现了他对朝鲜的同情与忧国的情绪。

这首46句的长诗，多见反复和呼吁的表现形式。再看标点符号，"？"号16处，"！"感叹号竟达39处，可见诗人是以强烈的感动和愤慨，一气呵成地写出这首长诗的。由于主题直接关系到当时的社会问题，所以多带些政治性和社会性。这个时期年轻的诗人胸中充满了丰富的想象和爱国的正义感，趋向于行动的意志，已反映在他的诗中。这种意志，日后驱赶他走向实际行动，参加北伐、参加抗日战争，并逐渐深入到中华民族的解放运动中去。这首诗虽未收入《女神》，但在一气呵成、直表激情之点，在追求民族独立自主之点，都可以说它具备了《女神》的风格，代表着郭沫若文学初期的诗风。

三、朱自清《朝鲜的夜哭》

《朝鲜的夜哭》写于 1926 年 6 月 14 日。这首诗的题材是朝鲜最后的国王纯宗的去世和朝鲜人民的独立运动。1924 年 4 月 25 日纯宗去世，朝鲜自从沦为日本的殖民地后，就失去了自己的国家，纯宗成了最后一个国王，纯宗死后，朝鲜人民就完全失去了自己精神上的依托，举国上下沉浸在悲痛之中。纯宗的丧礼预定在 6 月 10 日举行，爱国革命者和青年学生们秘密活动，预备在大丧之时举行独立运动，但因计划事先被日方察觉，运动只呈现了一个较小的规模，便被军警镇压下去，爱国青年和共产党员 200 余人被逮捕。朱自清在独立运动遭到镇压的第 4 天写下了《朝鲜的夜哭》一诗，从这一点看，可以说他对朝鲜局势是很敏感的，反映是很迅速的。

《朝鲜的夜哭》[①] 以三章构成，第一章写国王的死和人民的悲哀。

> 西山上落了太阳，
> 朝鲜人失去了他们的君主。
> 太阳脸边的苦笑，
> 永远留在他们怯怯的心上。
> 太阳落时千万道霞光，
> 如今只剩了朦胧的远山一桁。
> 群鸦遍天匝地的飞绕，
> 何处是他们的家乡？

诗中多用了比兴的手法，用太阳西落象征国王的死，用群鸦象征失去了君主的人民，人民失去了君主，失去了自己国家，象无家可归的群鸦一样仿徨在天地之间。第一章中以阴暗的自然景物，如：乌鸦的哀哭、急雨、暮色，来象征朝鲜人民的悲哀，咏叹国家沦丧的凄惨。

---

① 此诗引自《朱自清名作欣赏》，中国和平出版社，1993 年，第 75 页。

> 这朝鲜半岛老在风涛里簸荡!

这一句感叹在第一章中重复两次，表示了朝鲜沦亡后漫长、痛苦的岁月。朝鲜人民已被折磨得筋疲力尽。

> 他们能灰的心已灰尽，
> 能说的话已说完；
> 他们已不能叹息，已不用感伤。
> 但今天呵，今天呵，他们重新觉得了
> 那带了已多年的铁锁郎当；
> 大家要痛痛快快哭一哭君王!

朝鲜人民在痛苦的深渊中还要以痛哭自己的君主来表示自己的存在，表示他们的反抗。第二章写夜哭的情景：

> 来了，来了，这儿的人们是死之海的怒涛！
> 先只是细如发的呜咽，
> 像月下密林中的洞箫。
> 忽然间起了大风暴，
> 汹汹涌涌的那一片号啕！
> 是祭天时熊熊烧着的柴燎？
> 是千军万马的腾踔？
> 是东海和黄海同声狂啸？

这里也多用了比兴的手法。夜里，人们静静地向旷野聚集而来，寂静庄重的人们象"死之海的怒涛"，他们的哭声由呜咽到号啕，他们的激情由压抑到迸发，诗人用"柴燎""腾踔""狂啸"来表现这激情的强烈。朝鲜人民已失去了抵抗的武器，他们只能用眼泪来反抗。诗人咏颂道：

> 好吧！让我们用眼泪来浇，
> 浇呀，浇呀，索性浇没了这朝鲜半岛！

第三章写日本统治者对朝鲜人民的镇压。

> 沙沙沙沙的蹄声早已来如猛火！
> 也不管你妙龄的好女，
> 也不管你年老的婆婆，
> 他们一列一列的奔驰而过！
> 哀号起于马蹄之下，
> 呻吟起于马蹄之下，
> 只求"爷爷们饶了我！"
> "叫嚣乎东西，隳突乎南北"。

这几句描写日本军警骑着马来镇压的情形，叙事性格比较突出，读了这几句，我们对日本军警的冷酷残暴、朝鲜人民的痛苦，如临现场，触目惊心。"叫嚣乎东西，隳突乎南北"一句是柳宗元《捕蛇者说》中的诗句，描写官吏来收租时四处怒吼，到处砸打，作威逞凶的情景。在这里描写日本军警的凶暴。表现了诗人对日本统治者的残暴万分仇恨，对朝鲜人民万分同情。诗人最后呼吁：

> 你箕子的子孙呀！你要记着——
> 记着那马上的朗笑狂歌！
> 你在天的李王呀！你要听着——
> 听着那马上的朗笑狂歌！
> 风还是卷地的吹，
> 雨还是漫天的下；
> 天老是不亮呵，奈何！
> 天老是不亮呵，奈何！

这里以"马上的朗笑狂歌"来表示日本统治者的骄横，与前面的马蹄下的哀号、呻吟正成对照。诗人对日本统治者的愤怒已到极点，他高声疾呼朝鲜人民要记住是谁使他们如此受苦，是谁把他们的家山破毁。最后两句表现了诗人与朝鲜人民同呼吸共命运，将朝鲜人民的痛苦当做自己的痛苦的真挚感情。

《朝鲜的夜哭》一诗以纯宗的去世为题材，咏叹了受日本统治的朝鲜人民的悲苦。诗人用了比兴的手法，将叙事与抒情揉合在一起，着重写夜哭和日本军警的镇压，以突出朝鲜人民的悲惨和诗人的激情。

四、殷夫《赠朝鲜女郎》

殷夫（1909～1931）是一位勇敢的革命运动家和诗人，他在20年代后期开始参加革命活动，特别是工人运动，1929年组织上海丝厂罢工，几经逮捕，坚贞不屈。这个时期他写作了很多红色鼓动诗，如：《别了，哥哥》、《血字》、《让死的去吧！》等。1930年参加左联作家联盟，为杂志《萌芽》、《拓荒者》写稿。1931年1月和左联其他同志一起被国民党政府逮捕，2月7日被害，年仅22岁。他的诗稿在他死后陆续编辑出版。《孩儿塔》是他生前编辑的第一部诗集，出版则在建国以后。鲁迅曾为《孩儿塔》写了序文，高度评介了他的诗歌，赞扬说："这是东方的微光，是林中的响箭，是冬末的萌芽，是进军的第一步，是对于前驱者的爱的大纛，也是对摧残者的恨的丰碑。一切所谓圆熟简练，静穆幽远之作，都无需来作比方，因为这诗属于别一世界。"①鲁迅的评价是很有分量的，我们只要一读殷夫的诗，就可以理解鲁迅的评价的意义所在。《孩儿塔》中有一首诗是写朝鲜少女的，题目是《赠朝鲜女郎》，作于1929年春季，地点是上海。正是殷夫组织上海丝厂罢工之前的作品。

> 赠朝鲜女郎
> 朝鲜的少女，东方的劫花，
> 你就活泼地在浮木上飞跑。
> 我看见你小腿迅捷的跳动，
> 你是在欢迎着浪花节奏的咆哮。

---

① 《白莽作〈孩儿塔〉序》，见《鲁迅全集》，第6卷，第494页。

浮木是你运命的象征，
远离故乡，随水飘泊，
谁掬向你一杯同情？
你真该合这浪花同声一哭。

你，少女，是那样美好，
你仿佛是春天的朝阳，
你小小的胸口有着复仇的火焰，
你黑色的眼底闪耀着新生燎光。

请立在这浑浊的黄浦江头，
倾听着愤怒的潮声歌着悲调，
你的故乡是在冰雪垓心，
痛苦的同胞在辗转呼号。

要问这天空几时才露笑容，
问这罪恶何日得告终结？
何日你方可回归故里，
在祖父的坟头上剖心啜泣？

浮萍般的无定浪迹，
时日残蚀了生命花叶，
偷生在深的，深的暗夜，
何日得目睹光荣的日出？

你请放声高歌吧，
你胸中不是有千缕怨丝，
你的心不是在酸楚地跳抖，
对着黄浦你该发泄你的痛嘶！

你不停地向前跳去，
你是欢迎着咆哮的旋律；
我知道越过一片汪洋波涛，
那边有着你的仇敌。

女郎，愤怒地跳舞吧，

波涛替你拍着音节，
把你新生的火把燃起吧！
被压迫者永难休息！①

  这首诗，让人一读便感受着诗人的同情、愤恨和鼓动的激情。诗中写一个美好的朝鲜少女，但诗人却把她叫做"东方的劫花"即亚洲的遭掠夺，受灾难的花朵。诗人以这位少女来象征朝鲜的境遇，第二节中飘泊到中国的少女代表着朝鲜人民背井离乡，亡命飘泊的命运。第三节中少女做为被奴役的，四处流浪的朝鲜人，胸中燃烧着复仇的火焰。第四节第3、4两句描写朝鲜的现状，在日本的统治下，朝鲜有如锁在冰雪风霜之中，人民挣扎在水深火热之中。第五节中，诗人咏叹道："这罪恶何日得告终结？"，再问朝鲜少女何日才能回到家乡去。"这罪恶"指日本帝国主义者殖民朝鲜的罪行。第七节中，诗人鼓动少女高歌，把心里的"怨丝""酸楚"都发泄出来。第八节写少女对着黄浦江跳跃，那对岸就是她的仇敌，仇敌自然指的是日本。第九节中诗人鼓励少女愤怒地跳舞，让新生的火燃烧起来。在这首诗中，诗人以"春日的朝阳"般的美好、"新生的燎光"、"新生的火把"来形容朝鲜少女，以此来对比朝鲜同胞的痛苦和黯淡，意图给黑暗带来一缕光明。诗人鼓动少女高歌、跳舞，以"浪花""波浪"——更多的被压迫者的愤怒和同情——配合少女的歌舞，表示诗人鼓动人们奋起，为争独立自由努力的革命精神。这首诗正像鲁迅说的那样，"是东方的微光，是林中的响箭，是冬末的萌芽，是进军的第一步，是对摧残者的恨的丰碑。"通过这首诗，我们还可以了解诗人对朝鲜的认识，他对日本的殖民统治万分仇恨，对朝鲜的命运深切地同情。对朝阳一般的朝鲜少女咏颂表现了他对邻国朝鲜的爱和同情，在爱和同情中还有诗人的鼓动，做为一个同受日本帝国主义者侵略的中国人，诗人和朝鲜人民同是被压迫者，站在同一个立场上，鼓动少女、朝鲜人民为争取独立自由"愤怒地跳舞"，实际上这也是在鼓励中国人民为救国而奋斗，反映了诗人强烈的斗争精神。

---

① 《孩儿塔》，人民文学出版社，1984年，第83页。

第四节 "五四"时期朝鲜题材作品的特点

　　以上我们对"五四"时期朝鲜题材的小说与诗歌作了较具体的作品分析，通过分析我们可以归纳出这类作品的几个基本特点。首先在创作背景上都与当时的国际、国内的局势紧密相关。郭沫若的《牧羊哀话》受到第一次世界大战后巴黎和会上的"山东问题"的冲击而作，涉及朝鲜的则是"三·一"独立运动与李垠的婚姻；鲁迅翻译《一个青年的梦》，以第一次世界大战和"五·四"运动为背景；蒋光慈的《鸭绿江上》以"日韩合并"与那以后日本对朝鲜的殖民统治为背景；台静农的《我的邻居》则涉及到东京大地震、虐杀朝鲜人事件和朴烈事件。每个作品都具体关联当时的国际形势和历史事件。

　　在题材上每个作品都从创作背景中取材，并加上作者的想象和文学处理。《牧羊哀话》构思了少年少女伊子英与闵佩荑的悲恋故事，描写了朝鲜的国破家亡的悲哀。《鸭绿江上》的题材与《牧羊哀话》有近似的地方，也构思了一对朝鲜恋人离散的故事。《我的邻居》则以一个朝鲜青年的逃亡和复仇为题材，描写了朝鲜人民的坚韧反抗。

　　在体裁和描写手法上，通观以上作品，多用第一人称"我"来主导故事的展开，而具体的故事情节多以朝鲜人的叙事为主。即外层叙述和内层叙述、双重构造的框架小说的形式。如郭沫若的《牧羊哀话》、蒋光慈的《鸭绿江上》。《鸭绿江上》的叙事中还多用了第二人称"你""你们"，扩大被叙述者的范围，充实了叙述的效果。台静农的《我的邻居》也以第一人称"我"为叙述者，用了意识流的手法来描写了"我"对邻居——一个朝鲜青年的认识的变化。由于当时的国际形势，作者很少有亲临朝鲜体验生活的机会，他们基本上是通过报导或逃亡到中国、日本来的朝鲜人了解朝鲜的情况。郭沫若虽在东渡日本时路经朝鲜，在釜山住了一周，但还不能深入朝鲜社会的深层。在留学的几年中，他从日本方面观察朝鲜，与其他中国作家相比他确实有了更广的观察视角。但总的来说郭沫若也是通过报导和传闻来了解朝鲜的。故而，他们的作品中便都采取了第一人称，"我"来听内层叙述者——朝鲜人——叙述的故事。故事的情节不是被描绘出来的,而是被讲述出来的。

在作品的主题上,所有的作品都本着一个基本的基调,那就是对朝鲜的同情,对日帝的愤恨。郭沫若的《牧羊哀话》突出了悲恋和反日的主题,表现了受奴役和反抗的悲壮的美。蒋光慈的《鸭绿江上》强烈地反映出被日本殖民统治的朝鲜的悲哀。鲁迅的《一个青年的梦》则着重宣传原作的反战精神。台静农的《我的邻居》表现了"我"对朝鲜人民不折不挠的反抗精神的同情和支持。

这个时期以朝鲜半岛为题材的诗歌也均以日本对朝鲜的殖民地统治、"三·一"独立运动、朝鲜人民的流亡为背景,以诗人对朝鲜半岛的同情、激励为基调,或咏出朝鲜丧国丧主的悲哀;或咏出中朝两国同受日本侵略的怨恨、危机感、连体感;或咏出奋起抗日的激情。诗人们大多是爱国的知识青年,他们的诗歌不仅咏出了对朝鲜半岛的同情,还表达了反侵略、爱和平的人道主义精神和正义感。

在第一次世界大战时中国的作家们对朝鲜的命运是非常关注的,朝鲜的亡国是因为日本的吞并,受着殖民统治的朝鲜人民没有自由,不能反抗,过着水深火热的生活,对这一点作家们都有共同的认识。日本对中国的侵略加强了中国人民的危机感,邻国朝鲜的命运也更加吸引他们的注目。"五四"运动时,中国民众多以朝鲜为例,揭露日本帝国的野心,唤起人民的觉醒。郭沫若、鲁迅、蒋光慈、台静农也不例外,他们从不同的角度(中国、日本、莫斯科)来关注朝鲜,描写朝鲜。对朝鲜的关注扩大了他们视野,他们看到亚洲有许多弱小民族已被列强国家吞并,中国也在面临着被侵略的危机,中国与其他弱小民族是命运共同体。这样就加强了他们对朝鲜的连体感。对朝鲜的自主性的问题,当时还存在着"朝鲜本我藩属"的偏见,但鲁迅在《一个青年的梦》序文中就批评了这种看法,认为这是一种利己的、狭隘的民族主义意识,是"中国旧思想上的痼疾"。这证明,中国现代知识分子已将自己的视野扩大、放远,已开始反省以往的思想意识,将朝鲜做为一个独立的民族,独立的国家平等看待,这样的认识意识已逐渐形成。"五四"时期中国的对韩认识还有两个倾向,一个是将朝鲜做为反面镜子,反照中国的未来,激起忧国的危机感,这样的看法在当时占主流。郭沫若的《牧羊哀话》、蒋光慈的《鸭绿江上》中都有这样的意识存在。还有一种倾向出现于朝鲜

"三·一"独立运动之后,将朝鲜做为正面镜子,赞扬朝鲜人民不折不挠的抵抗精神,以此鼓动中国人民的爱国反帝。台静农的《我的邻居》中对朝鲜青年的复仇的同情和支持就反映了这样的认识。

第二章 鲁迅与夏目漱石文学

第一节 鲁迅的现代与夏目漱石的现代

中国现代文学伴随辛亥革命及"五·四"运动而崛起,肩负了反抗传统思想,唤起国民意识之使命,进步知识分子们高举"文学革命"的旗帜,揭开了现代文学史的序幕。鲁迅无疑是"五四"时代的旗手,《狂人日记》奠定了白话文写作的基础。活跃在杂志《新青年》上的很多进步知识分子,如陈独秀、李大钊、周作人、鲁迅等大多是留日的新时代知识分子。不能否认,在现代文化发展及"自我"意识的觉醒的过程中,他们都深受了日本的影响。"五四"运动时,与中国隔海相望的日本已进入大正时代,1868年明治维新以来,日本引进西方现代文化与文明,迅速地推进现代化发展,成为亚洲第一个现代化国家。

夏目漱石与鲁迅都是现代日本与现代中国最有代表性的文学家。我们在探讨鲁迅的文学及思想时,日本文学,特别是夏目漱石文学对他的影响是一个很重要的因素。长期以来中国的鲁迅研究没有关注到这个问题,日本的鲁迅研究界对此问题也未曾予以充分的重视。周作人早在1958年,在《鲁迅的故家》中就触及到鲁迅对夏目漱石的关注,并赞扬鲁迅的翻译作品中夏目漱石的《克莱喀先生》翻得最好。但尽管如此,长期以来学界仍是默默无声。有关鲁迅与夏目漱石的论著可列举如下:

周作人《鲁迅的故家》1958年

竹内好《〈阿Q正传〉的世界性》1948年《竹内好全集》筑摩书店

增田涉《鲁迅的印象》1970年 角川书店

平川佑弘《夏目漱石——非西洋的苦斗》1976年 新潮社

桧山久雄《鲁迅与漱石》1977 年 第三文明社

藤井省三《俄罗斯的阴影——夏目漱石与鲁迅》1985 年 平凡社

藤田梨那《漱石与鲁迅的比较文学研究》1993 年 新典社

第二次世界大战后日本出现了大量鲁迅作品的翻译,竹内好在较早的时期曾意识到鲁迅与夏目漱石的影响关系,在《〈阿 Q 正传〉的世界性》中写道:"周作人曾涉及到鲁迅留日时期爱读过漱石,说他的风格虽不大与漱石相像,但讽刺笔致的微妙却是受了漱石的影响。确实鲁迅对日本文学,除了漱石以外没有重视过其他作家,但要说他受了漱石的影响,我以为有些过分了。我以为他们没有类似的地方。"①他所根据的理由主要在鲁迅与漱石的人生道路的不同以及人道主义的异质性上。

增田涉曾师事过鲁迅,他在《鲁迅的印象》中涉及到鲁迅与夏目漱石的问题,指出:"波及的痕迹或许有若干,但只不过是像周作人说的那样,在一部分笔致上可以看到有似漱石《猫》那样的笔致,根本谈不到漱石的影响渗透到他的血肉,恐怕日本文学连他的皮下都未曾渗透过。"②日本鲁迅研究界代表人物竹内好和增田涉均对夏目漱石对鲁迅的影响持否定的态度。但尽管如此,鲁迅在留日期间关注过夏目漱石,居住过夏目漱石曾住过的房子,翻译过夏目漱石的作品,写过有关留日的文章和小说,这些仍然是事实。他为什么如此关注夏目漱石?漱石文学与鲁迅文学是否完全无关?他的留日与夏目漱石的留英有何精神上的类似点?以至鲁迅是否丝毫没有接受日本文学的影响?竹内好和增田涉对这些问题并没有作出回答。

比较文学研究家平川祐弘教授在 70 年代运用比较文学的手法,第一次尝试了鲁迅与夏目漱石影响关系的研究,他从鲁迅与夏目漱石的留学体验入手,在精神方面,从文化冲突到主体性觉悟,对二者之间的相似体验进行了探讨。在作品方面,具体分析了鲁迅的《克莱喀先生》翻译。通过对比分析两个人的思想与作品,得出的结论是:鲁迅在摸索中国的现代化过程中,在文学上和精神上都接受了夏目漱石的影响。平川祐弘教授的观点与研究方法给予笔者很大的启发。桧山久雄教授也重视了鲁

---

① 《竹内好全集》,第 1 卷,筑摩书店,1980 年,第 239 页。引用部分笔者译。
② 增田涉,《鲁迅的印象》,角川书店,1970 年,第 132 页。引用部分笔者译。

迅与夏目漱石的影响关系的问题，他的专著《鲁迅与漱石》出版于1977年，是日本第一部涉及这个问题的专著。直到上世纪90年代初，藤田梨那的专著《漱石与鲁迅的比较文学研究》（新典社1993年）、李国栋《鲁迅与漱石——悲剧性与文化传统》（明治书院1993年）问世后，有关这一课题的研究才逐渐展开。90年代末有柴崎信三《鲁迅的日本，漱石的英国》（日本经济新闻社1999年）、李国栋《鲁迅与漱石的比较文学研究》（明智书院2001年）、潘世圣《鲁迅·明智日本·漱石》（汲古书院2002年）冈庭升《漱石·鲁迅·佛克那》（新思索社2004年）等研究专著出版。

笔者认为在鲁迅和夏目漱石的比较研究上，现代性的问题是一个不能回避的根本问题，二者的留学体验也具有重要的意义。本章准备从鲁迅和漱石的留学体验入手，探讨鲁迅与漱石的现代性认识的问题，同时，通过对鲁迅的翻译和创作的具体分析，探讨鲁迅对夏目漱石文学的接纳趋向与态度，进而阐述上述鲁迅与夏目漱石影响关系的诸问题。

对生于明治维新前夜，与现代日本同步成长的夏目漱石来说，"现代"是被所与的。维新后急速成长的日本就像被抛入波涛巨浪的大海中的一条小船，呈现出被动的外发式发展状态。夏目漱石通过留英体验，洞察到这一点，他开始摸索如何建树自己的主体性问题。与夏目漱石相比，鲁迅的人生则是一半浸在半封建半殖民地状态的社会，一半涉足民族解放，自力图强的现代中国。鲁迅的课题便是如何摆脱"过去"的束缚，争得民族的解放，争得"人"的解放。同是一个现代的问题，鲁迅与夏目漱石所面临的现实却大不相同，他们各自的文学课题也就必然各有所异。

有关夏目漱石与鲁迅的现代性问题，日本已有不少学者论述过。如：伊藤虎丸《鲁迅与日本人》（朝日新闻社1983年）、《鲁迅与世纪末》（龙溪书舍1975年）、丸山升《鲁迅——文学与革命》（平凡社1965年）、桧山久雄《鲁迅与漱石》（第三文明社1977年）等。这些专著以具体的论据和切实的论证赋予后继学者们以极大的帮助与启示。笔者准备通过对具体作品的论证来探讨鲁迅与漱石所体验的自我意识觉醒的途径与他们的现代意识的不同性质。

一、两个留学体验

夏目漱石在英国留学（1900—1902）中开始意识到确立"自我本位"的必要性。明治维新前夜（1867年）出生的他，明治二十三年（1890年）考入东京帝国大学英文系，大学毕业后曾赴松本市和熊本市任高中教师。而后，于明治三十三年（1900年）以日本文部省派遣留学生身份赴英国留学，留学的目的是学习英文和英国文学。夏目漱石日后在他的《文学论》中回忆道："在伦敦的两年是我人生中最不愉快的两年。"造成"不愉快"的种种原因中最主要的便是一个疑问："所谓文学是什么？"以及由这个疑问导致的人生及学术上的不安。他在《文学论》序文中写道：

> 十几个春秋在余眼前过去，不敢说学而无暇，只恨学不透彻。毕业时，我的脑里总好像受了英国文学的欺骗，徘徊着一种不安。余怀着这个不安之念，西赴松山，一年后又西赴熊本，在熊本居住数年仍不能解消这个不安，又赴英国。余以为若赴英仍不能解此不安，则无奉官命渡远洋之意义。然过去十年未能解开的疑团，试图在赴英一年之内解决，纵不说属绝望，亦近于全无把握。①

夏目漱石所感"不安"的原因在于东西方"文学"概念的差异，即西方的 Literature 与东方汉文学中所谓"文学"在基本概念上的冲突。英国留学使夏目漱石察觉到这一东西概念的差异，同时他开始对拘谨于他人评价的所谓"他人本位"表示怀疑，②认识到"需要自己归纳出文学的根本概念，除此之外无法解救自己。"③这便是他日后提倡"自己本位"的开端，也是他决心撰写《文学论》的开端。夏目漱石的留学与苦恼反映了日本知识分子在向现代化迈进的过程中必然遭遇的与西方文化的碰撞，必然要面临重新确认自己的文化主体性的问题。这样的碰撞与苦恼致使他患了严重的精神衰弱症。

---

① 《夏目漱石全集》，第18卷，岩波书店，1965年，第9页。引用部分笔者译。以下同。
② 参考《我的个人主义》，见《夏目漱石全集》，第21卷，第142页。
③ 《我的个人主义》，见《夏目漱石全集》，第21卷，第139页。

"自己本位"的根本是什么？他在《我的个人主义》中说："自己本位就是以自己为主，他人为宾的信念"。①他认为东西文化的差异根本上起因于"风土、人情、习惯、国民性格"的不同，因此东洋人无需勉强地模仿西方，浮华于表面。而应"去浮华，就挚实。"②做为日本人，应以这样的态度建树自己的主体性。

夏目漱石留学英国后曾师事于莎士比亚学者，爱尔兰人 William James Craig，但他决心建树自己的文学理论后，便在1901年10月结束这个学习，专心于《文学论》的研究。1902年3月13日他在写给岳父中根重一的信中谈及《文学论》的构思，写道：

> 依小生思考，自提示应如何看世界之问题开首，渐进涉及如何解释人生之问题，进而论述人生的目的及活力变化，论至开化，解剖构成开化的诸要素，分析此诸要素相互关联，发展的方向。再由此论证现代开化给予文艺开化的影响。③

从这封书信可知《文学论》的构思涉及人生、社会、文明开化等方面。现代文明开化的问题是导致夏目漱石苦恼与不安的根本原因。涉足英国，亲身体验西方现代社会，他开始客观地反思现代日本开化的性质与欠缺之处。留学期间的日记中频见日英比较，批判日本社会的记述。如，明治三十四年（1901）3月16日的日记：

> 人说日本于30年前觉醒了，但那是被钟声激醒的，狼狈仓促，不是真正的觉醒。只急于吸收西方的东西，无暇消化。文学、政治、商业均如是。日本并没有真正觉醒。④

这里对日本文明开化的洞察，奠定了《现代日本的开化》（1911年）所阐释的日本现代文明批判的基础。实际上日本的现代化问题与文学上

---

① 《我的个人主义》，第142页。《夏目漱石全集》，第21卷。
② 《我的个人主义》，第140页。《夏目漱石全集》，第21卷。
③ 《夏目漱石全集》，第27卷，第168页。
④ 《夏目漱石全集》，第24卷，第39页。

的主体性问题是一个表里性的关系，在英国的夏目漱石同时对这两个问题展开探讨与摸索，他所提倡的"自己本位"本质上强调了做为日本人的主体性问题。

夏目漱石于明治三十五年（1902年）回国。同年鲁迅东渡日本，开始了为期9年的留学生活。然而两人的境遇大有不同。明治三十五年日本维新已历经了30个年头，实现了快速的文明开化，以"外发式"状态进入现代国家的轨道。而与之相比，中国仍处在清王朝时代，政治极端腐败，甲午战争、义和团运动后，逐渐沦为欧洲列强和日本的殖民地。因此对于鲁迅所面临的现实与夏目漱石自然不同，在夏目漱石来说，"现代"是与生俱来的被所与的东西，而对鲁迅来说它并不是被所与的，而是需要付出努力去争取的。

鲁迅留日后选学了医学，1904年至1906年曾在仙台医学专门学校学习，但中途退学，由仙台返东京，直到回国为止，一直在东京从事文学活动。尽管鲁迅和夏目漱石的处境不同，两人通过留学，有一个共同的收获，那就是"自我意识"的觉悟。1908年鲁迅曾在杂志《河南》上发表评论《文化偏至论》和《破恶声论》，这些文章披露了他对现代自我的早期认识。

在《文化偏至论》中，鲁迅对各个历史阶段的文化发展中必然出现的一种"偏至"现象进行了分析。指出19世纪欧洲偏重物质文明，以多数压制少数的倾向便是继承了18世纪以来文明发展的一种偏至现象。为校正这个偏至现象，19世纪末出现了新概念论学派，鲁迅称这一派极端主观的唯心主义为"神思新宗"。①其代表有尼采、施蒂纳（Max Stirner）、叔本华、克尔凯戈尔（Soren Keirkegaard）等，鲁迅将他们的思想定义为极端的个人主义，并介绍了他们所提倡的"个人"之意义。

> 个人一语，入中国未三、四年，号称识时之士，多引以为大诟，苟被其谥，与民贼同。意者未遑深知明察，而迷误为害人利己之意也欤？夷考其实，至不然矣。而十九世纪末之重个人，则吊诡殊恒，尤不能与往者比论。试案尔时人性，莫不绝异其前，入于自知，趣

---

① 《文化偏至论》、《鲁迅全集》所收，第1卷，第50页。

于我执,刚复主己,于庸俗无所顾忌。①

鲁迅在此将"个人"与"人性""主己"同义而论,并明显地与利己主义划分开来。他联系19世纪末欧洲兴起的个人主义思潮,对"个人"一语的意义进行认真的探讨。以"张个人之人格,又人生之第一义也"为其中心意义。

对于欧洲的人格思想,鲁迅介绍了19世纪以前的主知派、浪漫派、古典派的所谓睿智与情操的统一的理想人格,但他主要关心的仍是尼采、叔本华等19世纪末期的人格思想家们。他指出:

> 惟有刚毅不挠,随遇外物而弗为移,始足为社会桢干。排斥万难,黾勉上征,人类尊严,于此攸赖,则具有绝大意力之士贵耳。②

鲁迅在《文化偏至论》中阐述的"个人"的性质可归纳为3点:
1. 主观的、精神的。
2. 不依赖于多数的独立的存在。
3. 坚强的意志。

以上三点中不能否认有尼采的超人思想的影响,但他注重"非物质,重个人"的本质,反对物质文明,主张精神文明则出于对19世纪西欧思想倾向的审视而总结出的观点。留学期间,在反传统,宣扬自我的意义上,鲁迅的"个我"意识带有浓厚的浪漫主义性格。当时留学生们最热衷的是军事、武器制造和法政,他们试图以西方传来的现代技术、理论来拯救中国。还有一部分留学生专心学习商业和生产技术,他们的目的更为现实,即为了赚钱。留学生社会普遍地呈现出偏重物质文明的倾向。鲁迅对此持了批判的态度,呼唤人们重视精神文明。他指出:

> 明哲之士,必洞达世界之大势,权横校量,去其偏颇,得其神明,施之国中,翕合无间。人生意义,致之深邃,则国人之自觉至,

---

① 《文化偏至论》、《鲁迅全集》所收,第1卷,第50页。
② 同上,第1卷,第51页。

个性张,沙聚之邦,由是转为人国。①

这里鲜明地表露出鲁迅对欧洲现代文明之基础——现代思想、精神,即文明的核心部分的认识以及他的主体性态度。他的观点在于人的精神高于物质。他认为能够拯救中国的不是物质,而是中国人心灵的觉悟。学习西方现代精神便是为了激起心灵的觉悟。鲁迅留日最重要的收获便是这个"个人"——自我意识的觉醒。他所说的"重个人"基本上与"个人主义"意义相同。因此,将鲁迅与夏目漱石相对比,可以看到以下二点形成对照的特征:

一,二者的留学时期虽很接近,但他们各自背负了不同的社会背景。夏目漱石是外发性发展30年的现代日本;而鲁迅则是封建王朝与半殖民地的中国。

二,漱石在留英过程中觉悟到"自己本位"是现代自我的根本;同样,鲁迅也志向于"自我"意识的觉悟。他决意离开仙台医学专门学校,以文学立志,正是他主体意识觉醒的一个象征。

鲁迅与漱石背负不同社会背景,他们的精神基础必然会有所不同。夏目漱石的"自己本位"是在被所与的现代社会基础上,通过否定的论证建树起来的,这个过程充满了非西方的苦斗;而在鲁迅面前并没有所谓所与的现代性问题,他前半生经历的是封建王朝社会,因此,"个人"意识的觉悟与其说是与西方的对峙,勿宁首先要对决于旧中国本身。

三,精神基础与社会背景的不同必然导致二者思想发展方向有所不同。夏目漱石的深化基本上趋向于实存主义;而鲁迅则着重于抉剔社会和民族心理的黑暗,这个过程必然地伴随了深刻的自我解剖。

上述不同点见于鲁迅和夏目漱石探索"个人"意识的初期阶段,这些不同点在他们各自的成长过程中逐渐明显化,赋予各自的文学和思想以不同的性格。

二、"个人主义"的两义性

"个人主义"有两种不同的意义,一是指人的主体性、自由、独立之

---

① 《文化偏至论》、《鲁迅全集》所收,第1卷,第56页。

义。二是指一般俗称利己主义。观察日后鲁迅和夏目漱石对"个人主义"的理解，或可以说夏目漱石倾向于前者，鲁迅则倾向于后者。鲁迅在《文化偏至论》中曾把"个人"思想概括到"个人主义"之中，但归国后，特别在1925年以后把"个人"、"自我"与"人性"、"主己"相等质，进而与"个人主义"的概念区分开来。1927年他在《文艺与政治的歧途》中指出：

> 从生活窘迫过来的人，一到了有钱，容易变成两种情形：一种是理想世界，替处同一境遇的人着想，便成为人道主义；一种是什么都是自己挣起来，从前的遭遇使他觉得什么都是冷酷，便流为个人主义。①

这篇文章主要论述不满于现状的文艺与维持现状的政治之间的冲突关系，人道主义与个人主义便是与这篇论文的主题相关的一个例子。人道主义者因自己受了苦，对社会感到不满，便提倡改良，因此又会受到政治家的憎恨和迫害。在此鲁迅把文艺与政治相矛盾的性质视为接近于"人道主义"的。相对而言，"个人主义"则接近于利己主义。1928年他在《文学的阶级论》中以回答友人来信的形式，批判了鼓吹阶级论的作家道：

> 有些作家，意在使阶级意识明了尖锐起来，就竭力增强阶级性说，而另一面就也容易招人误解。竟会将个性、共同的人性、个人主义即利己主义混为一谈。②

在此，鲁迅明显地将"个人主义"与"利己主义"同义解释，值得注意的是他把"个性"、"人性"与"个人主义"区别开来，对"个人主义"的否定并不等于否定"个性"和"人性"。"自我"的觉醒本质上异

---

① 《鲁迅全集》，第7卷，第115页。
② 《鲁迅全集》，第4卷，第126页。

于"个人主义"。1935年鲁迅在《理水》中也提到"利己的个人主义",①很明显,他将"个人主义"归纳到"利己主义"中去。

鲁迅所说"个人主义"与夏目漱石有所不同,留日时期他曾将"个人"与"个人主义"列为同义,1925年以后将这两个概念区别开来。"个人主义"的两义性以相对的形式反应在鲁迅和夏目漱石不同观点上。或许可以说鲁迅自我意识的觉醒隐含了较夏目漱石更复杂的成分。

夏目漱石有关"自己本位"、"个人主义"的论述主要见于《我的个人主义》与《现代日本的开化》,前者是明治四十四年(1911年)为学习院大学学生作的讲演,后者是大正三年(1914年)的讲演;而且前者在东京大学辞职后,后者在修善寺大患后。②我们思考夏目漱石"个人主义"思想发展过程时,这些具体的体验是不能忽略的。夏目漱石从英国回国后在东京大学任教,留学中开始构思的《文学论》的一部分便被编进大学的讲义中。明治四十四年(1911年)《文学论》正式出版。同年,他应朝日新闻社的邀请,辞去东京大学,就职于朝日新闻社,做专属作家。夏目漱石敢于放弃大学教授的位置,除了收入差异的因素之外,更重要的还有他自己内心的理由。在《我的个人主义》中他讲道:

> 无论如何我们要用自己的手挖掘出自己的园地来,当大家找到与自己个性相吻合的工作时,才能切实地感到自己所挖掘的地方是自己可以安身立命的地方。③

夏目漱石从自己的留学体验中深感坚持自我的重要性,在讲演中他涉及到选择职业的问题,鼓励学生们坚持自己的主张,并为实现自己的目标不懈地努力。他以自己的体验向青年们提示"自己本位"的意义。

明治四十三年(1910年)夏目漱石在修善寺的旅馆逗留中,胃溃疡复发,大吐血后陷入昏迷状态,后经抢救苏生,在漱石的一生中,这次危机被称为"修善寺大患"。在这场大患中他经历了超出意识的生与死的

---

① 《鲁迅全集》,第2卷,第377页。
② 修善寺大患:明治四十三年夏目漱石在修善寺逗留期间,胃溃疡复发,大吐血后失去意识,经抢救后苏生。
③ 《夏目漱石全集》,第21卷,第145页。

交替，这个体验给他的思想带来了很大的影响。在他的写作生活上也发生了很大的变化——汉诗创作。夏目漱石自幼喜爱汉文学，作过不少汉诗，自留英到明治四十三年，汉诗的写作间断了 10 年。"修善寺大患"后他又重新开始作诗。从明治四十三年 7 月到 10 月之间他共创作了 7 首汉诗。下面一首诗吐露了他徘徊于生死之间的感怀：

> 飘渺玄黄外
> 死生交谢时
> 寄托冥然去
> 我心何所之
> 归来览命根
> 杳窅竟难知
> 孤愁空绕梦
> 宛动萧瑟悲
> 江山秋已老
> 粥药鬓将衰
> 廓廖天尚在
> 高树独余枝
> 晚怀如此澹
> 风露入诗迟①

这首诗是"修善寺大患"后写作的汉诗中最重要的一首。诗中的关键词就是"归来览命根"中的"命根"一词。所谓"命根"就是生命的根源，人之存在的基点。夏目漱石经历生死仿徨后开始探索生命存在的根本问题，大患后创作的第一篇小说《彼岸过迄》中描写主人公须永的内心的痛苦，称之为"横在他命根中的一大不幸"，刻意挖掘这一大不幸的原因。以后的作品也都以"命根"为主题。

"修善寺大患"5 年后，夏目漱石在学习院大学讲演《我的个人主义》，他首先强调"个人主义"与"利己主义"是不同意义的概念。

---
① 《夏目漱石全集》，第 32 卷，第 39 页。

近来人们把"自我"、"自觉"看成是自己作什么都可以的符号，这里边很有些不正确的东西存在。我相信，以公平和正义的观念来看，为了自己的幸福而发展自己的个性，与此同时，也应允许别人拥有这种自由才对。①

在这里，夏目漱石的"个人主义"呈现出实存主义的性质，同时又具有人人平等的社会理念。他认为只承认自己的"自我"，而无视他人的"自我"，这并不是真正的"个人主义"和"自己本位"。他的演讲固然针对了日本贵族学校学习院大学的性质，同时也强调了"个人主义"的三个条件，一是，在强调自己的个性的同时，又必须尊重他人的个性；二是，权利必然附带着责任；三是，经济力量上必然附带着责任。②夏目漱石的"个人主义"基于一个基本的原则，那就是所有的人都是个我的存在，所有的人都拥有存在的尊严。他认为所有的人，在注重自己的个性与自由的同时，必须认同他人的个性与自由。故而在实际行动上就必然附带上义务与责任的问题。他还强调："要想自由地享受这三者，就必须接受这三者背后存在的人格的支配。"③可以说，夏目漱石的"个人主义"观念根本上就是对人格的强调。人格做为"自我"的根本，普遍存在于个人和人类社会中。夏目漱石强调"做为人的本分，所有的人都必须对此有所自觉。"④

夏目漱石的"个人主义"主要以个人的主体性、人格为基础，自由与义务形成表里辅成关系。夏目漱石在思索这个问题的过程中曾接受了美国詹姆斯（William James）的《多元宇宙》和法国伯格森（Henri Bergson）的《时间与自由》的影响。对此问题论者已在论文《漱石汉诗研究》⑤ 中作了具体论述，在此不再奢言。概而言之，夏目漱石的

---

① 《夏目漱石全集》，第21卷，第147页。
② 同上，第149页。
③ 同上。
④ 1914年夏目漱石在东京高等工业学校的讲演《无题》，收《夏目漱石全集》，第33卷，第134页。
⑤ 藤田梨那硕士论文，《漱石汉诗研究》，后以《论漱石的"愚"与良宽的"愚"》登于二松学舍大学大学院纪要《二松》，第2号，1988年。

"个人主义"本质上与利己主义不同,它趋向于重视自我存在的普遍性。"个人主义"以"自己本位"、"人格"为基础,在个性、自由与其所附带的社会责任的表里关系中将自我意识向实存主义的方向进一步深化。

三、"个人主义"的发展方向

夏目漱石晚年对僧人良宽的"大愚"精神和禅宗世界表现出极大的关心。[①]良宽(1758年~1831年)是江户时代的僧人,号大愚,善汉诗、和歌。一生赤贫,托钵修行,喜欢和孩子们玩耍,又喜欢与农民饮酒,重视自然无为。夏目漱石于大正三年(1914年)在《素人と玄人》(外行人与内行人)中谈到良宽,他指出内行人的最大缺点在于"不能进入人格的领域",相比之下对外行人良宽的诗歌作了高度的评价:

> 良宽上人一生都把诗人的诗和书法家的书法列入他厌恶的对象中。(中略)这是因为他是外行人,品格纯朴,厌恶内行人的内行臭。心之纯、气之精处潜藏着外行人的可贵本质。(中略)外行人无掩藏拙劣的技巧,这就比内行人好。认真表现自己的要求,这是构成艺术本体的第一资格。[②]

良宽讨厌诗人的诗、书法家的字、大厨师的菜,这是很有名的传说。而夏目漱石却从中领略到良宽的品格。内行人难免要玩弄技巧,装饰表面,而外行人只知道表现自己想表现的东西,并不掩饰自己的拙笨。夏目漱石对外行人的这种性格大加赞赏,认为这才是艺术的第一资格,并将良宽推举为外行人的代表。这个时期,夏目漱石已开始读良宽的汉诗,[③]他对良宽的关注集中在其汉诗和书法上,对其中隐含的精粹之心灵

[①] 明治四十四年(1911年)3月17日的日记、大正三年(1914年)1月18日致山崎良平书简,同年11月5日、6日致森成麟造书简,同年7月11日致津田青枫书简中都涉及到良宽和禅宗。

[②] 《夏目漱石全集》,第21卷,第125页。

[③] 参照大正三年(1914年)1月18日致山崎良平书简,夏目漱石写道:"承蒙惠赠良宽诗集一部,正落掌矣。上人的诗真高尚,古来诗人中甚少有能比拟者。"《夏目漱石全集》,第31卷,第10页。

产生强烈的共鸣。与"不能进入人格的领域"的内行人相比，良宽的汉诗中迸发着来自人格的魅力，漱石从中领悟到良宽号为"大愚"的本质。

夏目漱石在关注良宽上人的同时，还加深对"相对"与"绝对"相关哲理的思考。大正四年（1915 年）3 月 21 日的日记中他写道："我谈到自己现在的想法，即下决心实践'无我'。"①还留下"大我与无我为一，故自力与他力相通"，"现象即实在，相对即绝对，非此不可"② 的笔记。这些哲理性探索均与禅宗教义有关。

"相对"与"绝对"的问题，到夏目漱石的晚年有了进一步的深化，逐渐向"则天去私"的思想发展。"则天去私"是漱石最后到达的精神境地。"天"与"道"在意义上相通，与相对性的"私"对峙，表示一种绝对的精神境遇。大正五年是夏目生涯最后一年，他曾在文学沙龙"木曜会"上对"则天去私"进行过阐释，③ 但对其具体内容未及详述。他最后一部长篇小说《明暗》因他的死而中断。值得注意的是，在这部长篇小说执笔期间他写了 75 首汉诗，这些诗多表现了"则天去私"的心境，是研究夏目漱石晚年思想问题中不可忽视的部分。在此列举几个例子来分析。他临死数日前所作的 2 首诗中的一部分：

大正五年 11 月 19 日

大愚难到志难成
五十春秋瞬息程
观道无言只入静
拈诗有句独求清

大正五年 11 月 20 日

眼耳双忘身亦失
空中独唱白云吟

---

① 《夏目漱石全集》，第 26 卷，第 151 页。
② 同上，第 158～160 页。
③ 据《夏目漱石全集》别卷（集英社，1982 年），荒正人著《漱石年谱》，夏目漱石在大正五年（1916 年）11 月 9 日的"木曜会"上第一次对"则天去私"进行了解释。松冈让《宗教的问答》、久米正雄《人间杂话》中亦有叙述。

夏目漱石死于 12 月 9 日，这两首诗是他生前最后的诗歌。可以说，这两首诗表示了他人生最后的心境。前一首吐露大愚的境界不容易到达，自己的志愿很难实现，踌躇摸索中 50 年的岁月瞬间而过。现在的心境就是忘言体道，专心吟诗，体验静寂的境遇。"大愚"和"愚"是夏目漱石晚年最喜欢用的两个关键词，仿佛着良宽"大愚"的精神境地。后一首诗则表示耳目双忘，超越感官机能，达到精神升华的境地。"白云吟"与老庄、禅宗有关，如《庄子》天地篇中的"白云乡"，《景德传灯录》中的"长空不碍白云飞"，都象征着仙乡和超越的境地。"大愚"、"道"、"忘、失"、"白云吟"都象征了夏目漱石对人生思索的深化。

与明治社会同步成长的夏目漱石终生执著的问题就是如何建树东洋人的主体性，如何将现代人的"脑与心的分裂"统一起来。"自我本位""个人主义"是他的基本立场，而他最终志向的是"则天去私"所象征的绝对的精神境界。

四、鲁迅的"个我"觉悟

鲁迅的人生与夏目漱石不同之处在于他的前半生浸泡在王朝社会，辛亥革命时他已 31 岁，他背负了延续数千年的历史负荷。对他来说，现代并不是与生俱来的。《狂人日记》（1918 年）中我们可以看到他的身影，"狂人"代表了觉醒的人，他觉醒了什么？《狂人日记》中写道：

> 我翻开历史一查，这历史没有年代，歪歪斜斜地每页上都写着"仁义道德"几个字。我横竖睡不着，仔细看了半夜，才从字缝里看出来，满本都写着两个字："吃人"！[①]

"仁义道德"便是长期以来支配中国历史的儒教思想，"狂人"从"仁义道德"的背后看出了其本质，就是"吃人"，他在"全没有月亮"的夜里发现中国历史的本质。人们相互侵蚀的历史、社会，这就是中国几千年来的历史和现实，在这样的社会中，人的尊严是无从得到认同和保障的。所以"狂人"醒悟了："有了四千年吃人历史的我，当初虽然不

---

① 《鲁迅全集》，第 1 卷，第 425 页。

知道，现在明白了，难见真人！"①"狂人"不仅知道自己会被周围的人们吃掉，还反省到自己也曾吃过人，在这样人吃人，恶行循环的世间里，无法找到真正的人。鲁迅所说"真人"意味着人之存在的普遍性价值观，包括人格、尊严、责任的价值规范。日本学者伊藤虎丸教授曾指出"狂人"是鲁迅的分身投影，②目前这个见解已经成为解读《狂人日记》的一个基本视点。鲁迅通过外围存在者（Outsider）"狂人"的视角，暴露社会的黑暗，同时也揭示了自己内心的黑暗。鲁迅的视线与其说是向着未来，勿宁说更多地向着社会现实和过去。《狂人日记》做为鲁迅的第一部小说，已经揭示了中国走向现代化的困难。中国要走向现代，就必须首先超越延续了数千年的既成思想观念，但既成思想观念的突破并不是一件容易的事。《狂人日记》之前鲁迅已经历了辛亥革命的失败、第二次革命的失败、袁世凯、张勋复辟，③这些失败和倒行逆施的事件不能不使他尝受莫大的失望，不能不使他更深切地感到历史的沉重和现实的黑暗。

1925年、1926年之间，鲁迅经历了几起事件。先是《青年必读书》论争。1925年5月，鲁迅应《京报》副刊之邀，撰写并发表《青年必读书》。他在这篇文章中鼓励青年们少读中国书，多读外国书。④文章在《京报》上发表后便遭到保守派的攻击，彼此之间展开了激烈的论争。另一个事件就是北京女子师范大学风潮。鲁迅在这个事件中始终站在学生们一边，与校长杨荫榆，教育部长章士钊，军阀段祺瑞展开斗争。在这几个事件，鲁迅卷入得很深。当时保守派在攻击鲁迅的文章中频繁使用"人格"一词，如"人格破产"、"人格卑污"等，其用法几近于人身攻击，而鲁迅则采取了以牙还牙的方法，将对方的攻击词汇直接反用回去。如《辩论的灵魂》、《评心雕龙》、《碰壁之余》、《公理的把戏》（1925年）、《无花的蔷薇之三》、《二十四孝图》、《无常》（1926年）等，都具体地反映了当时的情况。

与此同时，鲁迅通过论争不断摸索他该走的路。1925年5月14日的《豫报》副刊上登载了鲁迅回复《豫报》的书信。他在信中写道："不幸

---

① 《鲁迅全集》，第1卷，第432页。
② 参考伊藤虎丸《鲁迅与日本人》"绵密周到结构的《狂人日记》"，朝日新闻社，1983年。
③ 《自选集》自序《鲁迅全集》，第4卷，第455页。
④ 《青年必读书》收《鲁迅全集》，第3卷，参看第184页。

我竟力不从心，因为我自己也正站在歧路上——或者，说得较有希望些：站在十字路口。站在歧路上是几乎难于举足，站在十字路口，是可走的路很多。"①这封信的发表在《青年必读书》论争与北京女子师范大学风潮之间，反应了他内心的苦闷。他站在怎样的"十字路口"呢？1925年5月30日致许广平的书信中所见"人道主义与个人主义两个思想的消长起伏"，同年3月18日书信中"我终不能证实唯黑暗与虚无乃是实有"正表明了他所面对的"十字路口"。鲁迅内心的矛盾自然与当时黑暗的社会状况密切相关，在矛盾和黑暗中他努力寻找着黑暗现实的根源和挣脱黑暗的出路。从这个时期开始，他的"个我"意识逐步由初期的浪漫主义向现实主义方向转变。

值得注意的是，这个时期他虽然面对"十字路口"，但还未遭遇到在厦门尝受的动摇，他采取了"不哭也不返"②的态度，继续向前走。对鲁迅来说，现代不是开始就有的，同样，他的去路也正是没有路的路，他只有挣扎奋斗去寻找出路。

1926年3月18日，英美法意向中国政府提出解除大沽口国防警备的最后通牒，北京的学生和市民为了抵抗列强的蛮横要求，走上大街示威游行，并向段祺瑞政府请愿，对此段祺瑞政府非但没有接纳，反而向学生、民众开枪，致使二百余人死伤，即"三·一八惨案"。死者中包括鲁迅的学生刘和珍。此时，鲁迅切身痛感黑暗现实带来的痛恨和绝望。绝望使他喊出"人与人的灵魂是不相通的"、"使我们觉得所住的并非人间"，③还在《纪念刘和珍君》一文中写道：

> 我懂得衰亡民族之所以默无声息的缘由了，沉默呵，沉默呵！不在沉默中爆发，就在沉默中灭亡。④

对于中国的沉默，鲁迅早在日本留学时期就已痛心疾首，1908年他在《破恶声论》中写道：

---

① 《鲁迅全集》，第3卷，第51页。
② 同上，第15页。
③ 《无花的蔷薇》、《死地》，同上，第3卷，第262、266页。
④ 《鲁迅全集》，第3卷，第275页。

> 中国独何依然寂寞而无声也？岂其道菲不可行，故硕士艰于出世；抑以众欢盈于人耳，莫能闻渊深之声，则宁缄口而无言耶？①

留学时代的鲁迅对中国沉闷的现实已发出迫切的质疑，但不能否认，《破恶声论》还处在观念上的质疑，又多注重文饰，还没有真正进入解剖和阐释现实的程度。到1926年"三·一八惨案"时，鲁迅已目睹了政府杀人，在爱国青年头上加上"暴徒"罪名的现实。这正是独裁政府的行动和语言的暴力，中国人民长期以来被这种暴力所威胁、欺骗，只好沉默。鲁迅看清这沉默的结果不是爆发就是灭亡。即便爆发，也难免又要被暴力所扼杀，但他知道"猛士会奋然向前的"。

1925年，1926年鲁迅在与现实搏斗的同时，摸索思想发展的方向。这个时期的作品《野草》，特别是《过客》、《希望》两篇可以说是将他思想探索具象化的作品。与此同时，他开始关注并翻译日本学者厨川白村文学论著。

"三·一八惨案"后，鲁迅被列入政府通缉的名单中，他不得不离开北京，南下赴厦门大学。此后一年之间他由厦门到广州，再由广州到上海，渡过他一生中最动荡的时期。日本学者竹内好曾指出鲁迅生涯中的一个特点便是"逃脱"，②从故乡到南京，从南京到日本，从东京到仙台的行路都是为了逃脱以前的环境；从广州到上海是他一生中最后一次逃脱。逃脱取决于环境所迫和个人心理的变化。笔者很同意竹内好的见解。笔者认为鲁迅每一次逃脱的原因有所不同，但每次都呈现着外在环境与内在心理格斗的模式，而且每经一次格斗，他的内心世界就会有一次深化。将他一生中经历的每一次格斗、每一次逃脱进行疏理，从中探讨鲁迅精神世界的发展、变化，这样的研究工作也是很有意义的，可以做为我们今后的课题。

厦门时代，鲁迅直面了一次人生道路的选择，即继续教书还是专心写作的选择。③同时在思想方面他开始反思留学时期的进化论思想及对西

---

① 《鲁迅全集》，第8卷，第26页。
② 参考竹内好《鲁迅入门》"从实学到文学"收在《竹内好全集》，第1卷，筑摩书房，1981年。
③ 1926年11月1日致许广平书信，收《鲁迅全集》，第11卷，第184页。

方哲学思想的接纳。在《三闲集》序文里他写道：

> 我一向是相信进化论的，总以为将来必胜于过去，青年必胜于老人，然而后来我明白我倒是错了。我在广东，就目睹了同是青年，而分成两大阵营，或则投书告密，或则助官捕人的事实！我的思路因此轰毁，后来便时常用了怀疑的眼光去看青年，不再无条件地敬畏了。①

竹内好曾评价鲁迅说："在鲁迅56年的生涯中，离开人的思想、抽象思维和观念一次也没有感染过他。"②笔者认为，这一段评价亦可以适用于鲁迅对西方哲学思想的接纳上。厦门时代，身经新旧势力复杂、剧烈的格斗，鲁迅开始反思自己对进化论的理解，这个反思的过程正与竹内好的评价相吻合，证明他是从人的立场来思考思想问题。鲁迅在厦门大学任教期间受到了保守的学校当局和教授的中伤，他把北京比作大污沟，把厦门大学比作小污沟。③大沟不干净，小沟就更不会净么。他知道厦门不是可以呆下去的地方。小说《藤野先生》作于这个时期并不是偶然的。当他在人生道路的十字路口上仿徨的时候，当他踌躇于选择的时候，当他只剩下回忆的时候，他的思路自然而然地回到过往的记忆，回到弃医从文的仙台时代，此时此刻，藤野先生的形象如一盏明灯，为他照出一条光路来。

按一般的看法，上海定居后鲁迅开始接近马克思主义思想，而且确实我们从他1927年以后的文章中可以看到一些触及到阶级意识的地方，④但这些都不意味着鲁迅就将以往他曾关心过的西方哲学思想全部抛弃。对"个我"的思考，他也没有放弃过。比如在《文学的阶级性》（1928年）一文中，鲁迅批判了某些人只啃了一些介绍唯物论的文章就来轻率地鼓吹阶级意识，指出：他们"竟会将个性，共同的人性，个人主义即

---

① 《鲁迅全集》，第4卷，第5页。
② 参看竹内好《关于鲁迅的死》，收《竹内好全集》，第1卷，第184页。
③ 1926年10月23日致许广平书信。
④ 如《文学的阶级性》（1928年），《硬译与文学的阶级性》（1930年），《论第三种人》（1933年）等文章中均有涉及阶级意识的部分。

利己主义混为一谈，来加以自以为唯物史观的申斥"①。在此，鲁迅将"个人主义"与"利己主义"列为同意，但却将此概念与"个性"、"共同的人性"相区别。实质上"个性"、"共同的人性"属于被马克思唯物论所抑扬的实存主义的基本概念。我们从上海时期鲁迅的文章中可以知道，他对实存主义依然保持了严谨的认同态度，对马克思主义思想也绝不愿只挂"某某主义"牌子囫囵吞枣地接受。他在《文学的阶级性》一文中说："在我自己，是以为若据性格感情等，都受'支配与经济'之说，则这些就一定都带着阶级性。但是，'都带'，而非'只带'。"②他承认在人与经济组织的相互关系中存在阶级性，这一点无疑是受了马克思思想的影响，但强调，"都带"而非"只带"的态度中多少带有对绝对性的警惕，即由于过分强调阶级性而忽略或否定了"个我"存在的要素，警惕极端的阶级论和唯物论。

需注意的是，鲁迅提倡的"个我"并不是相对"多数"而言的"少数"（虽然留学时代曾接受过尼采的极端个人主义思想的影响），而是立足于中国的现实，注重做为社会存在的"个我"，做为民族主体性的"个我"的觉醒，既有实存性意义在内，又包含了经济组织的社会性意义。为了实现这个目的，他必然要与旧的传统思想搏斗，与保守的文人搏斗，与黑暗的现实搏斗。他走过的人生道路为我们证明在中国要确立真正的"个我"意识，要实现确保人的存在价值的社会，是一个多么困难的工作。

大正四年（1915年）6月15日，夏目漱石在写给白桦派作家武者小路实笃的信中写道：

> 武者小路先生，不称意的事，不愉快的事，要生气的事，在这世间上就像灰尘一样多。澄清这些事情不是人力所能为的。如果说与其与之斗争不如原谅它为好，那我们不妨可以多作一些这方面的修养。③

---

① 《鲁迅全集》，第4卷，第126~127页。
② 同上，第4卷，第127页。
③ 《夏目漱石全集》，第4卷，第127页。

大正四年正是夏目漱石与画家津田青枫、花道家西川一草亭讨论"觉悟无我"、"相对与绝对"问题的时期。①在与纷扰的社会斗争或原谅的问题上，夏目漱石选择了后者。夏目漱石晚年提倡的"无我""相对即绝对""则天去私"的思想多带有老庄、禅宗教义的色彩；"个人主义""自我本位"的思想在注重"个我"的同时兼顾了个人与社会的相对关系，提示了在相对关系中如何树立"个我"的主体意识这样一个普遍性问题。绝对与相对的问题，在他晚年呈现出一个升华，一个以绝对包容相对的辩证统一的趋向。

与夏目漱石观点形成鲜明对照的是鲁迅的杂文《死》。这是1936年9月，他死一个月之前，以遗书的形式写下的一篇文章。他写道：

> 只还记得发热时，又曾想到欧洲人临死时，往往有一种仪式，是请别人宽恕，自己也宽恕了别人。我的怨敌可谓多矣，尚有新式的人问起我来，怎么回答呢？我想了一想，决定的是：让他们怨恨去，我也一个都不宽恕。②

这篇杂文可以说体现了鲁迅论争终生而不渝的坚强精神，与夏目漱石晚年的思想大相径庭。一个是"原谅"，一个是"一个都不宽恕"。鲁迅在留学日本时就对夏目漱石非常关注，他曾翻译了夏目漱石的两篇小品文《クレイグ先生》、《挂物》，对《一夜》、《梦十夜》也表示了很大的兴趣。《野草》中还可以看到来自《梦十夜》的影响。但这些作品从长篇作家夏目漱石文学整体来看只是一个部分，这一点或许暗示着鲁迅接纳夏目漱石文学的一个极限，而决定这个极限的因素恐怕就在他们的人生观、思想的不同之处。

鲁迅和夏目漱石同在20世纪初留学海外，夏目漱石的"自我本位"从与西方文明对决的立场出发，建树包括人格、自由与责任的"个人主义"观念。晚年注重了相对与绝对的辩证关系及无我的精神修炼，最终

---

① 参考大正四年（1915年）3月日记与断片，收《夏目漱石全集》，第21卷，第150~158页。

② 《鲁迅全集》，第6卷，第608页。

提出"则天去私"（则天去我）的理想目标，以此刻意完整自己的近代思想。

对鲁迅来说，"个我"觉醒的路程必须经历与压在中国人头上的封建思想及反动势力作决死的搏斗，除却完成这个历史使命的前提，中国的现代化是不可能实现的。所以鲁迅的文学和思想中必然会带上较强的民族性格和政治性格。在这一点上，鲁迅与夏目漱石有着根本的不同。

夏目漱石最终指向的"则天去私"接近禅宗的境地；而鲁迅并没有向这个方向走，晚期他开始摸索马克思思想的精髓，接近劳动大众，他选择了启发大众觉醒，揭露社会黑暗的战斗之路。他以一个文学家，"一个资产阶级的谋反者"，接连不断地书写"反抗的或暴露的作品"。①

与日本的现代化同时成长的夏目漱石体验着现代知识分子的不安、苦恼，他为探索自己的主体性作出了毕生的努力；人生的一半浸泡在王朝社会的鲁迅，为争取中国的现代化，为唤醒"人"的意识，终生与旧思想，旧势力作了决死的搏斗。

第二节　鲁迅与《クレイグ先生》

《クレイグ先生》是夏目漱石的一篇短篇小说，作于明治四十二年（1909 年），收入短篇小说集《永日小品》中。作品描写了夏目漱石留学英国时的老师 William James Craig 的一段故事。夏目漱石的短篇作品与长篇小说相比，迄今并未得到充分的重视。特别是《クレイグ先生》，除了平川祐弘《夏目漱石——非西洋的苦斗》以外几乎看不到系统性的研究。但值得注意的是这篇作品早在 1923 年，就被鲁迅介绍到中国去了。1923 年上海商务印书馆出版的《现代日本小说集》中这篇小说以《克莱喀先生》的题目第一次在中国书界露面。

1979 年讲谈社出版的《MODERN JAPANESE LITERATURE IN TRANSLATION》所收中文翻译夏目漱石作品中，鲁迅所译《克莱喀先生》是最早的一篇，在中日现代文学交流史上具有重要的意义。

---

① 《鲁迅全集》，第 4 卷，第 300 页。

鲁迅与日本有着很深的缘分，青年时代文学方面，西方思想、西方文化的教养大多来源于日本。鲁迅1902年东渡日本，这一年夏目漱石结束了为时两年的留学，由英国返回日本。而后《我是猫》、《伦敦塔》、《草枕》、《梦十夜》、《永日小品》陆续在文学杂志和报刊上登载，逐渐进入写作高潮。而鲁迅在东京生活的数年中曾一度与几个朋友租住过夏目漱石的故居（东京本乡片町），命名为"伍舍"。如《我怎么做起小说来》和周作人的回忆所述，他还喜欢读夏目漱石的作品。

夏目漱石留英后有《クレイグ先生》问世；鲁迅留日后有中文翻译《クレイグ先生》传入中国，三年后又有《藤野先生》发表于世。面对这一事实，我们可以提出一个疑问——《クレイグ先生》与《藤野先生》之间是否有一定的关联？

平川祐弘在《夏目漱石——非西洋的苦斗》中对上述两个作品进行了有趣的论述。他通过对这两个作品的比较分析，论证了他提出的论题——《藤野先生》是《クレイグ先生》的创造性模仿。[①]的确，在作者的体验、作品情节的展开等方面，这两部作品有着近似的性格，但尽管如此，我们仍不能否认在主题和写作意图上两部作品各具一格，有着根本的不同。

鲁迅和夏目漱石各为现代中国和日本的代表性作家，各以不同的风土文化为基础，各具鲜明的个性。对于这两篇作品，笔者认为在比较研究中关联作者的留学体验、时代背景及语言表现等多方面的具体分析是非常重要的。在此笔者提出两个问题：第一个问题是鲁迅如何接纳《クレイグ先生》？这个问题需从《克莱喀先生》分析入手。第二个问题是鲁迅从《クレイグ先生》中汲取了什么？接纳与反驳的影响如何与《藤野先生》写作相关联？这里准备从与平川不同的视角，以漱石的《クレイグ先生》与鲁迅译《克莱喀先生》的比较分析为重点，涉及《藤野先生》的写作特点及意义，从而探讨笔者提出的这两个问题。

---

① 平川祐弘在《夏目漱石——非西洋的苦斗》中提出一个论题："鲁迅的《藤野先生》很有可能是受了漱石《クレイグ先生》的影响而作。我们是否可以把《藤野先生》看成是《クレイグ先生》的创造性模仿？"又在结论中写道："鲁迅从《クレイグ先生》接受了感情上的刺激，借用了同样的框架书写了他的《藤野先生》，这一模仿可称为刺激性传播的心理现象。"第124页，第135页，新潮社，1976年。笔者译。

一、夏目漱石的留学与《クレイグ先生》

夏目漱石于明治三十三年（1900年）赴英国留学，两年的留学中，前半时期主要在伦敦大学和克莱喀（Craig）先生那里学习，后半时期把精力集中在《文学论》上。他回忆道："在伦敦居住的二年是最不愉快的二年。余于英国绅士之间如狼群中一条狮子狗，过着不能扬眉吐气的日子。"①可见漱石在英国的留学生活是很不愉快的。

明治三十年代正是日本向国内外迅速发展的时期。1894年日本经过甲午战争，在亚洲初露锋芒；中国义和团运动爆发时日本加入八国联军，镇压中国民众；1904年的日俄战争确立了日本在亚洲的霸权地位。日本接连的努力，目的在于要急速地与西方列强比肩并进。另一方面，日本急于吸收西方用了200年的时间建构起来的现代文明，以接近欧洲先进国家。这个时期向欧洲排遣留学生便是这个策略的一环。日本直到20世纪前半叶，一直在向先进国家排遣留学生，古代的遣隋使、遣唐使如此；明治时代留学欧洲亦如此，因此，在文化上留学生们都程度不等的带有一定的劣等感。这种劣等感在漱石的《文学论》序文以及日记和书信中也时而流露。如他给夫人镜子的书信中写道：

> 在日本时从未曾意识到自己皮肤如此黄色，到此地（英国）来后开始厌恶自己的黄色。加之身材无比矮小，又使人感到非常窝气。住不惯的地方实在不愉快，又没有钱，真是无路可走。只好一个人憋在宿舍里读书。一出去恐怕就会有要用钱的危险。②

这封信写于明治三十四年1月22日，他到伦敦3个月之后。使他感到"非常窝气"的是皮肤的颜色和身材的矮小。除了这些身体因素外，伦敦阴晦的天气、语言、经济问题都使他感到不适应，不习惯与困惑给他带来了莫大的郁闷和痛苦。明治三十五年4月17日致夫人镜子的信中还写道：

---

① 夏目漱石,《文学论》序《漱石全集》,第18卷,第13页。
② 《漱石全集》,第27卷,第136页。

> 此地没有樱花，春天很不够味。而且大抵是些不懂风流的事物和人物，无可谓雅致。文明若如是，还不如野蛮有趣。①

这里也表现了漱石所感到的龃龉和劣等感。这样负面的情绪使他背向社会，陷入自闭的精神状态。漱石在英期间，伦敦大学的课程仅读了三个月，之后选择了克莱喀先生的个人讲习，并坚持了一年之久。他的社交范围可以说不是很大的，不是很华丽的。

克莱喀（William James Craig）是爱尔兰人，莎士比亚学者。夏目漱石经过伦敦大学的 Ker 教授的介绍结识了他，并拜他为师。②明治三十三年 11 月至三十四年 10 月每周拜访克莱喀先生一次。③他在明治三十四年 2 月 5 日致藤代祯辅书信中触及到克莱喀先生说："我的老师固然蠢笨，但还有可取之处。所以个人讲习还可以去听。"④与伦敦大学相比，漱石对克莱喀先生给予了一定的评价。

夏目漱石与克莱喀先生交往有几个理由。一个理由是克莱喀先生是爱尔兰人，在英国属于异民族，而漱石在英国也是一个外来者。关于这一点，江藤淳和出口保夫已指出过。⑤但更重要的理由或许应是具有强烈个性的克莱喀先生的学者性格使然。漱石在第一次访问克莱喀先生那天，在日记中就写道："会 Craig，是 Shakespeare 学者，约为 1 小时 5shilling。

---

① 《漱石全集》，第 27 卷，第 171 页。
② 明治三十四年（1901 年）2 月 9 日致狩野亨吉书信中漱石写道："承蒙 Prof Ker 的周旋，在上大学的同时去 Craig 家去听课。此人是英语和莎士比亚的专家。"参照《漱石全集》，第 27 卷，第 142 页。
③ 明治三十三年 11 月 21 日日记中有："听 Craig 氏讲课，很有意思。从 Craig 氏来信，字写得太乱很不好读，好像是来商议之意。"同月 22 日日记有："见 Craig。"记载。翌年 10 月 15 日日记："访 Craig 氏还法拉仕书而返。"从这些日记来看，夏目漱石在 Craig 氏家听讲的时期应在明治三十三年（1900 年）11 月末到明治三十四年（1901 年）10 月中旬。参看《漱石全集》，第 24 卷，第 16～62 页。
④ 《漱石全集》，第 27 卷，第 139 页。
⑤ 江藤淳在《漱石与其时代》（新潮社 1970 年）中指出："与绅士风姿的 Ker 相比，金之介（漱石）喜欢马车夫似的 Craig，那不仅因为 Craig 平易近人，没有 Ker 氏那么冷，除此之外，也许还因为 Craig 是没有专职的人的缘故。"（第 89 页）出口保夫在《伦敦的夏目漱石》（河出书房新社 1991 年）中指出："漱石对 Craig 先生抱有好感，原因有几个。第一个就是 Craig 先生不是 Anglo-Saxon 人而是爱尔兰人。"（第 69～70 页）

很有趣的老头。"①克莱喀先生做为莎士比亚学者，正与夏目漱石的所求相符，"很有趣的老头"一句也表示了漱石对这个爱尔兰人的好感与兴趣。以下几篇资料也证明了这一点。

明治三十三年（1900 年）12 月 27 日致藤代祯辅书信：

> 我的指导教官是莎士比亚学者，颇有趣的人，45 岁上下，独身汉。住在屋子顶层，每天只知道看书。现在正在编写莎士比亚字典。②

明治三十四年（1901 年）2 月 9 日致狩野亨吉书信：

> 到 Craig 家去听课，此人在英诗及莎士比亚方面是专家。他自己编辑的沙翁集在牛津大学出版。他是道澹的朋友，是道澹教授正在出版的沙翁集中《利阿王》的编辑者。和下女住在"倍卡"大街角上的两层楼上，颇有趣的老人。③

明治三十四年（1901 年）4 月 9 日致正冈规子书信：

> 我很想谈谈我的老师，他是一个很怪的人，很有意思的人。但今天有点头疼，就写到这里。④

这些书信有一个共同点，就是夏目漱石对克莱喀先生所表示的兴趣。"颇有趣"、"很怪"这些语句具体指哪些事体？从简短的几行文字中我们可以看到漱石每次都提到克莱喀先生的莎士比亚研究，这一点是连接漱石和克莱喀先生的重要因素。

7 年后，夏目漱石于明治四十二年（1909 年）将克莱喀先生写进自己的作品《クレイグ先生》。是年《クレイグ先生》登载在《大阪朝日

---

① 《漱石全集》，第 24 卷，第 16 页。
② 《漱石全集》，第 27 卷，第 132 页。
③ 同上，第 142 页。
④ 同上，第 151 页。

新闻》上,后又收小品集《永日小品》。《永日小品》中《下宿》、《过去的遗香》、《雾》也取材于英国留学体验,但这些作品气氛都很黯淡,充满了漱石在英国所感到的不愉快。相比之下,《クレイグ先生》却处处可见轻快的笔致,充满了幽默。漱石从不同的角度幽默地描绘了克莱喀先生的人物形象,其中渗透着作者的一种温暖的感情。值得注意的是在作品中漱石强调克莱喀先生的莎士比亚研究。克莱喀先生死于1906年,夏目漱石从报刊上得知此消息,在《クレイグ先生》结尾处写道:"报上关于沙翁专业学者的一面只介绍了二、三行。我将报纸放下,想道,那本字典终于没见完成而变成废纸了。"①这里,漱石惋惜的仍是克莱喀先生的莎士比亚研究,并对社会不与重视而表示痛心。我们可以推测,这篇作品或许是夏目漱石为吊念克莱喀先生而作。

二、鲁迅与漱石文学

1902年鲁迅东渡日本,同年夏目漱石从英国回日。鲁迅在东京弘文学院学习了两年,1904年进入仙台医学专门学校,在校约两年。1906年退学并返东京。1909年回国。②在东京逗留期间主要从事外国文学的翻译、杂志编辑等活动。期间他阅读了不少夏目漱石的作品。周作人在《鲁迅的故家》③ 中回忆道:

> 他对于日本文学不感什么兴趣,只佩服一个夏目漱石,把他的小说《我是猫》、《漾虚集》、《鹑笼》、《永日小品》,以至干燥的《文学论》都买了来。又为了读他的新作《虞美人草》定阅《朝日新闻》,随后来单行本出版时又去买了一册。④

周作人于1906年来日留学。⑤此时夏目漱石的《我是猫》已于前一年

---

① 《漱石全集》,第16卷,第120页。
② 参看《鲁迅年表》,人民文学出版社,1981年。
③ 周作人著,《鲁迅的故家》,上海出版公司,1953年。《鲁迅卷》,中国现代文学社,《中国现代作家与作品研究资料丛刊》,第15、26卷,河北教育出版社,2002年。
④ 《鲁迅的故家》,河北教育出版社,2002年,第26页。《画谱》,第315页。
⑤ 参考《鲁迅年谱》,人民文学出版社,1981年。

开始在杂志《ホトトギス》上连载。小说《坊ちゃん》、(少爷)、《草枕》也已发表。鲁迅在东京开始文艺活动时正值夏目漱石活跃于文坛。按周作人的回忆，鲁迅正是在这一段时期开始贪读夏目漱石的作品。

鲁迅为什么喜爱夏目漱石的作品？这个问题目前还没有完全得到阐明。周作人在《豆瓜集》所收《关于鲁迅》中说："豫才日后所作小说虽与漱石作风不似，但其嘲讽中轻妙的笔致实颇受漱石的影响。"① 若如周作人所说，这个时期，鲁迅已对漱石文学的描写特征感兴趣。再看《现代日本小说集》"关于作者介绍"中对漱石文学有："轻快洒脱，富于机智"② 的评价，可知周作人的回忆确实点出鲁迅与漱石关系的一个侧面。

我们再把眼光转向鲁迅与《クレイグ先生》的问题。《クレイグ先生》于1909年3月连载于《大阪朝日新闻》上。按人民文学社版《鲁迅年谱》，鲁迅的回国在是年8月间，从时间上看，鲁迅通过报刊阅读《クレイグ先生》并不是不可能的。但考虑到《クレイグ先生》只登载在大阪的版面上，在东京的鲁迅或许不易看到。很有可能是在他归国后，通过单行本《漱石近什四篇》（1910年）读到这篇作品。

鲁迅翻译《クレイグ先生》是在他从日本归国十年后的1921年。收1923年上海商务印书馆出版《现代日本小说集》（鲁迅、周作人共译）。本集中鲁迅翻译的有：夏目漱石、森鸥外、有岛武郎、江口涣、菊池宽、芥川龙之介的作品。

周氏兄弟于1921年就开始酝酿选定作品，《鲁迅全集》中所收鲁迅致周作人的几封书信中有一些具体的交涉。如：

> 1921年6月30日的书信
> 二弟览：
> 我已译完《右卫门的死》，但跋未作，夏目物决译《一夜》，《梦十夜》太长，其《永日小品》中或可选取，我以为《クレイグ先生》一篇尚可也。③

---

① 《周作人全集》，第4卷所收，蓝灯文学股份有限公司，1982年。《豆瓜集》，第128页。
② 参考《现代日本小说集》，上海商务印书馆，1923年，第366页。
③ 《鲁迅全集》，第11卷，第372页。

1921 年 8 月 29 日

二弟览：

《现代日本小说集》目如此已甚好，但似尚可推出数人数篇，如加能，又佐藤春夫似尚应添一篇别的也。张黄今天来，大菲薄谷崎润一，大约意见与我辈差不多，又大恶数泡メイ，而亦不满夏目，以其太低徊云。①

1921 年 9 月 17 日

二弟览：

此次改定之《日本小说》目录，既如此删汰，则我以为漱石只须一篇《一夜》，鸥外亦可减去其一，但《沉默的塔》太轻イ，当别译；而若嫌页数太少，则增加别人著作（如武者，有岛之类）可也。该书自然以今年出版为合，但不知来得及否耳。②

　　看上述几封书信可知他们选择作品的工作经过了一些周折，特别对夏目漱石作品更是再三推敲。这些书信每一封中都涉及了漱石，6 月 30 日的书信中，鲁迅已决定翻译《一夜》和《クレイグ先生》，但到 9 月周作人将目录作了修改，删掉一些作品。周作人的删改多半考虑到纸幅的关系，但鲁迅却一直固执于夏目漱石的作品。他一度改选《一夜》，但最后选定了《クレイグ先生》和《悬物》二篇。

　　周氏兄弟选择作品的基准是什么呢？周作人在《现代日本小说集》序文中触及到这个问题，承认"大半是以个人的兴趣为主"，同时表明："我们的方法是就已有定评的人和著作中，择取自己所能够理解感受者，收入集内。"③周作人的说明从侧面证明鲁迅对漱石的重视。

　　鲁迅之所以偏爱《クレイグ先生》，不难想象这与他自己的留学体验有关，鲁迅从克莱喀先生联想到仙台医学专门学校的藤野先生也是很自然的事情。事实上，《现代日本小说集》出版后第 3 年（1926 年），他就写了《藤野先生》。《クレイグ先生》给鲁迅带来的感受可以说是很深的。

---

① 《鲁迅全集》，第 11 卷，第 394 页。
② 同上，第 405 页。
③ 《现代日本小说集》，第 1 页。

三、从《关于作者的说明》看鲁迅对夏目漱石的认识

《现代日本小说集》附录中收有每个作家的介绍,其中由鲁迅执笔的夏目漱石介绍文,为我们理解鲁迅对漱石的认识提供了重要的线索。现将全文介绍如下:

> 夏目漱石(Natume Soseki,1867-1917)名金之助,初为东京大学教授,后辞去入朝日新闻社,专从事于著述。他所主张的是所谓"低徊趣味",又称"有余裕的文学"。1908年高滨虚子的小说集《鸡头》出版,夏目替他作序,说明他们一派的态度;
>
> 有余裕的小说,即如名字所示不是急迫的小说,是避了非常这字的小说。如借用近来流行的文句,便是或人所谓触着不触着之中,不触着的这一类小说。……或人以为不触着者即非小说,但我主张不触着的小说不特与触着的小说同有存在的权利,而且也能收同等的成功。世间很是宽广,在这宽广的世间,起居之法也有种种的不同:随缘临机的乐此种种起居即是余裕,观察之亦是余裕,或玩味之亦是余裕。有了这个余裕才得发生的事件以及对于这些事件的情绪,固亦依然是人生,是活泼的人生也。
>
> 夏目的著作以想象丰富,文词精美见称。早年所作,登在俳谐杂志《子规》(Hototogisu)上的《哥儿》(Bocchan)、《我是猫》(Wagahai wa neko de aru)诸篇,轻快洒脱,富于机智,是明治文坛上的新江户艺术的主流,当世无与匹者。
>
> 《悬幅》(Kakemono)与《克莱喀先生》(Craig sensei)并见于漱石近什四篇(1910)中,系《永日小品》的两篇。①

关于这篇介绍文,有两个问题值得思考。一是此文与周作人《日本近三十年小说之发达》的关系;二是鲁迅怎样认识漱石文学的特点。

一、漱石介绍与周作人《日本近30年小说之发达》的关系

《现代日本小说集》序文由周作人执笔,其中提到"夏目、有岛、江

---

① 《现代日本小说集》,第365~366页。

口、菊池、芥川等六人的作品是鲁迅翻译的。"①但对卷后的附录《关于作者的说明》没有注明执笔人。这篇介绍文很有可能由周氏兄弟各自分担。人民文学出版社版《鲁迅全集》(1982年)《译文序跋集》收入有《现代日本小说集》中鲁迅翻译的作家介绍文,漱石介绍文也包括在内。由此可知有关夏目漱石的介绍文是由鲁迅执笔的。

另一方面,周作人1918年4月间在北京大学文科研究所进行讲演,题目为《最近三十年日本小说的发达》,其中也提到夏目漱石。其内容与《现代日本小说集》中有关漱石的介绍文较相似。周作人的讲演主要针对明治时期的小说,第8项中以对抗自然主义文学的作家代表,介绍了漱石。

> 非自然主义的文学中,最有名的,是夏目漱石。他本是东京大学教授,后来辞职,进了朝日新闻社,专作评论小说。他主张的,是所谓"低徊趣味",又称"有余裕的文学"。当初他同正冈规子、高滨虚子等改革俳句,发刊一种杂志,名字就叫鸟名的"子规"(Hototogisu)。他最初作的小说《我是猫》就是载在这种杂志上面。是中学教师家里的一只猫,记他自己的经验见闻,很是诙谐,自有一种风趣。高滨虚子做了一部短篇集,名曰《鸡头》(即是鸡冠花),漱石作序,中间说:
>
>> 余裕的小说,即如名字所示,非急迫的小说也,避非常一字之小说也,如借用近来流行之文句,即或人所谓触着不触着之中,不触着的小说也。……或人以为不触着者,即非小说;余今故明定不触着的小说之范围,以为不触着的小说,不特与触着的小说,同有存在之权利,且也亦能收同等之成功。……世界广矣,此宽广世界之中,起居之法,种种不同。随缘临机,乐此种种起居,即余裕也,或观察之,亦是余裕也。或玩味之,亦是余裕也。
>
> 自然派说,凡小说须触着人生;漱石说,不触着的小说亦是小说,也一样是文学。并且又何必那样急迫么,我们也可以缓缓的,从从容容的赏玩人生。比如走路,自然派是急忙奔走;我们就缓步

---

① 《现代日本小说集》,第2页。

逍遥，同公园散步一般，也未始不可。这就是余裕派的意思同由来。漱石在《猫》之后，作《虞美人草》也是这一派的余裕文学。晚年作《门》和《行人》等，已多客观的倾向，描写心理，最是深透。但他的文章，多用说明叙述，不用印象描写；至于结构文词，均极完美，也与自然派不同，独成一家，不愧为明治时代一个散文大家。①

将周作人的这一段文章与《现代日本小说集》中的漱石介绍文相比较，二者在结构和内容上都相当近似，或许我们可以怀疑《现代日本小说集》中的漱石介绍文的执笔者不是鲁迅而是周作人。确实有些学者，如刘岸伟教授也曾从比较文学的角度关注这个问题，在他的专著《东洋人的悲哀》②中将《现代日本小说集》中关于漱石、鸥森外、有岛武郎三人的介绍文与周作人《最近三十年日本小说的发达》相比较，指出二者在"内容上重叠部分较多，用语也相似。考虑到周作人习惯于再录旧作，这三篇（上述三人的介绍文）不无周作人执笔的可能性。至少可以说兄弟二人的意见很接近。"③刘岸伟在此虽没有断言，但至少对鲁迅执笔的说法提出他的质疑。这一点颇值得注意。

我们将《现代日本小说集》中漱石介绍文与周作人的文章仔细对照，亦可以发现几处不同的地方，其中一些还是很值得探讨的。如两篇文章中引用《鸡头》序文，引用部分基本一致，但周作人只引用到原文的"随缘临机的乐此种种起居即是余裕，观察之亦是余裕，或玩味之亦是余裕。"截止。与此相比，《现代日本小说集》则引用到"有了这个余裕才得发生得事件以及对于这些事件的情绪，固亦依然是人生，是活泼的人生也。"

关于漱石的"低徊趣味"与其人生观问题准备在第四项中详述，概括地来说，漱石的"低徊趣味"并没有与人生问题乖离，他的立脚点始终是人生问题。为迫近人生的核心，他采取了以多元视角观察人生的态

---

① 《周作人全集》，第3卷，第674~675页。
② 刘岸伟，《东洋人的悲哀》，河出书房新社，1991年。
③ 《东洋人的悲哀》，第159页。

度。这是漱石"低徊趣味"的基本立场和态度。他的这个立场在《鸡头》序文中集中表现在"有了这个余裕才得发生的事件以及对于这些事件的情绪,固亦依然是人生,是活泼的人生也。"①这一句中。而《现代日本小说集》《关于作者的说明》恰好介绍了漱石的这个观点。如漱石介绍文是鲁迅所作,这一点可反应出他对漱石所谓"低徊趣味"本质的认识,或与周作人有所不同。

再有一点,周作人在《最近三十年日本小说的发达》中引用了漱石的《鸡头》序文后,对漱石的"低徊趣味"解释:"是否有必要象自然派那样紧迫么?我们可以慢慢地稳重地玩味人生。比如走路的时候自然派要急急地奔走,但我们可以慢慢逍遥,如在公园里散步一样谓尝不可慢慢地走。这便是余裕派主张的意思和由来。"可以说,周作人对"低徊趣味"的理解集中在"慢慢地稳重地玩味人生"一句中,这样的理解是否切合于漱石的思想?"低徊趣味"实际上并不单纯地意味着"慢慢地稳重地玩味人生",我们详细探讨漱石的《鸡头》序文就可以知道,漱石的"低徊趣味"以禅宗的超脱悟道的思想为基础,包含了喜剧与悲剧的辨证关系,是阐述漱石文学思想的一个关键性概念。(参考第四,夏目漱石的"低徊趣味")再来看《现代日本小说集》中的漱石介绍文,除了引用了《鸡头》序文外,并没有对"低徊趣味"作任何解释。作者或许意识到对漱石的"低徊趣味"不宜轻率解释意图,只任读者各自去理解。

《现代日本小说集》、《关于作者的说明》中给漱石文学一个醒目的评价,"是明治文坛上的新江户艺术的主流",这一评价未见于周作人《最近三十年日本小说的发达》,这也是一个值得注意的问题。

如此看来,至少我们可以说《现代日本小说集》中的漱石介绍文与周作人《最近三十年日本小说的发达》中的漱石观之间有一些差异,在确定执笔者问题上还不能即刻判定不是鲁迅执笔。确实两篇介绍文有很多相似的部分,上述相异点又是不能否认的。鲁迅致周作人书信(1921年8月29日)中提及友人对谷崎润一郎、泡鸣和漱石的不满,对谷崎润一郎,他表示友人"大约意见与我辈差不多,"而对漱石态度则不同,对友人"而亦不满夏目,以其太低徊云"的意见他并没有表态。这一态度

---

① 《漱石全集》,第21卷,第221页。

与同一时期书信中一再表明对漱石的偏爱形成鲜明的对照，反而证明他对漱石文学持有己见，不受他人左右。实际上鲁迅书写漱石介绍文时，参考周作人《最近三十年日本小说的发达》也是很自然的事情，在介绍漱石的"低徊趣味"时，有意识地没有采用周作人的说明，只在引用文中加上"低徊趣味"与人生相关的部分。我认为通过对鲁迅书简的分析，我们仍可以坚持鲁迅执笔的意见。

二，鲁迅怎样认识漱石文学的特点？

第二个问题便是鲁迅怎样认识漱石文学的特点？《现代日本小说集》中的漱石介绍文反应了鲁迅对漱石"低徊趣味"与人生观的重视。探求人性是鲁迅文学的主要命题，也是他介绍外国文学时的一个基准。1921年鲁迅还翻译了芥川龙之介的小说《罗生门》，并在《〈罗生门〉译者附记》①中评价道："取古代事实，注进新的生命去，便与现代人生干系来。"②同年又译菊池宽的《三浦右卫门的死》，并在《〈三浦右卫门的死〉译者附记》中评价道："菊池氏的创作是尽力要挖掘出人性的真实。"③鲁迅在菊池宽介绍文里重申了这一评价。这些评论的一个共同点，就是文学与人性的关连。这个基本观点在漱石文学上也同样起着重要的作用，《鸡头》序文的引用特别注意到"有了这个余裕才得发生的事件以及对于这些事件的情绪，固亦依然是人生，是活泼的人生也。"这一句，证明了鲁迅对漱石文学也同样关注过人性追求的问题。

周作人曾对鲁迅与夏目漱石的关系指出过"他那嘲讽中带着轻妙的笔致实在是更多地接受了漱石的影响的。"④由此可见鲁迅曾经关注夏目漱石的洒脱的写作风格。再从译文《克莱喀先生》的文体来看，漱石"轻快洒脱"的笔致在鲁迅的翻译中是否有所发挥，是我们探讨鲁迅对漱石文学理解的重要环节。

---

① 《鲁迅全集》，第 10 卷，第 227 页注有"本篇初载于 1921 年 6 月 14 日《晨报》副刊。《罗生门》译文从 14 日到 17 日连载于本报。后译文被收入《现代日本小说集》时本篇未收入。"人民文学出版社，1982 年。

② 《鲁迅全集》，第 10 卷，第 227 页。

③ 同上，第 229 页。

④ 周作人《豆瓜集》"关于鲁迅之二"。蓝灯文学股份公司，1982 年。

四、漱石文学的"低徊趣味"

明治三十八年（1905年）夏目漱石发表小说《我是猫》，登上明智文坛。接下来《伦敦塔》、《趣味的遗传》、《少爷》、《草枕》等一连串的作品确定了他在文坛上的地位。这个时期是自然主义文学的全盛期，明治三十九年（1906年）岛村藤村发表小说《破戒》，明治四十年（1907年）田山花袋发表小说《蒲团》，二者均是自然主义文学的代表作家。与重视追求人生的真实、解剖心理、揭露社会问题的自然主义文学派相比，夏目漱石的作品被视为反自然主义文学，或余裕派文学。前期漱石文学中多见俳谐与落语的话语手法，他还曾与正冈规子、高滨虚子对江户时代以来的诗歌俳句进行改革，并提倡"写生文"，故文学界对他又有"俳谐派"作家的评价。另外大众文学评论家将他的作品评价为"江户趣味"的文学，如大街桂月明治三十八年（1905年）在杂志《太阳》上评《我是猫》有"江户趣味"，高尚文雅为长处，但不够滑稽，讽刺性弱。他的评论给漱石文学打上了"江户趣味"的烙印。①

夏目漱石的所谓"低徊趣味"或"有余裕的文学"的本质是什么？在《鸡头》序文中，漱石针对迫近内心的所谓"触着的小说"与"不触着的小说"，进行了对比性的论述。他对"低徊趣味"的解释是：

> 文章中有一种所谓低徊趣味存在，简而言之是指即于一事，倾于一物，引发起一种独特或连想的兴趣，从左看，自右观，难以离去的一种趣味而言。②

"低徊趣味"代表了余裕派的观点和视角，对外界事物倾注于兴趣，以客观的态度多方面观察。这种观察不是将事物从中心切开，而是围绕事物的核心，从外围观察，进而全面地深刻地了解事物的本质。夏目漱石针对自己的作品与"低徊趣味"的关系，曾在《〈坑夫〉的写作意图与自然派传奇派的交涉》（1908年）中作了阐述。

---

① 见大街桂月，《杂言录》，1905年12月号，《太阳》博文馆。
② 《漱石全集》，第21卷，第223页。

对事件里的一个真象，如 B，我对 B 感到兴趣，便采取这样的描写方法，即不去顾及真象 B 的原因结果，而对甲、乙、丙三个真象构成 B 这一点感兴趣，集中去描写。同是低徊，而富有很多分解开来的部分。①

这篇文章主要论述《坑夫》的写作手法。但围绕一个中心事物，从外围分解性的观察和描写的特点与《〈鸡头〉序》的"联想的趣味"是一脉相承的，即由周围向心式地迫近中心的观察和描写法。

竹盛天雄曾指出夏目漱石的"低徊趣味"是一种曲线式螺旋运动。②笔者则认为"低徊趣味"的所谓"联想的趣味"或"分解的"观察都是一种从周围迫近核心的包容和渗透的运动，即由表层向深层浸渗的运动。

"低徊趣味"反应怎样的思想？夏目漱石在《〈鸡头〉序》中作了解答，当时日本文坛上评价易卜生的小说是"第一义，意味深刻"的作品，但漱石持有不同的看法，他指出：

诚然，这些作品也许触着了第一义的道念，然而，这所谓第一义指的是生死场里的第一义，不得逃脱生死烦恼的第一义。如果说人生观不能再高了，那可能这就可以说是绝对的所谓第一义了。但如果有能打破生死关门，不置这二者于眼中的人生观成立的话，现在所谓第一义或许就会落到第二义去了。俳味禅味之理便来于此。这样的人生观能成立，就以这种态度来写作也谓尝不可。③

漱石认为易卜生小说所反应的是一种急迫的限于生死的人生观，在当时的日本文坛上，自然主义文学思潮占着主流，易卜生小说很受欢迎。但漱石却提出不同的人生观，以"俳味禅味"的超越生死的人生观作为余裕派的精神支柱，在现象界的背后建树自己的存在本体，不与万物而沉浮，声明"禅味与有余裕的文学同一意义，而且置第一义于生死之上，

---

① 《漱石全集》，第 34 卷，第 142 页。
② 竹盛天雄，《漱石——'読む'ということに触れつつ》，1981 年，祥文堂。
③ 《漱石全集》，第 21 卷，第 226 页。

才会有这个余裕出现。"①必须注意的是，夏目漱石的这种人生观并不意味着逃避现实的所谓超脱，而是坚实地立足于"现象界里面的自我"，立足于现实，以"虚灵皎洁的心"、明澈的眼光从更高的角度审视世间的态度。"低徊趣味"的基点与俳谐一脉相乘，既具有美的性格，同时又具有贯通人生真实的性格，同时具备"不触着"与"触着"两个性质。他所主张的人生态度毋宁是要更广范围地审视人生，"有余裕"的小说不外是这人生和现实紧密关联的产物。

明治四十年，夏目漱石发表了《写生文》、《文艺的哲学基础》等文章。在《写生文》中漱石分析了写生文作家的"心理状态"，指出他们观察事物的态度是"以大人对小孩，父母对孩儿那样的态度"。②又将写生文作家与自然主义作家相对比，指出后者"将自己的精神一味打入作品人物中去，或许可以作出热烈的东西来，但无论如何显得太没有余裕"。③对于前者，则指出："写生文作家写出的文章里总有一种宽余感。不急迫，没有什么顾虑，因此读起来有一种舒畅的感觉。"④很明显，写生文的"宽余感""不急迫"的特点与《〈鸡头〉序》所阐述的"低徊趣味"在本质上是相同的。

实际上，漱石的文学理念并不只限于"低徊趣味"或"有余裕的文学"，他在提倡"有余裕的文学"的同时，还在《文学论》、《文艺的哲学基础》中阐述善、真、美、壮的理念，以此概括他的文学观。《文艺的哲学基础》是一篇对文艺理念与方法进行理论性分析的论文。夏目漱石将文艺理想分为四点：真、善、美、壮。这四点"具有同样的权利和分量"。⑤他针对当时日本文坛偏重"真"而轻视其他要素的现象，指出其原因在于"自己的世界太狭小，不能认识到住在这狭小世界以外的人生。"⑥这很明显是在批判只重视"真"的自然主义派文学。他所志向的是总合真、善、美、壮四个要素，集"新的理想"、"深的理想"、"广的

---

① 《漱石全集》，第21卷，第227页。
② 同上，第17页。
③ 《漱石全集》，第20卷，第19页。
④ 同上，第19~20页。
⑤ 同上，第76页。
⑥ 同上，第57页。

理想"与完全的技巧而得的文艺。漱石在《文艺的哲学基础》中刻意从理论的、广泛的视角来认识文艺的本质。他指出:

> 此四种理想是文艺家的理想,同时也是一般人的理想。理想是什么?就是赋予应该如何生存这个问题的答案。(中略)我们希求意识的连续,连续的方法和意识内容的变化赋予我们选择的范围,这个范围又给予我们一定的理想,而实现这个理想就是触着了人生。在这之外想触着也无法触着。这个理想分为真、美、善、壮四种。能实现这四种理想的人,就意味着他在同等程度上触及了人生。(中略)因此,只承认一个触及,其他不触及,这从理论上证明,完全是不能成立的胡来的狂言。①

漱石的这篇论文很明显针对了自然派的极端观点,明治四十年,文艺评论家长谷川天溪在杂志《太阳》上发表评论《排理论之游戏——论所谓自然主义的立场》,引发起一场围绕自然主义文艺的大争论,由明治四十年到四十二年,针对自然主义文艺理论与方法,自然主义文学派与非自然主义文学派之间展开了几次交战。②漱石的《写生文》、《文艺的哲学基础》、《〈鸡头〉序》均作于明治四十年,这反应了他对文坛倾向的关注,表明了他对自然主义文学的抵抗。在这篇论文里我们能清楚地了解到夏目漱石的"低徊趣味"或"有余裕的文学"根本上是以他主张的真、善、美、壮四大要素为理想的,这四大要素与人生、作家人格有着不可分的关联。因此,可以说夏目漱石的文学理念本质性地触及了自然主义文学的根本问题,即现代文学如何描写人的问题。

鲁迅在日本留学期间就爱读漱石的作品,还倾心于他的《文学论》,他对漱石文学理念有一定的理解。在《现代日本小说集》、《关于作者的说明》中提到漱石的"低徊趣味",并评价为"明治文坛上的新江户艺术的主流",这个说法或许意识到大街桂月的评价,但他并没有用"江户趣

---

① 《漱石全集》,第20卷,第66、76页。
② 参考《日本文学史·近代1》至文堂,1977年。《近代文学论争辞典》至文堂,1960年。

味"一词,而用了"明治文坛上的新江户艺术"来评价漱石。这在日本评论家中是未曾见的,或许是鲁迅独特的评价。这个评价强调了夏目漱石文学理念的现代性性格,做为对前现代的继承与发展来给予评价与认同,本质上应与大街桂月的"江户趣味"不同。

第三节 《クレイグ先生》翻译

一、"轻快洒脱"的笔致与鲁迅的翻译

《クレイグ先生》是一篇既幽默又有人情味的作品。其幽默的性质来源于夏目漱石的"低徊趣味"。作品的开首是这样的描写:

> クレイグ先生は燕の様に四階の上に巣を作っている。敷石の端に立って見上げたって、窓さえ見えない。下から段々と昇っていくと、股の所が少し痛くなる時分に、漸く先生の門前に出る。門と申しても、扉や屋根のある次第ではない、幅三尺足らずの黒い戸に真鍮の敲子がぶら下がっている丈である。①

夏目漱石留学英国时,曾在日记和书信中几次提到克莱喀先生,称他为"奇人"。还写道"他住在房顶里边,只知道看书,""他和女佣人住在贝卡街拐角的两层楼里。"②

关于克莱喀先生的居所,日本学者出氏口保曾作过调查,确认是贝卡街 55 号 A,四层楼。③关于漱石书信所说"二楼房顶里",出口氏指出:"当时《马尔林本地区居住者名单》中记载着住在 55 号 A 楼的 7 位居民的名字,W·J·Craig 的名字排在第 6 位。假如每层楼正面和背面各住两家,第 6 位的 Craig 或许住在三楼背面。漱石在写给朋友的信中有'二楼

---

① 《漱石全集》,第 16 卷,第 113 页。
② 参看明治三十三年 12 月 27 日致藤代祯辅书信,明治三十四年 2 月 9 日致狩野亨吉书信等。见《漱石全集》,第 27 卷。
③ 出口保,《伦敦的夏目漱石》,河出书房新社,1991 年,第 67 页。

房顶里'一句,也许是按照英文的习惯,将三楼叫 the second floor 的说法。"①出口氏对"二楼房顶里"的推论颇有道理,但他的推论仍不能解释夏目漱石在另外一封信里写"房顶里边"的真象。笔者认为漱石所说"二楼房顶里"实际上是一个带有幽默意味的写法,说克莱喀先生住在"二楼房顶里",夜以继日地致力于莎士比亚研究,其意在以诙谐的口吻强调克莱喀先生的超俗奇特的形象。《クレイグ先生》开首有"四楼"之说,出口氏认为这是小说润色的结果。②依据是漱石书信中表露的对克莱喀先生住宅的一种趣味性的描写。其次则是作品本身的诙谐性格。作品开首第一句便是"クレイグ先生は燕の様に四階の上に巣を作っている。"点出了克莱喀先生奇特的性格,也反映了这部小说的描写特征,用鲁迅的说法便是"轻快洒脱"。对克莱喀先生住宅的更详细的描写"先生の門前に出る。門と申しても、扉や屋根のある次第ではない"也充满了"轻快洒脱"的气氛。鲁迅是怎样翻译这一段落的呢?

> 克莱喀先生是燕子似的在四层楼上做窠的,立在阶石底下,即使向上看,也望不见窗户。从下面逐渐走上去,到大腿有些酸起来的时候,这才到了先生的大门,虽说是门,也并非具备着双扉和屋顶,只在阔不满三尺的黑门扇上,挂着一个黄铜的敲子罢了。③

鲁迅的翻译基本上以忠实于原文的态度,采取近似直译的手法。但为发挥原文的幽默笔致,也下了一番工夫。比如将原文"先生の門前に出る"译成"到了先生的大门",这个"大门"的翻译与原文的"门前"相比,很明显是一种夸大的描写。这个"大门"与后面的"虽说是门,也并非具备着双扉和屋顶"之间形成很大的落差,鲁迅以此来强调作品的幽默气氛、反映出鲁迅强调原文幽默笔致的意图。再看克莱喀先生对著述者"我"的态度:

---

① 出口保,《伦敦的夏目漱石》,第68页。
② 参看出口保,《伦敦的夏目漱石》,第68页。
③ 《现代日本小说集》,第26页。

先生は自分を子供の様に考えていた。君こう云う事を知っているか、ああ云う事が分かっているかなどと愚にも附かない事を度々質問された。かと思うと、突然えらい問題を提出して急に同輩扱いに飛び移る事がある。①

鲁迅的翻译：

　　先生以为我是一个小孩子，你知道这样的事么，你懂得那样的事么之类，常常受着无聊不堪的事的质问。刚这样想，却又突然提出伟大的问题，飞到同辈的待遇上去了。②

　　这里的妙味在于克莱喀先生态度的突变无常，从孩子待遇飞到同辈待遇，从"无聊不堪的事的质问"飞到"伟大的问题"。日语的"えらい"是一种口语表现，相当于中文的"了不得""了不起"，但鲁迅却用了"伟大"一词来夸大克莱喀先生态度的突变，突出滑稽幽默的效果。
　　《クレイグ先生》是一篇描写克莱喀先生人物形象的作品，从对克莱喀先生住宅的幽默描写开首，接下来对克莱喀先生的相貌、穿着、行动等多方面的描写，各处描写都带有诙谐幽默的笔致。夏目漱石留英期间师事于克莱喀先生将近一年，从他的日记书信中我们已了解到他对这位老师的感佩。但在作品中漱石却没有直接了当地写出这一点，而是采用了从多方面照准一个中心，由浅入深，向深层浸透的手法，逐渐刻画出克莱喀先生的形象，反应出他对克莱喀先生的感佩。这个手法正是他所主张的"有余裕的文学"的手法。
　　鲁迅对《クレイグ先生》幽默笔致的关注与强调不限于以上所见的部分，贯穿全篇随处可见。笔者认为鲁迅的翻译动机在于他对这篇作品的新鲜手法发生兴趣，意图将它介绍到中国去。另一方面，鲁迅还感铭于漱石对克莱喀先生的敬爱，捉住了余裕派所谓"不触着"小说本质上"触着"的性质。

---

① 《漱石全集》，第16卷，第116页。
② 《现代日本小说集》，第26页。

二、对话与拟声语的翻译

对话富有机智，这是夏目漱石文学的一个特点。平川祐弘教授曾将《クレイグ先生》评价为 Portrait（肖像写真）作品，指出故事情节视觉性地展开，呈现一种有如电影一般 Narrative 式的文体。①笔者则认为这部作品通过对话和叙述构成一个听觉性质的表现世界。其对话和叙述与《少爷》的话语世界很相近，保留了很大一部分与落语（lakugo）、讲谈（koudan）相通的成分。鲁迅在翻译中已认识到这个特点，我们可以从他的翻译中确认这一点。《クレイグ先生》中有下面一段对话：

> 先生は自分を子供の様に考えていた。（中略）かと思うと、突然えらい問題を提出して急に同輩扱いに飛び移ることがある。いつか自分の前でワトソンの詩を読んで、是はシエレーに似た所があると云う人と、全く違っていると云う人とあるが、君はどう思うaと聞かれた。どう思うたって、自分には西洋の詩が、先ず眼に訴えて、しかる後耳を通過しなければ丸で分からないのである。そこで好い加減な挨拶をした。シエレーに似ている方だったか、似ていない方だったか、今では忘れて仕舞った。が可笑しい事に、先生は其の時例の膝を叩いて僕もそう思うbと云われたので、大いに恐縮した。（引线笔者）②

这一段叙述和对话充满了幽默感，克莱喀先生对弟子的态度变化多端，不可捉摸。夏目漱石在这里刻画出克莱喀先生不摆架子，萧洒自在的形象。叙述手法上有一个突出的特点，就是对话处都不带引号；一般对话中要改行的地方本作品中也没有改行，每句对话均罗列在一个段落中。如克莱喀先生问"我"对诗人 Watson 的感想时说："你以为如何？"（底线 a）之处，对"我"马马虎虎的回答，克莱喀先生却意外地回答说：

---

① 平川祐弘，《夏目漱石——非西洋的苦斗》中有："可以说，漱石站在摄影机镜头的位置上，故事情节视觉性地展开，克莱喀氏的脸、臂、手在读者眼前佛动着。这部作品是一部与电影相通的 narrative."新潮社，1976 年，第 138 页。

② 《漱石全集》，第 16 卷，第 116 页。

"我也这样认为。"（底线 b）之处，这两处都没有用引号。象这样的手法多见于《クレイグ先生》中，本作品中对话处用引号的只有 3 处。这样的手法在漱石早期作品《少爷》中已出现。中岛国彦氏在他的论文《漱石幽默的源泉》①中将《少爷》中的对话法归纳为以下三种：

第一种：没有引号的手法

第二种：用引号，但不改行，重叠罗列的说法

第三种：用引号，也改行的手法②

中岛国彦氏还将《少爷》中对话手法与《新选落语大全》（明治三十八年，即 1905 年 10 月《文艺俱乐部》增刊）相比较，指出上列第二种对话书写法与落语的表记法最为相近。③落语是产生于近世纪江户时代的一种演艺，艺人以诙谐的态度讲滑稽的故事，在末尾披露一个有趣的结语，引听众哄笑。落语主要以江户地区、大阪地区为中心发展起来。中岛国彦氏指出：《少爷》中多彩的笔致使读者"感觉到漱石的精神的跃动，产生一种作者、读者、作品世界形成一体的空间。我们从这里能看到漱石既借助于落语的表达手法，又超越落语的《少爷》的表现世界。"④笔者认为中岛国彦氏提示了有关夏目漱石文学表现世界的一个重要问题。

据笔者调查，比《新选落语大全》更早的一部落语记录文献是石桥思案校订的《校订落语全集》，出版于明治三十二年（1899 年）。这里面对话部分一概不用引号，基本上采用了速记的方法。《少爷》的第一种记述法、《クレイグ先生》中对话书写法与《校订落语全集》等明治三十年代的落语速记书写法最相近。但当然这并不意味着夏目漱石模仿了落语的速记法，而是漱石在自己的作品中充分发挥了江户落语、讲谈的涵养。

漱石生在东京（近世的江户），自具江户崽气质。从少年时代便受着江户艺术的熏陶，大学预科时代曾出入于落语会场"寄席"，在那里与正冈规子结为朋友。两人常一起去欣赏讲谈和落语。他的江户艺术涵养，在《坊っちゃん》、《クレイグ先生》中起了一定的效果。不能否认，漱

---

① 中岛国彦，《漱石幽默的源泉》，见《日本文学研究资料丛书·夏目漱石》，有精堂，1982 年。
② 《日本文学研究资料丛书·夏目漱石》，有精堂，1970 年，第 136 页。
③ 《日本文学研究资料丛书·夏目漱石》，第 136 页。
④ 同上，第 137 页。

石的文体中包含了不少西方文学的成分,但来自江户演艺的思想与手法是不能忽视的。《クレイグ先生》采用第一人称"我"作为主述者,通过"我"的幽默叙述,润色故事情节,以突变逆转的模式展开叙述,酿造出滑稽的气氛。这个手法与落语的表现世界一脉相通。那么,鲁迅是怎样翻译的呢?

> 先生以为我是一个小孩子。(中略)刚这样想,却又突然提出了伟大的问题,飞到同辈的待遇上去了。有一回,当我面前读着渥忒孙(Watson)的诗,问道,这有说是有着象雪黎(Shelley)的地方的人和说全不相像的人,你以为怎样? a 以为怎样,西洋的诗,在我尚不先斥诸目,然后通过了耳朵,是完全不懂的。于是适宜的敷衍了一下。说这和雪黎是相像呢还是不相像,现在已经忘却了。然而可笑的是,先生那时照例的敲着膝头,说道我也这样想 b,却惶恐得不可言。①

从这一段译文看,文中底线 a、b 对话部分都没有加引号,原文将对话揉到叙述中去,象这样的手法,在鲁迅的翻译中多次出现。

1981 年人民文学出版社版《日本短篇小说集》中收录刘天纯译《库莱克先生》,这是夏目漱石《クレイグ先生》在中国的第二个翻译本。刘氏将"可笑しい事に、先生はその時例の膝を叩いて僕もそう思う b と云われたので、大いに恐縮した"翻译为:

> 然而可笑的是,先生此时照例敲着膝头,说:"我也这样想"使我大为惶恐。②

刘氏在译文对话处加上了引号。在口语文体和标点法已确立的当代中国,刘氏的翻译无疑是符合现代中文标点法的,但原文的音响特征不免大为退色。仔细分析鲁迅的翻译,我们可以看到在《克莱喀先生》中,

---

① 《现代日本小说集》,第 29 页。
② 《日本短篇小说集》,人民文学出版社,1981 年,第 72 页。

并非所有的对话部分都按原文那样不用引号，一些简短的对话或感叹语，亦用了引号，没有用引号的部分大多是近似于落语演艺的对话，可见鲁迅在翻译时并不是一味附和原作的记述手法，而是有意识地作了选择，其效果就是要保留落语式对话气氛。

与对话部分发挥相同效果的还有拟声语和感叹语的翻译。原文中有一段描写克莱喀先生催促"我"交学费的场面：

> 時によると不意に先生から催促を受けることがあった。君、少し金が要るから払って行って呉れんかなどと云われる。自分は洋袴の隠しから金貨を出して、むき出しにへえと云って渡すと、先生はやあ済まんと受け取りながら、例の消極的な手を広げて、一寸掌の上で眺めた儘、やがて是を洋袴の隠しへ収められる。①

这里"へえ"与"やあ"两个感叹语将"我"与克莱喀先生的心理巧妙地表现出来。"へえ"表现"我"突然被老师催促，不得不将学费不加包裹地交出去而感到的尴尬。但身为欧洲人的克莱喀先生无从察觉"我"的心情，只说了一句"やあ済まん"，就将钱收下了。比较神经质的"我"与不拘小节的克莱喀先生，两人对照性的心理便在"へえ"与"やあ"这两个感叹语中表现出来。而且这两个音又以极简洁的形式酿造出一种落语式的滑稽气氛。这一段落在鲁迅的翻译中是怎样的呢？

> 但有时也突然受过先生的催促。说道，君，因为有一点用度，可以付了去么等类的话。自己便从裤子的袋里掏出金币来，也不包裹，说道"哦"的送过去，先生便说着"呀，对不起"的取了去，摊开那照例的消极的手，在掌上略略一看，也就装在裤子的袋里面了。②

鲁迅把原文的"へえ"与"やあ"译成"哦"与"呀"，这两个感叹语在音响上与原文的用语十分接近，可以说准确地反应了原文的音响

---

① 《漱石全集》，第16卷，第114页。
② 《现代日本小说集》，第27页。

效果。在这里不妨将刘天纯氏的翻译与鲁迅的翻译对照一下。

  我应了声"好",便从裤子的口袋里掏出钱来(中略)先生说着"啊,对不起。"(下略)①

  刘氏将原文的"へえ"与"やあ"译成"好"与"啊",刘氏的翻译自然是顾及到作品中两个人物的心情,但"好"与"啊"在音响上并没有充分地反应出原文所有的效果也是事实。鲁迅所译的"哦"与"呀",虽然看上去很简单,但这种简单的音响组合却准确地表达了原文的描写特点,再现了原文滑稽的气氛。从这里我们可以看到鲁迅对夏目漱石文学读解之细。

  日语中多见感叹语、拟声语和拟态语,比如,下雨声是"ざあざあ";风声是"びゅうびゅう";地震声是"がたがた",即表音语言与生活密切关联,感叹语、拟声语和拟态语便于将事物或情形表现得十分生动,真实。在这一点上,中文却与日语大不相同,中文中的感叹语、拟声语和拟态语没有日语那样丰富,因此在翻译日本文学作品时,感叹语、拟声语和拟态语的翻译就总会成为困难的课题。这个课题不仅是一个语言的问题,还涉及到对异国风土文化等表现特征的理解。是一个不能忽视的问题。

  《クレイグ先生》中所见感叹语、拟声语和拟态语以及鲁迅的翻译对照如下:

《クレイグ先生》		《藤野先生》	
こつこつ	(1例)	剥啄剥啄	(1例)
やあ	(3例)	呀	(3例)
へえ	(2例)	哦	(2例)
へえへえ	(1例)	哦 哦	(1例)
ああ	(1例)	唉唉	(1例)
ぴしゃんぴしゃん	(2例)	毕剥毕剥	(2例)

---

① 《日本短篇小说集》,人民文学出版社,1981年,第70页。

《クレイグ先生》中的感叹语、拟声语和拟态语在鲁迅翻译中基本上全部以感叹语、拟声语和拟态语的形式译出。从这一点，我们可以得到两个结论，一个是，鲁迅在翻译《クレイグ先生》时所取的是尽量尊重原文表现特点的态度，这个态度也是他翻译其他外国作品时一贯不变的态度。再一个是，他关注了《クレイグ先生》中的音响特点，在翻译中再现了原文的音响世界。

《クレイグ先生》中与感叹语、拟声语起着同样作用的还有登场人物——老女佣的用语。在作品中，这个老女佣也是一个具有诙谐性质的人物，她的容貌很滑稽，总是眼睛睁得圆圆的，总是一副吃惊的面容。克莱喀先生常常找不到自己的书，这时就火急地叫她来帮忙，老女佣照例睁着圆眼睛出来帮先生找书，然后是一句"ヘヤ、サー"把书递过去。作品中老女佣说话只有两次，而且两次都是"ヘヤ、サー"一句话。这个"ヘヤ、サー"就是英语"Here Sir."的音译。标音文字的日语极便于将外语以音译的形式引进日语，"ヘヤ、サー"是发挥日语表音机能的一个例子。夏目漱石的意图明显的是为了在音响上表现老女佣滑稽的特点。

与日语相比，中文则重于象形表意，中国引进外语时除了一些人名和故有名词外很少用音译。鲁迅对《クレイグ先生》中老女佣的发言也没有用音译，而是直接用了英语"Here Sir."。刘天纯的译文则用了意译的手法。译为"先生，在这里。"①这两种翻译，一个重音响，一个重文义。鲁迅之所以重音响，与他对这篇作品音响用语的重视有关，我们从《克莱喀先生》译文可以看出一个特点，就是突出表现了原文的音响效果。

鲁迅对《クレイグ先生》的对话、感叹语、拟声语和拟态语的重视与20世纪20年代、30年代确立口语文体的问题紧密相关。"五四"运动以来，围绕白话文问题，进步知识分子与保守派文人曾展开激烈长久的斗争。鲁迅留学日本，接受了日本文化和西方文学的影响，20年代就开始口语写作的尝试。1918年登载在杂志《新青年》上的《狂人日记》为中国现代文坛树立了第一面白话写作的旗帜。以《狂人日记》为分水岭，

---

① 《日本短篇小说集》，第73页。

之前有文言文体的《域外小说集》，之后有口语文体的《现代日本小说集》，这并不是偶然的。日本留学时期尝试的外国文学翻译特别是日本文学翻译在文体和语言操作上都给鲁迅很大的影响，对他日后的白话写作起了启发性作用。但几十年来的鲁迅学界对这一方面的研究还没有完全展开，毋宁说是很薄弱的。

鲁迅的小说中对话部分中有几个特点，一是感叹语、拟声语的使用；二是用罗马字来表音；三是直接用英语、德语等外语。第一个特点最有代表性的可举《鸭的喜剧》（1922年），这个作品在写作时间上与《クレイグ先生》翻译很接近。作品描写俄罗斯诗人爱罗先珂与许多小动物的故事。作品中出现许多动物的叫声，如：蛇，"蛇鸣嘶嘶"；小鸭子，"咻咻的叫"；鸭子长大了，"鸭鸭的叫"；爱罗先珂的感叹"哦""唉，唉。"①

第二点，可以举《无常》（1926年）《补天》（1922年）。前者以"Nhatu，nhatu，nhatututun"②来表示乐器的音响；后者则以"Nga nga！""Akon，Akon""Uvn，Ahha！"③来表示人的喊声。

第三点，可以举《幸福的家庭》（1924年），《从百草园到三味书屋》（1926年）。前者用了英语，"My dear，Please. Please you eat first，my dear."；④后者则用了德语"abe"⑤。

这里所举三个特点与鲁迅翻译文《克莱喀先生》中感叹语、拟声语和老女佣的话语的翻译特点基本一致。这些音响上的特点或许很大一部分是受了夏目漱石文学的影响，翻译外国文学成为他尝试白话文写作的好机会。

三、对真实的感动

夏目漱石《クレイグ先生》的浸透性描写手法与余裕派一脉相承，漱石在《鸡头序》中对低徊趣味作了解释，"即于一事，倾于一物，引发

---

① 《鲁迅全集》，第1卷，第555~557页。
② 《鲁迅全集》，第2卷，第271页。
③ 同上，第346页。
④ 同上，第38页。
⑤ 《从百草园到三味书屋》用了德语"Abe"《鲁迅全集》，第2卷，第280页。

起一种独特或联想的兴趣,从左看,自右观,难以离去的一种趣味",低徊趣味有一个中心点,就是事物中动我心灵的因素,引我观察的焦点,这个因素或焦点不是浅薄的,而是涉及事物核心的本质性的。夏目漱石在明治四十年(1907年)发表论文《滑稽文学》,这是一篇论述喜剧与悲剧的文章。他这样写道:

> 世间上所谓滑稽文学多是些陈腐,鄙劣无聊的诙谐,或充满嘲笑的东西。我以为滑稽并不只是这些无聊的诙谐和嘲笑,必须有深切的同情,必须给读者一种美感才对。①

夏目漱石认为喜剧应与悲剧同样触及现实,触及人生的本质,其目的与悲剧相同,就是描写人生的真实。不同之处在于描写人生时悲剧是直接的,而喜剧则是间接的、在谈笑中进行的。"在谈笑中亦有深厚的同情"。在这里论述喜剧与悲剧并不是笔者的主要目的,之所以举《滑稽文学》,是因为笔者关注了《滑稽文学》中所体现的夏目漱石的文学观,即文学不能游离于人生的本质,不能忘却作者的同情。将这样的观点与余裕派小说相关照,贴近人生的本质,富于同情,又正是余裕派"不触及小说"中不能没有的"触及"的部分。

《鸡头序》和《滑稽文学》从两个方面阐述了"低徊趣味",前者着重论述"有余裕"的文学的方法和态度;后者则侧重于余裕派文学本质的说明。夏目漱石所主张的余裕派文学的性质在这两篇文章中基本上被完整地阐述出来。"低徊趣味"、"有余裕"的文学并非与人生相乖离,这一点也得到再一次的阐述。

在《クレイグ先生》中,"有余裕"的文学的性格表现在对克莱喀先生的多元观察、多元描写上。这种观察与描写之所以可以展开,是因为其根底有一个兴趣的中心存在,对克莱喀先生相貌、言谈举止的描写均来自这个兴趣的中心,形成与中心的连锁反应。那么,这个兴趣的中心或兴趣的原点在哪里?

夏目漱石曾在日记和书信中点出了他对克莱喀先生的兴趣。如:"他

---

① 《漱石全集》,第34卷,第114页。

是莎士比亚学者，很有意思的老头"，①"我的教练亦颇愚蠢，但还多少有些可取之处。"②前者是夏目漱石第一次见克莱喀先生那一天的日记；后者是明治三十四年二月写给藤代祯辅的书信。这里值得注意的是夏目漱石强调了克莱喀先生作为学者的一面，对克莱喀先生的兴趣并非单纯的"很怪的人"或"有意思"的程度。他的日记和书信告诉我们，他感动或感兴趣的是学者克莱喀先生的一面。而鲁迅也正是发现了这一点，以至对这部作品产生共鸣。这是本节第一部分中提示的论题的后一半。

克莱喀先生为研究莎士比亚，连大学的椅子都放弃了，他不能满足于施密特（Schmidt）的莎士比亚辞典，将这部辞典全面修改和补充，并试图撰写新的沙翁辞典，为此日夜工作不息。与他那平时不拘小节的态度相反，对学问他格外认真、严谨。克莱喀先生长期从事莎士比亚研究，"我"问过"这个研究要到什么时候结束？"老师的回答是"谁知道什么时候，干到死为止吧。"③如此，不知何时才能完结的沙嗡辞典在克莱喀先生脑子里日夜"盘桓磅礴"着。克莱喀先生并非十分在意的几句话，反应了他不惜为学术奉献一生的挚诚胸怀。《クレイグ先生》中"我"对克莱喀先生的感动以"驚いた""恐れ入った"表现出来。原文有以下的几处描写：

（1）然し先生のシエクスピヤ研究には其の前から驚かされていた。④

（2）先生、シュミッドの沙翁字彙がある上にまだそんなものを作るんですかと聞いた事がある。すると先生はさも軽蔑を禁じ得ざる様な様子で是を見給えと云いながら、自己所有のシュミッドを出して見せた。見ると、さすがのシュミッドが前後二卷一頁として完膚なき迄真っ黒になっている。自分はへえと云ったなり驚いてシュミッドを眺めていた。⑤

（3）"全体何時頃から、こんな事をお始めになったんですか"

先生は立って向うの書棚へ行って（中略）うん此処にある。ドウ

---

① 日记，见《漱石全集》，第24卷，第16页。
② 书信，见《漱石全集》，第27卷，第134页。
③ 《漱石全集》，第16卷，第120页。
④ 同上，第119页。
⑤ 《漱石全集》，第16卷。

デンがちゃんと僕の名を此処へ挙げて呉れている。特別に沙翁を研究するクレイグ氏と書いて呉れている。この本が千八百七十……年の出版で僕の研究は夫よりずっと前なんだから……自分は全く先生の辛抱に恐れ入った。序でにじゃ何時出来上がるんですかと尋ねてみた。何時だか分かるものか、死ぬ迄遣る丈の事さと先生はドウデンを元の所へ入れた。①

克莱喀先生的莎士比亚研究是一个无法预计什么时候完结的工作，为了这个没有边际、没有极限的工作，他舍去一切于不顾，这样的态度或许显得很不聪明，很不合理，但克莱喀先生偏偏选择了这条路。上列原文底线部分"驚く"出现了两次，"恐れ入った"出现了一次，表现了"我"对克莱喀先生的感动和惊异。

关于真实人物克莱喀先生，东京大学平川祐弘教授曾在《夏目漱石——非西洋的苦斗》第一部第一节"《时报 Times》上的故人略记"中列举了当时的有关文献，基本上可以了解克莱喀先生的人物全貌。克莱喀先生曾在维尔兹综合大学任英语教授，但仅三年便辞职，开始撰写莎士比亚辞典，去世前已收集了大量资料，但这部辞典因他的去世而中断。漱石作品中的克莱喀先生基本上与史料一致。作品中"我"的感动可以说就是漱石的感动。克莱喀先生的真诚，清高的性格与江户崽夏目漱石的性格有相同的一面，漱石对他感兴趣，多元观察的原点便在这里。

那么，鲁迅是怎样翻译上列三个部分的呢？下面我们看他的翻译。

（1）但对于先生的莎士比亚研究，却是早就惊服的。②

（2）也曾问过先生，已经有了施密特（Schmidt）的沙翁字汇了，却还作这样的书么？于是先生便仿佛不禁轻蔑似的，一面说道看这个罢，一面取出自己所有的施密特来给我看。试看时，好个施密特前后二卷一页也没有完肤的写的乌黑了。我说着"哦"的吃了惊，只对施密特看。③

---

① 《漱石全集》，第16卷，第120页。
② 《现代日本小说集》，第32页。
③ 同上，第33页。

(3)"究竟,从什么时候起,来作这样的事的呢?"

先生站起身,到对面的书架上,(中略)唔,在这里,道罩将我的姓名明明白白的写在这里,特别的写着研究沙翁的克莱喀氏。这书是一千八百七十……年的出版,所以我的研究,还在一直以前呢……自己对先生的忍耐,全然惊服了。顺便问什么时候才完工。谁知道什么时候呢,是尽作到死的啊,先生说着,将道罩放在原处所。①

原文(1)的"驚かされていた"和(3)的"恐れ入った"在译文中均被译为"惊服";原文(2)的"驚いて"被译为"吃了惊"。"惊服"一语中既有惊异之意,又有佩服之情。鲁迅以此来表示"我"的感动,同时也表示了鲁迅自己的感动。

在此不妨来看看刘天纯氏的翻译,原文(1)中的"驚かされていた"被译为"敬佩了",(2)中的"驚いて"被译为"吃惊",(3)中的"恐れ入った"被译为"惊服"。②刘氏的翻译或许多少踏袭了鲁迅的译文,但(1)的"敬佩了"却是异于鲁迅的,"敬佩了"确实有尊敬的意思,但却失却了惊异的感情也是事实。

克莱喀先生在作品中以一个奇异的存在被描写出来,读者因其奇而惊,因其奇而笑,在这惊与笑中多含蓄了亲切与同情,这是因为克莱喀先生的"奇"背后含蕴了他的真诚。鲁迅所用"惊服"一词表达了他的感动。《克莱喀先生》的后半部中真诚与感动更生动地表达出来。

  我此后不久便不到先生那里去了。当不去的略略以前,先生曾说,日本的大学里,不要西洋人的教授么?倘我年纪轻,也去罢。①颇显着无端的感到无常的神色。先生的脸上出现感动,只有这一回。我宽慰说,岂不还年轻么?答道那里那里,说不定什么时候有什么事,因为已经五十六岁了,②便异样的入了静。③

---

① 《现代日本小说集》,第33~34页。
② 《日本短篇小说集》,第74~75页。
③ 《现代日本小说集》,第34页。

《クレイグ先生》原文是:

> 自分は其の後暫くして先生の所へ行かなくなった。行かなくなる少し前に、先生は日本の大学に西洋人の教授は要らんかね。僕も若いと行くがなと云って、①何となく無常を感じた様な顔をしていられた。先生の顔にセンチメントの出たのはこの時丈である。自分はまだ若いじゃありませんかといって慰めたら、いやいや何時どんな事があるかも知れない。もう五十六だからと云って、②妙に沈んで仕舞った。①

这里描写出克莱喀先生深感寂寥的一面。充满幽默与诗情的他,这时忽的从诗兴中醒来,发觉人生已到暮年,大有发奋好学,废寝忘食,不知老之将至之感慨,以至大感人生之寂寞。这固然是孤高者时时会遭遇的心境。与作品前半跃动的、滑稽的氛围相比,后半部分则是沉静的、颇富有感伤的。毕生忠实于学术的克莱喀先生,因此又不得不时而尝受人生的寂寞,"我"对克莱喀先生的感动,这正是余裕派小说《クレイグ先生》触及真实的人生的部分,也是夏目漱石追求的"人情之机微"及"深的同情"。

上列原文底线部①②是描写克莱喀先生表情变化的重要部分,鲁迅的翻译是:

① 颇显着无端的感到无常的神色。
② 便异样的入了静。

这两个译文与原文相比多带沉重的感觉。原文①中不确定副词"何となく"以"颇"与"无端的"重叠副词形式译出,加深了寂寞的感伤。原文②"沈む"的中文应是消沉、悲伤之意,但鲁迅却译成"入了静",这里或有他的用意存在。即与作品前半的动的氛围——"阳炎"般的诗的陶醉、找不到书时的焦急、对莎士比亚的热情等——相对照,激情过后寂寞突然袭来,一切跃动忽然变为寂静,鲁迅的翻译将这个由动到静的感情变化,气氛变化表现得更明显,"入了静"点出克莱喀先生的

---

① 《漱石全集》,第16卷,第120页。

激情与多感的性格。

《克莱喀先生》的前半与后半在气氛描写上有着明显的不同，前半部分以轻快、诙谐为特征；后半部分则比原文更带上深沉、痛切的气氛。这证明鲁迅注意到原文的动与静的变化，刻意在翻译中加强对这一特点的润色效果。无疑鲁迅在这一点上捉住了夏目漱石所谓"有余裕"文学、"低徊趣味"触及人生的本质，这也是他倾心与漱石文学的缘故。

第四节　从《克莱喀先生》到《藤野先生》

一、鲁迅的日本留学与《藤野先生》

夏目漱石 1900 年留学英国；鲁迅 1902 年留学日本。两人的留学在时间上非常接近，而所背负的历史与文化背景却全然不同，这使两人的精神世界显示出不同性质的特点。鲁迅留学前后的亚洲正处在战乱时代，1894 年甲午战争爆发，鲁迅当年 14 岁；1899 年爆发义和团运动，1901 年中国政府接受八国联军强加于中国的《辛丑和约》，使中国沦为半殖民地状态。是年鲁迅 21 岁，战乱和沦落在他的心灵中投下了深刻的阴影。

《辛丑和约》签订后第二年，他东渡日本留学。开始的两年在东京弘文学院补习，准备考学。由于少年时代父亲的病逝，他立志学医；另一方面，他痛感清政府的腐败，祖国的衰弱，"又知道日本维新是大半发端于西方医学的事实"①，便决心学医，以此推动中国的维新。1904 年，他怀着这样的理想，进入了仙台医学专门学校，这一年爆发了日俄战争。日本和俄罗斯为了争夺中国东北地区的占领权，置中国主权于不顾，在东北地区和勃海区域开火交战，可悲的是作为被争夺的对象，中国竟不得不采取中立的态度。日俄战争后，日本成为亚洲唯一一个军事帝国，中日两国自古以来的文化关系发生了全面倒置的变化。鲁迅正是在这样的形势中孑身一人来到仙台的。1904 年鲁迅在写给朋友蒋抑厄的书信中写道："树人到仙台后，离中国主人翁颇远。所恨尚有怪事奇闻由新闻纸

---

① 参看《呐喊》自序。《鲁迅全集》，第 1 卷，第 415～416 页。

以触我目。"① 从这封书信中我们可以看到鲁迅对祖国的担忧，只身仙台的寂寞。

鲁迅与漱石不同的是留学的挫折，即从医学到文学的转向。转向的原因一部分有如鲁迅在《呐喊》自序及《藤野先生》中触及到的两个事件——泄漏考题事件和幻灯事件。这两个事件以及种种不愉快的遭遇，致使鲁迅最终放弃医学，中途退学。

> 我便觉得医学并非一件紧要事，凡愚弱的国民，即使体格如何健全，如何茁壮，也只能做毫无意义的示众的材料和看客，病死多少是不必以为不幸的。所以我们的第一要著，是在改变他们的精神，而善于改变精神的，我那时以当然要推文艺，于是想提倡文艺运动了。②

《呐喊》自序距他留学仙台20多年，这里的记述是他对仙台时代的一个事后说明，虽然并非完全反应当时的内心状况，但可以说基本上符合当时的实情。离开仙台之前的他已认识到医学不能救中国，重要的是要改造国民的精神，除此之外别无他路可走。

但另一面，尽管鲁迅在仙台经历了种种不愉快的事件，但藤野先生却给他留下了难忘的记忆。骨学和解剖学教师藤野严九郎对鲁迅非常关心，每周要鲁迅提交一次课程笔记，一一订正笔记上的错误，还修改了语法上的错误。鲁迅对此非常感动，他在《藤野先生》中评价说："在我认为吾师之中，他是最使我感激，给我鼓舞的一位。"藤野先生是鲁迅在自己的作品中描写的唯一一位日本人。描写留学时代师事过的老师，这一点又与《クレイグ先生》很相近，不难想象，鲁迅关注漱石的《クレイグ先生》在很大一方面与他自己的留学体验有关。

从仙台返回东京后，鲁迅开始从事文学研究和翻译，同时探讨国民性的问题。许寿裳在《我所认识的鲁迅》中回忆道：

> 我们经常讨论三个相关的问题：一，如何才是理想的人性？二，

---

① 《鲁迅全集》，第11卷，第321页。
② 《鲁迅全集》，第1卷，第417页。

中国民族最缺乏的是什么？三，其病根何在？（中略）当时我们认为我们民族最缺乏的是诚与爱。换言之，是患了诈伪无耻、猜疑相贼之病。①

当时鲁迅和他的朋友们一致认为致使中华民族衰弱的最大根源在封建思想与政治的统治，人们的精神被腐败的思想和政治所侵蚀，以致互相欺骗，互相猜疑，迷失了人的本质。因此，要拯救中国就必须先要唤起人们觉醒自己的人性。鲁迅和他的朋友们以此为自己的任务，开始探索人的本质——诚与爱。

鲁迅开始关心夏目漱石始于从仙台返回东京后，明治三十九年（1906年）以后，《朝日新闻》上连载的漱石作品，单行本《我是猫》、《漾虚集》、《鹑笼》、《永日小品》、《文学论》等都是他猎读的作品。他对漱石的倾心正如周作人所述，胜过其他日本作家。

那么鲁迅为什么如此关注夏目漱石呢？如前节中所述，一是在于他对漱石文学的写作手法的关心；二是在于对作品中所表现的人的真实与感动的重视。鲁迅对人性的思考也多少成为接近漱石的背景与基础。确实鲁迅留日期间关注了夏目漱石，而且留学体验也促使他共鸣于《クレイグ先生》。但尽管如此，鲁迅文学与漱石文学之间明显地存在着一定的差异。

鲁迅也好，漱石也好，在着眼本国的现实，志向于主体性建树上，两人有着相似之处，同时也内涵着微妙的不同性格。我们从夏目漱石的《现代日本的开化》等评论中可以了解到与明治时代共生同长的漱石，"现代"是一个既成的、已然的现实。日本的现代是欧洲现代的模仿，它本身具有很强的外发性，其最大的问题在于主体性的欠缺。而在鲁迅，即使将中国现代的开端设在1919年的"五四"运动或1911年的辛亥革命，半殖民地社会的现实都是不可否认的。辛亥革命时鲁迅已31岁，他的前半生浸泡在封建王朝和半殖民地社会中，因此对他和同时代的志士仁人来说，民族的独立便成为现代中国面临的大课题。鲁迅在留日期间开始意识到激发"个我"意识和探索国民性问题的重要。身处不同现实

---

① 许寿裳，《我所认识的鲁迅》，人民文学出版社，1952年。《鲁迅卷》初编所收，第382～383页。

的鲁迅与漱石,他们的文学作品必然会呈现出不同的主体意识。

鲁迅在《狂人日记》中用"吃人"一语来揭露封建思想的本质,《药》、《希望》、《淡淡的血迹中》中随处可见揭露社会黑暗,批判军阀政府的尖锐笔锋,鲁迅的这种斗争的姿态在《藤野先生》中也可以看到。

《藤野先生》作于1926年,鲁迅留日二十多年之后,翻译夏目漱石《クレイグ先生》三年后。在构思层面——回忆和描写留学时代的吾师——与《クレイグ先生》极为相近。平川弘祐教授曾指出《藤野先生》是受了《クレイグ先生》的激发而作的。[①]笔者认为这一提示是很值得参考的。如果说鲁迅对《クレイグ先生》产生了共鸣,那么共鸣点可以说就在クレイグ先生的治学与为人的态度上。但是,尽管如此,我们仍然不能忽视,《藤野先生》和《クレイグ先生》又恰恰反映了鲁迅文学与漱石文学截然不同性格。我们可以从两个作品的写作意图、感悟真实的角度、描写手法上看到二者的不同点。

对人性之真实的追求是鲁迅文学的重要命题之一,他所取的态度与方法与夏目漱石的低徊趣味截然不同。在接纳漱石文学的过程中,鲁迅的主体性意识也是很坚实的。我们可以从他的《クレイグ先生》翻译中看到这一点。一个作家接纳外国文学影响的过程中往往涉及到翻译、创作、思想等多方面的问题,对这诸方面的分析研究是十分重要的。在此笔者准备通过对《クレイグ先生》与《藤野先生》分析,探索这两部作品的不同性质及鲁迅接纳漱石文学的态度。

1926年中国民众和学生为了抗议日本军舰侵入大沽口,以及日英美法意列强以维护《辛丑条约》为借口向中国政府施加压力,在天安门广场举行国民大会,并向段祺瑞政府情愿,要求废除《辛丑条约》及一切不平等条约,坚决抵制列强。但段祺瑞政府居然向民众开枪,死伤者200余人,即"三·一八惨案"。死者中有两名鲁迅的学生。惨案后政府加强对民众和运动领袖的镇压,发布50余名教师的逮捕令,鲁迅的名字也被列在其中。鲁迅不得不逃出北京,南下厦门。《藤野先生》便写于厦门时代。

那么我们要问,为什么鲁迅在这个时期写下了这篇回忆性的作品?

---

① 平川弘祐,《夏目漱石——非西洋的苦斗》,新潮社,1976年,第124页。

一个既成的理由是北京时代便开始执笔的《旧事重提》已陆续登载在杂志《莽原》上，做为后续作品，鲁迅构思了《藤野先生》。另一个理由在于他的内心状况。北京出走是从军阀政府迫害下的逃脱，但同时也是他一生中一个重要的转折点。自"辛亥革命"到"三·一八惨案"，他屡次尝受革命运动的失败。面对艰险的现实，他需决定自己人生的方向——思想及行动。厦门时代的鲁迅尝受了一次现实与理想的大动摇、大彷徨。在生活方面，他面临了专注教学，还是专心写作的选择。①此时他的内心是动摇的、孤独的、悲哀的。厦门时代可谓鲁迅的蛰伏时代。

鲁迅曾将自己当时的心情吐露在一些文章和书信中，如在1927年《怎么写》中他写道：

> 记得还是去年躲在厦门岛上的时候，因为太讨人厌了，终于得到"敬鬼神而远之"式的待遇，被供在图书馆楼上的一间屋子里。（中略）我靠了石栏远眺，听得自己的心音，四远还仿佛有无量悲哀、苦恼、零落、死灭，都杂入这寂静中，使它变成药酒，加色，加味，加香。这时，我曾经想要写，但是不能写，无从写。②

在北京受到排挤的鲁迅，到厦门大学后仍然受到保守派和学校当局的围攻，日感无聊与寂寞。他将自己所感到的"悲哀、苦恼、零落、死灭"称为"淡淡的哀愁"，他之所以不能将这"哀愁"写出来，是因为此时他尝受的绝望太深，彷徨太大，他在这绝望和彷徨面前颇感束手无策。厦门时代他的作品不多，除了编辑文集《坟》《华盖集续编》外，就只有《旧事重提》中的《从百草园到三味书屋》、《父亲的病》、《琐记》和《藤野先生》了。在《朝华夕拾》小序中他写道：

> 目前是这么离奇，心里是这么芜杂。一个人做到只剩了回忆的时候，生涯大概总要算是无聊了罢。

---

① 1926年11月1日给许广平的信中有："但我对于此后的方针，实在很有些徘徊不决，那就是，作文章呢，还是教书？"表示了他内心的彷徨。《鲁迅全集》，第11卷，第184页。

② 《鲁迅全集》，第4卷，第18页。

带露折花，色香自然要好得多，但我不能够。便是现在心目中的离奇和芜杂，我也还不能使它即刻幻化，转成离奇和芜杂的文章。或者，他日仰看流云时，会在我的眼前一闪耀罢。①

在这里，"芜杂"与《怎么写》的"哀愁"都反映着厦门时代鲁迅内心的彷徨，此时此刻他体验着人生中少有的一次寂寞和孤独，他不能除却这"哀愁"，亦不能赋予心里的"芜杂"以表现的形式，他只能在"离奇"和"芜杂"中回顾自己的人生。人在离开群体，孑身孤独，寸步难行的时候，思路往往会顺着时代逆循，寻根回归，回到自己的幼年时代，或文化的原初地点，这是一个认识自己，感悟人生的过程，也是判断和开辟新的人生道路的起点。厦门时代的鲁迅正处在这样的状态，在彷徨中他步入了"过去"的世界，在"回忆"中确认自己的人生意义，决定自己前行的方向。竹内好曾对《朝华夕拾》指出：

不能否认《朝华夕拾》的源泉之一是小说中抒情的场面，他在憎恶环境的感情还未形成的幼年时代的记忆中，或许发现了现在已失掉的希望的故乡，而感到乡愁。（中略）憎恶环境的感情愈烈，乡愁就愈强。这已成为他现实生活的支柱。我认为书写回忆是脱却的挣扎——绝望于脱却的自我意识的吊诡式表现。②

竹内好的阐述触及到《朝华夕拾》与鲁迅内心世界的深层关系，很有激发研究趣味的意义。但笔者认为"憎恶环境的感情还未形成的幼年时代的记忆"确已见于从《狗，猫、鼠》到《琐记》的作品中，而《藤野先生》、《范爱农》却不在其中。对他来说，这两篇小说不只是表现乡愁的作品，因为作品根据了青年时代的体验，用竹内好的话语来说，其中已含蓄了相当份量的"憎恶环境"的意识。《藤野先生》的"我"之所以要去仙台，是因为"我"对东京的留学生群体的"憎恶"；而后又不得不离开仙台是出自对异土的"憎恶"。对藤野先生的回忆与对不愉快的

---

① 《鲁迅全集》，第2卷，第229～229页。
② 《竹内好全集》，第2卷，筑摩书店，1981年，第157页。笔者译。

仙台的记忆复杂地交织在《藤野先生》中。鲁迅在厦门的孤独、不愉快、憎恶中联想到的是仙台的孤独、不愉快、憎恶，仙台的不愉快在于身在异土，受着日本人的歧视，感愤祖国的衰弱；厦门的不愉快则是身陷祖国的黑暗，苦于博力挣扎而难于挣脱。因此《藤野先生》绝不单纯是为了纪念藤野先生，而是作家在孤独中确认自我存在，对人生进行主体性选择的书写行动和自我表态。鲁迅曾放弃医学，毅然直面不可逃避的现实世界，在厦门他或许试图从以往的决断中汲取力量，再次与现实决斗。他曾从藤野先生那里汲取了什么？我们今天可以从这篇作品中得到答案，实际上鲁迅的《藤野先生》无疑是对仙台体验的一次再确认。

鲁迅在厦门居住6个月，1927年赴广州，一年后赴上海，此后一直在上海，展开与国民党政府及文坛的保守派的炽烈的战斗。广东时代、上海时代在文学活动、日常生活以致生命安全上，对他来说都是最艰难、最危险的时期，但尽管如此，他的众多评论、檄文、杂感、翻译作品都产生于这个时期，在他人生最后这段时期表现出他最坚强的人生态度。这种人生态度与厦门蛰伏时代不无关系，在厦门他所确认和选择的人生道路必然成为支撑他日后奋斗的力量。而《藤野先生》应是他自我确认的重要作品之一。从中日友好的一面来解读《藤野先生》，这或许是中日关系发展到现在的一个必然，但对鲁迅来说，《藤野先生》的书写是迫于在黑暗的现实中确认自我的急切需要，是表示自我决意的文学行动。

二、《藤野先生》的明与暗

《藤野先生》内涵两个层面："我"与藤野先生交往的一面；"我"在仙台遭遇的不愉快、黑暗的一面。这两个层面必然给作品带来明与暗的对照，这两个层面不是平行的，而是交织在一起的。明的一面可以从对藤野先生的幽默的描述上看到：

> 其时进来的是一个黑瘦的先生，八字须，戴着眼镜，夹着一叠大大小小的书，一将书放在讲坛上，便用了缓慢而很有顿挫的声调，向学生们介绍自己道：
> "我就是叫做藤野严九郎的……"
> 后面又几个人笑起来了。

这藤野先生,据说是穿衣服太模糊了,有时竟会忘记带领结;冬天是一件旧外套,寒颤颤的,有一回上火车去,致使管车的疑心他是扒手,叫车里的客人大家小心些。①

出现在学生们面前的藤野先生是极朴素的,多少有些不修边幅的教师,但在"我"眼里却是颇有趣味的人,滑稽中多带有亲切、尊敬的感情。这样的描写我们同样可以在夏目漱石的《クレイグ先生》中看到:

其の顔が又決して尋常じゃない。西洋人だから鼻は高いけれども、段があって、肉が厚すぎる。其処は自分に良く似ているのだが、こんな鼻は一見した所がすっきりした好い感じが起こらないものである。其の代り其処いら中むしゃくしゃしていて、何となく野趣がある。髯などはまことにお気の毒な位黒白乱生していた。いつかべーカーストリートで先生に出会った時には、鞭を忘れた御者かと思った。②

漱石的描写手法是将描写对象客观化,以"有余裕"的态度幽默地勾画,同时加进作者的情感。鲁迅对藤野先生的描写与漱石的手法很相近。再看对藤野先生的声调的描写,在作品中有三处值得注意:

(1) 便用了缓慢而很有顿挫的声调,向学生们介绍③,

(2) 解剖实习了大概一星期,他又叫我去了,很高兴地,仍用了极有抑扬的声调对我说道④,

(3) 仰面在灯光中瞥见他黑瘦的面貌,似乎正要说出抑扬顿挫的话来,⑤

以上三处对藤野先生声调以反复的形式进行描写,基本上以"抑扬

---

① 《鲁迅全集》,第 2 卷,第 303 页。
② 《漱石全集》,第 16 卷,第 115 页。
③ 《鲁迅全集》,第 2 卷,第 303 页。
④ 同上,第 305 页。
⑤ 同上,第 308 页。

顿挫"一词为中轴，反复而不重复。这样的手法也与夏目漱石的《クレイグ先生》极相近。例如克莱喀先生"消极的手"的描写：

　　矢張りやあと云って毛だらけな皺だらけな、さうして例によって消極的な手を出す。①
　　先生はやあ済まんと受取りながら、例の消極的な手を広げて、②
　　先生は消極的な手に金の指輪を嵌めていた。③

《クレイグ先生》中克莱喀先生用他那"消极的手"不时敲着膝盖，或不时敲着书本。"消极的手"反复出现，为描写克莱喀先生滑稽幽默的举止起了很重要的作用。对这一描写方式，平川弘祐教授在他的《夏目漱石——非西洋的苦斗》中有所涉及。但笔者认为《藤野先生》在反复描写上或许从《クレイグ先生》那里得到启发，但它与《クレイグ先生》不同的是它的反复描写并不是同一用语的反复，"抑扬"、"顿挫"、"抑扬顿挫"分开使用，避免了反复描写的单调化。

不能否认，《藤野先生》中对藤野先生的容貌及衣着的描写与夏目漱石的《クレイグ先生》有着十分相近的部分，实事上，我们看藤野严九郎的照片，就可以知道他确实是一位十分朴实的人，没有任何学者的派头。鲁迅在描写藤野先生时，联想到《クレイグ先生》也是自然的事情。鲁迅留学中尝受着日本人的歧视，但藤野先生却一直热心地指导他，关心他，使他在寂寞和冷遇中感到一些温暖。对藤野先生的容貌和衣着的描写在作品中是最幽默、最明朗的部分。

《藤野先生》中明的一面并不占太多的比重，更确切地说，它陪衬了更大份量的黑暗的一面。黑暗的一面从作品的开头就露出它的面目。

　　东京也无非是这样。上野的樱花烂漫的时节，望去确也像绯红

---

① 《漱石全集》，第16卷，第114页。
② 同上。
③ 同上，第115页。

的轻云,但花下也缺不了成群结队的"清国留学生的速成班",头顶上盘着大辫子,顶得学生制帽的顶上高高耸起,形成一座富士山。也有解散辫子,盘的平的,除下帽来,油光可鉴,宛如小姑娘的发髻一般,还要将脖子扭几扭,实在标致极了。①

《藤野先生》开首一段充满了反语式的讽刺,与夏目漱石的《クレイグ先生》幽默的开首形成鲜明的对照。在这里没有幽默,没有明朗的氛围,表现的是作者复杂、抑郁的情绪。开始的第一句暗示了作者对东京所抱的复杂心情。"东京也无非是这样"的"东京"无疑是与中国相对照,相比较。这一段文章暗示了"我"离开东京的原因,不可忽视的关键词是"清国留学生的速成班"和"大辫子",这是他厌恶东京的两个因素。

鲁迅非常憎恶清朝以来的"辫子",他曾在《病后杂谈之余》中说:"对我最初提醒了满汉界限的不是书,是辫子。"②当时留学日本时代清国留学生都留着辫子,鲁迅也不例外,但他在第二年就决然剪去辫子,③ 作为一个追求现代文明的知识青年,辫子在他眼里完全是代表落后、衰退的象征。他对辫子的憎恶可从《阿Q正传》、《风波》、《头发的故事》、《病后杂谈之余》、《由太炎先生想起的二三事》看到。鲁迅将他对清朝统治的不满、憎恶,中国的腐败、愚昧、屈辱都凝聚在清朝的象征辫子上。因此他在东京遇见留着辫子的留学生时,他心里的屈辱感变得更加剧烈,更加深痛。"东京也无非是这样"这一句中凝聚了他的这样深痛的情绪。

鲁迅厌恶东京的另一个因素便是"清国留学生的速成班"。据实藤惠秀所著《中国人·日本留学史》,④明治三十五年(1902年)日本许多学校都开始实行以中国留学生为对象的速成教育,开设速成班。明治三十五年至四十一年是中国留日学生最多的时期。明治四十一年(1908年)

---

① 《鲁迅全集》,第2卷,第302页。
② 《鲁迅全集》,第6卷,第186页。
③ 《鲁迅年谱》及许寿裳《亡友鲁迅的印象》、《鲁迅集》初编 一 "剪辫"。
④ 《中国人·日本留学史》,黑潮出版社,1960年。

以后留学生急速减少。其原因是 1906 年中国政府决定停止派遣速成留学生。①当时入速成班的大多是官费留学生,其中有不少实业家和官吏的子弟,他们大多愿意在较短的时间内获得几个速成班的文凭,以便回国仕官。②周作人在《鲁迅的故家》③ 中也触及到速成班,指出:"(鲁迅)对于热衷于做官发财的人都不大看得起,何况法政、铁路以至速成师范,在他看来还不全是目的只在弄钱吗?可是留学生之中又以这几路的人为最多。"④当时很多留学生考虑的不是推翻封建王朝,改造中国,而是自己的当官发财。鲁迅离开东京赴仙台很大的原因就在于他厌恶集中在东京的留学生们的这种庸俗的精神状态。

　　但是,当官发财并非全部覆盖留学生的精神,很多留学生在东京展开反日、反清的革命运动,但鲁迅对这些革命运动并没有产生多大共鸣。竹内好曾在《历史中的鲁迅》一文中指出:"他(鲁迅)一方面靠近实际运动的地点,但另一方面又总是感到要远离一切政治运动所不可避免地内涵着的英雄主义、群体心理的内心要求。"⑤竹内好所说"政治运动"指当时留学生们和中国流亡政治家的反清、反日运动,这一点实藤惠秀的《中国人·日本留学史》已为我们提供了具体的资料考证。如 1895 年孙文、梁启超流亡日本,1904 年黄兴亡命日本,这些思想家在日本经营了革命阵营,1905 年以孙文为领袖的中国革命同盟会在东京成立,很多留学生纷纷参加。1905 年,鲁迅正值在仙台医学专门学校,他是否加入了这个组织,诸说纷纭,至今还是一个未解之谜。⑥

　　另一方面,留日学生的政治运动的状况如何?据实藤惠秀调查,1902 年发生了成城学校入学事件,1905 年发生了反对"留学生取缔规则"运动。⑦这些反日运动呈现了留学生们的爱国激情,比如在反对"留学生取缔规则"运动中,陈天华写下控诉日本政府对中国留学生的不合

---

① 《中国人·日本留学史》,第 2 章第 18 项,"清末留学生的数量减少及质量向上",第 104~110 页。
② 《中国人·日本留学史》,第 2 章第 15 项,"速成教育",第 79~87 页。
③ 周作人,《鲁迅的故家》,河北教育出版社,2002 年。十三"眼睛石硬"。
④ 《鲁迅的故家》,第 289 页。
⑤ 《竹内好全集》,第 2 卷,第 308 页。
⑥ 周作人在《豆瓜集》中曾回忆道鲁迅当时并未加入同盟会和光复会。诸说待考。
⑦ 《中国人·日本留学史》,第 8 章第 70 项"留学生取缔规则"反对运动,第 461~494 页。

理迫害,哀叹祖国衰弱无力的遗书而自杀。继陈天华的自杀,留学生又掀起全体归国运动,在聚会上秋瑾登台演讲,激情迸发,拔匕首掷地,疾呼回国反日。当时很多学生纷纷响应。秋瑾回国后开办军事学校,开展反清运动,于1907年被政府杀害。

不能否认,这些政治运动含有很大一部分冲动性的、盲动的成份,并不都有一定的理论思想的引导。鲁迅对这些政治运动采取了怎样的态度?反对"留学生取缔规则"运动时,他并没有站在回国派的一边,也没有回国。当时一部分学生不同意全体回国,组织了"维持留学界同志会",鲁迅的好友许寿裳是这个会的骨干。在仙台留学中的鲁迅时常与许寿裳通信,可以推测,他通过许寿裳对当时东京的政治运动有详细的了解。周作人在回忆中言及当时鲁迅和许寿裳都反对全体回国。①从这些资料推测,鲁迅至少在实际行动上没有同调于反对"留学生取缔规则"运动。当时的留学生社会呈现着两个不同的趋向,一是追求实利;二是对政治很敏感,趋于激情性的冲动。鲁迅对二者均没有表示共鸣,有意识地与这样的趋向保持了距离。《藤野先生》开首的第一句话中含蓄了他对东京留学生社会的复杂的感情。一种感情上的阴影隐含在这里,这个阴影随着情节的展开逐渐扩大,逐渐浓厚。可以说,鲁迅在《藤野先生》的开首就点出了这部作品的暗的一面。

三、"日暮里"的象征性

在夏目漱石的作品集《永日小品》中,《クレイグ先生》与其他英国题材作品,如《下宿》、《以前的味道》相比,基本上感觉不到伦敦的不愉快,很少反映社会现实,全篇充满了幽默。与此相比,《藤野先生》却黯淡,沉重,现实地反映了当时的时代背景。鲁迅痛心中国的衰弱,在仙台又经历了"无礼抽查笔记本事件"和"幻灯事件",体验了日俄战争中日本国内的激荡,这些都给他带来了很大的精神冲击。《藤野先生》中的阴影来自这样的时代背景和体验。我们知道,《藤野先生》并不是鲁迅的自传,作品中文学性润色处处可见,其中最突出的表现可见于"日暮里"一词。

---

① 周作人,《知堂回想录》,三育图书,1980年,第145页。

> 我就到仙台的医学专门学校去。从东京出发，不久便到一处驿站，写道：日暮里。不知怎地，我现在还记得这名目。①

"我"赴仙台医学专门学校时路经日暮里车站，对这个站名留下深刻的印象。"日暮里"位于东京北部，是通往日光、水户、仙台的要站。通往关东北部的列车均要通过此地，但在 1905 以前"日暮里"只是一个通过地点，并没有车站。据日本《国铁全站史大辞典》记载，"日暮里"车站的开设在 1905 年 4 月。《日本地名大辞典》中也记载"国铁的常磐线、东北本线、京成电铁上野线组成主要铁路交通网，集中在日暮里［明治三十八年（1905 年）开设］。"②驹田信二在《世界文学全集》中指出："《藤野先生》是《朝花夕拾》中的一篇作品。火车出了上野站以后不久就到了一个叫日暮里的车站，作品中是这样写的。但日暮里车站是在鲁迅去仙台后第二年明治三十八年（1905 年）才开设的。"③《仙台的鲁迅纪录》也对日暮里车站作了考证。④所以实际上鲁迅 1904 年赴仙台医学专门学校时还没有"日暮里"车站，但他却把这个站名写在"我"去仙台的路途。其实对鲁迅来说，"日暮里"车站开设的时间并不是问题，问题在于他深刻地记忆了这个站名，用这个名目来表示他的内心世界。那么，鲁迅为什么会对"日暮里"这个站名留下深刻的印象呢？

"日暮里"的日语音读是"にっぽり"，训读是"ひぐれさと"即"日暮れ里"。这个"日暮"一词可以在鲁迅的诗歌找到一些用例。举几个例子：

无题
日暮客愁集，
烟深人语喧。⑤

---

① 《鲁迅全集》，第 2 卷，第 302 页。
② 《国鉄全駅ルーツ大辞典》，竹书房，1978 年，第 126 页。"各駅ガイド"中记载"日暮里车站的开设在 1905 年 4 月 1 日。"
③ 《日本地名大辞典》，朝仓书店，1968 年。《世界文学全集》，第 40 卷，学习研究社，1979 年，第 454 页。
④ 《仙台における鲁迅の記録》，平凡社，1978 年。
⑤ 《鲁迅全集》，第 8 卷，第 467 页。

别诸弟三首（1900 年）
还家未久又离家，日暮新愁分外加。
来道万株杨柳树，望中都比断肠花。①

别诸弟三首（1901 年）
日暮舟停老圃家，棘篱绕屋树交加。
怅然回忆家乡乐，抱瓮何时共养花？②

无题（1923 年）
故乡黯黯锁玄云，遥夜迢迢隔上春。
岁暮何堪再惆怅，且持卮酒食河豚。③

《彷徨》序诗
朝发轫于苍梧兮，夕余至乎县圃，
欲少留此灵琐兮，日忽忽其将暮。④

前三首诗是鲁迅离开故乡绍兴去南京矿务铁路学堂时的作品，表现了怀乡和想念兄弟的心情。每首诗中都用了"日暮"一词，从这三首诗的诗意来考虑，"日暮"一词表示作者的乡愁与离情。但是如果我们从时代背景来考虑这三首诗，就能够看到其中更深的意味。这三首诗写作时期正值戊戌变法失败、义和团运动、"辛丑条约"签订等事件发生之时，整个中国处于动荡、混乱的状态中。当时 20 岁上下的鲁迅经历了家势衰退、国家沦落的动荡，他的心情是很郁闷的，他偏爱"日暮"一词恰好表示了这种现实与内心的状态。我们意识到这样的时代背景，再来读这三首诗，就不难看出"日暮"不仅仅表示离别的哀愁，更深地表现了鲁迅的忧国、寂寞的内心。

这种忧国、寂寞的内心在后两首诗中也可以看到。第 4 首"无题"作于 1932 年，日本已侵占中国东北三省和沿海城市，发动上海事变，中国已开始陷入半殖民地状态。当时身在上海的鲁迅已切身感到国家危亡

---

① 《鲁迅全集》，第 8 卷，第 469 页。
② 同上，第 474 页。
③ 《鲁迅全集》，第 7 卷，第 438 页。
④ 《鲁迅全集》，第 2 卷，第 3 页。

的迫近。诗中"岁暮"暗示了与"日暮"相同的哀愁与寂寞。这是给日本朋友作的一首诗,他斥说岁暮之际心情愈加惆怅,为什么惆怅?因为祖国被锁在暗云中,暗夜漫长,隔断明朗的春天,得不到温暖。

第5首诗是鲁迅引自屈原《离骚》中的诗句。《离骚》表现了屈原的悲愤与忧国之心。鲁迅的"日暮"一词或源于屈原的"日忽忽其将暮"。他之所以将《离骚》的这两联诗句放在《彷徨》的开头,就因为他对这两联诗句有着深切的共鸣,意图以此来表示自己的内心。

如此看来,鲁迅的"日暮"一词暗示了他对祖国沦落的犹豫、望乡、离别的哀愁。这个感情使他对"日暮里"这个站名产生深刻的共鸣,久久不能忘记。"无礼抽查笔记本事件"、"幻灯事件"及离别藤野先生的场面我们都可以看到"日暮里"所象征的情感。"无礼抽查笔记本事件"、"幻灯事件"使"我"深深感到"中国是弱国,所以中国人当然是低能儿,""呜呼,无法可想!"这里表示了"我"所受的屈辱感,以及对被称为"东亚病夫"的祖国的哀愁。

另一方面,与"日暮里"的离愁意象相呼应的应是"惜别"。藤野先生很惋惜"我"的退学,临别时将自己的相片送给"我",照片的背面写着"惜别"二字。鲁迅一直保存着这张照片,将它挂在自己的书桌前面,20多年来一直怀念不忘。

1935年日本岩波书店出版日文版《鲁迅选集》时,翻译者增田涉在作品选择问题上征求了鲁迅的意见,鲁迅回答说:"我并没有一定要选的作品,但我希望将《藤野先生》翻译并列入选集去。"[①]可见藤野先生在鲁迅心里的份量之大。

《藤野先生》与《クレイグ先生》相比显得十分黯淡、沉重,这主要是因为鲁迅将时代背景投影到作品中,比较直接地表现了自己对作品中的事件与人物的主观认识。而夏目漱石在《クレイグ先生》中采取的则是不直接触及的"低徊趣味",一种素描的手法。

四、对真诚的感动

在分析夏目漱石《クレイグ先生》和鲁迅所译《克莱喀先生》时已

[①] 《鲁迅全集》,第13卷,第602页。

触及过，鲁迅对《クレイグ先生》的感动在于克莱喀先生忠实于学术的人生态度及寂寞感上。这样的关注角度在他的《藤野先生》中表现得很明显，在描写藤野先生帮助"我"添改笔记时，他这样写道：

> 我交出所抄的讲义去，他收下了，第二三天便还我，并且说，此后每一星期要送给他看一回。我拿下来打开看时，很吃了一惊，同时也感到一种不安和感激。原来我的讲义已经从头到末，都用红笔添改过了，不但增加了许多脱漏的地方，连文法上的错误也都一一订正。这样一直继续到教完了他所担任的功课：骨学、血管学、神经学。①

到海外留学最大的难关无疑就是语言问题，藤野先生担心"我"不能完全听懂讲课，特地为"我"修改笔记。这里刻画出藤野先生认真的教学态度和责任感，使"我"很受感动。鲁迅用"吃了一惊"来表示"我"的感动。我们从这一点可以联想到夏目漱石的《クレイグ先生》。作品中主述者"我"对克莱喀先生莎士比亚研究态度的感动也用了"吃惊"（驚く）一词。我们可以比较一下原文和鲁迅的翻译：

1.《クレイグ先生》：
然し先生のシェークスピヤ研究には其の前から驚かされている。②
《克莱喀先生》：
但对于先生的莎士比亚研究却是早就惊服的。③

2.《クレイグ先生》：
自分はへえと云ったなり、驚いてシュミットを眺めいている。④
《克莱喀先生》：
我说着"哦"的吃了惊只对着施密特看。⑤

3.《クレイグ先生》：

---

① 《鲁迅全集》，第2卷，第304页。
② 《漱石全集》，第16卷，第119页。
③ 《现代日本小说集》，第33页。
④ 《漱石全集》，第16卷，第119页。
⑤ 《现代日本小说集》，第33页。

自分は全く先生の辛抱に恐れ入った。①

《克莱喀先生》：

自己对先生的忍耐，全然惊服了。②

上面几处译文中鲁迅多用了"吃了惊""惊服"来强调"我"对克莱喀先生的感动，同时也反映了鲁迅的感动。《藤野先生》中"吃了一惊"与"感激"也与《克莱喀先生》中的"吃了惊""惊服"一样表示了鲁迅对藤野先生的感激。这里无疑是对藤野先生做为教师和学者的真诚态度的感激。

在《クレイグ先生》中夏目漱石从感动的原点引起连锁性的趣味的反应，多元性地描写对象。但《藤野先生》中的连锁反应却与《クレイグ先生》不同，鲁迅的手法不是多元性描写，而是升华性描写。这一点在鲁迅对藤野先生的评价上表现得很明显。

> 但不知怎地，我总时时记起他，在我所认为我师的之中，他是最使我感激，给我鼓励的一个。有时我常常想：他的对于我的热心的希望，不倦的教诲，小而言之是为中国，就是希望中国有新的医学；大而言之，是为学术，就是希望新的医学传到中国去。他的性格，在我的眼里和心里是伟大的，虽然他的姓名并不为许多人所知道。③

鲁迅从"为中国"与"为学术"的角度高度评价了藤野先生。在中日关系日渐险恶，一些日本人骂中国人是"猪尾巴"、"低能儿"的时代，藤野先生不顾这些民族歧视、民族偏见，认真地指导了鲁迅，鲁迅从中领悟到藤野先生寄予中国的诚挚的希望，使他一直不能忘怀。

在作品研究时必须注意到作品中描写的藤野先生是长期以来在鲁迅心中被孕育升华出来的形象，非能简单地与实际的藤野先生划等号。在鲁迅去世后，藤野先生被日本的媒体界人士从福井地区找到，他才知道

---

① 《漱石全集》，第16卷，第120页。
② 《现代日本小说集》，第34页。
③ 《鲁迅全集》，第2卷，第307页。

自己曾教过的中国留学生周树人就是鲁迅,而且已经成为著名的文学家,不必说他受了很大的震惊。1937年他写了一篇悼念鲁迅的文章《谨忆周树人》,发表在杂志《文学案内》3月号上。他在文中回忆道:

> 他(鲁迅)在教室里很认真地记着笔记,刚入学时好像日语还不能说的很好,也不能完全听懂和理解,学习上颇有些困难。所以我就在课后批阅他的笔记,改正和添补他听错和写错的地方。
>
> 他仰我为唯一的恩师,但正如我前边说得那样,我只不过稍微帮他看看笔记而已,他如此崇拜,我颇感不可思议。①

我们从藤野严九郎先生的回忆中可以了解到他对鲁迅的关怀有两个原因,一是担心语言上吃力,二是因为他尊重中国人。鲁迅在速成班学习了二年日语,但要和日本学生一起理解课程很可能还会有一定的困难。藤野先生为鲁迅批阅笔记完全出于教师的责任感。藤野严九郎先生自幼受着中国文化的影响,他回忆道:

> 我少年时代曾在福井藩校(江户时代日本各藩开办的汉学校)毕业的野坂先生那里学过汉学,所以一直觉得我们必须尊重支那的先贤,同时也要爱护支那的国民,这大概使周君感到亲切和感激了吧。②

"汉学"指中国的四书五经,藤野先生青年时代曾接受了中国古典教育,受了中国古典的熏陶。他之所以在当时歧视中国人的情况下仍然坚持爱护中国留学生,就是因为他尊重中国的古典和先哲们。这与鲁迅在《藤野先生》中所评价的"小而言之是为中国""大而言之,是为学术"并不完全一致。《谨忆周树人》从藤野严九郎先生这一面证明《藤野先生》中的藤野先生是经过鲁迅内心的酝酿升华塑造的人物形象,并不完全是现实中的人物,但藤野严九郎先生朴实、真挚的性格与作品中的藤

---

① 《文学案内》,1937年3月号,不二出版社。
② 同上,第17页。

野先生完全一致。

那么，鲁迅从藤野严九郎先生那里感受到了些什么？"小而言之是为中国""大而言之，是为学术"，这是鲁迅为藤野先生的行为赋予的评价。这两个意义有大小之分，"为中国"来源于"为学术"，"为学术"之所以"大"，是因为学术超越国度和民族，没有国界，学术的发展必然覆盖国家、地区及个人，因此学术为"大"、中国为"小"。在此鲁迅强调的是藤野先生忠实于学术的态度与胸怀，表现出一个与欺瞒无缘的真诚的知识人，持有主体性意识的"人"的形象。

"我"在仙台医学专门学校遭遇了"无礼抽查笔记本事件"和"幻灯事件"，决心放弃学医，离开仙台。关于鲁迅的弃医从文，一般的解释基本上都根据《藤野先生》和《呐喊》自序，认为鲁迅的意识变化是从医治人体转变到改造精神。但竹内好却持不同的理解，他在《鲁迅》一书中指出："我认为他不是抱着要用文学解救同胞精神上的贫乏的宏大志愿离开仙台的，毋宁是忍辱而去的。"①又在《鲁迅入门》中指出："从同班同学所受的侮辱恰恰刺中了他试图逃避不可逃避的现实之要害。"②竹内好的见解恐怕第一次否定了迄今以来对鲁迅转向文学的动机的解释。笔者认为他的视角和见解含有重要的意义。

《藤野先生》本身应该是一个文学作品。《呐喊》自序中留学时代的回忆，有一部分可以看做是事隔20余年后作者的自我解释和说明。事实上他在留学中体验的不仅仅是一起"无礼抽查笔记本事件"和"幻灯事件"，他一定遭遇了更多的屈辱的事件，这些事件积累起来使他得到了一个感悟，那就是中国的现实是逃避不掉的，自己无论如何需要正视这个现实。"无礼抽查笔记本事件"和"幻灯事件"只不过是这许许多多的事件中的两个。在醒悟到现实后，他必须再次选择自己的人生道路，放弃医学，重返东京便是他作出的选择。

他的弃医从文，在用改造国民精神的功利形式解释之前，首先应重视他心理的变化——在不可逃避的现实面前，在孤独无援中他必须自己选择自己的出路。留学中当他面对不得不自己选择人生道路的当口，藤

---

① 《鲁迅》、《竹内好全集》，第1卷，1981年，第60页。
② 《鲁迅入门》、《竹内好全集》，第2卷，1981年，第23页。

野先生或许为他提示了一个人生的榜样。藤野先生忠实于学术，与欺瞒无缘的真诚的人生态度或许给了他莫大的鼓励，在人生道路的十字路口给了他一个人生的启示。正像鲁迅所说："他是最使我感激，给我鼓励的一个"。鲁迅对文学的偏爱启蒙于少年时代，藤野先生的人生态度鼓励他诚实于自己的天份，从身体的学问转向心灵的学问。有关这一点《藤野先生》的结尾部分暗示了重要的意义。

> 他的照相至今还挂在我北京寓居的东墙上，书桌对面。每当夜间疲倦，正想偷懒时，仰面在灯光中瞥见他黑瘦的面容，似乎正要说出抑扬顿挫的话来，便使我忽又良心发现，而且增加勇气了，于是点上一支烟，再继续写些为"正人君子"之流所深恶痛疾的文字。①

在这里，鲁迅将20多年前的回忆引向现在，"正人君子"之流指当时围攻鲁迅的御用文人。鲁迅为什么在1926年写出这篇作品？解释这个问题的关键就在结尾的这一段落。"三·一八惨案"以来他尝受了沉重的失败与绝望，在厦门的孤独与动摇迫使他回首自己的人生，确认自己走过的路。《朝花夕拾》小引中他说："一个人做到只剩了回忆的时候，生涯大概总要算是无聊了吧。"实际上不是"只剩下回忆"，而是他需要回忆，只有回忆能够帮助他寻味人生的真实，确认自己的主体性存在。作品中"夜间疲倦，正想偷懒时"不仅仅是文字表面的叙述，它暗示了鲁迅在厦门经历的彷徨。在彷徨中，他再一次走向藤野先生，再一次确认他曾感受到的藤野先生的人生态度，以此激励自己的取决。"忽又良心发现，而且增加勇气""继续写些为'正人君子'之流所深恶痛疾的文字"，表示了他的决意——专注于写作，用手中的笔与黑暗势力搏斗。

综上所述，鲁迅在日本留学期间开始关注人性、人的真实性及国民性的问题。许寿裳在《我所认识的鲁迅》中所说"诚与爱"的问题反应了当时鲁迅对人性的探索。1925年鲁迅在《论睁了眼看》一文中写道：

---

① 《鲁迅全集》，第2卷，第307~308页。

> 中国人向来因为不敢正视人生,只好瞒和骗,由此也生出瞒和骗的文艺来,由这文艺,更令中国人更深的陷入瞒和骗的大泥泽中,甚而至于已经自不觉得。①

鲁迅对中国人"瞒和骗"的憎恨正与许寿裳的回忆形成表里的呼应,"瞒和骗"和"诚与爱"表示人性的两极,鲁迅憎恶"瞒和骗"的奴隶根性,疾呼:"我们的作家取下假面,真诚地深入地,大胆地看取人生并且写出他的血和肉来的时候早到了。"②这是他寄予文艺作家的期待,同时也是他自己的根本态度的表明。挣脱旧的传统思想的束缚,解放自己,正视人生的真实,这是觉悟现代自我的必经过程,也是鲁迅文学的重要课题之一。对鲁迅来说,现代个我意识与民族主体性觉悟是紧密相关的。

追求人性的主题在鲁迅翻译和介绍外国文学对成为作品选择的基准。《现代日本小说集》出版之前,他就已经翻译了许多外国文学作品,如《域外小说集》中的《一个青年的梦》、《工人绥惠略夫》等。《域外小说集》是鲁迅与周作人的共译,也是他们翻译外国文学的第一次尝试。在序文中他们表明了翻译的动机。

> 我们在日本留学时候,有一种茫漠的希望:以为文艺可以转移性情,改造社会。因为这意见,便自然而然地想到介绍外国新文学这一件事。③

这里值得注意的是,在介绍外国文学的最初阶段,他们就有了"转移性情,改造社会"的意识。上述序文未见于初版《域外小说集》(1909年),1921年由上海群益书社再版时特添加上去的。④尽管我们不能将这个序文与翻译时的情况完全划等号,但也足以了解鲁迅抱着"茫漠的希

---

① 《鲁迅全集》,第1卷,第240~241页。
② 同上,第241页。
③ 《鲁迅全集》,第10卷,第161页。
④ 《鲁迅全集》,第10卷所收本序文注解有:"本篇收于1921年上海群益书社合订出版《域外小说集》新版本中。署名 周作人记。第163页。

望"摸索新文学出路的热情。《一个青年的梦》是1919年的翻译作品，原作是日本白桦派作家有岛武郎的作品《ある青年の夢》。鲁迅在译文序文中评价了有岛武郎的反战精神，指出："我以为这剧本也可以医许多中国旧思想上的痼疾，因此也很有译成中文的意义。"①在这里，鲁迅的选择基准——医治"中国旧思想上的痼疾"也表示得很鲜明。《现代日本小说集》中，鲁迅在菊池宽《三浦右卫门的死》译文后《译者附记》中写道：

> 菊池氏的创作，是竭力的要掘出人间性的真实来，（中略）又时时凝视着遥远的黎明，于是又不失为奋斗者。（中略）我也愿意挖掘真实，却又望不见黎明，所以不能不爽然，而于此呈作者以真心的赞叹。②

鲁迅从菊池宽的作品中窥见到"人间性的真实"，为之感动，与之共鸣，不惜赞叹。《三浦右卫门的死》中菊池宽怎样"竭力的要掘出人间性的真实来"？这是一个有趣的课题，大有研究的价值。鲁迅一生中翻译了很多外国文学，翻译工作一直贯穿他的文学生涯。他的翻译意识中有一个基准，那就是恢复、追求人性与国民性。

鲁迅没有为译文《克莱喀先生》写后记，但他对这篇作品的视线有如《三浦右卫门的死》，翻译的动机出于留学体验，同时还出于对克莱喀先生的真实的"人间性"的感动，与上述几篇译文的动机有相同点。

鲁迅翻译夏目漱石《クレイグ先生》在1923年，《藤野先生》作于1926年，综合以上对这两个作品的分析，证明《藤野先生》中存在着启迪于《クレイグ先生》的成分，不难想象，鲁迅翻译《クレイグ先生》时会联想到自己的留学和藤野先生。《现代日本小说集》出版3年后的1926年，他经历了"三·一八惨案"，出走厦门，体验到改革运动的屡次失败，同时直面于再一次的人生选择，他尝受着莫大的不安、仿徨、孤独。但正是这样的环境与精神状态才不期而遇地为他酝酿了书写《藤野

---

① 《鲁迅全集》，第10卷，第195页。
② 同上，第229页。

先生》的条件和心理状态。对藤野先生的怀念、对克莱喀先生的共鸣，在这个时候连接了他的处境，连接了他的精神追求，他在仿徨中再次回到仙台医学专门学校时代，再次回到他曾经尝试的人生选择，确认自己的主体意识。《藤野先生》不是单纯的一篇回忆性作品，它是作者在人生选择的关键时刻迫于需要的文学行动。

写作背景与写作意图不同，使《藤野先生》与《クレイグ先生》各具独特的主题。《クレイグ先生》的主题在于学者克莱喀先生的人生态度的刻画上。夏目漱石以"低徊趣味"的态度，用连锁性观察与描写的手法描写主人公，可谓一篇素描作品。漱石曾在《〈坑夫〉的作意与自然派传奇派的交涉》中说："对事件中的一个真象，比如B，就对B感受低徊的趣味。"①这里，漱石强调的是作家迫近一个真象的态度，这个态度与《クレイグ先生》的写作态度十分接近，文中的"事件"与クレイグ先生相对应；"B的真象"与クレイグ先生的人生态度相对应。可以说，《クレイグ先生》的手法与《坑夫》有很相近的部分，贯穿其中的是漱石所主张的"有余裕"的文学态度。

但在《藤野先生》，看不到有如漱石那样的余裕态度，鲁迅对藤野先生的感动并没有产生《クレイグ先生》那样素描性的趣味，他从"为中国""为学术"的角度评价了藤野先生。平凡的骨学教师藤野先生的真诚驱使他去描写一个诚实的，具有主体性的人物形象，他的感动不是用低徊的手法，而是通过"我"的叙述直接地表现出来。与《クレイグ先生》的客观的、素描的性格相比，《藤野先生》具有主观的、直表感情的性格。作品中的藤野先生是通过鲁迅主观酝酿形象化的人物。

在厦门的孤岛上，鲁迅以《藤野先生》的书写行动确认了仙台时代从藤野先生那里汲取的感动和人生感悟，完成了藤野先生形象的升华，同时选择了自己的人生方向。

鲁迅对夏目漱石文学呈现出主体性接纳的性格，其主体性的根本在于鲁迅文学的主题——对人性的追求上。

---

① 《漱石全集》，第34卷，第142页。

第五节 《野草》与《梦十夜》

鲁迅、周作人合译《现代日本小说集》中收入夏目漱石的两篇作品，《克莱喀先生》与《挂幅》，均属鲁迅翻译。但在选择作品时鲁迅曾准备译《一夜》与《梦十夜》，后因两篇作品较长而作罢。①这一事实告诉我们，鲁迅曾经关注过《一夜》与《梦十夜》，在他以后的作品中也可以看到漱石作品的影响。

明治四十一年（1908年）《梦十夜》连载于《朝日新闻》上，后收短篇小说集《四篇》中，明治四十三年（1910年）由春阳堂出版。鲁迅留日是在1902年至1909年之间，其间他订阅了《朝日新闻》（第二节第二），可以推测他通过报刊阅读了《梦十夜》。《现代日本小说集》后记中记载译文原典根据《近什四篇》即《四篇》，可知鲁迅在1922年翻译漱石作品时很有可能再次接触《梦十夜》。此后，从1924年至1926年，鲁迅写就《野草》、《朝花夕拾》。《野草》收23篇散文诗，其中8篇均以"我梦见"开首，采用了写梦的形式。除这8篇外，其他作品也多描写类似梦幻的世界。这样的形式与内容十分近似于《梦十夜》，特别是《过客》一篇受《梦十夜》影响十分明显，在此准备对这篇作品与《梦十夜》的关联作详细的论述。

桧山久雄曾关注过《野草》与《梦十夜》的影响关系，在《鲁迅与漱石》中指出："这两部作品较多地爱用了黑、暗等一系列用语。或许《野草》受了《梦十夜》的一些激发或影响。"②还将《影的告别》与《第七夜》相比较，指出："在向黑色的大海或黑暗的下降意识这一点上，二者有着共同点。"③桧山久雄虽未对此问题作更详细的论证，但他的意见从比较文学的角度，为我们提示了有关《野草》与《梦十夜》研究的有趣的课题。

---

① 1921年6月30日致周作人信中有："夏目物决译《一夜》、《梦十夜》太长，其《永日物语》中或可选取，我认为《クレイグ先生》尚可以也。"见《鲁迅全集》，第11卷，第372页。
② 桧山久雄，《鲁迅与漱石》，第三文明社，1977年，第134页。
③ 《鲁迅与漱石》，第135页。

《过客》在《野草》中是唯一一篇诗剧形式的作品，这一点与散文形式的《梦十夜》、《第七夜》有不同之处，但在故事情节和描写黑暗上有着近似之处。另外值得注意的是，与《野草》同一个时期，鲁迅还翻译了日本学者厨川白村的《苦闷的象征》。《苦闷的象征》主要用梦分析理论阐述文学的象征性问题，其中有一章节专门评价了夏目漱石的文学作品。《苦闷的象征》的翻译很可能给《野草》写作带来一些重要的影响。

　　连接《过客》与《梦十夜》的《第七夜》，还有一个不能忽视的因素，即登载在《小说月报》上的陈箸译《第七夜》。陈箸的译文以《梦》为题，登在1925年《小说月报》2月号。《过客》的写作日期是1925年3月2日，在时间上，陈箸译文《梦》在先，鲁迅的《过客》在后。鲁迅早在1920年代就与《小说月报》发生关系，1922年《小说月报》曾登载鲁迅的《破〈唐人说荟〉》。①查鲁迅1925年代日记，可知他每月购读《小说月报》，本年2月号于1925年2月23日寄到他手中。②陈箸译文《梦》必在鲁迅的关注之中。而且前月号中登载了鲁迅译厨川白村《西班牙剧坛之将星》。综合这些因素，鲁迅在书写《过客》之前已有再读《梦十夜》的机会，或许给他一些构思与描写上的启发。

一、鲁迅的厨川白村翻译与夏目漱石

　　鲁迅翻译厨川白村的作品始于1924年4月，《野草》执笔始于同年9月。之后这两个工作平行并进，③《过客》写于1925年3月2日，此时他已译完厨川白村《苦闷的象征》、《关照享乐的生活》、《从灵到肉，从肉到灵》、《现代文学的主潮》、《走出象牙之塔》。《过客》写完后，3月10日写《苦闷的象征》广告。可见《过客》的创作与翻译厨川白村基本上在同一个时期，因此，翻译与创作之间就必然会发生一些影响关系。那

---

① 《鲁迅全集》，第8卷所收。
② 《鲁迅全集》，第14卷，第535页。
③ 《野草》第1篇《秋夜》附写作日期为1924年9月15日，最后一篇《一觉》为1926年4月10日。即《野草》写作日期在1924年9月15日至1926年4月10日之间。(《鲁迅全集》，第2卷)另一方面，剧鲁迅日记，1924年4月8日有"赴东亚公司，买《文学原論》《苦闷的象征》《真実はいかに作られるか》各一部。"9月22日有"夜开译《苦闷的象征》。"1925年1月24日有"自中午至夜译《出了象牙之塔》二篇。"参看《鲁迅全集》，第14卷。

么，鲁迅如何理解厨川白村的《苦闷的象征》呢？他在开译三天后写了《译〈苦闷的象征〉后三日序》，他写道：

> 其主旨，著者自己在第一部第四章中说得分明：生命力受压抑而生的苦闷懊恼乃是文艺的根柢，而其表现法乃是广义的象征主义。因为这于我有翻译的必要，我便于前天开手了。①

这里鲁迅介绍了厨川白村的基本文学观。厨川白村对文艺酝酿产生的过程作过详细地说明："文艺与梦取同一路径——潜在内容经变形粉饰后再现于意识中。"②即文艺产生于内部的欲求与外部压抑的冲撞，将文艺与梦境相比拟，意在说明文艺的生命在于自由的表现。鲁迅还在《〈苦闷的象征〉引言》中写道："非有天马行空似的大精神即无大艺术的产生。但中国现在的精神又何其萎靡锢蔽呢？"③可知鲁迅翻译厨川白村不单是因为关注了他的文艺理论，还重视了精神的问题。白村对夏目漱石的评论出现在《苦闷的象征》第三部第三中，厨川白村从心理学的角度分析了反应在文学作品中的作者的潜在意识，举夏目漱石为例子阐述作家的"双重人格"的问题。

> 平素非常阴气，憎恶人的人中多滑稽作家，比如，夏目漱石那样极认真的，阴郁的人便是写《少爷》和《我是猫》的幽默者。④

厨川白村在东京帝国大学做学生时曾听过夏目漱石的课，对夏目漱石的性格有一定的了解。他通过将作者的性格与作品的对比来说明作家的"双重人格"。厨川白村将漱石的《少爷》和《我是猫》评为幽默小说，同时强调这两篇小说用幽默的手法表现了夏目漱石对社会的讽刺与批判。

夏目漱石"极认真的阴郁"的性格在《梦十夜》中表现得更为突出。

---

① 《鲁迅全集》，第10卷，第235页。
② 《厨川白村全集》，第2卷，改造社，1929年，第165页。
③ 《鲁迅全集》，第10卷，第232页。
④ 《厨川白村全集》，第2卷，第215页。

《梦十夜》用了梦的形式,具有很强的象征性格,正符合厨川白村阐述的梦与文学的关系。除《苦闷的象征》之外,厨川白村在《现代文学的主潮》、《走出象牙之塔》中也屡次论及夏目漱石。

从以上情况考虑,我们有充足的根据设想鲁迅对厨川白村作品的翻译会给予《野草》重要的影响,特别对梦与文学的关联、文学的象征性及对夏目漱石评价的共鸣很有可能再一次连接了鲁迅与《梦十夜》,给鲁迅一定的启发。对这个推测,笔者准备通过《过客》与《梦十夜》、《第七夜》的比较来详细探讨。

二、《第七夜》西行的象征性

《第七夜》与《过客》的类似点在于主人公都在向西行进。《第七夜》中写道:

> 我在一条大船上,有一回,我问船夫说:
> "这船是向西走吗?"
> 船夫显出惊讶的表情,看了我一会儿,才反问:
> "为什么?"
> "好像在追着落山的太阳。"
> 船夫哈哈大笑起来,笑了一阵就走开了,一边走便唱着:
> "向西去的太阳,那边是东边吗?从东边出来的太阳,归宿是西边吗?"①

《第七夜》的主人公不知道自己坐的船往哪里去,只看着太阳的移动,推测是在向西行进,"我"的西行完全是被动的,不安的。关于这个"向西行进",有些学者不大重视,如,笹渊友一认为"船的行进方向偶然与太阳的移动方向一致。并没有更多的意义。"②但笔者认为"向西行进"关联到《第七夜》的主题,具有重要的象征意义。对这个问题需联系有关用语和其他作品中的"西行"意象进行进一步的分析。比如,作

---

① 《漱石全集》,第 16 卷,第 42~43 页。
② 笹渊友一,《夏目漱石——论〈梦十夜〉及其他》,明治书院,1986 年。

品中"异人"(异国人之意)一词就是一个例子。与主人公"我"同船的"大抵是异人",作品中有三处描写"异人":

(1)一个女人倚着栏杆,哭着,拭眼泪的手帕显得雪白,身上穿了一件纱的洋服。

(2)一天晚上走出甲板,一个人望着星星,一个异人走来,问我晓得天文学吗?我只看着天空,没理他。

(3)有一回进到沙龙里,看见一个身着华丽衣服的年轻女子背向着我,在弹着钢琴,旁边站着一个高个子的男人,在唱歌。①

明治时代,"异人"一般指西洋人,上面三个例子均带有西方气味,(1)的女人穿着"洋服";(2)的异人问"天文学";(3)的女人"弹钢琴"。"我"周围的人们都带有西洋气氛。而且"我"与周围的人们没有对话关系,不是"我"拒绝,就是"我"被拒绝,对"我"来说,周围的人都是异人——异质的存在,将"我"隔成孤身,感到莫大的不安,以至最后投海自杀。

一艘大船载着"我"和这些带着西洋气味的"异人"向西行进,对于夏目漱石来说,这个西行的意象是具有特殊意义的。他在其他作品中也触及到这个意象。

(1)《无题》 明治三十三年(1900年)

此去西天多白云②

(2)《无题》 同前

笑指西天一叶舟③

(3)《断片》 明治三十三年(1900年)

Indeed we are 5000 miles from home, still sailing toward west……④

(4)《到达京都之夜》 明治四十年(1907年)

子规呕血,入了报社;我卷起衣角出奔西国。⑤

(5)《文学论》序 明治三十九年(1906年)

---

① 《漱石全集》,第16卷,第43~44页。
② 《漱石全集》,第23卷,第38页。
③ 同上。
④ 《漱石全集》,第24卷,第19页。
⑤ 《漱石全集》,第16卷,第10页。

我虽然毕业了，但脑子里总有一个好像被英国文学欺骗了的不安之念。我抱着这个不安之念去了西方的松山，一年后又去了西方的熊本，在熊本住了几年，这不安之念还没有消失就又到了伦敦。①

(6)《记起的事情》明治四十四年（1911年）

和尚说："你有往西再往西走的相。"不到一年果真我去了松山，接着又移到熊本。从熊本又去了伦敦。真象那和尚说的那样，往西走，再往西走。②

上文（1）、（2）是漱石赴英国留学之前作的两首诗，（3）是他赴英国途中写下的笔记。很明显，（1）、（2）、（3）、（4）中的西方指的是欧洲。（5）、（6）中的西方却不一概指欧洲，松山和熊本都位于东京的西边，夏目漱石大学毕业后先后赴松山中学和熊本第五高等学校任教，1900年从熊本赴英国留学。因此漱石自东京帝国大学毕业到留学英国，一直踏着向西的路途。更重要的是，正如他在《文学论》序中回忆的那样，他的西行之路一直伴随着"不安之念"，而且这个"不安之念"产生于对西方文学的怀疑，广义的说这是对日本激进的文明开化的不安，又是知识分子对自我实存的不安。

《第七夜》的西行、不安与漱石的人生紧密关联，这里暗示的并不完全是漱石的留学，更重要的是暗示了日本文明开化的趋势和处在开化潮流中的现代人的不安心理。

三、《过客》中的西行意象

《过客》中的过客也向西方行进，场面的设置是："东，是几株杂树和瓦砾。西，是荒凉破败的丛草。其间有一条似路非路的痕迹。"③在作品的舞台设定了东与西的方位，过客"从东面的杂树间跄踉走出。"向西行进，途中遇到一个老翁和女孩。老翁问他到哪里去，他的回答是：

我不知道。从我还能记得的时候起，我就在这么走，要走到一

---

① 《漱石全集》，第18卷，第9页。
② 《漱石全集》，第17卷，第17~69页。
③ 《漱石全集》，第2卷，第188页。

个地方去,这地方就在前面。我单记得走了许多路,现在来到这里了。我接着就要走向那边去。(西指) 前面!①

过客与《第七夜》的主人公同样,不知道自己的目的地在哪里,只知道自己在向西行进。但过客并没有象《第七夜》的主人公那样感到不安,而且他的意志也与《第七夜》的主人公不同,他不是被动的,而是用自己的脚要走向西方去。这些不同点表示着两个作品中的主人公所指向的西方的意义有所不同。

《过客》与《第七夜》相比较还有一处不同,《第七夜》的主人公与周围的人们没有形成对话关系,但《过客》的主人公却不同,他与老翁和女孩有一段对话。

客——老丈,你大约是久住在这里的,你可知道前面是怎么一个所在么?

翁——前面?前面,是坟。②

过客从老翁那里得知西方是坟地,这无疑是死、毁灭的意象。除了西边,其他地方,东南北边是怎样的地方?那是老翁和过客走过的和最熟悉的地方。鲁迅在《野草》序中已说道:"我希望这野草的死亡与腐朽,火速到来。"③《墓碣文》、《死后》中死与坟墓也具有重要的暗示意义。桧山久雄曾阐述《野草》的写作动机,指出:"鲁迅试图以自己生命的灭亡为代价渴望什么东西。"④但《过客》中的坟暗示的意义更广泛,那不是一个人的死亡,而是象征着旧中国的灭亡。正如过客说的那样:

> 回到那里去,就没一处没有名目,没一处没有地主,没一处没有驱逐和牢笼,没一处没有皮面的笑容,没一处没有眶外的眼泪。我憎恶他们,我不回转去!⑤

---

① 《鲁迅全集》,第2卷,第189页。
② 同上,第190页。
③ 同上,第160页。
④ 桧山久雄,《鲁迅与漱石》,第三文明社,1977年,第138页。
⑤ 《鲁迅全集》,第2卷,第191页。

过客的周围，东边、南边、北边尽是不容人生存的地方，这里泛指了一个社会范围，即中国社会，过客所憎恨的就是当时的中国社会。明知西边是坟地，也仍要走下去，并要穿过坟地再向前行。过客的意志反映了鲁迅的意志，鲁迅在 1926 年的《厦门通信》中引用荷兰人 Borel 的一段话："中国整个是一个大坟场"①还在《坟》的跋文中写道："我只很确切地知道一个终点，就是：坟。问题是在从此到那的路。当然不只一条，我可正不知哪一条路好，虽然至今有时也还在寻求。"②鲁迅指向的终点和通往这个终点的路不只是个人的终点，还暗示了旧中国的终点，而通往这个终点的路才是最重要的，这里反映了鲁迅对改造国民精神所抱的使命感，为此他愿以自己的生命做为代价。

　　过客的人物设定为："约三四十岁，状态困顿倔强。眼光阴沉。"③鲁迅写《过客》时是 45 岁，他写完这部作品后，在写给许广平和赵其文的几封信中几次涉及《过客》，表示自己反抗绝望的意志。1925 年 3 月 19 日他在写给许广平的信中触及到自己的人生体验："我的作品太黑暗了，因为我常觉得唯有'黑暗与虚无'乃是'实有'，却偏要向这些作绝望的抗战，所以很有些偏激的声音。其实这或者是年龄和经验的关系，也许未必一定的确的。因为我终不能证实：唯黑暗与虚无乃是实有。"④还在同年 4 月 11 日写给赵其文的信中写道："《过客》的意思如来信所说。虽然明知前路是坟而偏要走，就是反抗绝望。因为我以为绝望而反抗者难，比因希望而战斗者更勇猛，更悲壮。"⑤这几封信证明鲁迅将自己的人生体验和思索投影到《过客》中，通过塑造艰难行进的过客的形象将自己的心理世界具象化。

　　《第七夜》与《过客》的主人公都向西方行进，《第七夜》中的西行暗示着被卷入时代潮流的日本，也象征着日本现代化的被动性。与此相比，《过客》的西行暗示了葬送旧时代的道路，在鲁迅，这个道路又是通往未来的希望的路。

---

①　《鲁迅全集》，第 3 卷，第 330 页。
②　《鲁迅全集》，第 1 卷，第 284 页。
③　《鲁迅全集》，第 2 卷，第 188 页。
④　《鲁迅全集》，第 11 卷，第 20~21 页。
⑤　同上，第 442 页。

四、悬在空中的恐怖

《第七夜》的主人公所感到的不安在于看不到前进的目标,"无边的苍茫的大海",从东向西移动的太阳,这表示着无限的空间。主人公"我"在这个空间中被动地呆在一艘飘流的船上,"我"愿意冲破这个无限扩展的空间,但在大海中间,无路可走。最后他投海自杀,但当他跳下海的一瞬间,船与海的距离突然被无限地拉开:

> 船,看上去是很高的,我的身体离开了船,但脚又总是落不到水里去,我顿时醒悟不知到哪里去的船也还是乘着的好,但我已不能利用这个醒悟,只能抱着无限的悔恨和恐怖向着黑黑的波涛静静地坠下去。①

这里有另外一个无限的空间——船与大海之间,"我"的脚离开了船,但又不能即刻落到海里,船与海的距离无限伸展,下落的速度变为缓慢,形成悬在空中的状态。"我"虽然选择了自杀,但还是不能突破无限的空间,不能摆脱不安的威胁。夏目漱石在《梦十夜》中用这个不可突破的空间来表示文明开化的社会,《第七夜》的深层意义在于刻画出生活在不可突破的世界中的现代人的苦恼与不安,在苦恼与不安中选择去路的困难性。笹渊友一曾指出:"《第七夜》具有极深的暗示性,它暗示着不论怎样充满苦恼的世界,也不应该厌离。"②笔者基本上赞同笹渊友一的见解。因为夏目漱石一贯提倡要以自己的主体性努力开拓自己的人生,这是他的基本人生观。第一节《鲁迅的现代与夏目漱石的现代》中已涉及"自己本位"的思想便是建构主体性的第一步。在《我的个人主义》中夏目漱石主张为确立自信,"要用自己的嘴巴去挖掘,一直挖掘到目的地为止。"③"《第七夜》中主人公的"悔恨和恐怖"从反面表现了漱石的人生观。

---

① 《漱石全集》,第16卷,第44页。
② 笹渊友一,《夏目漱石——论〈梦十夜〉及其他》,明治书院,1986年,第130页。
③ 《漱石全集》,第21卷,第142页。

五、反抗绝望

夏目漱石《第七夜》所描写的不可突破的空间与在这空间里挣扎的痛苦，或许是鲁迅所最感共鸣的关键点，《过客》也描写了类似于《第七夜》的世界。

客——老丈，走完了那坟地之后呢？

翁——走完了之后？那我可不知道。我没有走过。还不如回转去，因为你前去也料不定可能走完。

客——料不定可能走完？……（沉思，突然惊奇）那不行！我只得走。①

"我"明知前方是坟地，仍要走过去，要走到坟地前面的地方去，但那坟地"料不定可能走完"，这里展示的是来路与去路之间的无限的空间。老翁曾经试图走过，但中途挫折了。这个无限的空间，包括前述东南北边都暗示着中国社会，暗示了社会黑暗之深、之固，革命之困难。鲁迅以自己的长期体验感悟到中国社会的病根之根深蒂固，1932年他在《自选集》序中回忆写《野草》时的心境，"见过辛亥革命、见过二次革命、见过袁世凯称帝、张勋复辟，看来看去，就看得怀疑起来，于是失望，颓唐得很了。"②辛亥革命以来，中国的进步人士实行了几次革命和改革，但每次都被以旧思想为基础的社会所吞没，终不能实现根本性的改革。鲁迅感悟到革命的困难，感到苦闷和寂寞。他分析辛亥革命目的在推翻清朝，在这一点算是成功了，但之后的革命的目的转向国民自身的改革，所以就很难成功。③他清楚地认识到改造国民性的重要，同时也痛切地感到这个改造的困难。

1925年前后鲁迅经历了《青年必读书》论争、北京女子师范大学风潮等动乱，个人生活上经历了与周作人的决裂、搬出八道弯，这些社会与家族内的事件都在精神上给鲁迅带来很深的伤痕。1925年3月11日他在写给许广平的信中说："假使我真有指导青年的本领——无论指导得错

---

① 《鲁迅全集》，第2卷，第191页。
② 《鲁迅全集》，第4卷，第455页。
③ 参考1925年3月31日致许广平信："最初的革命为了排满，所以容易达到，后来的革命要改造国民自身的恶根性，就做不到了。"《鲁迅全集》，第411卷，第31页。

不错——我绝不藏匿起来,但可惜我连自己也没有指南针,到现在还是乱闯。"①这几句话表明当时鲁迅自身也没有既成的指南针,处在摸索之中。同年3月18日的信中他还写道:"我的作品太黑暗了,因为我常觉得唯有'黑暗与虚无'乃是'实有',却偏要向这些作绝望的抗战,因为我终不能证实:唯黑暗与虚无乃是实有。"②这是答复许广平并谈及《过客》时的内容。"黑暗、虚无、反抗"在《过客》中具体反映在无限的空间与过客的反抗中。"黑暗与虚无"是对社会与个人存在的根本的质疑,另一方面鲁迅又不能证明唯"黑暗与虚无"为实有。这个矛盾来自他思想的方向性问题,对现实中明与暗的两面,他时常关注的是暗的一面,他始终置身于黑暗之中,对光明他不是乐观的,但同时他也不能否认光明会到来。这一矛盾始终折难着他,他所说"个人主义与人道主义的消长起伏"也正是他心理矛盾的一个例子。

《过客》也描写了过客的矛盾心理。过客苦于休息与前进的选择,作品中多见"沉思,忽然惊起""沉思,忽然吃惊""沉思,但忽然惊醒""徘徊、沉思,忽然吃惊",这些反复的描写表现了过客矛盾、踌躇的心理,同时也反映了鲁迅的矛盾心理。

《过客》与《第七夜》不同的是,《第七夜》主人公绝望于向西行进而自杀;《过客》的主人公绝望于他走过来的世界,但并没有绝望向西行进,他毋宁是应着前方的呼声,勇于前进的。这正与鲁迅明知前路是坟而偏要走,反抗绝望的觉悟相同。鲁迅在写完《过客》后给许广平的信中写道:"走'人生'的长途,最易遇到的有两大难关。其一是'歧路',倘是墨翟先生,相传是恸哭而返的。但我不哭也不返,先在歧路头坐下,歇一会,或者睡一觉。于是选一条似乎可走的路再走。其二是'绝望'了,听说阮籍先生也大哭而回,我却也像在歧路上的办法一样,还是跨进去,在刺丛里姑且走走。"③鲁迅的这段话为《过客》的主人公决意做了说明,同时代表了鲁迅的人生态度,反映了鲁迅在歧路和绝望中也要走下去的精神。

---

① 《鲁迅全集》,第11卷,第14页。
② 同上,第21页。
③ 同上,第15页。

通过以上分析可知，《过客》在向西行进、无限的空间、主人公孤独的行路等诸点上与《第七夜》很接近。《第七夜》的"西方"象征着西方世界；《过客》的"西方"暗示着中国摆脱旧态的突破方向，其中包含现代化和汲取西方文化的因素。同是向西行进，被动与能动之别突出了两个作品的不同性格。夏目漱石通过描写不知缘故地乘上西航之船的主人公的苦闷、不安，暗示被动地卷入西方化的潮流的日本；而在鲁迅，则让笔下的过客决意西进，暗示突破旧社会的能动意志。

鲁迅曾在《青年必读书》（1925年2月）中指出："我看中国书时，总觉得就沉静下去，与实人生离开；读外国书（中略）往往就与人生接触，想做点事。（中略）我以为要少——或者竟不——看中国书，多看外国书。"①涉及到读书的问题，鲁迅注重读西方的书，他的标准是是否与实人生相联系这一点上。他不排击西方的书，反而很重视，原因就是西方的书可以激发人们接触人生，振奋精神。他所主张的国民性的改造也正基于对实人生的觉悟。从这一点看《过客》，过客决意走过坟地，再向前方走，这一决心体现了鲁迅对现代中国的追求。夏目漱石的出发点始于已经西方化的现代日本，而鲁迅却出发于王朝社会，漱石与鲁迅背负了不同的时代背景，漱石试图通过描写生活在外发型现代社会中的苦恼来争取回复现代人的主体性，而鲁迅则着重暴露中国社会的黑暗，诅咒它的灭亡。

鲁迅身经几度革命与失败，痛感中国的黑暗，痛感改造国民精神的困难，因此，他很敏感地对《第七夜》不可突破的空间与人的苦闷产生共鸣。《第七夜》主要描写处在不可突破的空间中的人的不安和绝望，而《过客》描写的不仅仅是人生的苦闷，还有愿吃人的社会灭亡的意志。因此过客没有象《第七夜》的主人公那样去自杀，而是勇猛地向西方前进。这里体现出鲁迅与漱石面向现实的不同的姿态。

《梦十夜》与《野草》都是具有高度象征性的作品。鲁迅在翻译厨川白村论文过程中，重视了厨川白村所阐述的文学的象征性问题，在梦与文学的象征性问题上，他再一次关注了夏目漱石，可以说，翻译厨川白

---

① 《鲁迅全集》，第3卷，第12页。

村为他提供了再读漱石作品的机会，他从漱石作品中感受的共鸣、启发能动地促进了他自己的文学创作，《过客》做为其中的一个例子，具体地、深刻地表现了鲁迅所感悟的人生苦闷和意志。

第三章　郭沫若的朝鲜半岛书写

郭沫若在1919年前后创作了许多现代诗歌,迎来了他所说的"诗的爆发期"。《女神》中相当一部分就写于这个时期。在创作的过程中,他受到了不少外国文学的影响,比如像泰戈尔、歌德、惠特曼等。与此同时,当时的国际形势、社会事件也曾给了他诸多刺激,郭沫若与西方文学的关系问题已引起许多学者的注目,但有关具体的历史事件的影响,如朝鲜问题等方面的研究目前可以说还是比较薄弱的。

从郭沫若的人生履历和作品来看,他与朝鲜的关联大致可分为三个时期。第一期是从1914年到1923年的日本留学期。第二期是从1928年到1937年的日本流亡期。第三期是1950年以后的政治活动期。由于年龄、社会经验和政治地位的变化,这三个时期中他对朝鲜的认识角度、深度都有所不同。第一期和第二期是他侨居日本的时期,在这两个时期中曾经给过他刺激性影响的事件主要有1919年李垠与方子的婚姻、三·一独立运动、1920年的第八届世界礼拜日学校国际大会、1923年的关东大地震及对朝鲜人的大屠杀等。第三期中的主要事件就是朝鲜战争。这个时期郭沫若已经参与新中国的国家政治工作,与朝鲜的接触多带有浓厚的政治性与外交性。

在郭沫若与朝鲜半岛的关联问题上不能忽视他在日本的生活。两次海外侨居生活历时近20年,这对一个人来说绝不是一个短暂的时间。加之,两次侨居日本,一次经历了第一次世界大战;一次经历了中日战争,他的海外生活充满了动荡、风险和艰辛。但另一方面,海外生活为他提供了洞察时代、审视自我、体验和理解异民族文化的机会和视野。这段时期,朝鲜处在日帝国主义的殖民统治下,郭沫若通过日本来观察朝鲜——这块与中国大陆唇齿相依的土地,更现实地体察到朝鲜的痛苦。

正因为有这样的体验和环境，他的《牧羊哀话》、《狼群中一只白羊》遂成为"五·四"时期最早期的朝鲜题材作品。这些早期作品均作于《女神》的"诗的爆发期"，在郭沫若《女神》时期文学中应具有重要的意义和位置。

本章将研究的范围设定在郭沫若与朝鲜有关的第一期和第二期。对这两期涉及朝鲜的作品进行分析。这段时期有关朝鲜的作品有：《牧羊哀话》、《狼群中一只白羊》、《百合与番茄》、《鸡之归去来》4篇。

第一节　关于郭沫若《牧羊哀话》创作背景及意图的考察

1919年春季创作的《牧羊哀话》是他的处女小说（除了未发表的《骷髅》）。这篇作品以朝鲜为舞台，描写一对朝鲜少年少女的悲恋故事。郭沫若曾说过，这部小说是受了1919年巴黎和平会议上争执过的"山东问题"的刺激而作的。他在自传《创造十年》中触及到《牧羊哀话》的产生背景，他说：

> 转瞬便是一九一九年了。绵延了五年的世界大战告了终结，从正月起，在巴黎正开着分赃的和平会议。因而"山东问题"又闹得甚嚣且尘上来了。我的第二篇的创作《牧羊哀话》便是在这时候产生的。
>
> 做这篇小说时是在二三月间，学校里正在进行显微镜解剖学的实习。我一面看着显微镜下的筋肉纤维，一面构成了那篇小说。那在结构上和火葬了的《骷髅》完全是同母的姐妹。我只利用了我在一九一四年的除夕由北京乘京奉铁路渡日本时，途中经过朝鲜的一段经验，便借朝鲜为舞台，把排日的感情移到了朝鲜人的心里。①

《牧羊哀话》最初发表在1919年11月《新中国》第7期上，写作时

---

① 《创造十年》，见《郭沫若全集》，第12卷，第62页。

期大约如郭沫若所回忆，在本年春天。上边的引用文中包含着有关这部作品的写作背景及主题的重要因素。第一是作者对第一次世界大战后巴黎和平会议上所争执的"山东问题"的关心。第二是对朝鲜人民反日感情的关心。《创造十年》的这一段回忆证明《牧羊哀话》具有浓厚的现实性，同时它本身写出一对少男少女的悲恋故事，通过悲恋故事来反映出朝鲜人民对日本统治的反抗。因此可以说这部小说具有悲剧性和社会性这两个特征。

在历史背景、社会背景这一方面，巴黎和平会议是明明白白的史实。但与此同时还有一个史实存在，那就是朝鲜李王世子李垠与日本皇族梨本宫方子的婚姻问题。因为这个史实发生在日朝之间，与世界规模的巴黎和平会议相比，规模、影响力比较小，所以很容易被忽视。但是这个史实对中国来说却是一个暗示"山东问题"之未来的一个事件。这个事件与《牧羊哀话》有如何的关联？对于这个问题，在笔者所知至今还未见较具体的研究。但郭沫若在《创造十年》中所说"借朝鲜为舞台，把排日的感情移到了朝鲜人的心里"这句话却暗示了日本与朝鲜之间的一段历史，意味深长，颇可以使我们联想到19世纪前叶发生在日朝之间的许多悲惨的事件。笔者通过作品分析和与当时发生的事件、新闻报导照合，对这部小说提出一个假设，即《牧羊哀话》的创作背景不仅与巴黎和平会议有关，而且也与朝鲜李王世子的婚姻有一定的关联。郭沫若从李王世子的婚姻受到启发，构思了这一篇以朝鲜为舞台的悲恋故事。

一、"山东问题"与李垠与方子的婚姻

众所周知，第一次世界大战1914年7月末首先在欧洲爆发。8月23日日本对德宣战，从此大战席卷亚洲、太平洋区域。日本的对德宣战目的在于要夺取德国在胶州弯的租借权益，为统治亚洲布局。9月2日日军向山东省青岛展开大规模攻击，从龙口登陆，11月7日德军被击败，日军占领了青岛。1915年1月日本向中国政府提出对华"二十一条不平等条约"，要求中国政府将德国的山东权益授予日本，并承认日本在满洲、内蒙古的权益。自2月到5月，中日双方进行了交涉，但最后中国政府在日本的军事压力下，不得不承认日本方面的大半要求。

第一次世界大战爆发时郭沫若正在东京第一高等学校学习。8月29

日他在给父母的书信上谈及这场战争："现在欧洲各国大交兵戈，战祸所及，渐移东亚，日本鬼国已与德国宣战矣。"①

这封信证明郭沫若对日本的参战抱着很大的关心。中日双方对"二十一条不平等条约"开始交涉之后，郭沫若更是多次在给父母的信中涉及到这个问题。《樱花书简》中所收第一次世界大战时期的书信有48封，其中涉及到这次战争的有13封，这其中又有5封谈及"二十一条不平等条约"，他在这些书信中吐露了对日本政府的愤慨、批判，对时局发展的不安。

郭沫若是通过怎样的渠道来掌握国际形势的呢？他曾在1916年12月27日给父母的书信中写道：

> 欧州战争，关系至重，开战已年余矣。（中略）中间珍奇异事，指不胜屈，此间新闻杂志，所载写真插图，大有我国内地所无者。（中略）自明年始，当择定一两种，按月寄归。②

从这封信中我们可以知道当时郭沫若主要通过报刊、杂志了解战争的进展。在这封信中他还约定以后准备每月为父母寄上几种报刊。

1918年11月第一次世界大战结束了，翌年1月18日和平会议在巴黎召开。其实这与其说是和平会议倒不如说是战胜国美、英、法、意、日的分赃会议。中国政府要求归还德国在山东的各种权益，但遭到拒绝。《凡尔赛条约》无视中国的主权，决定把德国在华的各种特权由日本接管。郭沫若在《创造十年》中所说的"山东问题"主要就是指关于德国在山东权益的处理问题。巴黎和平会议的最后决定引起了中国人民的强烈反抗，"五四运动"由此爆发。

1919年郭沫若已由东京移到九州，在九州帝国大学医学部学习。他从新闻杂志上密切注视巴黎和平会议的进展，同时也开始了具体的行动，那就是《牧羊哀话》的创作。

在与巴黎和平会议同一个时期，亚洲又发生了一个事件——朝鲜李

---

① 《樱花书简》，四川人民出版社，1981年，第31页。
② 同上，第107页。

王朝世子李垠与梨本宫方子的婚约。李垠是李太王的第三子，4岁时被封为英亲王，1907年，年仅11岁便随伊藤博文来日留学。实际上留学只是一个借口，日本为实现统治朝鲜的目的，把李垠带到日本来做人质。三年后的1910年《日韩合并条约》签订，李王朝从此灭亡。1916年8月李垠与日本皇族梨本宫方子订婚。当时各家报报刊都在8月5日登载了有关这个婚约的消息。1918年11月日本政府发布了《皇室典范》，增补了"与王公族婚姻的条目"，实现了皇族女子与王族、公族的婚姻。同年12月5日，天皇敕许方子与李垠结婚，各家报刊即刻发表了天皇的敕许及李垠、方子的正式婚约。婚礼定于1919年1月25日，这个决定是在1919年1月17日的报刊上发表的。1月17日正是巴黎和平会议开会的前一天。以后各个报刊每天都同时报导有关这两个事件的消息。但不幸在婚礼的前三天，李太王突然去逝，李垠奔丧回国。李垠与方子的婚礼延期到1920年春季。① 1月22日以后各个报刊连日登载李太王葬礼的消息。

　　李垠与方子的婚姻无疑是日本政府布下的一个政治骗局，朝鲜人民不会欢迎它的，而且这个婚姻还使一位朝鲜女子陷入悲惨的境遇，那就是李垠原来的婚约者闵甲完。闵甲完与李垠同年同月同日生，1907年11岁时被择为未来的皇太子妃，同年订婚。但这时李垠已留日，10年后的1918年李垠与方子订婚，一直等了十年之久的闵甲完被迫取消婚约。按当时朝鲜的习惯，被拣择的女子如被解除婚姻，则一生不能结婚，而且兄弟姐妹也都被闭婚（不允许结婚）。我们可以想象被取消婚姻的闵甲完及她的家族受到了多么大的精神打击。闵甲完的父亲闵泳敦当时是外交官兼宗庙祭官，闵家属于朝鲜贵族，但婚姻解除后，闵家受到朝廷及日本总督府的压迫，家势败落，一年之内失去了祖母和父亲。闵甲完也被迫于1920年亡命上海。同年4月28日李垠在日本与方子举行了婚礼。

　　巴黎和平会议与李垠的婚约这两个事件都发生于1919年1月。规模虽然不同，但有两个共同点，一个是日本的参与，另一个是日本无视对方国家的主权。对中国人民来说，"山东问题"直接威胁到自己国家的主权。李垠的婚姻又告诉中国人民被剥夺了主权和自由的国民是多么悲惨。

---

① 参考李方子，《歲月よ、王朝よ》，三省堂，1987年。《英亲王李垠传——李王朝最后的皇太子》，共荣书房，1978年。

我们可以想象，每天从报刊上关注着巴黎和平会议进展的郭沫若是不会放过登在同一报刊上的李垠与方子的婚约及李太王去世的消息的。他从这两个事件中完全能够看破日本的野心。可以说巴黎和平会议煽起了他的爱国之心，李垠与方子的婚约、闵甲完的不幸又打动了他的诗人之心，使他为朝鲜落泪。郭沫若似乎没有谈及过李垠与方子的结婚、闵甲完的不幸，但《牧羊哀话》中的少女是闵家的小姐、叫闵佩荑，少年的名字叫伊子英，又叫英郎，不难想象，这两个人物的名字的设定不是偶然的。他们两人以纯洁的爱情相连，伊子英死后，闵佩荑日夜想念他，这样的小说情节又与闵甲完的悲运相仿。通过对当时的社会背景的分析，笔者认为《创造十年》中的"借朝鲜为舞台，把排日的感情移到了朝鲜人的心里"即《牧羊哀话》的写作意图，很有可能就是启迪于李垠的婚姻。

二、两个意图——悲恋与反日

《牧羊哀话》以朝鲜金刚山麓的一个小村庄为舞台，以第一人称"我"贯穿通篇。中国青年"我"来到金刚山探胜，住宿在村民"伊妈"家里。一天他在山里看到一位牧羊女子。听到了伊妈讲述关于这位牧羊女子的悲哀故事。女子原是伊妈曾服侍过的李朝子爵闵崇华的女儿闵佩荑。她与伊妈的儿子伊子英一起长大，彼此以兄妹相称。但子爵的妻子与子英的父亲秘密勾结，企图杀害子爵父女。此事被伊子英发觉，他为保卫子爵父女，被自己的父亲杀死。闵佩荑在伊子英死后，接管他曾经看管过的羊群，一个人到山里放牧。

小说的第一节从描写金刚山和山下小村庄开首，但对金刚山的描写却比较粗略。郭沫若在1913年末，渡日留学时路经朝鲜，曾在京城逗留过一个星期，但他未曾去过金刚山，对于金刚山的知识来源于日本作家大町桂月的《金刚山游记》。① 可以说，第一节所描写的金刚山主要是为了点出这篇作品的舞台和伊妈的存在。

目前对于这部小说的评价是本小说通过伊子英和闵佩荑的爱情故事，

---

① 《创造十年》第三节"我在纵贯朝鲜的铁路上是跑过一天一夜，但那有名的金刚山并没有去过。我的关于金刚山的知识，只是看过一些照片和日本文士大町桂月的《金刚山游记》。所以那小说里面所写的背境，完全是出于想象。"见《金刚山游记》大町桂月，大正八年。

反映作者的反帝精神。①的确，反帝精神是这个作品的大主题，但如果只为了反映这个主题，那么采用其他的结构与情节也是完全可以的。作者之所以采用了闵佩黄与伊子英的悲恋情节，就是因为前一节中所述历史事件，特别是李垠与方子的婚约给了作者很大的刺激和启发，使作者产生了一个为纯洁的爱情赋与美的造型的意图。

《牧羊哀话》的女主人公在第二节中登场。她的装束是"头上顶着一件湖色披衫，下面露出的是绛灰裙子，船鞋天足"，这是典型的朝鲜良家女子的装束。这位女主人公在黄昏中放牧归来，在山涧边行边悲哀地唱歌。

> 太阳迎我上山来，
> 太阳送我下山去；
> 太阳下山有上时，
> 牧羊郎去无时归。
> 羊儿啼，
> 声甚悲。
> 羊儿望郎，郎可知？
>
> 羊儿颈上有铃儿，
> ——是郎亲手系；
> 系铃人去无时归，
> 铃条欲断铃儿危。
> 羊儿啼，
> 声甚悲。
> 羊儿望郎，郎可知？
>
> （中略）
> 非我无青丝，
> 不把铃儿系。
> 我待铃条一断时，

---

① 刘元树著，《郭沫若创作得失论》，四川文艺出版社，1993年，第298页。

要到英郎身边去。①

　　这首歌明显的是一首悲恋歌。唱歌的女子原本不是牧羊人。歌中"牧羊郎"就是小说中的伊子英，又叫英郎。但这时他已成了不归之人。伊子英与闵佩荑的故事通过伊妈的讲述在作品第三、四、五节中被描写出来。

　　伊妈讲述闵家本来住在京城里，十年前朝廷内的一派奸臣与外国人勾结，定下了合邦条约。这个合邦条约就是指 1910 年的《日韩合并条约》，朝鲜从此灭亡，成为日本的一部分。小说中所说的"一派奸臣"暗示着李朝朝廷中的亲日派，"外国人"暗示着日本人。小说中描写闵子爵反对合邦条约，但终于没能阻止条约的签订，于是他毅然辞掉官职，携一家大小从京城迁移到金刚山山麓来。那时伊子英 12 岁，闵佩荑 11 岁。他俩人是"你怜我爱的，倒真正地如同同胞骨肉一样"。②少男少女也许还没有感觉到他们在相恋，但正因为如此，他们的感情就象兄妹爱那样纯洁。但是他们的爱情从伊子英的死一变而为悲恋。伊子英被他父亲杀死，但他父亲背后有李朝的亲日派和日本存在，所以可以说伊子英又是被日本杀害的了。对于闵佩荑来说伊子英为自己父女而死，从此她对伊子英的感情由天真、甘美变为悲哀、悲壮。

　　小说第二节中对牧羊少女闵佩荑的素描仅限于装束，看不到脸部表情的描写。只是在黄昏时分，一边悲哀地唱歌一边放牧。但这也足以构成一幅引人入胜的画图。这里描绘的光景与郭沫若曾经倾心过的法国画家弥勒的《牧羊少女》是多么相像！他偏爱这幅画，曾经把它挂在自己的房间里。他在写《牧羊少女》的同年曾作过一首诗，叫做《观画——Millet 的"牧羊少女"》。③诗中写牧羊少女是在匈奴放牧 19 年后返回汉朝的苏武的妻子。辽阔的大草原中拧立着一位女子，身后有一群白羊跟随着。这便是苏武归汉时遗弃的胡妇。胡妇的脸部及表情与弥勒的《牧羊少女》一样没有细致的描述。可是读者通过这首诗很自然地能够想象到

---

①　《牧羊哀话》、《郭沫若全集》，第 9 卷，第 5 页。
②　同上，第 8 页。
③　《女神》中《电火光中》第 2 首诗。

主人公悲哀的心理。①这种绘画性质的效果也许是郭沫若从弥勒那里学来的。同样的效果见于《牧羊少女》。牧羊少女闵佩荑不也是一个被遗弃的女子吗？

伊子英在死前给伊妈写下遗书，里面写道："儿想生为亡国之民倒不如早死为快"。②这句话足以表现朝鲜人民反日感情的强烈。伊子英为了拒绝做亡国民，而勇敢地献出生命。伊子英死后，闵佩荑一边思念永不归还的恋人，一边放牧。郭沫若在这里生动地刻画出一个被遗弃的女子、一个思念恋人的女子的形象，闵佩荑的形象又是一个亡国之民的缩影。这部小说的两个意图——悲恋与反日的交点就在这里。

笔者之所以认为《牧羊哀话》中悲恋的意图产生于朝鲜李王世子李垠与方子的婚姻，主要根据以下几个理由：第一点，《牧羊哀话》中的少年叫伊子英，又叫英郎。李垠四岁时被封为"英亲王"③，伊子英、英儿的"英"与李垠"英亲王"的"英"一致。少女闵佩荑又和11岁时与李垠订婚的闵甲完同姓。即姓名相仿。第二点，闵甲完与李垠订婚时俩人都是11岁，而《牧羊哀话》中的少年少女也是11岁和12岁，即年纪相仿。第三点，闵甲完虽然和李垠订了婚，但李垠去日留学，一去不复返。闵甲完足足等了10年，等来的是李垠和方子的婚约及她自己的被破婚。对闵甲完来说，李垠被日本夺去，成了永不归来的人。再看《牧羊哀话》的少年英郎被他父亲，更进一步说被日本夺去了生命。闵佩荑日夜想念永不归来的英郎。对她来说，自己的恋人被日本夺去，自己被永远遗弃，这一点与闵甲完的不幸是相同的。

前面已经介绍过，李垠和方子的婚约于1918年12月5日经过日本天皇的敕许正式决定，同时1月18日巴黎和平会议开幕。通过新闻报导关注着巴黎和平会议的郭沫若同时也会注意到李垠和方子的婚约、李太王的去世。而且他曾在朝鲜逗留过一段时期，他的长兄也时常去朝鲜出差，

---

① 参照拙稿《郭沫若的新诗〈电火光中〉论——参考弥勒的绘画》二松学舍大学《人文论丛》，56、57号，1996年。
② 《郭沫若全集》，第9卷，第10页。
③ 参考《英亲王李垠传——李王朝最后的皇太子》，共荣书房，1978年。

他又很有可能有过朝鲜人的朋友。①这些都可以使我们推想郭沫若对李垠11岁时的婚约和闵甲完的存在有一定的了解。

以上所举的理由都足以证明郭沫若从李垠与方子的婚约联想到少年少女时代就定下终身的李垠和闵甲完,激起了他对日本帝国主义的愤慨、对闵甲完的同情,从而构思了《牧羊哀话》的悲恋故事。

三、六月十一日

《牧羊哀话》的另一个意图即反日的感情大多是用隐喻的手法表现出来的。试举以下例子来分析。

1. 狂暴的日本海

   那东边松林中,有道小川,名叫赤壁江,汇集万二千峰的溪流,暮暮朝朝带着哀怨的声音,被那狂暴的日本海潮吞吸而去。②

2. 假冒的中国人

   我初到村里的时候,村里人疑我是假冒的中国人,家家都不肯留我寄宿。③

3. 虎豹

   羊儿、羊儿,

   你莫悲哀,

   有我还在,

   虎豹不敢来,④

4. 合邦条约

   当时朝里,出了一派奸臣,勾引外人定下了什么合邦条约。⑤

5. 炎阳

   炎阳何杲杲,晒我山头苗。土崩苗已死,炎阳正心骄。⑥

---

① 自传小说《鼠灾》中有"方平莆因校里没课,从早起来便往朝鲜人某君处教中国话去了,"对此还需详细调查。见《郭沫若全集》,第9卷,第15页。
② 《郭沫若全集》,第9卷,第3页。
③ 同上,第3页。
④ 同上,第6页。
⑤ 同上,第7页。
⑥ 同上,第11页。

6. 矮小的凶汉

恍惚之间，突然来了位矮小的凶汉，向着我的脑袋，飒的一刀便斫了下来。①

7. 六月十一日

我那英儿，他便在那年六月十一日的晚上死的。②

从 1 至 6 的隐喻是比较易懂的，但第 7 "六月十一日"却不易一目了然。这个日期暗示着什么？目前还没有人解答过这个问题。"六月十一日"是伊子英受害之日。作品中曾三次触及到这个日期：1. 第三节"他就在那一年，被他的父亲杀死了"。2. 第四节、闵李玉姬书信中的日期 6月 11 日。3. 第四节"我那英儿，他便在那年六月十一日的晚上死的"。本作品最初登载在 1919 年 11 月《新中国》上时，作者曾在"六月十一日"之后插入注解：

朝鲜人便是现在也大概是用阴历。③

这一条插在文中的注解，用语并非十分明确，似乎没有什么强调的意思，读者或许会一读而过，不去忖度其中的真意。但在小说中作者特意用了具体的日期，并对此加上注解，这本身就反映了这个日期含有特别的意义。也许是因为作者受到当时社会形势的限制，不便把它明确地写出来。那么这个日期的真意何在呢？

首先，我们需要确定"六月十一日"是在哪一年。作品中有二处描写值得注意，第一处是第三节中伊妈的讲述。十年前闵子爵一家住在京城，"只因当时朝里，出了一派奸臣，勾结外人订下了什么合邦条约"，④这个合邦条约就是指 1910 年的《日韩合并条约》。闵子爵弃官弃职，携全家搬到金刚山下来。这时伊子英 12 岁。第二处是第三节中，在金刚山下的高城"无风无浪地过了四年，我那英儿已经长到十六岁，闵小姐也长到十五岁上了。""我的英儿，他就在那一年，被他的父……父亲……

---

① 《郭沫若全集》，第 9 卷，第 14 页。
② 同上，第 11 页。
③ 《新中国》，第 1 期第 7 号，1919 年 11 月 15 日，第 191 页。
④ 《郭沫若全集》，第 9 卷，第 7 页。

杀死了！"。①伊子英是在从京城搬到金刚山4年后，16岁时受害的。综合这二处描写，可推证"六月十一日"是1914年农历6月11日，换算到阳历后应是1914年8月2日。②这正是第一次世界大战爆发的时期。1914年7月28日奥地利向保加利亚宣战，揭开了大战的第一幕，德国在8月1日向俄国、3日向英国宣战，8月23日日本向德国宣战。从此战火从欧洲漫延到亚洲。郭沫若所注目的"山东问题"早在大战开始的这个时期就成为德、英、日三国争执的对象。日本为了夺取德国在山东的各种权益，9月2日向青岛展开大攻击，侵入山东。11月德国败退，日本占领山东半岛。根据这个史实，对《牧羊哀话》中的1914年6月11日（阳历8月2日）的解释可有两个可能性，一是，它暗示着大战的开始。二是，暗示着9月2日日军侵入山东。但考虑到"山东问题"是激发郭沫若创作这部小说的一个重要因素，第二个解释或许要比第一个更确切。

《牧羊哀话》的悲恋从伊子英受害开始，但它的远因却发自1910年的日韩合并。伊子英被杀的6月11日，阳历8月2日（或9月2日）是中国山东被侵略的日子。日本在日俄战争后夺取了满洲，这次又来夺山东，企图使中国成为第二个朝鲜。郭沫若为了暗示日本帝国主义的这个野心，特意把伊子英被害的日期设在阴历6月11日。为了强调这个意图，又在作品中特加上了注解。可以说在当时的中日关系和社会形势下，这是他做出的最大的努力。他也许希望有心的读者能够理解到他的真意。总之，"六月十一日"这个日期并非作者随便设定的，它是表现作者反日感情的一个重要的焦点，也是贯穿全篇的两个写作意图——悲恋和反日相交的一个重要交点。反日的意图就是这样以巧妙的隐喻、暗示的手法来表现的。

通过郭沫若的书信、自传，我们可以清楚地看到，第一次世界大战后，郭沫若非常关心"山东问题"的动向。在世界各国列强虎视眈眈地企图吞并中国的时候，他很敏感地察觉到日韩合并后走上亡国之路的朝鲜正暗示着中国命运的危险。朝鲜人民的痛苦就是中国人民的痛苦。他的心和朝鲜人民的心在反日感情上紧紧地连在一起。朝鲜李王世子李垠

---

① 《郭沫若全集》，第9卷，第9页。
② 参照西泽利男著《新旧历月日对照表》收《历的百科事典》新人物往来社，1993年。

和梨本宫方子的婚约，刺激了他浪漫的想象力，使他构思了朝鲜少男少女伊子英和闵佩荑的悲恋故事。通过作品分析可以明确地看到社会背景与作者的创作意图及主题都是密切相关的，悲恋和反日互相交错并融合在作品中。

《牧羊哀话》是郭沫若发表的第一篇小说。在这之前他曾写过一篇叫《骷髅》[①]的短篇小说，但这篇作品被杂志社拒绝，没能发表出来，郭沫若又亲手把它烧掉了。所以《牧羊哀话》可以说是郭沫若的处女作。

《牧羊哀话》的体裁，按郭沫若在《创造十年》中所说"那在结构上和火葬了的《骷髅》完全是同母的姐妹"。[②]他还谈及《骷髅》的结构，说"我是采用着欧洲旧式的小说体裁，全由一个日本学生口中谈出"。[③]将《牧羊哀话》来与《创造十年》中所谈到的《骷髅》的结构相对照，可以看到几个共同点。第一、两个作品都用第一人称。第二、都采用第三者的叙述形式。第三、都用梦来作结尾。这三点证明这两个作品的体裁十分相似。登场人物用第一人称，这在鲁迅的《狂人日记》及其他作品中也是常可见到的，可以说是现代小说的一个特征。这种手法来源于欧洲的忏悔小说，在日本渐次被私小说、心境小说继承发展下去。小说由第三者口述的手法也是模仿了"欧洲旧式的小说体裁"。郭沫若所说的欧洲旧式小说指14世纪文艺复兴时代的所谓萝曼司（romance）的体裁。具体地可以举薄伽丘（Boccaccio）的《菲亚美达》。这是1353年前后的作品。七个女子和三个男子登场，他们在一家别墅共同生活了十天，十天中每一天有一个人来讲故事给大家听。郭沫若是否从《菲亚美达》中受到启发，还需详细调查。仅看第三者登场叙述这一点，《牧羊哀话》、《骷髅》都与《菲亚美达》有着共同之点。

1919年夏季，郭沫若创作了许多近代诗歌，迎来了他的"诗的爆发期"。《牧羊哀话》也就诞生在这个时期。这篇作品的诗情之浓厚，情绪之细腻，都与这个时期的诗作有着密切的关联。以后他再没有作类似《牧羊哀话》的作品，但采用第一人称的手法被自传小说所继承。描写被

---

① 《郭沫若全集》，第12卷，第59页。
② 《创造十年》，见《郭沫若全集》，第12卷，第62页。
③ 同上，第59页。

遗弃的女性，或思慕永不归来的恋人的女性形象，也被以后的诗，比如《电火光中》、诗剧，如《湘累》所继承，成为郭沫若文学的一个重要特征。因此可以说在郭沫若文学诞生初期创作的《牧羊哀话》成为他以后文学创作的一个基本原型。

第二节 《狼群中一只白羊》的悲剧

《狼群中一只白羊》是《女神》时期郭沫若写作的一首诗歌，写作于1920年10月10日，登载于1920年10月20日《时事新报》副刊"学灯"上。这首诗以当时在东京召开的第八届世界礼拜日学校大会为背景，咏诵了一位朝鲜老牧师的悲哀。这首诗未被收入《女神》，也未见于《郭沫若全集》中，成为一首佚诗。但在我们思考郭沫若对朝鲜认识的问题时，这首诗却从另一个侧面反映了日本殖民朝鲜的历史真象，投映了郭沫若对弱小民族的关怀与激励，在地政和观察角度上都异于大陆的诗人。这首诗又是一首较早期的朝鲜题材诗歌，在中国作家的异域书写领域中其意义不可忽视。本节准备围绕《狼群中一只白羊》，论证以下两个问题：

一，写作时期发生的事件即第八届世界礼拜日学校大会，给了郭沫若怎样的冲击或感动？

二，这种冲击或感动是怎样反映到作品中去的？赋与作品以怎样的性格？

一、《狼群中一只白羊》序文中的几个问题

《狼群中一只白羊》与《女神》中许多诗相比最大的不同点就是它有一个很长的序文。为了分析方便，将序文抄录如下：

一千九百二十年十月五日，世界日曜学校第五次大会开会于日本东京。由世界各国远来赴会之宗教家共二千余人，我中国无一人赴会。日人，便如政治家大隈候，资本家涩泽男等素号为野心人物者亦极力鼓吹赞助，共投去二十万元之经费，特建一临时会场。乃

不意於会开之日，会场全体尽为电火所焚，化为一片焦趾。

　　会场既失所，闻其第二日夜，复开会於日本青年会馆。其最后之演说者乃朝鲜老牧师白氏。白氏白发白髯白衣白履登坛，英宣教师一人为其通译，徐徐说出：

　　朝鲜是基督教传教最新的地方，同时又为传道效果最显著之区域。这可以说因为是神之末子，所以特受神之宠爱。现在有四十万之基督教徒，有东洋传道底使命的自觉。中国底满洲早有由朝鲜派遣的传道师了。然此有最可悲痛的事实存在：此大会若在六阅月以前开会时，可有二百五十人之会员自朝鲜来会。然今情形一变，除余一人之外乃无他人能来。不能来会之理由实乃世界之悲痛。而今约有一千人之朝鲜人呻吟於水火之中，而我独脱出万般反对万般危险单身只影而来现於此……此时司会者勃劳恩博士竟摇铃宣告闭会。白牧师握原稿高举其手，一手拭泪，放出悲壮之声而喊叫曰"哦哦！满堂的兄弟姐妹！请为我，为我的同胞祈祷哟！"悄然就席云云。

　　序文记述了世界礼拜日学校大会的情况及一位朝鲜老牧师感人的讲话。字里行间渗透着郭沫若对这位老牧师的感动。可以说这篇序文对理解本诗具有重要的意义。这里有两个问题值得注意。一是，郭沫若是通过哪种渠道得知大会的信息及朝鲜牧师的讲话内容的？二是，朝鲜牧师的讲话内容与当时的历史事件有何关联？以下我通过将序文与当时的新闻报导及大会记录相对照，来分析一下这两个问题。

　　第八次世界礼拜日学校大会于1920年10月5日至14日，在东京召开，郭沫若的序文中"第五次"当是"第八次"的误记。来自33个国家的代表云集东京，加上日本国内的代表，与会人数达二千余名。序中有"我中国无一人赴会"一文，但参考翌年日本日曜学校协会编辑的《世界日曜学校大会记录》[①] 其中有"支那十七名，朝鲜四十四名"之记录。大正九年（1920年）10月4日的《东京日日新闻》也有"朝鲜人七十四余名，支那人三十四名"的报导，10日的《九州日日新闻》也报道说："虽然没有来自支那及朝鲜的参加者，但在东京支那人，鲜人也有三十余

---

① 《世界日曜学校大会记录》，日本日曜学校协会，1921年。

名列席云云。"可见中国的与会者并非象郭沫若所说"无一人赴会"。但问题的所在却是朝鲜、中国的出席人数背后隐藏着当时朝、中、日三国的紧张关系。这个问题将后叙。

序中还触及了会场发生火灾之事。为大会所建的新会场，在10月5日大会将开幕的三个小时前，突然因漏电失火，大火熊熊，竟把会场全部烧尽。关于这场火灾，上述各家报刊都有报导，并登载了火场照片。当天大会决定将会场分散到神田神保町的救世军本营和美土代町的青年会馆两处，按预定计划准时开会。大会没有因失火而延迟。这消息也及时由各家报刊报导出去。《狼群中一只白羊》序文中有关会场失火及准时开会等记述，基本上与报刊上的报导一致。或许我们可以推测，郭沫若是通过报刊得知有关大会的消息的。

序文中郭沫若着重记述的是大会第二天（10月6日）登台讲演的朝鲜老牧师。老牧师姓白，外貌是"白发，白髯，白衣，白履"。郭沫若在此强调了白色。接着长长地引用了老牧师的讲演。其中值得注意的是老牧师痛述的"悲痛的事实"。老牧师在讲演中并没有把这事实的真象说清楚，只是说最初预定有250名会员前来赴会，但现在只他一人来会，一千多朝鲜人正在苦难之中。

关于朝鲜人的出席人数问题，当时各家报刊都非常敏感。大正九年（1920年）10月4日的《东京日日新闻》报导说："前一段时期出现的朝鲜人、支那人的出席大会的一些问题，是由于受到排日的朝支分子的压迫而发生的一个暂时的现象"。10月5日的《万朝报》也报导说："最成问题的朝鲜和支那，结果似乎没有一个人前来赴会（中略），据说警视厅与朝鲜总督府商定一个会员也不允许参加会议"。《世界日曜学校大会记录》也有较详细的记述："最初预定有数百名支那朝鲜的代表准备赴会，但不幸的是，会期将近时这个预定却没有实现。其原因在于支那的排日问题和朝鲜的独立运动所引起的一系列事件"。[①]中国无人来赴会，很可能与前一年爆发的"五四运动"有关。朝鲜方面的直接因由就是"三·一"独立运动。

1919年1月20日，朝鲜李太王去世，他的第三子李垠当时正在日

[①] 《世界日曜学校大会记录》，第26页。笔者译。

本,已与日本皇族梨本宫方子订婚,婚礼预定在1月25日举行。但因李太王去世,不得不延期。李太王的去世点燃了朝鲜人民希求独立的心火。李太王的葬礼预定在3月3日,在这之前,一个争取民族独立的运动就揭开了它的序幕。当时在朝鲜民众中最有影响力量的天道教、基督教、佛教会成为运动的主导力量,3月1日三个教会的代表宣读了独立宣言文,点燃了独立运动的火把。京城的数十万民众高喊"万岁!"涌上街头示威游行,独立运动的浪潮很快就波及到全国各地,京城以外的许多地区也同时展开了示威活动。三·一独立运动无疑是朝鲜人民反抗日本帝国主义统治,争取自主独立的运动。当时朝鲜民众把日韩合并以来一直压抑在心底的反日感情和对独立的渴望全部爆发出来了。

这次运动日本政府采取了强硬镇压的手段,他们除了调动驻扎在朝鲜的日军以外,还派遣了增援部队,在朝鲜各地逮捕、虐杀参加运动的民众。日本政府的目的不独在于镇压独立运动,还企图彻底摧毁朝鲜基督教的势力。日军在镇压过程中,曾把基督教徒们集中到教堂里,把门封闭后便放火,把教徒们活活烧死在教堂里。1974年出版的朝鲜史研究会所编《朝鲜的历史》[①]一书,以具体的统计数字记述了当时的情况:"仅据日本官宪方面的不十分充分的资料可知,从三月一日至五月末,便有七千五百零九人被杀,一万五千九百六十一人负伤,四万六千九百四十八人被检举,其中大多数后被虐杀。"[②]关于日军镇压之残忍、扫荡之彻底,现在已有不少详细论述,在此我不准备重复。尽管日军进行了残酷的镇压,朝鲜人民并没有屈服,独立运动一直持续了一年之久。世界礼拜日学校大会在东京开幕的那一天,即10月5日又发生了珲春事件。这个事件与朝鲜代表没来赴会恐怕没有直接的关系,但重要的是珲春事件的发生,证明三·一独立运动以后,朝鲜人民在继续展开反日运动,同时也在不断遭受日军的镇压。礼拜日学校大会上,朝鲜老牧师所说的"悲痛的事实"正是指日军对三·一独立运动的残酷镇压。但这时司会人马克拉勒却摇铃宣布闭会(司会人的名字在郭沫若的序文中是勃劳恩,但各报刊及《世界日曜学校大会记录》中都为马克拉勒。勃劳恩或许是

---

① 《朝鲜的历史》,朝鲜史研究会,三省堂,1974年。
② 《朝鲜的历史》,第216页。

郭沫若的误记)。

序文中最大的问题是白牧师的讲演内容及讲演被中断的内情。当时除了《大阪每日新闻》和《基督教报》以外，主要报刊上都没有介绍白牧师。1920年10月8日《大阪每日新闻》以《悲壮的叫喊——白衣白发之鲜人牧师》的题目报导了这位朝鲜老牧师的遭遇。现将郭沫若采用本报刊的部分抄录出来：

悲壮の叫び　白衣白髪の鮮人牧師
　　世界日曜学校大会第二日の夜青年会館の会場で最後の演説者は朝鮮の老牧師白氏であった。白衣白髪白髯の白牧師は起ち上って英国宣教師ストークス氏の通訳で、徐に説き出した。
　　朝鮮は基督教の最も新しい伝道地であるが同時に其の効果が最も顕著な土地である。言はば神の末つ子であるから最も神の寵愛を受けたのである。現に四十万人の基督信者あり東洋の伝道を朝鮮からするという使命を自覚している併も支那満洲には朝鮮から伝道師を送っている然るに此処に最も悲しむべき事がある。此大会が今六箇月以前に開かれたなれば約二百五十人の代員が朝鮮から来会する等になっていた。然るに其の後事情が一変して私一人の外唯の一名の代員として来会しない。来会せぬという理由は世界の悲しみにある今や約一千人の朝鮮人は○○の裡に呻吟している。私はあらゆる反対と妨害とを脱して単身此処に現れたのである……
　　此時司会者のブラウン博士は鈴を鳴らして最早時間が切れた旨を告げた。白牧師は原稿を握った手を高く上げて片手で涙を拭いつつ叫ぶような悲壮な声を張上げて"おお満堂の兄弟姉妹よ、願わくは私と私の同胞のために祈って下さい"と悄然として席に着いた。

这里主要报导白牧师在大会上怀着满腔的悲痛向大家叙述朝鲜代表不能来会的原因，叙述发生在朝鲜的悲哀的事件，但未待详述便被司会人以时间已到为理由而制止。朝鲜老牧师最后流着眼泪高喊："满堂的兄弟姐妹哟，请为我和我的同胞祈祷吧！"郭沫若在《狼群中一只白羊》序文基本上依据了这一段报导。

1920年10月13日《基督教报》上也有如下记述："今晚的司会人是马克拉勒，讲坛上坐着十几名代表，其中有一位长髯白衣的老年朝鲜人。"①这里介绍的朝鲜人从容貌上看，基本上可以确定与序文中的白牧师是同一人物。白牧师的讲演内容在《基督教报》上是以概要简介的形式揭载出来的。全文如下：

> 朝鲜人的演说一句一句被翻译成英语。演说接近终结时，他悲哀地说到：这次朝鲜代表没有来赴会的理由是因为朝鲜有许多信徒被投入监牢或被杀。他以悲哀的声调正要再向代表们申述、呼吁时，已到所限时间，被司会人制止，发言被中断了。

把这两个刊物上的记载拿来与郭沫若的序文对照，不但可以证明序文中白牧师的讲演与实际的讲演内容大体一致，而且还可以知道讲演中途被制止也属事实。只是被制止的理由有所不同。《基督教报》和《大阪每日新闻》都以时间所限为理由，而郭沫若的序文却强调司会人中途制止。"竟摇铃宣告闭会"中的"竟"字反映了郭沫若意图，具体的来讲就是白牧师正要申述朝鲜的不幸和悲哀，司会人却无视了他的悲痛的心情，宣布闭会。郭沫若在这里给了读者一个心理上的强烈的屈折、压抑的印象。

第八届世界礼拜日学校大会在准备阶段就与日本政界、经济界有着密切的关系，会场遇火灾后，日本政府曾准备把帝国议事堂提供给大会做会场，皇家也赐与许多恩典及援助。②在这种形势下，朝鲜代表的发言当然对大会及日本政府来讲是极不利的，必须抹杀的。《基督教报》以外的基督教方面的报刊都没有报导朝鲜牧师的讲演，非但讲演，就连一般有关朝鲜代表的消息也只字不提。留学以来一直关注朝鲜的郭沫若之所以在序文中强调司会人强制中断朝鲜牧师的讲演，就是因为他尖锐地洞

---

① 见1920年10月13日《基督教报》笔者译。
② 《世界日曜学校大会记录》，日本日曜学校协会编，1921年。

察到了这个事实的背景,认识到制止讲演也是一个对朝鲜的压迫。

通过以上分析,我们可以归纳本节开首提出的两个问题。第一点,关于大会的情况及讲演的信息来源渠道,将序文与当时的报刊相照合,可知,有关开会的时期、赴会人数、会场失火等消息很有可能来自报刊上的报导。白牧师的讲演内容来源于1920年10月8日《大阪每日新闻》及13日《基督教报》的报导。

第二点,白牧师的讲演与当时的历史事件之关系的问题。对于白牧师所讲"悲痛的事实",很明显郭沫若已意识到这是指三·一独立运动和日军的镇压。他在创作《牧羊哀话》时就很有可能已经关注到了三·一独立运动。在当时的国际形势下,他虽然无法明明白白地把独立运动和日军的镇压写出来,但通过引用朝鲜牧师的讲演内容、记述讲演被中途制止的情况,把朝鲜代表的悲痛告之于世。这可以说是他对时局作出的一次挑战,同时还表现了他对朝鲜代表的感动和同情。

二、两个关键语

《狼群中一只白羊》序文明确地告诉我们这首诗是郭沫若出于对世界礼拜日学校大会上朝鲜牧师的讲演及被制止的感愤而作。其创作动机中不仅包含了他对三·一独立运动及日军镇压的认识,还有对朝鲜人民的深切的同情。那么这种感情在诗中是怎样表现的呢?首先将诗引用如下:

  1 "哦哦!
  2 满堂的兄弟姐妹!
  3 请为我,为我的同胞祈祷罢!"
  4 哦哦!这是何等悲壮的喊叫!
  5 何等圣洁的泪潮呀!
  6 白牧师!圣洁的老人!
  7 我禁不住我的泪泉滔滔流迸!
  8 我禁不住我的魂髓战栗难任!
  9 白牧师!圣洁的老人!
  10 你为什么要向他们悲号?
  11 你为什么要叫他们祈祷?

12 他们不是一些披着羊皮的狼群？

13 他们不是一些敛着利爪的鸷鸟？

14 他们不是抓扼着了你的咽喉？

15 他们不是吞噬尽了你的心脑？

16 他们如能为你祈祷，如还配乎祈祷，

17 他们怎能忍听你这样悲不忍闻的叫号？18 白牧师！圣洁的老人！

19 你须知世间上那有什么圣徒？那有什么宗教？

20 那有什么自由？那有什么人道？

21 那有什么平等？那有什么同胞？

22 都是些政治家底顽童！资本家的祖庙！

23 野心家的护符！文章家的资料！

24 都是些虚矫！虚矫！虚矫！虚矫！虚矫！

25 白牧师！圣洁的老人！

26 你为什么要向他们悲号？

27 你为什么要叫他们祈祷？

28 白牧师！圣洁的老人！

29 我想你被他们扼着了咽喉的时候，

30 我想你一手握着原稿，高举，一手抵着眼泪，

31 放声喊叫的时候，

32 假使你有利剑在手，

33 假使你有手枪在手，

34 假使你有炸弹在手，

35 我想你心底的怒涛必已染遍狼群鸷鸟之头！

36 白牧师！圣洁的老人！

37 你手中的原稿怎么不变成手枪，炸弹，剑刀？

38 你须知哭也无益了！

39 祈祷也无益了！

40 天国已经倒坏了！

41 天国中的羊群要被狼群吞尽了！

42 狼群中的一只白羊呀！

43 别再和他们嬉戏了罢！
44 别再和他们嬉戏了罢！
45 快丢下你的 Bible！
46 快创造一些 Rifle 罢！

中华民国第十次之双十节日。
（句前数字笔者附）

这是 46 句的长诗。郭沫若把序文中引用的白牧师呼吁的分成三行，冠于诗首，第 4、5 句咏出郭沫若的感动，"哦哦！这是何等悲壮的喊叫！""何等圣洁的泪潮呀！"着两句中"悲壮"和"圣洁"便是贯穿本诗的关键词。当时朝鲜受着日本的统治，稍有反抗便要受到残酷的镇压，甚至以基督教的立场来申述自己的痛苦也是不允许的。郭沫若在诗中第 12、13 句中用反语的形式，把压迫朝鲜老牧师的人们形容成"披着羊皮的狼群""敛着利爪的鸷鸟"，已被狼和鸷鸟扼住脖子的老牧师，仍然还在呼吁着"兄弟姐妹""祈祷罢！"。老牧师申诉的朝鲜是悲壮的，他自己的形象、情绪也是悲壮的。这"悲壮"一词是郭沫若感动于白牧师的一个印象点，也是他诗情激发的一个源点。

"圣洁"除了第 5 句"何等圣洁的泪潮"之外，还用在"白牧师！圣洁的老人！"一句中，诗中第 6、9、18、25、28、36 句，共反复六次。"圣洁"又可以说是郭沫若从白牧师的形象中吸取的另外一个印象点。"圣洁"一词现在日本已不大使用，但大正、昭和初期，在基督教，特别是新教中却是一个比较普遍的用语。它本是 Holiness 的译语，表示基督教徒皈依上帝，洗清身心的污垢，进入圣化的境地。现在《圣经》和赞美歌中仍然使用这个词。①大正三年（1914 年）留学日本的郭沫若很有可能在日本接触到"圣洁"这个词，而且成了他的爱用词。这与他的恋爱有关，郭沫若初见到佐藤富子时，曾被她眉宇间的一种不可思议的洁光所吸引。1920 年他在《三叶集》中第一次用了"洁光"一词来表示佐藤富子的魅力，这"洁光"便是"圣洁的光"的缩写。《三叶集》以后，郭沫若在《漂流三部曲》（1924 年）、《喀尔美萝姑娘》（1925 年）、《落叶》

---

① 《新约圣经》罗马书第六章中有"圣洁"一语。日本圣书刊行会，1970 年。

（1925年）中再三使用"圣洁"一词，而且所有这些都用来描写以来自佐藤富子的典型人物。郭沫若通过佐藤富子接触基督教，从基督教的教义中发现了"圣洁"一词。在前述的几个作品中"圣洁"始终反映着一种基督教的气氛。这与虔诚的基督教徒佐藤富子不无关系。当时郭沫若对佐藤富子的爱情可以说已近乎信仰的地步，作品中的"圣洁"基本上就基于这种近乎信仰的爱情。因此《狼群中一只白羊》中"圣洁"的用例可谓唯一的例外了。

本诗以"白牧师！圣洁的老人！"一句的反复重叠形式展开诗的内容，这一句共反复了六次。第一次（第6句）呼吁后，诗人叙述了自己的感动；第二次（第9句）呼吁后，诗人要问白牧师为何要向人们哀愿，并强力地反问制止讲演的人们不正是狼与鸷鸟？！第三次（第18句）呼吁后，诗人强调世间已没有真正的圣徒、宗教、自由、平等、同胞。一切都是虚矫。第四次（第25句）呼吁后，诗人再一次试问白牧师为何要向人们哀愿。在诗人眼里，那些制止白牧师讲演的人们，那些默认制止的人们，便是压迫白牧师及他的同胞的狼与鸷鸟，是披着宗教外衣的骗子。但尽管如此白牧师仍然在呼吁着"兄弟姐妹"，哀愿他们一起祈祷，这本出于他纯粹的信仰心。诗人在此感受的便是"悲壮"与"圣洁"的情绪。郭沫若在赞美佐藤富子时每每使用"圣洁"一词，在此他例外地把这"圣洁"用在赞颂白牧师上。佐藤富子与白牧师的共同点便是二者都是基督教徒。我们也许可以从此引出郭沫若与基督教之关系的命题来，但实际上郭沫若一生中并没有做过基督教徒，也未曾热衷过什么特定的宗教。他关注和追求的始终是出于心灵的美的印象与感动。对于白牧师，也同佐藤富子一样，郭沫若的感动在于他那纯洁真实的心灵。而对于当时的基督教，他所抱的看法有时却是否定的。从《狼群中一只白羊》中我们就能看到这一点。

本诗后半，诗人强力地呼吁行动。"白牧师！圣洁的老人！"第五次（第28句）呼吁后，诗人想象白牧师手中拿着的不是原稿，而是利剑、手枪、炸弹。第六次（第36句）呼吁后，诗人断然否定"哭"与"祈祷"，宣告天国已倒坏，狼群正要吞尽天国中的白羊。第42句"狼群中的一只白羊"很明显就是在比喻白牧师所处的状况。在如此状况下，信仰、祈祷都只不过是"嬉戏"。所以诗人在结尾呼吁"快丢下你的Bible!""快创造一些 Rifle 罢!"。朝鲜的独立运动和日本的残酷镇压,可以说是郭沫若对当时的基督教采取否定态度的背景。没有民族的独立自主,虐杀与镇压到处横行的地方,不会有真正的宗教。郭沫若否定的便是在当时的社会形势下的基督教的虚伪性。《狼群中一只白羊》在咏诵诗人对悲壮、圣洁的白牧师的感动的同时,还呼吁拯救朝鲜不能靠宗教,要靠实际行动。表现了诗人对实际行动所抱的信念。

三、白色的象征意义

郭沫若对他笔下的朝鲜牧师强调了白色的印象。序文中有"白氏白发白髯白衣白履"的描写。白牧师的形象基本上根据了《大阪每日新闻》的报导。对白色的重视明显地表示郭沫若对朝鲜民族尚白的风俗抱有某种关心。

白色与朝鲜民族有着悠久、密切的关系。朝鲜人民自古以来多用白色。在日常生活中使用白色瓷器,穿白色服装,家家门前贴付白色门联。可谓挚爱白色。郭沫若早在《牧羊哀话》中就注意到朝鲜民族与白色的关系。《牧羊哀话》第一节中描写出朝鲜人伊妈门前的情形:

> 伊妈门首,贴付白色门联(中略)朝鲜风俗尚白,门上春联,也用白纸,俨然如同国内丧事人家一般。联上写的现成语句:近水楼台先得月,向阳花木早逢春。①

中国民族也喜欢贴门联,每逢过年过节、结婚、过寿都要在门前贴上新的门联。但决不用白纸,一定要用红纸,上面写上吉祥文字。白色多用于丧事。中朝两国的门联最大的不同就是颜色的不同。郭沫若注意到了这一点,把挚爱白色看做是朝鲜风俗的一个特点。在《牧羊哀话》中郭沫若特意加上"俨如国内丧事人家一般"的说明,这与作品的主题是有关系的。伊妈几年前曾丧子亡夫,特别是她儿子的死使她悲哀不已。郭沫若在此描写出白色门联,一是为了表示尚白的朝鲜民族的风俗,二是为了借此表示伊妈悲哀的心情。

---

① 《郭沫若全集》,第9卷,第3页。

《牧羊哀话》中另外一个登场人物也带着死的阴影。那就是牧羊少女闵佩荑。她是子爵的女儿，与伊妈的儿子伊子英一起长大，彼此相爱。自从伊子英死后，便接管他曾看管的羊群，一人去放牧。文中有这样的描写：

> 女郎头上顶着一件湖色披衫，下面露出的是绛灰裙子，船鞋天足，随步随歌。①

在此需注意的是牧羊少女的裙子的颜色。当时朝鲜人在日常生活中多穿白色衣服。老年人更是如此。遇到丧事，女人们可以穿的只有白色与灰色服装。牧羊少女身着绛灰裙子，似乎在悼恋人之死。也就是说，伊妈与闵佩荑同是服丧之人，郭沫若为她们用了白色与灰色，就是要以这两个颜色来表示死与悲哀。

在郭沫若创作《牧羊哀话》的同一时期，日本也出现了一位重视朝鲜与白色的关系的人物，那就是日本民艺研究家柳宗悦。柳宗悦②通过对李朝陶器的研究，发现了朝鲜的美，他称之为"悲哀的美"。这"悲哀的美"具体表现在艺术品的线条与色彩中的白色上。柳宗悦把朝鲜人的白色衣服看做丧服，认为白色是表现朝鲜民族悲哀的颜色。他曾在《思考朝鲜人》（1919年）、《赠朝鲜友人之书》（1920年）、《朝鲜的美术》（1922年）等文章中，论述了朝鲜的"悲哀的美"，以后他还多次发表有关朝鲜建筑、美术的论文、随想录。他所主张的朝鲜美，在很长时期内，受到了许多日本人和朝鲜人的支持。

郭沫若与柳宗悦可以说是同时代的人，郭沫若是否读过柳宗悦的文章，现在还是一个未知数。但他们在同一时期关注了朝鲜民族与白色的关系。他们在掌握白色与丧礼的关系上相近似，但柳宗悦把白色看成是朝鲜的悲哀美，而郭沫若却不然。《牧羊哀话》中的白色与灰色所表示的不只是悲哀，而更深一步地表现着主人公要以自己的生命抵抗敌人的强

---

① 《郭沫若全集》，第9卷，第6页。
② 柳宗悦（1889~1961）日本现代民艺研究家、美术研究家。曾提倡民艺运动。东洋大学教授。

烈的意志，即一种决死的意志。这与《狼群中一只白羊》中的"悲壮"是一脉相承的。"悲哀"与"悲壮"的不同之处在于"悲哀"是一种被动的情绪，而"悲壮"则是强烈的意志的表现。

郭沫若在《狼群中一只白羊》中对白牧师特别强调了白色，全身白色的老牧师含泪申述日军对独立运动的镇压与朝鲜人民的痛苦。但这样沉痛的申述也居然被中途制止，白牧师可谓悲壮的朝鲜民众的代表。白色与诗中的两个关键词"圣洁""悲壮"在表现意义上紧密关联，它衬托着"圣洁"、"悲壮"，使之表现得更鲜明、更强烈。总而言之，"悲壮"、"圣洁"、白色都与本诗的中心思想有着密切的关联，具有重要的表现意义。

关于朝鲜民族与白色的关系，实际上还需要作更充分的分析。这个问题不仅限于文学领域，更多的还属于民俗文化研究的领域。现今我们对于柳宗悦的理论也需要作批判性的研究。20世纪70年代在日本已出现了否定柳宗悦的学者。韩国人金两基教授[①]便是其中的一位。他曾出版《韩国人眼中的日本》、《朝鲜的艺能》、《韩国的石佛》、《面具下的日本人》等著作，在比较文化、比较民俗学和演剧研究方面造诣很深。特别是在《韩国的石佛》及《沉菜与御新香》两书中，金教授否定了柳宗悦提倡的"悲哀的美"，主张朝鲜的美为"乐观的美"。他从民俗学的角度阐述朝鲜民族将白色看做是太阳、白昼的白色、明亮的白色，强调白色是"象征人与自然相调和的颜色"。他分析柳氏对朝鲜的看法中有两个基本的要素，一是所谓日本的审美观"mononoaware"，二是不正确的朝鲜史观。他对柳氏从李朝艺术中发现了朝鲜美的特征这一点作了较高的评价，但在普遍性上否定了柳氏提倡的"悲哀的美"。理由是"悲哀的美"局限于李朝的艺术美并不代表普遍性的韩国美。举白色之例，古代夫余族便喜爱穿白衣，高句丽的古坟壁画中也多用白色，这都证明自古以来朝鲜半岛的人们就喜爱白色。这个白色不意味着悲哀，而表示太阳的明亮的白色，也象征着朝鲜的天空神的威光，人们以着白衣来表示自己是天空神的子孙。笔者认为金教授的研究对于我们的文学研究也是颇有教

[①] 金两基（1933～　）早稻田大学毕业。哲学博士。比较民俗学、比较文化学家。静冈县立大学国际关系学部教授。

益的。

　　郭沫若与朝鲜关联的第一期正值第一次世界大战，日本为了独霸亚洲，首先吞并了朝鲜，继而又侵略中国。在这动乱的时期，郭沫若曾在日本生活了十年。做为一个中国人，他非常关注日中朝的关系。对他来说，朝鲜的问题就是中国的问题，朝鲜人民的痛苦就是中国人民的痛苦。

　　通过对第一期中一部分作品的分析，我们基本上澄清了郭沫若如何看待朝鲜这个问题。这个时期发生的有关朝鲜的事件，如第八届世界礼拜日学校大会、三·一独立运动等，都给郭沫若提示了一个民族存亡的重要问题。对郭沫若来说，朝鲜的问题就是一个民族存亡的问题，日韩合并以后的朝鲜便成为反照中国的一面镜子，时常唤起他的民族危机感。

　　对朝鲜的关心又与他的文学创作有着很深的关联。第一期正是郭沫若文学的诞生期，诗人的感性和热情奔放于诗歌、小说及书简中，对于日韩合并后的朝鲜，郭沫若抱有一个"悲壮"的情绪，"悲壮"的情绪在第一期的作品中，通过浪漫蒂克的想象与美的造型表现出来，同时作品中还反映了他对朝鲜的同情与忧国的情绪。

　　郭沫若于1920年10月10日创作《狼群中一只白羊》，同一个时期，爱尔兰独立军领袖马克司威尼在英国的监狱中毅然绝食，于10月25日死于狱中。郭沫若得知消息，于10月3日至27日写了《胜利的死》一诗，在诗中他赞扬了马克司威尼为民族独立不惜献出生命的爱国精神。此诗后收入《女神》。郭沫若在很短的时期内，目睹了第八届世界礼拜日学校大会与马克司威尼牺牲的两个事件，创作了《狼群中一只白羊》和《胜利的死》。这两首诗同以弱小民族的独立自主为主题，反映着他对民族独立的关心不仅限于中国、朝鲜，还涉及到欧洲。

　　46句的长诗《狼群中一只白羊》多见反复和呼吁的表现形式，再看标点符号，","逗号共10处，"？"问号16处，"！"感叹号竟达39处，可见诗人是以强烈的感动和愤慨，一气呵成地写出这首长诗的。由于主题直接关系到当时的社会问题，所以多带些政治性和现实性。这个时期年轻的诗人胸中充满了丰富的想象力和爱国的正义感，趋向于行动的意志已反映在他的诗中。这种意志日后驱赶他走向实际行动，参加北伐，参加抗日战争，并逐渐深入到中华民族的解放运动中去。总之，《狼群中一只白羊》虽未收入《女神》，但在一气呵成，直表激情之点，在追求民族独立自主之点，都可以说它具有《女神》的风格，代表着郭沫若文学初期的诗风。

第三节 《女神》时期反殖民统治的诗歌
——《胜利的死》与《狼群中一只白羊》

《女神》时期一般指"五四"前后郭沫若经历的那一段诗的爆发期，其成果便是处女诗集《女神》及许多未收集的诗歌的诞生。《女神》的主题主要表现为：礼赞光明与新生；张扬自我；讴歌爱情与爱国。这样的主题又恰好呼应和鼓舞了五四的时代精神。这个时期的诗歌充满了诗人自由奔放的想象力，显示出宏大、粗犷、豪放的性格，甚至有些令人"嫌其暴"。[1]但同时我们也不能忽视具有与此不同性格的诗歌的存在，即更加迫近社会现实，取材于一些具体事件的诗歌。笔者在这里特别注意到《胜利的死》与《狼群中一只白羊》。与《女神》中其他诗相比，这两首诗以两个特点显然地显示出它特异的性格，标致着郭沫若的另一面写作风格。第一点是形式的多层性；第二点是取材的现实性、具体性。第一点中包含了作者对西方诗歌的理解与继承，展示了郭沫若较早期对西方文学的接纳。第二点则反映了作者对现实的关注。

《狼群中一只白羊》作于《女神》时期，却没有被收入《女神》。笔者之所以将这两首诗并提，理由有三：一、写作时间上的接近。《狼群中一只白羊》写于1920年10月10日，而《胜利的死》写于同年10月13—27日。二、所针对的事件与主题相近。两首诗都以异民族为讴歌对象，《狼群中一只白羊》写被日本统治的朝鲜的悲哀，《胜利的死》则写反抗英国统治的爱尔兰独立军领袖的死。三、诗人所根据的媒体相同。这些共同点反映着这两首诗在主题、诗情上的关联性。

《狼群中一只白羊》虽没有被收入《女神》，但我们在思考《女神》时期郭沫若的反殖民统治，讴歌民族独立的课题时，这首诗确是不可忽略的。正像武继平教授在他的《郭沫若留日十年》中说的那样："我们通

---

[1] 《我的作诗的经过》，见《郭沫若全集》，第16卷，第220页。

过对《女神》创作时期散见于当时的报刊杂志而后来由于各种原因没有收入某部诗集或全集的佚诗，可以看到与当时郭沫若所主张的新浪漫主义风格迥异的另一种创作手法，即近乎写实的手法。我个人认为这一部分新诗和他的旧体诗一样记录了留学时期的生活。"[1]《狼群中一只白羊》在题材来源上，在形式上都可以看成是《胜利的死》的序章或前奏，而《胜利的死》则在媒体资料的处理和诗形的精练上加了一番工夫，将现实性与浪漫性结合的更紧密。

本节中，准备针对这两首诗采用对比分析的手法，着重探索以下几个问题：一，写作背景及媒体资料的处理。二，诗歌形式上的特点与对西方诗歌的接纳。作者怎样将不同文化背景、不同语言的诗歌柔和在自己的诗歌中，展示诗人自身的思想和审美观？这也是比较文学上的接纳融和的问题。三，诗人认识殖民统治及对它的反抗的视角和围度。

一、诗的背景与媒体资料

《胜利的死》、《狼群中一只白羊》与其他诗篇不同之处是它们针对了两个具体的国际性事件，而且郭沫若了解这两个事件的渠道基本上可以确定是通过日本的报刊，特别是《大阪每日新闻》。

《狼群中一只白羊》登载于1920年10月20日的《时事新报》副刊"学灯"，这首诗以当时在东京召开的第八届世界礼拜日学校大会为背景，写一位朝鲜老牧师的悲哀。本诗前面有一个很长的序文。序文大部分翻译引用了《大阪每日新闻》上的有关报导，即《悲壮的叫喊——白衣白发之鲜人牧师》（1920年10月8日）。这篇报导已见于第二节中，在此不再重复。郭沫若不厌其长，把这篇报导大块地译出来，收入《狼群中一只白羊》序文中，可见他对朝鲜老牧师的遭遇很重视。报导中有一处有缺字的句子，"今や約一千人の朝鮮人は〇〇の裡に呻吟している。"郭沫若用了"水火"二字填进原文"〇〇"中，译成"而今约有一千人之朝鲜人呻吟於水火之中"。这两个字的添补意味着郭沫若很清楚朝鲜牧师所说"悲痛的事实"与"世界之悲痛"的意思，那就是1919年朝鲜的"三·一"独立运动以后日本对朝鲜的残酷镇压。从序文中我们可以看到

---

[1] 武继平，《郭沫若留日十年》，重庆出版社，2001年，第190页。

使郭沫若激情大发的因素有两点,一个是朝鲜老牧师的讲话遭到了制止;另一点是日本对朝鲜人民的镇压。这两点激起了郭沫若对日本帝国主义的愤怒,促使他一气呵成地写出长达46句的诗《狼群中一只白羊》。

郭沫若写完《狼群中一只白羊》,紧接着10月13、22、24、27日,又接连写了《胜利的死》"其一"、"其二"、"其三"、"其四"。此诗也有一个序文,写到:

> 爱尔兰独立军领袖,新芬党员马克司威尼,自八月中旬为英政府所逮捕以来,幽囚于剥里克士通监狱中,耻不食英粟者七十有三日,终以一千九百二十年十月二十五日死于狱。①

这个序文较之《狼群中一只白羊》的序,要简短得多,但它触及的事件却与世界基督教礼拜日学校大会发生在同一个时候。马克司威尼(T. Macswiney,1879–1920)是爱尔兰独立运动的领袖,1920年任科克市市长,他反对英国对爱尔兰的殖民统治,8月12日被英国政府逮捕,15日开始拒食斗争,10月25日死亡。日本《东京日日新闻》8月15日就报导了马克司威尼被捕的消息,8月18日又报导了马克司威尼开始绝食的消息。以后8月19、23、27、28、30日;9月1、3、11、12、13、15、17、25日;10月3、11、25、27日,一直有马克司威尼绝食的消息。《大阪每日新闻》则从10月2日开始,9、21、23、27日连续报导了马克司威尼绝食的经过。《胜利的死》的写作时间集中在10月,正是马克司威尼绝食斗争的最后阶段。从诗的序文和各节的内容看,很明显,郭沫若也是通过报刊详细了解到这个事件的。世界基督教礼拜日学校大会的会期是10月5日至14日,这个时期与马克司威尼的绝食相重叠,也就是说郭沫若可以从报刊上同时看到这两个事件的消息。

《胜利的死》与《狼群中一只白羊》不同的是诗人所根据的媒体没有记录在序中,而是直接援用在各个章节中。我们将各个章节的内容与媒体资料相对照,便可以看到作者对媒体的选择点之所在。"其一"(10月13日)中写到:

---

① 本文引用《郭沫若全集》第1卷所收《女神》,第118页。

"爱尔兰独立军的领袖马克司威尼,
投在英格兰,剥里克士通监狱中已经五十余日了,
入狱以来耻不食英粟;
爱尔兰的儿童——跪在大厦面前的儿童
感谢他爱国的至诚,
正在为他请求加护,祈祷。"①

关于这段诗文,目前尚未查到准确的媒体,但《大阪每日新闻》10月9日以《活着的木乃伊科克市长》的题目报导了绝食54天的马克司威尼的情况。《东京日日新闻》在8月28日登载伦敦电报说:"今天在科克市,各教会为了要求科克市长(马克司威尼)及其他同盟绝食者的解放,召开大会,近五千民众跪在教会外,其情景庄严。在教会进行祈祷时,无一人在街上行走。"

"其二"(10月22日)
十月十七日伦敦发来的电信
说你断食以来已经六十六日了,
然而容态依然良好;
说你十七日的午后还和你的亲人对谈了须臾,
然而你的神采比以前更加光辉;
说你身体虽日渐衰颓,②

这里根据的是《大阪每日新闻》10月21日题为《科克市长仍然生存着》的报导。报导说:"科克市长马克司威尼绝食以来已经六十六日,然容态依然良好。十七日午后与亲属会谈少时,虽日见衰弱,心气比以前更明敏。""其二"中还有触及到另一位新芬党员绝食至死的消息:

十月十七日你的故乡——可尔克市——发来的电信

---

① 《郭沫若全集》,第1卷,所收《女神》,第119页。
② 《郭沫若全集》,第1卷,第119~120页。

> 说是你的同志新芬党员之一人，匪持谢乐德，
> 因在可尔克市监狱中绝食以来已六十有八日，
> 终以十七日之黄昏溘然长逝了。①

这个消息根据《大阪每日新闻》10月21日的报导。以《绝食者终于瞑目》的题目报导了匪持谢乐德绝食68天后死亡的消息。

> "其三"（10月24日）
> 十月二十一日伦敦发来的电信又到了！
> 说是马克司威尼已经昏死了去三回了！
> 说是他的妹子向他的友人打了电报：
> 望可尔克的市民早为她的哥哥祈祷，
> 祈祷他早一刻死亡，少一刻悲伤！②

这几行诗句根据了10月27日的《大阪每日新闻》，报导引用了21日的伦敦电报，说："科克市长马克司威尼已陷入第三次精神昏迷状态，（中略）他的妹妹向他的友人打电报，希望可尔克市民为她哥哥早一刻咽气而祈祷，明确通知她哥哥的死期已近。"（笔者译）

"其四"的写作日期10月27日正是日本各家报刊登载马克司威尼死亡消息的那一天。《大阪每日新闻》以《科克市长终于绝命》的题目，仅以两行文字结束了这个事件的报导。

《胜利的死》所根据的媒体，除了"其一"有待调查外，其他各节基本上都依据了《大阪每日新闻》，郭沫若对马克司威尼的关心集中在绝食斗争的后期。诗中准确地写上哪一天的伦敦电信或可尔克市电信；每一节中都提到绝食的天数。各家报刊大多在题目上用"可尔克市长"的称呼，只在"可尔克市长"之后加上"马克司威尼"。但郭沫若在诗中一次也没用过"可尔克市长"这个称呼。在序文中称马克司威尼为"爱尔兰独立军领袖，新芬党员"，在诗中称他为"爱尔兰的志士"、"自由的战

---

① 《郭沫若全集》，第1卷所收《女神》，第120页。
② 同上，第121页。

士",这证明郭沫若并没有把马克司威尼做为所属英国的一个市长看,而是把他做为爱尔兰独立运动的英雄、代表来礼赞。

《胜利的死》和《狼群中一只白羊》涉及到同一个时代的两个殖民地,一个是西方的爱尔兰;一个是东方的朝鲜。第一次世界大战时期留学日本的郭沫若一直关注着中国的命运,关注着日本对亚洲的侵略和殖民统治。一战后,"山东问题"激起他对朝鲜的关心,1919年他写了《牧羊哀话》,以朝鲜暗示中国的命运。1920年在东京召开的世界基督教礼拜日学校大会也成为他观察日本统治朝鲜的一个具体事例。因为他在日本,可以观察到在国内看不到的事情。对西方的殖民与反殖民的情况也是如此,他在了解朝鲜的同时还看到了爱尔兰反抗大英帝国统治的决死的斗争。我们可以说,这个时期郭沫若对殖民统治和反殖民统治的观察视野已扩展到世界的宽度,从东西关照的角度感受和认识发生在眼前的事件。

二、诗形的特异性——跨民族、跨语言的关怀模式

《狼群中一只白羊》和《胜利的死》虽作于同一时期,针对殖民与反殖民的现实,但在诗的形式上却有很大的差异。《狼群中一只白羊》采用了序和诗的双层构造。序文叙述朝鲜牧师的遭遇,它本身带有鲜明的现实性。诗则注重宣泄诗人的激愤,以朝鲜老牧师的悲喊开首,诗人强烈的感愤一贯到底咏出46行长诗。

> "哦哦!
> 满堂的兄弟姐妹!
> 请为我为我的同胞祈祷罢!"
> 哦哦!这是何等悲壮的喊叫!
> 何等圣洁的泪潮呀!

这首诗的特点是以呼吁开首,接连不断地发问、反问、疾呼,结尾又是连续的呼吁。诗人用比喻的手法将制止朝鲜老牧师讲话的人们比做"狼"和"鸷鸟",把老牧师比做狼群中"一只白羊",强调朝鲜牧师寡不敌众的处境。又以"圣洁"与"悲壮"来讴歌老牧师非暴力抵抗的悲

壮。最后诗人呼吁道:

> 狼群中的一只白羊呀!
> 别再和他们嬉戏了罢!
> 快丢下你的 Bible!
> 快创造一些 Rifle 罢!

这里诗人的呼吁并不只针对一个老牧师,而是针对所有被奴役的人们,呼吁人们以具体的行动来反抗压迫者。46 行中用了 16 个 "?"、39 个 "!",足以证明诗人是以强烈的感动和愤怒,一气呵成地写出这首长诗的。在这一点上本诗与《天狗》有很相近的地方。但又因为本诗偏重于呼吁和呐喊,不免在诗情、意象表现上欠缺深度,在形式和构造上呈现出单调的感觉。

与《狼群中一只白羊》相比,《胜利的死》的构造更加复杂,它由序文、四个章节、"附白"三个部分组成。每个章节又是三层构造,第一层引用两行苏格兰诗人康沫尔(Thomas Campbell 1777~1844 年)的诗;第二层引用报刊上有关马克司威尼绝食的消息;第三层是诗人对马克司威尼的讴歌。这样的结构形式在《女神》中也是很独特的。

值得关注的是《胜利的死》的特异性不只限于结构的层面上,还表现在它所触及的历史层面上。郭沫若在"附白"中对写作时的心情、引用西方诗歌的动机作了补充性的说明。他引用的是康沫尔的《The Downfall of Poland》(郭沫若译为《哀波兰》),他说:"此诗余以为可与拜伦的《哀希腊》一诗并读。拜伦助希腊独立,不得志而病死;康氏亦屡捐献资金以惠助波兰,两诗人义侠之气亦差堪伯仲。"[①]这里包含了两个意义,一是郭沫若对殖民地国家的关注已经涉及到欧洲地区;另一个是欧洲反抗殖民统治的作家和作品已成为他理解和接纳西方文学的一部分。可以说,康沫尔的诗对构成本诗的结构形式与意境的复杂性、特异性上起了关键性的作用。那么,郭沫若是怎样将康沫尔的诗作为创作泉源,将它容纳到自己的诗歌中,并与自己的诗歌的表现方式接轨的呢?其作用又如何

---

① 《郭沫若全集》,第 1 卷所收《女神》,第 122 页。

呢？笔者通过对《胜利的死》进行渐层分析来阐释这些问题。

希腊与波兰都曾经遭受邻国的侵略和殖民统治，希腊于19世纪初展开民族独立运动，1830年获得独立。波兰在18世纪曾三次被俄、普、奥分割，完全丧失了国家主权。但进入19世纪后波兰人民不断展开反抗运动，终于在1917年恢复了国家主权。在欧洲的反殖民统治的斗争中，许多文学家也纷纷参加或赞助，英国诗人拜伦投身于希腊的独立运动，亲自组织义勇军前去支援希腊，于1824年死于希腊。英国诗人康沫尔也曾资助波兰独立战争，并写诗鼓励波兰人民。郭沫若重视康沫尔、拜伦，出于对他们资助波兰、希腊独立运动的感佩。特别是康沫尔的诗不仅赞扬了波兰，还触及了更多欧洲国家的独立运动，为《胜利的死》赋予了很重要的意义。

康沫尔的诗《The Downfall of Poland》作于1797年。波兰在18世纪曾几次被俄、普、奥三国分割，1794年第二次分割时珂斯修士哥（Thaddeus Kosciuszko）率领波兰军起义，与俄军作战，曾解放了华沙，但后来被俄、普、奥3国军队镇压，珂斯修士哥受伤并被捕，1796年起义失败。《The Downfall of Poland》正是描写了这场反殖民统治的战争，特别是起义军被镇压的悲壮情景。这是一首70行以上的长诗，以叙事为主，间插抒情，将抵抗与残杀的场面描写得十分逼真。此诗1799年被收入《The Pleasures of Hope》（《希望的欢喜》）。目前有关康沫尔的研究还为数极少，有关《The Pleasures of Hope》的评论或研究就更难找到。但自19世纪始此诗曾做为阅读教材多次被收入《The Royal Readers》。1920年在日本留学的郭沫若也很有可能通过《The Royal Readers》读到这首诗。

《胜利的死》与《The Downfall of Poland》的关联很明显是一个东西比较文学的题材。郭沫若引用康沫尔的这首诗时有两个特点，一是着重于历史人物的引用；二是舍去叙事部分而引用了抒情的部分，特别是捉住了抒情部分中的关键词。

在历史人物上，《胜利的死》"其一"以康沫尔的下面两句诗开首：

  Oh! Once again to Freedom's cause return,
  The patriot Tell – the bruce of Bannockburn!
  爱国者兑尔——邦诺克白村的布鲁士，

哦，请为自由之故而再生！①

兑尔（Wilhelm Tell）是14世纪瑞士独立运动英雄，传说他反抗澳大利亚统治，杀了澳大利亚的官僚。布鲁士（Robert de Bruce 1274~1329）是苏格兰大王，但因不甘受英国的统治，起义抗英，1314年在邦诺克白村攻破英军，1328年争得了苏格兰的独立。他被称为苏格兰的民族英雄。康沫尔以这两位民族英雄来肯定1794年珂斯修士哥领导的波兰军起义的意义，赞扬他们为自由而战。康沫尔为了歌颂和鼓励18世纪波兰的反殖民斗争而援用了14世纪瑞士和苏格兰反侵略反殖民统治的史例，强调延续了几个世纪的弱小民族的斗争都是为了自由、独立。

郭沫若引用了康沫尔的这两句诗之后，叙述了爱尔兰爱国志士马克司威尼在监狱里的拒食斗争和爱尔兰儿童为他祈祷的情形。然后赞扬说：

可敬的马克司威尼呀！
可敬的爱尔兰的儿童呀！
自由之神终会要加护你们，
因为你们能自相加护，
因为你们是自由神的化身故！②

很明显，在诗的开首引用康沫尔的那两句诗，就是为了将1920年10月发生的爱尔兰爱国志士马克司威尼的抗英斗争与欧洲历史上的民族独立运动并列，强调他们的共同意义就是为了自由。"其二"的开首：

Hope, for a season, bade the world farewell,
And Freedom shrieked － as Kosciuszko fell!
希望，暂时向世界告别了，
自由也发出惊叫——当珂斯修士哥死了！③

---

① 《郭沫若全集》，第1卷所收《女神》，第118页。
② 同上，第119页。
③ 同上。

康沫尔在叙述了波兰军遭到俄、普、奥联军的镇压，珂斯修士哥受伤倒下时，用了上面的两句诗，对自由战士们的牺牲发出咏叹。这两句诗的引用暗示了爱尔兰爱国者的牺牲给人们带来的震动。郭沫若记述了马克司威尼绝食 66 天的情形，还记述了马克司威尼的同志匪持谢乐德绝食 68 天后死亡的消息，对他们的牺牲郭沫若咏叹道：

啊！有史以来罕曾有的哀烈的惨死呀！
爱尔兰的首阳山！爱尔兰的伯夷、叔齐哟！①

郭沫若对马克司威尼和匪持谢乐德的感动就象"自由也发出惊叫"一般强烈，他把他们比喻成爱尔兰的伯夷和叔齐，强调他们不愿受奴役的意志。以上 4 句康沫尔的诗句中涉及到三个国家，三位民族独立运动英雄：14 世纪瑞士的兑尔；苏格兰的布鲁士；18 世纪波兰的珂斯修士哥。博览历史，以古比今，这是中国自古以来的文笔常套，自然也是郭沫若所熟识的手法。但《胜利的死》的新颖在于诗的结构上每个章节均以康沫尔的诗句原文开首，并注重了欧洲反抗殖民统治的英雄人物，呈现出诗人跨民族、跨语言的人文关怀。这样的结构和历史意识的着眼点是崭新的，不仅在《女神》中独一无二，在当时中国的新诗中也是极少见的。郭沫若通过康沫尔的诗引进欧洲独立运动的史例，以历史上的英雄人物来比喻马克司威尼，提高了为爱尔兰独立而献身的马克司威尼的形象，同时增加了诗的历史层面的深度和广度。

在抒情部分中郭沫若注意到了康沫尔诗中的关键词，如"其一"中的"Freedom"、"其二"中的"Hope"，它们标致着爱国志士的正义。这样的词句在"其三"、"其四"的引用中也可以看到。"其三"的开首：

Oh! Sacred Truth! thy triumph ceased a while,
And Hope, thy sister, ceased with thee to smile.
哦，神圣的真理！你的胜利停了一忽，

---

① 《郭沫若全集》，第 1 卷所收《女神》，第 120 页。

你的姐妹,希望,也同你一道停止了微笑。①

这两句本来是《The Downfall of Poland》开首的诗句,意味着俄、普、奥联军对波兰军镇压的开始。这里有本诗的另外一个关键词"Truth"。郭沫若在这两句诗之后记述马克司威尼昏死了三次的消息和马克司威尼的妹妹打电报要求可尔克市民为她哥哥早一刻死亡祈祷的消息。然后悲痛地写道:

不忍卒读的伤心人语哟!读了这句话的人有不流眼泪的吗?
你黯淡无光的月轮哟!我希望我们这阴莽莽的地球,
就在这一刹那间,早早同你一样冰化!②

在这里郭沫若以"Sacred Truth"的遭遇比喻马克司威尼的垂危,又以"Hope"与"Sister"的拟人手法来比喻马克司威尼的妹妹的哀愿,提高了悲哀、激愤的感染效果。"其四"的开首:

Truth shall restore the light by Nature given
And, like Prometheus, bring the fire of Heaven!
真理,你将恢复自然所给予的光,
如象普罗美修士带来天火一样!③

这两句在原诗中表示遭受统治者镇压的波兰人民不会就此消沉下去,鼓励人们相信真理会象普罗美修士为人类带来的天火一样再次复生。这里也有关键词"Truth"。郭沫若引用了这两句也正是为了歌颂马克司威尼的死。"其四"作于10月27日,是日本各家报刊报导马克司威尼死亡的那一天。郭沫若的激情到了最高潮,他在诗中悲愤地写道:

---

① 《郭沫若全集》,第1卷所收《女神》,第120页。
② 同上,第121页。
③ 同上。

> 悲壮的死哟！金光灿烂的死哟！凯旋同等的死哟！
> 胜利的死哟！
> 自由的战士，马克司威尼，你表示出我们人类意志
> 的权威如此伟大！
> 我感谢你呀！赞美你呀！"自由"从此不死！①

马克司威尼以拒食丧生，他的行为表示了爱尔兰人民不甘屈服的意志，郭沫若将这个意志看做为所有不愿受殖民统治的人们的意志，也就是人类的意志，要求自由的意志。他用康沫尔的诗句来赞扬马克司威尼的死，同时也表示他对真理的信心，相信"自由"从此不死！所以他称马克司威尼的死为"胜利的死"。"Freedom""Hope""Truth"是康沫尔诗中礼赞和鼓舞波兰独立战争的关键词，这些词汇不是抽象的空虚的概念，而是以反殖民统治运动为历史背景，表现时代与民族希求的现实意义。为了这个希求，多少民众浴血奋战，前仆后继，谱写出一曲又一曲英勇悲壮的史歌。郭沫若引用的几句诗都含有这些关键词，表明他对康沫尔诗的认同点。

对于爱尔兰爱国者马克司威尼拒食牺牲的事件，郭沫若是怀着激情关注着的，他从报刊上每看到有关马克司威尼的消息就挥笔写下一段诗歌，正如他在"附白"中说的那样："这四节诗是我数日间热泪的结晶体。"他歌颂爱尔兰独立运动的激情与《狼群中一只白羊》的情感一样高涨、激荡。但《胜利的死》引用了康沫尔的诗，为爱尔兰独立运动增加了更广大的历史背景与声援力量，使这首诗在结构上和内容上都比《狼群中一只白羊》更完整，更丰富。诗人将激动的感情、执着的理念、深切的洞察压缩在有限的诗歌中，刻意呈现悲壮的美感。

三、东方与西方的关照——关注反殖民统治的视角

《狼群中一只白羊》和《胜利的死》，一个以东方的朝鲜为题材，一个以西方的爱尔兰为题材。《狼群中一只白羊》以其写作日期"中华民国第十次之双十节日"连结作者对中国的危机的忧虑；《胜利的死》则通过

---

① 《郭沫若全集》，第 1 卷所收《女神》，第 122 页。

康沃尔的诗,列举希腊、波兰、瑞士、苏格兰等先于爱尔兰民族独立运动的史例,展示了欧洲反殖民统治的斗争历史。《狼群中一只白羊》以"猛兽"、"狼群"、"鸷鸟"来比喻迫害朝鲜老牧师的人们;以"白羊"、"悲号"、"祈祷"来形容朝鲜人民的悲哀;以"悲壮"、"圣洁"来礼赞老牧师的崇高与英勇。《胜利的死》也以"猛兽"来比喻殖民统治者,对英国政府的压迫,郭沫若在诗中愤怒地写道:"猛兽一样的杀人政府哟!你总要在世界史中添出一个永远不能磨灭的污点!"表示了他对殖民统治者的憎恨。以"自由"、"真理"、"希望"来肯定爱尔兰独立运动的意义;以"悲壮"、"凯旋"、"胜利"来礼赞马克司威尼的死。两首诗都反映了郭沫若对帝国主义者、殖民统治者的憎恨,对反抗殖民统治的弱小民族的同情与声援。

除了上述题材、叙事手法之外,我们还需注意的是这两首诗不单是一个关注东方,另一个关注西方,这样一个单向的视角或方向。在同一时期连续创作的这两首诗实际上是一组从东方到西方,再由西方回视东方,即东西关照的作品。东西关照的聚焦点就在反殖民统治这一点上。我们从《胜利的死》"附白"中可以清楚地看到郭沫若的这个东西关照的视角。他在赞扬了康沃尔和拜伦后写道:

> 如今希腊、波兰均已更生,而拜伦、康沃尔均已逝世;然而西方有第二之波兰,东方有第二之希腊,我希望拜伦、康沃尔之精神"Oh! Once again to Freedom's cause return!"(请为自由之故而再生!)①

郭沫若所说"西方有第二之波兰"指的是爱尔兰;"东方有第二之希腊"则指亚洲的朝鲜、中国。他把爱尔兰独立运动放在近世纪以来欧洲殖民与反殖民的历史中来看待,把中国、朝鲜放在与希腊对比的位置。在《胜利的死》中他注视的不是一个爱尔兰,而是东西两方被侵略被殖民的国家。在这里他对殖民地问题的审视已经扩展到世界范围。他呼唤康沃尔、拜伦的精神为人类的自由再次复生,来鼓舞殖民地人民为争取

---

① 《郭沫若全集》,第1卷所收《女神》,第122页。

独立而战斗。康沫尔、拜伦的精神是什么？就是他们宣扬人类自由，为争取独立的殖民地国家献力献身的"侠义之气"。郭沫若在这里也道出了他的写作意图，就是要继承康沫尔、拜伦的精神，用自己的诗来赞颂、激励朝鲜、爱尔兰人民的斗争，呼吁东西方所有被殖民被压迫的民族为争取自由而奋斗。正象他在《胜利的死》和《狼群中一只白羊》结尾中呼吁的那样：

> 自由的战士，马克司威尼，你表示出我们人类意志
> 的权威如此伟大！
> 　　　　　　　　　　　　　　　　　　《胜利的死》①

> 假使你有炸弹在手，
> 我想你心底的怒涛必已染遍狼群鸷鸟之头！
> 快丢下你的 Bible！
> 快创造一些 Rifle 罢！
> 　　　　　　　　　　　　　　　　　《狼群中一只白羊》

通过以上对《狼群中一只白羊》、《胜利的死》两诗的分析，我们可以清楚地看到与郭沫若其他众多张扬自我、宣泄诗人内心激情、爱情等内向关注的诗歌相比，这两首诗明显地表现出诗人的外向视野。郭沫若的留学时代是他自我意识觉醒的时期，同时也是他开眼世界，审视世界的时期。第一次世界大战后中国已处在日本和欧洲列强国家的侵略和压力下，国家存亡的危机已迫在眼前，身在日本的郭沫若对祖国的情形看得更清楚，被日本吞并的朝鲜、沦为日本殖民地的台湾、欧洲的殖民地国家的情形，这些都刺激了他的忧国之心。在这个时期的作品中我们可以从《樱花书简》、《三叶集》中看到他对帝国主义的侵略、殖民统治的批判。在小说方面有《牧羊哀话》，也是描写殖民地国家的作品。诗歌方面《狼群中一只白羊》和《胜利的死》可以说是主题非常鲜明的反殖民统治的作品。

《狼群中一只白羊》和《胜利的死》在以下几个特点上代表了《女神》时期郭沫若的另一面作品风格。

---

① 《郭沫若全集》，第1卷所收《女神》，第122页。

一、重视现实。

由于这两首诗涉及的是殖民地国家朝鲜和爱尔兰，必然地与当时的国际局势紧密关联，郭沫若审视殖民统治与反殖民统治的视野涉及到亚洲、欧洲。信息的来源主要通过报刊。《狼群中一只白羊》和《胜利的死》中很大一部分都是报刊的引用，朝鲜老牧师的遭遇、爱尔兰爱国者马克司威尼的牺牲都根据了当时的报导。这样就显示出这两首诗的现实性和客观性。

二、鲜明的主题意识。

这两首诗都有一个明确的主题，那就是反殖民统治。朝鲜和爱尔兰都是小国，长期以来受着他国的统治，两国人民虽然进行过多次的抵抗，但总是在统治者强大的军事力量下遭受失败，朝鲜老牧师和马克司威尼都是其中的一个。郭沫若在《狼群中一只白羊》和《胜利的死》中以这两个人物为礼赞的对象，讴歌他们的英勇与诚挚。同时在《胜利的死》中展示了欧洲其他几个殖民地国家争得独立的史例，以此表示他对反殖民统治的坚定信心。这两首诗的主题都十分明确。

三、形式的新颖。

两首诗在形式上都各具特色，《狼群中一只白羊》以冗长的序文和46句长诗为特点；《胜利的死》则更进一步，以序文、4章诗文和"附白"组成。诗文以康沫尔诗的引用、报刊的引用和诗人的抒情，三部构造。这样的构造为这首诗带来了深厚的感染力和多元的视角。

四、跨语言的诗歌意境。

这一点主要从《胜利的死》来看。康沫尔诗的引用是为了突出《胜利的死》的主题，郭沫若选择的引用部分都是康沫尔讴歌波兰独立运动的重要部分。不同语言的诗歌意境被并列在同一首诗中，酝酿出一个多语言交响的音响效果，同时描绘出一个曲折、重叠的历史，进而扩大了《胜利的死》的历史背景。

笔者认为《狼群中一只白羊》和《胜利的死》在反殖民统治的主题上是彼此呼应的一组作品，诗歌意境明显地表现着暴风骤雨般的激奋、悲壮的情怀，给我们一种强烈的迫近历史的临场感。作品中显示着作者对东西殖民地国家关照模式的审视，这是我们评价郭沫若《女神》时期诗歌时不可忽视的一个部分。

第四节　日本流亡期的变形抵抗作品《鸡之归去来》

　　1927年蒋介石发动反革命政变，不仅破坏了国共合作，还对共产党和革命群众进行大屠杀。当时在国民党政治部工作的郭沫若察觉到蒋介石的叛变，决意与蒋决裂，并在《中央日报》上发表檄文《请看今日之蒋介石》，揭露蒋介石背叛革命，一手制造屠杀事件的真象，一针见血地指出蒋已不是国民革命军的总司令，并叙述了自己与蒋的斗争。这篇文章激怒了蒋介石，文章即遭查禁，郭沫若也遭通缉。在十分危机的状况中，他不得不东渡日本，开始了将近十年的逃亡生活。

　　1935年8月1日中国共产党发布了《为抗日救国告全体同胞书》即《八一宣言》，号召各界同胞团结一致，共同抗日。又提出组织国防政府和抗日联军，建立抗日民族统一战线。从此中国人民在共产党的领导下开始了持久的、艰苦的抗日救亡运动。《八一宣言》在当时的文艺界也引起了很大的反响，左联解散后，左翼文化运动的领导者马上提出"国防文学"的口号，鲁迅又提出"民族革命战争的大众文学"口号，导致了文艺界抗日民族统一战线的形成。这期间，郭沫若正在日本政治流亡，他在1936年春天看到《八一宣言》，当时他非常兴，①他积极地参与了"国防文学"论争和文艺界抗日统一战线的建立。

　　现在我们重新审视郭沫若流亡日本这一段时期，可以清楚地看到当时他所处的环境的艰苦。在国内受着国民党蒋介石的通缉，在国外处在日本警方的监视之下。他不能象中国的文学者那样高喊"打倒日本帝国主义！"，他没有行动的自由。但他仍然坚忍地作了抵抗日帝的工作，他的古代社会研究、自传、身边小说都反映了他的爱国反帝的精神，同时也为他日后投入抗日战争打下了坚实的思想基础。另一方面，身处日本国内，反而为他提供了从内部观察日本的方便，比如他有机会了解日本普罗文艺的情况，又对日本的朝鲜殖民统治在日本国内呈现出来的劳工问题作了一些具体的观察，这些都帮助他更清楚地认识日本帝国主义的

---

① 林林，《做党的喇叭——忆郭老在日本二三事》，见《人民文学》，1978年7期。

本质和它内部的缺陷。可以说从他流亡到日本的那一天起，对日本列强的一种变形的抵抗就开始了。

这里笔者特别注意到郭沫若流亡日本时期写作的身边小说，这个时期的身边小说与留学时期的大有不同，最为突出的是现实主义精神和社会分析态度的明显化，在题材和题材的处理方法上也有所不同。在此准备通过对《鸡之归去来》的分析来阐释流亡时期郭沫若的身边小说的性格。

一、流亡与抵抗的炼狱

1927年蒋介石叛变革命，发动反革命政变，郭沫若因为写了《请看今日之蒋介石》而受到通缉，不得不流亡日本，避居在千叶县市川市。因为他是被通缉的"政治犯"，到日本后不久便被日本警察拘留起来，以后直到1937年他秘密回国，一直生活在警方的监视下。郭沫若在他的身边小说《鸡之归去来》、《浪花十日》中都提到了刑士的监视，在《鸡之归去来》中他用了讽刺的笔致写道："我一移动到了新的地方便要受新的刑士们的'保护'——日本刑士很客气，把监视两个字是用保护来代替的。"[①]他的生活受着刑士的监视，自然也失去了言论、作品发表的自由。流亡期间他很少创作，主要原因就在于中国国内和日本对他的政治压迫和限制。他主要致力于古代社会研究、古文字研究和自传的写作上。但这样的工作并不是对现实的逃避，而正相反，他利用了流亡的这段时间和环境完成了大量的学术研究工作。他在东洋文库中发现了大量的甲骨文和金文拓片，还有王国维的《殷虚书契考释》，促使他写成了《卜辞中之古代社会》、《甲骨文字研究》。在史学研究方面，他运用了辨正唯物论的观点撰写了《中国古代社会研究》。现在史学界给这部著作如此的评价："中国史学史上第一部试图以马克思主义解释中国历史发展全过程的空前创作，为中国新史学的发展，指明了方向和道路。"[②]在这部著作中，郭沫若打破了以往的"国学"史观和方法，用了恩格斯《家庭、私有制和国家的起源》中辨正唯物论的观点，将殷代、周代的社会组织、生产

---

① 《郭沫若全集》，第10卷，第369页。
② 李世平、彭静中，《中国新史学的里程碑》，见《郭沫若史学研究》，第215页。

状态、社会发展的过程及其理由作了一番分析。郭沫若在《中国古代社会研究》自序中明确地阐述了他的古代社会研究的目的:"对于未来社会的待望逼迫我们不能不生出清算过往社会的要求。古人说:'前事不忘,后事之师。'认清楚过往的来程也正好决定我们未来的去向。"①他的史学研究的目的就在于要将历史的经验和规律总结出来,为现实服务,为未来摸索出方向来。这部著作实际上标识着郭沫若的辨正唯物观点的确立,对他以后的文学创作、自传也发生了一定的影响作用。

自传文学也是郭沫若流亡日本后开始执笔的。《我的幼年》、《反正前后》、《黑猫》、《初出夔门》、《创造十年》,都作于1928年至1935年之间。这些自传不是单纯的个人历史的回忆和记录,而是要"通过自己看出一个时代",②通过个人的历史来反思一系列历史事件及历史的变迁,分析出其"所以然"。我们仅以《反正前后》为例,这部传记在写作时间上正与《中国古代社会研究》相重合,故而郭沫若的辨正唯物主义史观在自传中也随处可见。郭沫若在《反正前后》发端中,借一个未知的朋友的信来表示自己的写作态度:"材料什么都可以,形式也什么都可以,主要的是认识! 主要的是要以我们的观点来作一切的批判!"③在这里郭沫若要批判的是辛亥革命前后他所目睹的社会变迁的历史。他通过对自己亲身经历和目睹的成都的教育和经济状况的回忆,分析了海外资本主义侵入中国的目的就在于要使中国成为"原料供给者与精制品消费者的乡村状态"④的半殖民地,中国的民族资本主义不得不面对双重的敌人,即国外的帝国主义和国内的旧有封建势力。他指出:"所以中国的命运就是这样:你假使不彻底地和帝国主义斗争,那你便只好成为一个不生不死的长久的乡村。"⑤

《反正前后》的重要工作是对辛亥革命的回忆和总结。他回忆了由四川保路同志会的罢工斗争而引起全国性的反封建势力的革命运动,最后推翻了清朝统治的历史,明确地指出这场革命是"一个阶级斗争的表现,

---

① 《郭沫若全集》,历史编第1卷,第6页。
② 《少年时代》序,《郭沫若全集》,第11卷,第3页。
③ 同上,第163页。
④ 《郭沫若全集》,第11卷,第198页。
⑤ 同上。

而且也是由经济斗争转化而为政治斗争的。"①他肯定了中国新兴资产阶级和人民大众在葬送了清朝这一层上是获得了"意外的胜利",但从社会变革的意义上来看,它又是一次失败的革命。其原因就在于新兴资产阶级的软弱性和妥协性。他指出:"问题依然要归结到中国革命的领导问题上来。中国的革命如在新兴的资产阶级和小资产阶级的领导下,它毕竟只能出于向帝国主义投降或畏避的一途,而萎缩到旧有的封建社会的窠臼里。"②在这里他提出了中国革命的主导力量和领导的问题,这个问题在这以后的大众文艺论争及"国防"文学论争中逐渐得到澄清,向着明确的方向发展。

在《反正前后》中郭沫若每每承认在辛亥革命前后的那段时期,他的意识并不是十分鲜明的,但在回忆过程中,他则以明确的意识来审视和反思了自己经历的往事,科学地分析出历史的教训。在科学性这一点上,他的传记文学与史学研究具有相同的性质。

郭沫若流亡日本时期的社会史研究和自传表现了几个共同的特点,一是辨正唯物主义观点的运用。二是现实主义精神的突出。三是对历史和社会现象的洞察。这些特点不但表现在史学研究和自传中,还反映在他的身边小说中,特别是第三个特点在身边小说中更为明显。作品中社会现象不仅限于中国,还涉及到日本、朝鲜,显示出一个多元的、广大的视野。又因为这个特点,使他的身边小说发生了性质上的变化,与早期身边小说之间明显地划出了一条界线。

二、《鸡之归去来》与《沫若自选集》

1933年3月郭沫若在写给叶灵凤的书信中说:"我最近想把亡命来日本的这五六年的生活写出来,题为'江丘川畔',可写三、四十万字,现代如要时,可预定契约。"③郭沫若表示他有新的写作意图。这个时期正是他的《创造十年》出版后不久,从这封信的内容来看,他准备写的是一部流亡传记。"江丘川畔"大概是"江户川畔"的误写,江户川是市川市

---

① 《郭沫若全集》,第11卷,第231页。
② 同上,第266页。
③ 《郭沫若佚文集》上,四川大学出版社,第217页。

与东京的交界河,当时郭沫若避居在市川市须和田,离江户川很近。但是这篇自传后来并没有写出。《跨着东海》、《我是中国人》都是1947年以后,他回国后才写的。但在流亡中,他却写了几篇自叙性的作品,淡淡地记述了在日生活的一些断片,如,《鸡之归去来》、《浪花十日》、《东平的眉目》、《达夫的来访》、《痫》、《大山朴》等。其中几篇后来被编入《归去来》,收入《郭沫若自传》。从作品的性质上看,它们都应该算做身边小说。

《鸡之归去来》写于1933年9月,收入1934年的《沫若自选集》中。《沫若自选集》中所收的作品,除了《鸡之归去来》之外,均是1925年以前的作品。郭沫若在序文中说:"这儿所选择的一些是比较客观化了的几篇戏剧和小说,为顾求全体的统一上凡是抒情的小品和诗,以及纯自传性质的一些作品都没有加入。认真严格地说时,凡是我转换方面以前的作品,确实地没有一篇是可以适意的。"①文中所说"转换方面"指1924年翻译河上肇《社会组织与社会革命》以后,郭沫若思想上的发展和飞跃。他虽然承认对"转换方面"以前的作品不很中意,但也以"比较客观化"的标准选出了几篇作品,编成一集。值得注意的是他在那些"比较客观化"的作品中加上了《鸡之归去来》。从他的序文看,我们对《鸡之归去来》可以粗略理解为"比较客观化"的,不是"抒情的",也不是"纯自传性"的作品。

所谓身边小说就是指以作者自身为主人公,写他自己的经历和感触的一种自叙性的小说。郭沫若的身边小说主要以1920年至1925年间的最为著名,如《鼠灾》、《未央》、《月蚀》、《喀尔美萝姑娘》、《残春》等。这些小说大多取材于他的个人生活,描写出主人公的心理活动和情绪的波动,有时也描写主人公阴郁的心理状态和变态的性心理。有些学者评价他的早期身边小说"是郭沫若那段时期心境图像的留真"②笔者认为郭沫若早期的身边小说都是自传以前的作品,可以说它们是自传的习作。

《沫若自选集》中所收郭沫若的早期身边小说有《歧路》、《行路

---

① 《沫若自选集》,乐华图书公司,第1页。
② 江源《人世间难疗的疮恼,将为我今后酿酒的葡萄——论郭沫若的"身边小说"兼及"自传"》,引自《郭沫若研究论丛》,乐山郭沫若研究室,第87页。

难》、《湖心亭》，而冠首第 1 篇则是流亡期的《鸡之归去来》，那么《鸡之归去来》与那些早期身边小说有何不同呢？为什么郭沫若将这篇作品冠在《沫若自选集》之首呢？

郭沫若在《沫若自选集》序文中暗示了他所处环境的危险和艰难，他说："我目前很抱歉，没有适当的环境来写我所想写的东西，而我所已经写出的东西也没有地方可以发表。在闸门严锁着的期间，溪流是停顿着的。"①当时国民党对革命文学者的残酷迫害和日本帝国主义对普罗文艺运动的封锁便是郭沫若所说的"严锁着的闸门"。他以爱国之心和强烈的创作意欲在与环境作着决死的搏斗，流亡时期的作品都是这场搏斗的产物。或许郭沫若将《鸡之归去来》冠在《沫若自选集》之首，就是要向读者表示被闭锁着的溪流仍未失去它强劲的生命力。

《鸡之归去来》在体裁上基本上采用了身边小说的形式。全篇分 4 节，郭沫若和夫人安娜养了几只鸡，有一天一只母鸡失踪了，大家都说是被人偷走了。不料过了数日失了踪的鸡又回来了。到底是谁偷的？为什么偷了又送回来？安娜与邻居们议论着，最后得到一个结论：也许是附近的朝鲜人偷的。郭沫若便从这"朝鲜人"展开了一连串的联想：附近的朝鲜劳工为了充饥，偷了郭家的鸡，但他的同伴忠告他说："兄弟，你所闯入的是中国人的园子啦，他是和我们一样时常受日本警察凌辱的人啦。"②这一忠告打动了偷鸡人的心，最后他没有把鸡吃掉，反而偷偷地送了回来。值得注意的是，小说的第一、二节叙述了上述故事后，第三、四节却从偷鸡的事件延伸到当时在日朝鲜劳工问题上去。郭沫若用了很大的篇幅叙述了朝鲜劳工的工作和生活情况，内容很明显已脱离了身边小说的范畴，而且郭沫若的着眼点毋宁是在朝鲜劳工问题上的。

三、朝鲜人问题与东京大地震

《鸡之归去来》第三节中，安娜与邻居议论偷鸡的人是谁，郭沫若在自己的工作室中漫不经心地听着她们的谈话，无意中听到"朝鲜人"三个字，使他的心情起了很大的波动。他这样想："——啊，朝鲜人！我在

---

① 《沫若自选集》，乐华图书公司，1934 年，第 2 页。
② 《郭沫若全集》，第 10 卷，第 377 页。

心里这样叫着,好像在暗途中突然见到了光明一样。"① 自家的鸡被人偷了,又莫名其妙地被送回来,这本来是一件令人不愉快的事情,为什么郭沫若的心情会如此变化呢?原因就在于他对在日朝鲜人抱有很深的同情和连带感。在《鸡之归去来》中他对朝鲜人的同情首先从东京大地震开始,小说中写道:

> 由一九二三年的大地震所溃灭了的东京,经营了十年,近来更加把范围扩大,一跃而成为日本人所夸大的"世界第二"的大都市了。皮相的观察者会极口地称赞日本人的建设能力,会形容他们的东京是从火中再生出的凤凰。但是使这凤凰再生了的火,却是在大地震当时被日本人大屠杀过一次的朝鲜人,这要算是出乎意外的一种反语。八九万朝鲜工人在日晒雨淋中把东京恢复了,否,把"大东京"产生了。但他们所得的报酬是什么呢?两个字的嘉奖,便是——"失业"。②

1923年9月东京大地震时,郭沫若已由日本回上海,他虽然没有经历这场灾难,但对大地震和震后发生的虐杀朝鲜人事件非常关心。小说中"被日本人大屠杀过一次的朝鲜人"就是指当时的虐杀事件。大地震后在东京流传出许多有关朝鲜人的流言,说他们向井里散毒、放火、杀人等,不久警察和市民的自警团便开始搜捕和虐杀朝鲜人,据统计当时被害朝鲜人达6600余人。③ 地震发生后,郭沫若从一位刚从东京回国的朋友那里得知地震时的事件,受到很大的冲击,马上在《百合与番茄》中提及这个事件:

> 最可怕的是地震后日本人虐杀朝鲜人,连我们中国人也免不了他们的狂怒。
> 因为当时有一种谣传,说地震时的火灾都是朝鲜人和共产主义

---

① 《郭沫若全集》,第10卷,第375页。
② 同上。
③ 武田幸男,《朝鲜史》,山川出版社,1985年,第271页。

者放的火。日本的什么青年团，什么自警团，简直成了狂犬一样。朝鲜人死的不少，便是日本的劳动者也死的不少。我亲眼看见有一群日本的劳动者怕有一百多人，剪着手被两三名警察护送到什么地方去拘留，路上遇着一队青年团不问青红皂白，劈头盖脑，便把一大群的劳动者打死在地上。①

在这里，郭沫若借F君的叙述，揭露日本人对朝鲜人的诬陷和残杀，同时还涉及到中国人和日本劳动者、共产主义者的受难。这反映出他对这次大地震的关注不只限于朝鲜人虐杀事件，还有日本警方对日本劳动者和共产主义者的镇压和迫害。事实上，日本政府和警方在大地震发生后，立刻逮捕了朝鲜无政府主义运动家朴烈和金子文子；杀害了劳动会干部川合义虎、平泽计七等10人；逮捕和杀害了社会主义运动家大杉荣、伊藤野枝。日本政府一连串的逮捕、暗杀、虐杀，都是为了乘着震后的混乱，一举歼灭反政府的无产阶级运动的势力。郭沫若在《百合与番茄》中写道："这真是惨无人道！"②表示他对朝鲜人和日本劳动者、共产主义者的同情，表示对日本政府、警察的激愤。

郭沫若在《鸡之归去来》中也触及到东京大地震，听到偷鸡的是朝鲜人，便马上想起地震时的事件，再次发泄出对日本政府的愤怒。1928年郭沫若流亡日本时，日本的震后复兴工程已接近尾声。为了重建东京，日本政府动员了大批劳动力，其中有数百万人是朝鲜劳工。日本政府用了强掳劳工的手段把大批贫穷的朝鲜人带到日本，强制他们从事各种建筑、铁路工程、土工等艰苦的劳动。③到1929年底，所有的复兴工程都完成了。地震后的焦土、废墟变成了崭新的现代化城市，民众们狂热地庆祝东京的再生，各项隆重的庆祝活动从1929年4月一直持续到1930年3月。但是为东京的复兴作出贡献的几百万朝鲜劳工，他们的劳动、他们的牺牲被人们忘却了。而且复兴工程的结束便意味着他们的失业。成千上万的朝鲜劳工失去了工作，为了生活他们只好去找别的工作，从一处

---

① 《郭沫若全集》，第12卷，第391页。
② 《百合与番茄》、《郭沫若全集》，第12卷，第391页。
③ 朴庆植，《朝鲜人强制连行的记录》，未来社。

移到另一处，打一天工，吃一天饭。再加上当时正值二战前的经济恐慌期，日本的中小企业纷纷破产，上百万的失业者流浪街头。①日本劳动者的失业加上在日朝鲜人的失业，已经成为严重的社会问题。大地震与虐杀朝鲜人，东京的复兴与朝鲜劳工的劳动，日本帝国主义者出于他们的政治意图，抹杀了这些历史事件的关系和真象。郭沫若在《鸡之归去来》中把复兴后的东京比做"从火中再生的凤凰"，把贡献于复兴的朝鲜人比做"使这凤凰再生的火"，以反语的形式反讽日本人的狂热，揭露日本对朝鲜人民的残酷迫害。

四、对朝鲜劳工的关心

郭沫若在《鸡之归去来》的第三、四节中对朝鲜劳工的劳动和生活状况进行了详细的描述，描述的中心可归纳为以下三点：

1. 朝鲜人大量流入日本的原因
2. 他们的劳动和生活
3. 有关朝鲜人的谣言

下面将这三点分别作一个初步的分析。

1. 朝鲜人大量流入日本的原因

《鸡之归去来》中写道：

> 他们大多是三十上下的壮年，是朝鲜地方上的小农或者中等地主的儿子。他们的产业田园被人剥夺了，弄得无路可走，才跑到东京。再从东京一失业下来，便只好成为放浪奴隶，东流西落地随着有工做的地方向四处的乡下移动。②

朝鲜人流入日本是因为他们失去了家产，那么是谁剥夺了他们的土地家产呢？在小说中郭沫若并没有涉及到这个问题。但日本采取的种种殖民政策害得无数朝鲜农民无家可归、四处流浪确是不可否定的历史事实。1910年日本政府强行了"日韩合并"，从这个时期开始到1919年日

---

① 《日本的历史》，第24卷"大恐慌袭来"，中央公论社，第190页。
② 《郭沫若全集》，第12卷，第375、376页。

本在朝鲜推行土地调查事业，以自我申告的手段欺骗了文盲无知的农民，把他们代代耕种的土地兼并到日本统治者和官僚、地主手里，这样农民便失去了自己耕种的土地，成了流浪人口。① 1920年以后又施行了产米增殖计划，这个计划的重点是土地改良事业和水利事业，结果使许多中小地主因付不起地租和水利组织费，不得不放弃自己的土地，这样反而又促进了土地兼并的扩大。大量的农民变成了流浪人口，向城市移动，向满洲移动，向日本移动。

关于朝鲜农民的流动与日本的殖民统治政策的因果关系，在第二次世界大战结束之前极少有人系统地研究。但在这极少之中我们也可以举出一些值得关注的研究如下：

金民友《朝鲜问题》（1930年）
金重政《在日本朝鲜劳动者的现状》中央公論　1931年
李北满《在朝鲜的土地所有形态的变迁》历史科学8号 1932年
园乾治《关于我国日佣劳动者的若干考察》三田学会誌27 1933年
李清源《朝鲜社会史读本》白扬社　1936年

当时一些御用学者有关朝鲜统治的论文和调查报告大多站在拥护日本政府的立场上，宣扬和拥护政府的殖民政策，对朝鲜人采取了贬低的态度。但上述几篇论文程度不同地体现出对日本政府的批判态度。如园乾治在他的论文中也客观地承认了日本的殖民政策与朝鲜人民贫困的关系。金重政的论文则明确地指责了土地调查、产米增殖计划、水利事业、土地兼并是造成朝鲜农民破产——流浪——求乞的根本原因。李北满的论文具体地分析了日本在朝鲜施行的土地兼并、土地测量等一系列土地私有制的改革，指出这些改革的目的在于将朝鲜的国土进行再分配，将大部分国土归为日本统治者所有，其结果是"农民确实从土地的束缚下被解放出来了，但同时自由了的他们又变成失去生产手段的劳动者。（中

---

① 酒井利男，《朝鲜人劳动者问题》收《社会事业研究》，1931年7月号，第88页。

略）实际上日本帝国主义在朝鲜建立的近代土地私有制度比在其他任何国家建立土地私有制时对农民的土地剥夺得更××。"①文中"××"是为了回避政府的检查而采用的伏字，如把它们改成文字，或许应是"残酷"二字。李北满在论文中还援引了金民友的《朝鲜问题》②一书中的一些统计和分析，据金民友的统计，当时不得不流亡到满洲的朝鲜农民达150万以上，流亡到日本的达50万以上。李北满的这篇论文在当时可以说是对日本迫害朝鲜农民作了比较尖锐、明确的分析和批判的论著。还有李清源的著作《朝鲜社会史读本》，运用了唯物主义经济理论，从经济构造的角度来对朝鲜的社会变革进行科学性分析，是当时很少见的社会史论著。

以上介绍的几篇论文，郭沫若当时是否看到，还有待于今后的调查。但上述李清源的《朝鲜社会史读本》确是在郭沫若流亡期间的藏书中存在着的，现在我们在东京的亚非图书馆《郭沫若文库》中可以看到它。这本书出版于1936年，要晚《鸡之归去来》3年，所以不能说郭沫若在写作《鸡之归去来》时参考了它，但在李清源的这部著作的序文中提到他在写作时接受了几名学者的帮助，他们是：黑田、李北满、户坂润、朴容七。值得注意的是其中有李北满的名字。有关李清源和李北满，最近日本新泻国际情报大学的广濑贞三教授发表了题为《李清源的政治活动和朝鲜史研究》的论文，③报告了他对李清源和李北满的较详细的调查。据他的调查，李北满1922年来日，曾参与朝鲜无产阶级艺术同盟的建立，1932年组织了研究小组"殖民地班"，专门研究"朝鲜的农业问题"，李清源也很有可能参与过这个研究活动。上述李北满的《在朝鲜的土地所有形态的变迁》写于1932年，可以说是他们的"朝鲜的农业问题"研究的一个成果。李清源1929年来日后参加了"在日朝鲜劳动总同盟"和"日本劳动组合全国协议会"，在日本共产党的领导下进行工人运动，同时还参加了日本无产阶级文化联盟，为机关杂志《大众之友》附录《同

---

① 李北满，《在朝鲜的土地所有形态的变迁》收《历史科学》，8号，第61页。
② 金民友，《朝鲜问题》，东京，1930年，现大韩民国国立中央图书馆所藏。关于此书，笔者有幸得到韩国外国语大学林大根博士的帮助，得以阅读。
③ 广濑贞三，《李清源的政治活动和朝鲜史研究》，新泻国际情报大学情报文化学部纪要，第7号，2004年3月。

胞之友》写文章，1933年他曾发表了《新兴？"满洲国"的朝鲜农民的生路——粉碎民族改良主义的策动》的论文。李清源的《朝鲜社会史读本》虽与《鸡之归去来》没有关系，但当时对日本无产阶级文艺运动十分关注的郭沫若，①很有可能接触过李清源、李北满写于1932年、1933年的论文。他在《鸡之归去来》中说朝鲜农民"他们的产业田园被人剥夺了，弄的无路可走"，这不是没有根据的话，上述几篇论文都有可能为他提供了具体的依据。郭沫若通过具体的科学性论文，从社会经济史的角度分析朝鲜劳工问题，在作品中暗示了朝鲜人大量流入日本的原因，揭示了日本帝国主义殖民统治所造成的悲惨现状。

2. 对在日朝鲜劳工的劳动和生活状态的关注

对在日朝鲜劳工的劳动和生活状态，郭沫若在《鸡之归去来》第三节中作了具体的描写。从1929年开始，世界经济恐慌的浪潮也波及了日本，日本国内失业者不断增加，为了解决失业问题，日本政府在各地开始了"失业者救济事业"。主要是组织失业人员到土木工程现场或砂石采掘现场去做劳工。当时在东京失了业的朝鲜人也到处寻找工作，向东京的边缘地区移动，他们作的工作也是一些土工等重体力劳动。据1929年东京府社会课的调查，当时朝鲜劳工从事的是"劳动时间最长，最危险、最脏、最困难的工作"②当时对他们的工作有一个说法，就是：不快、不洁、过激。

郭沫若在市川市居住的时候，也有很多朝鲜劳工在那里工作，郭沫若称他们叫"放浪奴隶"。他们作的工作大多是土木工程，掘山平沼，平整建筑基地等。郭沫若时常去观察他们的劳动现场，小说中是这样描写的：

> 每天的工作时间平均当在十个小时以上。我有时也抱着孩子到那工事场去看他们做工。土山的表层挖去了一丈以上，在壁立的断面下有一两个人先把脚底挖空，那上面一丈以上的土层便仗着自己

---

① 胡风，《胡风回忆录》"东京时代"，人民文学出版社，1993年，第7页。郭沫若，《新兴大众文艺的认识》。

② 《在京朝鲜人劳动者的现状》，东京府社会课，1929年。

的重量崩溃下来。十几架运土的空车骨隆骨隆地由铁轨上辇回来，二三十个辇车的工人一齐执着铁铲把土壤铲上车去，把车盛满了，又在车后把两手两足拉长一齐推送起去。就那样一天推送到晚。用旧式的文字来形容时是说他们在做着牛马，其实是连牛马也不如的。①

这里对朝鲜劳工劳动的情景描写得非常具体、详细，可以使读者一读便能想象出实际的情形。这证明郭沫若对朝鲜劳工的问题不仅通过当时的一些论文报告来关注，还亲临现场进行了实地观察，反映了他对朝鲜劳工问题的重视。他看到朝鲜劳工每天作着这么重的体力劳动，非常同情，说他们连牛马都不如，这明显是在指责日本对朝鲜劳工的残酷剥削。与这样繁重的体力劳动相比，劳工们的报酬和伙食又如何呢？小说中写道：

> 他们在东京做工时，一天本有八角钱的工钱，工头要扣两角，每天的食费要扣两角，剩下的只有两三角。（中略）流到乡下来，工钱和工作的机会更少，奴隶化的机会便更多了。
>
> 他们在"饭场"里所用的饭食是很可怜的，每天只有两三顿稀粥，里面和着些菜头和菜叶，那便是他们的常食。他们并不是食欲不进的病人，否，宁是年丰力壮而劳动剧烈的壮夫，他们每天吃吃稀粥，有时连稀粥也不能进口，那是可以满足的吗？②

在这里郭沫若对劳工们的工资写的很详细，这样详细的数字来源可能有两个，一个是直接从劳工那里问到；另一个便是参看一些调查资料。1930 年以后我们可以看到一些有关在日朝鲜劳工的生活和工资的调查报告，如：

秋山斧助《鲜人劳动者与失业问题》社会政策时报 111 号

---

① 《郭沫若全集》，第 10 卷，第 376 页。
② 同上，第 377 页。

1929 年。
东京府社会课《在日朝鲜人劳工者的现状》1929 年。
吉田英雄《日稼哀话》平凡社　1930 年。
酒井利男《朝鲜人劳动者问题》社会事业研究　1931 年。
金重政《在日朝鲜人劳动者的现状》中央公论　1931 年。
园乾治《关于我国日佣劳动者的若干考察》《三田学会志》27 号　1933 年。

这些调查报告和论文均承认朝鲜劳工的工资是微薄的，伙食是贫乏的。对伙食，这些论文不得不承认是"非常粗末的，只能说是仅靠米、盐、菜来维生的。"①

关于劳工们的工资，我们可以将上述报告和论文中提供的具体数字归纳如下：

1923 年　人工朝鲜人：最高 1.70 元
　　　　　　　　　　最低 1 元
　　　　　　　　　　金重政《在日朝鲜人劳动者的现状》
1927 年　土工　　　日本人：2.30 元
　　　　　　　　　　朝鲜人：1.30 元　秋山斧助《鲜人劳动者与失业问题》
1931 年　土木建筑 平均：1.51 元 酒井利男《朝鲜人劳动者问题》
1931 年　建筑助手 日本人：1.53 元
　　　　　　　　　　朝鲜人：1.20 元
　　　　　土工　　日本人：1.49 元
　　　　　　　　　　朝鲜人：1.19 元
　　　　　　　　　　园乾治《关于我国日佣劳动者的若干考察》

从以上统计数字来看，我们可以知道当时朝鲜劳工一天的报酬大约是日本劳工的 60% 左右。特别是金重政的统计颇为重要。他在论文中说

---

① 秋山斧助，《朝鲜人劳动者与失业问题》，社会政策时报，101 号。

明道:"从日本资本主义安定期的大正十二年(1923年)到第三期的崩溃期的现在(1931年)之间,劳工的平均收入下降了20%～40%。"①就是说1931年的收入要比上述1923年的金额减少20%～40%,那么最低收入1元就变成8角～6角,这与《鸡之归去来》中的每天8角的收入很接近,证明郭沫若的观察是符合当时的实际情况的,而且郭沫若和金重政所举的都是当时的最低收入。

朝鲜劳工的收入如此微薄,证明他们的生活是极贫困的,而贫困与犯罪有着必然的内在关系,这个最低收入、贫困、饥饿便成了偷鸡的原因。郭沫若在《鸡之归去来》中详细描写了朝鲜劳工的工作和生活状况,就是为了寻找到偷鸡行为的"之所以然",那就是日本对朝鲜劳工的残酷剥削。而且在这之中也暗示了中国与朝鲜的命运的关联。朝鲜人偷了郭家的鸡,但是并没有吃掉,他接受了伙伴的忠告把鸡又送回来了。那忠告是:"兄弟,你所闯入的是中国人的园子啦,他是和我们一样时常受日本警察凌辱的人啦。"在日朝鲜人受着日本的压迫,在日中国人也同样受着日本警察的凌辱,中国人和朝鲜人一样都置身于帝国主义统治之下。郭沫若以他的切身感受吐出了这句话,表示中朝人民同命运共患难的连带感。所以他听说偷鸡的是朝鲜人时,便感到"好像在暗途中突然见到了光明一样。"②他说朝鲜人之所以将鸡送回来,是经过了"食欲与义理作战",终竟义理得了胜利,暗示中朝人民的连带感的坚固和胜利。

3. 造成有关朝鲜人的谣言的理由

《鸡之归去来》中描写了一段有关"朝鲜拐子"的流言,说在朝鲜人合宿的地方,一个女子被朝鲜人杀害并被煮吃了。郭沫若接着写道:"这样的流言,当然和东京大地震时朝鲜人杀人放火的风说一样,是些无稽之谈。但这儿也有构成这流言而且使人相信的充分理由。"③理由是什么呢?就是朝鲜农民的破产、流离、低收入、贫困、无教育再加上做为人本身具有的本能——食欲和性欲。

---

① 金重政,《在日朝鲜人劳动者的现状》,第351页。
② 《郭沫若全集》,第10卷,第375页。
③ 同上,第378页。

当时有关在日朝鲜人的教育程度和犯罪问题,东京及大阪曾作过调查,①酒井利男和秋山斧助的论文中也有一些记述,郭沫若很有可能从这些资料中了解到在日朝鲜人的一些具体的情况。他在小说中写道:

> 朝鲜人的田地房廊被人剥夺了,弄得来离乡背井地在剥夺者的手下当奴隶,每天可有可无的两三角钱的血汗钱,要想拿来供家养口是不可能的。他们受教育的机会自然也是被剥夺了的,他们没有所谓高等的教养,然而他们和剥夺者中的任何大学教授,任何德行高迈的教育家、宗教家等等,是一样的人,一样的动物,一样地有食欲和性欲的。这食欲和性欲的要求,这普及于压迫者与被压迫者之间的要求,便是构成那流言的主要的原因。②

郭沫若在这里用了"离乡背井地在剥夺者手下当奴隶",揭露了日本帝国主义剥夺朝鲜农民土地和接受教育的机会的事实。很明显,郭沫若是从民族关系和人的本能这两个角度来关注朝鲜人问题的。所谓民族关系就是日本与朝鲜的关系,压迫者与被压迫者的关系,这种关系不仅致使朝鲜人民遭受了莫大的灾难,还造成了一种民族间的歧视和偏见。从人的本能来看,日本人和朝鲜人同样是人,是人就必然要具备人的本能,自然食欲和性欲也包括在内。然而在生存的最低条件都不能得到保障的环境下,就容易出现犯罪,再加上日本人对朝鲜的民族偏见,许多无稽之谈的流言便流传开来了。郭沫若实际上是在指控日本对在日朝鲜人精神上及物质上的不合理的待遇和迫害。在小说的结尾他写道:

> 释迦牟尼也要吃东西,孔二先生也要生儿子,在日本放浪着的几万朝鲜人的奴隶,怕不只是偷偷鸡、播播风说的种子便可以了事的。③

---

① 东京府社会课编《在京朝鲜人劳动者的现状》收在《在日朝鲜人关系资料集成》第2卷。
② 《郭沫若全集》,第10卷,第379页。
③ 同上。

郭沫若强调朝鲜人也是人,如果继续受着不合理的待遇,就必然会发生更严重的社会问题。他洞察到朝鲜人问题将会变得更深刻、更剧烈,以至出现超乎日本统治者所预料的结果。12 年后猖狂了半个世纪的日本在亚洲各国人民的顽强抵抗下彻底败退,结束了在朝鲜持续了 36 年的殖民统治,历史证明了郭沫若的预见是正确的。在小说的结尾,郭沫若以释迦牟尼和孔子与朝鲜人民的生存要求并比,释迦牟尼和孔子都是中国和日本的统治者不敢否认的人物,郭沫若借此来为被压迫民族要求生存的自由,强调迫害他人,践踏不同民族尊严的殖民统治迟早会被推翻,在日本的几万朝鲜奴隶迟早会站起来反抗日本的统治。朝鲜劳工的"义理"将会变成对抗压迫者的强大的正义。

综上所述,《鸡之归去来》虽然采用了身边小说的形式,但实际内容却已超过了身边小说的范围,对在日朝鲜劳工的描写和问题的揭示已显示出广泛和深刻的社会性。我们或许可以说,郭沫若的描写主题其实并不在鸡的失踪,而是在朝鲜劳工问题上。在当时的政治局势下,他不能用一篇论文或檄文控诉,既便是写了也无法发表,所以他采用了身边小说的形式,通过身边琐事来描写社会问题,暗示问题的深刻性,揭露日本帝国主义的罪恶。这样的写作方法在当时也是一种尝试和冒险。

五、连带感与抵抗精神

《鸡之归去来》与郭沫若的早期身边小说相比不同的地方可以归纳为以下几点。

1. 涉及范围的扩大,跳出身边琐事和日常生活的小范畴,视野涉及到日本、朝鲜、中国。

2. 观察和描绘的对象从家族、朋友,扩大到不同民族、压迫者和被压迫者。

3. 主题意识从个人的自由意识与抒情,发展到为争取自由而抗争的民族意识。

4. 最重要的是对事物的观察和描写的态度变得更具有科学性和客观性,反映出明显的现实主义精神。

在当时闭塞的政治环境下,他把视线转向古代社会的同时,也尖锐地洞察了日本内部的种种社会问题,在日朝鲜人问题不仅是日本的社会问题，还是日本殖民统治的问题，这个问题对郭沫若来说绝不是一个无关紧要的事情，朝鲜就是中国的前鉴，他清楚地看到殖民统治的悲惨后果。《鸡之归去来》的写作目的就在于要向读者揭露日本殖民统治的罪恶和被统治民族的悲惨状况，表示作者对朝鲜民众所感到的连带感，和对日本帝国主义的反抗。

第四章 东西冷战时期流亡作家司马桑敦

第一节 司马桑敦的异域体验与书写

第二次世界大战后，整个世界进入东西冷战时代。中国经过三年国共内战，形成两岸对峙的局势。在这期间中国知识分子经历了剧烈的动荡和波折，在复杂的政治形势下他们不得不作出严峻的人生选择，有的建国后参加了新中国的建设；有的跟随国民党南涉台湾；还有的因种种原因不得不逃往第三国家，终生流亡海外。这些流亡海外的知识分子在异国他乡，隔海回望祖国，通过他们的经历，通过他们的反思，写下了许多文学作品。这些作家与作品构成文学史上一个新的领域——流散文学、自我放逐的文学。流亡作家亲身体验异国文化，又成为文化交流全球化的先驱。司马桑敦、陶晶孙就是他们当中的两位作家。

司马桑敦，原名王光逖，1918年出生于辽宁省。自幼就读于日本人开设的公学堂，掌握了一口流利的日语。青年时代在东北地区投身抗日活动，参加抗日游击队。建国前曾在哈尔滨《大北新报》和长春报社作过记者和编辑工作。二战后随国民党赴台湾。1954年以《联合报》特派员的身份赴日本，在日生活长达23年。他在日本的主要任务是观察和报导战后日本社会各方面的变化。司马桑敦来日后马上进入东京大学研究生院攻读国际关系史，以论文《关于中日战争暴发原因的若干考察》获硕士学位。1977年移居美国，1981年病逝于洛杉矶。

司马桑敦在日本作了大量的报导工作，内容涉及到当时日本的政治、经济、文化、民俗、历史等，范围极其广泛。在日期间的报导、社论、随笔现在均收入《扶桑漫步》（传记文学社）、《江户十年》（联合报社）、

《爱荷华秋深了》（尔雅出版社）、《中日关系二十五年》（联合报社）、《人生行脚》（联经出版社）、《东瀛借鉴》（美国长青文化公司）等单行本中。文学作品有：中篇小说《野马传》、短篇小说集《山洪爆发的时候》，传记《张学良评传》、《张老帅和张少帅》是人物传记中的精品。

司马桑敦无疑是属于台湾文学史的，但他与其他外省人一样，终生不能摆脱怀乡与流离的命运。他一生履历了几个生活区域：中国东北地区、台湾地区、日本、美国。正像赛义德说的那样："亡命使知识人变成与来自于权力、故乡——内在——存在的种种安慰无缘的周边存在"，但"流亡者有两个视点：过去留下的和现在存在的双重透视视点。"[①]司马文学的主题也是以放逐与流亡为中心的。从积极的意义来看，这样的迁徙生活反而使他接触了不同的民族、不同的语言、不同的文化，丰富了他的思考，使他具有了赛义德说的那种双重透视视点。除了上述国家与地区外，他还关注过朝鲜半岛。60年代他曾两次访问韩国，作品中也书写过朝鲜半岛。50年代、60年代正是台湾国民党独裁统治最残酷的时代，与胡适的自由民主主义思想一脉相承的司马桑敦在难以直接表达自己的政治观点的情况下，对朝鲜半岛寄予了极大的关心。他对朝鲜半岛的书写与他对台湾政治趋势的洞察有着密切的关联，也与他的民族主体性认识紧密相联。近年来已出现了一些司马研究的论文。[②]但对司马桑敦与朝鲜半岛的关系还无人涉及。在本章中笔者准备将论述的重点放在司马桑敦的朝鲜半岛和日本叙述上，通过对小说《高丽狼》、韩国游记及《艺妓小江》的分析，以多元文化的视角来审视作品，探索这些作品做为尝试阶段的后殖民文本的意义，并探索他对不同民族和不同文化多元性认识的问题及民族主体性认识的问题。

司马桑敦与朝鲜人的接触及对朝鲜半岛（战后的北朝鲜与韩国）的体验与关心可以分为三个时期。第一个时期是少年时代，抗日时期，特别是"九·一八"事变后的游击队经验。1932年司马14岁时投奔了嫩江

---

① 《知识分子论》，Edward W. Said 大桥洋一译，平凡社，第98页。引用文笔者译。
② 目前有：周励《火一样的青春——记我父亲王光逖在东北沦陷后的抗日活动》（2001年）、《台湾作家司马桑敦和他的〈野马传〉》（2005年）、《司马桑敦的短篇小说的乡土特色》（2006）；应凤凰《作家群与50年代台湾文学史》（1999年）；藤田梨那《台湾作家司马桑敦与日本》（2005）、《暴力与人性的对峙》（2006）等。

地区的"东北抗日义勇军",当了少年兵,参加过几次游击战。① 有关这个时期司马的行踪除了周励的简单的记述外,目前没有详细的资料可以了解,更谈不到了解他与朝鲜方面的关系了。但是我们从一些关于东北游击运动的史料中可以侧面了解司马桑敦在 30 年代所处的环境。

我们从杨松《论七年来东北抗日游击运动的经验和教训》② 中可以得到一些有关"东北抗日义勇军"历史的信息。杨松总结"九·一八"事变后东北地区的抗日游击运动的特点,第一点就指出它是"自发的全民族抗日解放运动"。他说:"当时东北工人、农民、学生、教员、商人及一部分富农和资本家的子弟都纷纷参加抗日义勇军、自卫军和救国军等等,都纷纷起来打日本,保护家乡。"③ 杨松的文章中值得注意的是他触及到游击队中的朝鲜人:"在第二军王德泰部内,差不多有一半是朝鲜人,就民族历史、风俗、习惯等等来说,同中国人大有区别,但是,在反对共同敌人——日本帝国主义,争取朝鲜民族独立的总的政治目标下,终竟能够团结起来,并已组织起朝鲜人的独立军,到朝鲜内地去游击,唤醒朝鲜民众上,已收到相当的效果。"④ 从这篇文章中,我们可以了解到当时东北的抗日运动是全民族性的,里边有汉人,也有众多的朝鲜人和朝鲜族人。朝鲜族指在东北土生土长的中国少数民族,而朝鲜人则多是"日韩合并"及"三·一独立运动"后逃亡到东北来的朝鲜半岛的人民。因此不难想象,司马桑敦在抗日义勇军中渡过的几年中有很多机会与朝鲜人及朝鲜族人接触或目睹他们的行动,他与他们是战友,是同志。他的小说《高丽狼》就根据了这个时期的体验。

第二期是 1950 年朝鲜战争时期。此时他已在中国台湾,任海军官校政治教官。这个时期正是东西抗争和冷战的开端,司马桑敦并没有涉足朝鲜半岛,但对朝鲜战争的局势非常注目。对他来说,这段时期可以说是想象朝鲜半岛的时期。日后他在访韩游记《滔滔汉江水西流》、《战场

---

① 周励,《火一样的青春——记我父亲王光逖在东北沦陷后的抗日活动》,见《协商新报》,767 期,2001 年。
② 《论七年来东北抗日游击运动的经验和教训》,《解放》,第 34 期,1938 年。
③ 《论七年来东北抗日游击运动的经验和教训》,第 5 页。
④ 同上,第 7 页。

风腥板门店》、《雨蒙蒙，釜山街头》①中回忆了战时的情景。当他看到汉江大桥时不禁吐出了 12 年前的感慨："车过汉江大桥，看到了旧桥桥基才让我感到十二年前那场残酷的战争。我又重新回忆起那幅可怕的图画：破坏了的汉江大桥上面，挂满了成千上万受难的韩国人民。在当时，他们的希望，和他们的自由，唯一的寄托就在这座受伤了的桥了。"②如此鲜明的战争记忆证明司马桑敦当时非常关注朝鲜半岛的情形，他通过报刊上的报导、图片已深切地感受到那场战争的残酷。

他对釜山也有一番感慨，他说："老实说，釜山，这个对自由世界贡献过它的坚强的堡垒作用的城，是我很早就向往一看的历史名城。1950 年 8 月中旬，联军和韩军只剩下这最后一个堡垒，假若釜山也沦陷了的话，大韩民国和联军支持下的所谓自由世界，究将如何写下这段历史，这是颇饶兴趣的，没有釜山，真可以说也就没有了韩国。"③司马桑敦对釜山、汉城的记忆都与朝鲜战争紧密联结在一起，而且通过朝鲜战争，他对朝鲜半岛的认识从反抗日本统治，争取民族独立的民族主义的层面发展到关注东西对立的局势，思考自由世界之未来的广大层面。

第三期是 1963 年、1964 年两次访韩时期。当时司马桑敦已以《联合报》特派记者的身份长期旅居日本。1963 年 11 月司马随中国记者团应韩国军人执政团的邀请，访问韩国，观察军人执政团革命后第一次民主选举。访问期间他了解了李承晚、朴正熙的政治观点的不同，采访了朴正熙当局的选举会场和"四月革命"暴发地塔公园。还采访了朴正熙的政治对手尹潽善。通过采访，他开始警惕韩国的军人独裁政治的趋势。除了政治采访外，司马还观察了韩国的文化、历史、经济生产、韩国人与中国人不同的性格、感情表现等。1964 年 8 月他又随张群特使再次访韩。这次访问中，他着重调查了韩国的学生运动，他深入到学生、大学教授、媒体工作者、一般民众中，了解民众对朴正熙独裁统治的不满，感受到韩国民众有争取民主自由的力量和勇气。在第二次访韩中他还有机会去了他向往已久的釜山，参拜了联军战士公墓。两次访韩使他深入地、切

---

① 《爱荷华秋深了》所收，尔雅出版社，1977 年。
② 《爱荷华秋深了》，第 135 页。
③ 同上，第 198 页。

实地了解了韩国,他写下了 9 篇走访纪录,文中提示了他所关注的政治、文化的问题,特别对处在后殖民状态下的国度与民族将如何重构自己的主体性的问题上,以韩国为一个显著的实例,为台湾地区和其他后殖民国家提出了重要的启示。

从历史阶段来看,上面三个时期正是包括朝鲜半岛在内的亚洲诸国从被殖民到独立,以及独立后进入后殖民的时代。通过上面列举的三个时期,我们可以知道,在司马桑敦人生的几乎三分之二的时期内都有过与朝鲜半岛及朝鲜人的接触和关注。特别是他担任《联合报》政治记者后,在他眼里,朝鲜半岛更是具有举足轻重意义的区域。他的所有涉及朝鲜半岛的作品都作于朝鲜战争之后,《高丽狼》的发表在 1955 年,已是东西冷战开始之后;韩国游记涉及的是 60 年代的韩国民主主义运动。因此他的作品必然地都与从殖民到后殖民过渡的历史现实有着密切的关联,反应着他的时代认识。这是我们在研究时不能忽略的问题。

第二节　从后殖民角度解读《高丽狼》

《高丽狼》于 1955 年登载在杂志《自由中国》第 12 卷第 2 期上。1966 年收入短篇小说集《山洪暴发的时候》。这篇作品描写活跃在长白山中的一个游击队首领——一个朝鲜人的故事。这篇作品与其他朝鲜题材作品有所不同。从 19 世纪到 20 世纪末,几乎所有描写朝鲜的作品,比如 20 世纪初郭沫若的《牧羊哀话》、蒋光慈的《鸭绿江上》、台静农的《我的邻居》,直到 20 世纪末 21 世纪初问世的夏輦生的《船月》、《回归天堂》,都以日本统治朝鲜为背景,描写朝鲜人民的悲苦、反抗、牺牲。这些作品成为目前韩国学者们最注目的所谓"韩人题材小说"。① "韩人题材作品"这一概念的提起始于 20 世纪末,1996 年,韩国外国语大学朴宰雨教授发表《中国现代韩人题材小说发展趋势考》、《中国现代小说里的

---

① 韩国外国语大学朴宰雨教授《中国现代韩人题材小说发展趋势考》(《外国文学研究》第二辑,1996 年),《中国现代小说里的韩人形象与其社会文化状况考》(《中国学研究》第 11 辑),《中国韩人题材小说试探》(《中国研究》第 18 辑,1996 年)。

韩人形象与其社会文化状况考》、《中国韩人题材小说试探》三篇论文，将现代中国文学中以朝鲜半岛为题材的作品定义为"韩人题材作品"。这类作品最突出的特点是描写朝鲜人民的悲苦、反抗、牺牲。这个分类概念得到了中国和韩国学者的赞同，这一类文学作品的研究目前在韩国的中国文学研究学界已占有一定的范围。学术界的关心同时也界定了"韩人题材小说"的基本性质。而与这些主流性的"韩人题材小说"相比，《高丽狼》的主题却不在歌颂朝鲜人反抗日本，或描写朝鲜人流离失所悲惨命运上，或许因为这个原因，至今还没有人把它做为"韩人题材小说"研究过，笔者在很长一段时间也一直怀疑它是否可以算做"韩人题材小说"。

《高丽狼》被主流性的"韩人题材小说"摒至周边，其实主要原因在于它在时间与主题的设定上与以往的"韩人题材小说"有所不同，它显示的是一个完全不同的性质。《高丽狼》的时间设定在日本战败后，国共内战的时期。即帝国统治的"中心"崩溃后，本土势力与周边势力的崛起、交错、相互抗衡的时期。这是一个从殖民到后殖民的很微妙的转折期。所以以我们以往的论述方法和视角去看是很难进入它的深层意义中去的。笔者认为这是《高丽狼》一方面引起我们的关注，另一方又使我们对文本阐释无法下手的原因。基于《高丽狼》时代背景的微妙性，笔者认为，我们不妨尝试以后殖民文学的视角和理论来分析这篇小说，力求辨认出它与众不同的特质。

《逆写帝国》的作者在分析新西兰作家Janet Frame的作品的边缘性问题时指出："'中心'的消亡导致对复合体的妥当性的确认。在失去'中心'的世界中，周边性便成为建构现实的重要因素。人种、性别、心理的'正常性'、地理或社会的距离、政治上的排除等所有周边化的言说在此交错，解消中心与周边的地理区分，构成聚集复杂交错、混合经验的现实认识。"[①]这里论者提出了后殖民文化的本质在于"周边"与"中心"的重新调整以及"周边"主体性的再建构，在这个过程中包含了社会各层面复杂因素的交错，后殖民文学就面对了这个大转变的现实。这个观

---

① Bill Ashcroft 等著《逆写帝国》日语版,《后殖民文学》,木村茂雄译,青土社,1988年,第187页。笔者译。

点也可以运用到《高丽狼》的分析上。这篇小说将地点设在中国东北的长白山原始密林中，日本战败后随之而来的是中国主要政治力量共产党和国民党的角力抗争，他们开始收编东北地区的游击队、绿林组织，以扩大自己的势力，力图形成新的势力中心。登场人物主人公高丽狼与黄老人、"我"、小宫分别体现了他们在政治上和地理上的周边性和中心性。

一、地理上的周边性

《高丽狼》开首第一句便是："一走进黄松甸子车站，我的嗅觉就似乎闻到了狼的气息。"①黄松甸子位于长白山东北部，是日本统治时期伐木工开发出来的小山镇，又是通往长白山心脏部的重要途径。主人公高丽狼是朝鲜人，他是游击队队长，他的武装势力范围包括黄松甸子、额穆索的长白山一带地区。长白山地区与朝鲜一样，曾是日本的殖民地，在地理上属于周边区域；另一方面，从中国大陆的中原地区来看，它亦是属于周边的。这篇作品从一开始就设定了一个地理上的周边区域，这是我们必须注意的一点。

除了高丽狼的部队外，还有一个以黄老人为首领的绿林组织也盘踞在黄松甸子。"我"则来自重庆"中央"即国民党反面，小宫来自海参崴即共产党反面。"我"本来也在长白山打游击，是高丽狼的好朋友。但10年前离开长白山，到重庆搞抗日活动，日本战败后，"我"受"中央"的派遣来收编高丽狼的武装力量。《高丽狼》中地理上的周边性主要通过"我"对长白山所感到的隔绝感和疏远感强调出来的。当"我"回到阔别十年的黄松甸子时，不由地将这个原始山林与"中央"做了一个对比：

> 我离开黄松甸子已经有十年了，如今已经面目全非，使我触目尽都是一片陌生。
>
> 这一夜，(中略) 使我温习起几乎被我忘掉了的那些共同困守在原始森林内的相同于动物间的温情。虽然，这些年间政治生活上的教养，使我变得娇弱了，退婴了，对于这些未加磨琢的感情，感到有些粗糙，但是，出自一种诚挚的安堵，却占有了我的思想，我和

---

① 见司马桑敦，《山洪暴发的时候》，爱眉文艺出版社，1960年，第127页。

这些人的交谈,自然的便消散了另一种社会所必具备的猜疑和忧虑的情感。

  我意识到在自然中锻炼出来的人物,能和自然同样坚强的。而我远离自然太久了。我默默的观察到自己软弱了。①

  长白山是属于原始的,在那里生活的人是坚强的。他们的情感"相同于动物"般的温暖,与城市社会的"猜疑和忧虑"形成鲜明的对照,这是"周边"与"中心"的具体对照。当时延安共产党总部的作战重点是:夺取城市,占领工矿区,截断铁路线,控制交通要道,彻底歼灭敌人。1945年日本投降前后八路军已配合苏联红军解放和掌握了东北主要城市和农村。但是他们还没有涉足长白山原始密林,那里便成为绿林组织、游击队、山贼们盘踞的地盘。在作品中作者几次称长白山为"原始森林",其意在于强调长白山的周边性。在这长白山原始密林里盘踞着朝鲜人和朝鲜族人的武装力量。中国东北地区的朝鲜族从中国的角度看自然是少数民族;从朝鲜半岛看,大量的朝鲜人流亡到中国东北地区,成为流亡人种聚集的地区。所以高丽狼和他的部队在体现地理上的周边性的同时还体现了政治上的周边性。

二、政治上的周边性

  《高丽狼》的主要情节是游击队首领高丽狼与国民党和共产党、苏联红军的较量。其中穿插了高丽狼与朝鲜姑娘"仙女"的爱情故事。高丽狼和"仙女"在作品中均被称为"高丽人",作品中没有交代他们到底是从朝鲜半岛过来的,还是在东北土生土长的。这是一个需要澄清,但又不大容易的问题。首先,长久以来,中朝边境就是一个开放的地区,半岛的人们可以自由来往于鸭绿江两岸。日本统治朝鲜后,实行了向中国东北地区移民的政策,半岛的朝鲜人渡过鸭绿江,到东北开垦土地,加之,"三·一"独立运动时,大批朝鲜人逃亡东北地区,使东北地区出现了本土少数民族与朝鲜半岛人聚居的现象。他们均用朝鲜语和朝鲜生活方式,很难以国籍划界彼此。但仅管如此,作品中还有一些线索可以帮

---

① 《山洪暴发的时候》,第128~134页。

助我们辨别来自他们自己的归属意图。我们看下面的一段情节和对话。

"我"代表国民党、小宫代表共产党,他们带着收编地方武装力量的任务来找高丽狼,但他们从黄老前人那里得知"高丽心里别有打算,"这个"心里别有打算"意味着什么?当时朝鲜半岛刚刚独立,正在酝酿心的政权机构,高丽狼对国共双方都没有靠拢的意思,他的打算或许倾向于自己的民族和国家。高丽狼、"我"和小宫、再加上突然出现的苏联红军,这正象征了当时东北地区的政治局势。在长白山原始密林中四局对峙,展开了一场复杂的角力争执。高丽狼对这些政治对手采取了怎样的态度呢?再看高丽狼与"我"的对话:

高丽狼:干什么都可以,只要自由自在,我们自己认为顺气就行。
我: 除了自己,你已经不再考虑革命?
高丽狼:什么革命?自己就是革命。还有比解放自己,为寻求自己的自由,更革命的事吗?
我: 难道,你不再考虑许多人民和你的国家?
高丽狼:你怎么说的这样抽象?你能把自己和人民分开吗?你会说我自己不是人民吗?你要把我自己和国家对立起来吗?
我: 当然,我不打算把你和国家对立起来,不过单是你自己不能代表国家的!
高丽狼:相反,我以为我就代表国家!
我: 我的全世界就是她,我的全灵魂就是她,除了她,我没有别的!①

"我"和高丽狼围绕着革命、自由、国家争论,得不到一致的意见。为什么不能一致?因为他们所说的自由、国家的意思和角度不同,"我"站在"中央"的立场,从掌握整个中国的角度看问题,"我"所说的国家指中国。而高丽狼却是站在自己民族的立场,他所说的国家并不确定地

---

① 《山洪暴发的时候》,第131、145页。

指中国，很大成分是在暗示他的国家。这就反应了高丽狼的主体性意识。由此我们可以推测高丽狼带着很强烈的朝鲜半岛人的意识，他的归属意识就是自己的民族和国家。

高丽狼最后说他为了保护他的夫人"仙女"而不愿交出自己的力量。但实际上"仙女"是一个象征，她象征着高丽狼的"全世界"、"全灵魂"。我们不能忽略"仙女"所象征的世界其实就是朝鲜恋歌《阿里郎》所暗示的世界。这里表现的是在长白密林中政治方面的"中心"与"周边"的对立，从民族角度看，又是汉朝的对峙。有关《阿里郎》象征性问题我们准备在下一节讨论。"我"面对高丽狼的表白显得很恐惑：

> 我为他如此坚强肯定的语气，吃了一惊。我们都无言，我一时找不出适当的语词可以支持他，但我也无从反对他，其实，我等于刚刚发掘了他灵魂深处所埋藏的东西，他的爱竟是如此的顽固而执著，我是如此惊讶，因而为之一时莫知所措。[①]

"我"的心理明显地表现出与高丽狼的隔绝，同时又不得不同意他的意见，即"我"对高丽狼的认同，使高丽狼的地位与"我"平等。这实际上是对周边性的强调与认同。

高丽狼对小宫，开始也是以朋友相待，但他也没有接受小宫的收编，在苏联红军强奸了"仙女"后，高丽狼一气之下把小宫枪毙了。对苏联红军的士兵，开始高丽狼特意宴请他们，"仙女"也来陪宴，但喝醉了的苏军士兵们竟合伙强奸了"仙女"，高丽狼不忍看"仙女"被糟踏，一排子弹打死了所有的苏军士兵，也打死了挟在里边的"仙女"。从那以后高丽狼开始烧杀整个额穆索，破坏苏军火车运行的铁路，到此，高丽狼对"我"、小宫以至苏联红军完全采取了拒绝的态度。

1945年以后，国共双方都积极开始收编和接收东北的武装部队，"我"和小宫正是代表了当时国共两方的政治力量，而活动在深山密林中的游击队、绿林部队都是国共双方力求收编的周边力量。高丽狼与他们的对立表明了日本帝国的"中心"崩溃后，周边力量的崛起，以及周边

[①]《山洪暴发的时候》，第145页。

力量拒绝接受任何企图构成新的主流力量的收编和压制。《高丽狼》的收尾部分描写高丽狼的疯狂状态：

> 狼的兽性继续高度的发作起来。我目睹着他放火烧了自己的寨子，同时，也烧了整个额穆索。清晨的昏暗中，许多老百姓，从火中惊醒，哭嚎着来往奔走，而狼却睹情纵声大笑。
>
> 狼可怕的疯了！（中略）他对于一切遭遇在手下的生物，一律格杀勿论。（中略）咆哮着："我要干掉一切！一切！"①

恐怕在评价《高丽狼》文学价值时上述部分是最难估价的。高丽狼因"仙女"的死而兽性大发，如此疯狂无忌，这对于主人公形象塑造上不能不承认起了负面性的作用。作者司马桑敦也在《山洪暴发的时候》序文中说道："假若有人问我，在这七篇短篇小说之中，我自己比较最中意的是那一篇的话，我该指出，我曾对《高丽狼》寄过很大希望的，可惜我未把它描写成功。"②他所说描写上的失败或许是指这一部分。为了保护"仙女"而拒绝收编的行为和那以后烧杀百姓的行为，作者并没有处理好这两个行为的内在关联的问题，致使作品欠缺了它必要的合理性和完整性，主题上出现分散的现象。

从"中心"与"周边"的关系角度来看，我们能够肯定的是作者试图体现以前的"中心"解体后，处在政治边缘地区的无秩序状态，在无秩序中确认"周边"的强化。作者曾身经国共内战，目睹武装势力间的混战和人民生活的混乱、悲惨。③他试图通过创作揭露未被写出的历史。

《高丽狼》创作于朝鲜战争之后，正是司马桑敦密切关注朝鲜半岛的第二期。朝鲜半岛受着共产社会和自由社会的主宰，被南北分割，成为东西冷战的象征。这个事实自然会给司马桑敦带来深切的反思。他的问题意识已从抵抗日本帝国主义转移到联结整个亚洲和世界，反抗霸权，争取民族自由的范围。

---

① 《山洪暴发的时候》，第148页。
② 同上，第3页。
③ 参看《野马传》及自序，司马桑敦，文星书店，1967年。

第三节 《阿里郎》恋歌的象征性

《高丽狼》中，游击队首领高丽狼无疑是异民族存在的主要人物，但除了他以外，还有一个朝鲜人在作品中起了很重要的作用。那是所有游击队员都倾慕的"仙女"，又是高丽狼的老婆。"仙女"是一位非常美丽的朝鲜女子，作品中有这样的描写：

> 她的美丽惊倒了我们游击队整队的人，几乎立刻我们便共同赠送给她一个"仙女"的绰号。（中略）我们把她尊为女神，尤其是狼，素以情感淡泊著称的，竟也在她唱完了他们高丽的乡音"阿里郎"恋歌之后，大大的动了感情，流了很多次眼泪。狼立刻便爱上了她。①

必须注意的是，所有的人倾慕于"仙女"是因为她表面的美，而高丽狼的倾心则是因为听了她唱的高丽乡音《阿里郎》，他为这首歌流了很多次眼泪，这表示的是怎样的意义呢？作品中两次提到这首歌，歌词用了高丽乡音韩语的表音：

> 阿里郎，阿里郎，
> 阿里郎约！
> 阿里郎勾戛娄，恼麻干达，
> 那鲁巴里勾，戛西嫩宁姆恩！
> ……②

作者在文中对这首歌没有作解释，而是在作品后面加上了注解。就是说作者故意将韩语的《阿里郎》引进作品中，构成一个朝鲜人独特的

---

① 《山洪暴发的时候》，第135页。
② 同上，第143页。

语言空间。"我"与"仙女"之间本来也有恋情,但"我"最终不能进入朝鲜人的这个空间。

《阿里郎》是朝鲜最有代表性的民歌,不仅朝鲜人谁都会唱,就是在日本、中国和亚洲其他国家也是脍炙人口的歌曲。但这首歌的诞生却体现了朝鲜沦为日本殖民地的悲惨历史。宫塚利雄在他的《阿里郎的诞生》① 一书中,披露了他对《阿里郎》调查的详细资料和历史。据他的调查,《阿里郎》本来是李朝末期的劳动歌,1869年重建景福宫时大批的农民被动员参加营造工程,在艰苦的劳动中,劳工们编了这首歌来鼓励自己。以后朝鲜各地出现了各种各样的《阿里郎》歌曲,曲调和歌词都有所不同。但《阿里郎》真正成为代表朝鲜命运的歌曲是在1926年罗云奎主演的电影《阿里郎》上映之后。当时朝鲜在政治、文化、经济各方面都受到日本的统治,所有文艺作品都要接受日本总督府的严格检查。这部电影巧妙地潜过日方的检查,在汉城上映。上映之后,人气暴发,人们都争先恐后地跑去观看,特别是主题歌《阿里郎》煽动了所有观众的心,以致在电影院里,全体观众一起合唱。而且这首歌很快就传遍了整个朝鲜半岛。

1927年京城开设广播电台,1928年日本哥伦比亚唱盘公司开始录制朝鲜歌曲,1931年日语歌《阿里郎》唱片首次上市,媒体传播在朝鲜的发展促进了《阿里郎》歌曲的海外传播。在日本出现了很多日本式的《阿里郎》流行歌曲,在中国的东北地区也十分流行。这些流行歌的歌词都不相同,意思也多有变动。但将《高丽狼》中的《阿里郎》歌词与这些流行歌相对照,我们可以发现它的歌词与这些后来流行的歌曲不同,而与电影《阿里郎》的主题歌相近。试将二者并列如下:

《高丽狼》后面的注解:	电影《阿里郎》的主题歌:
阿里郎,阿里郎	阿里郎,阿里郎,阿里郎约!
越过阿里郎的岭,	越过阿里郎的岭,
你的脚就会疼起来,	弃了我而去的你,

---

① 宫塚利雄,《阿里郎的诞生》,创智社,1995年,笔者译。

因为你是负心的薄幸人儿！① 走不到一里路你的脚就会疼起来②

《阿里郎》的意义是怎样的？宫塚利雄在他的著作结尾引用了庆熙大学徐延范教授的意见回答了这个问题。"民谣'阿里郎'是在日本殖民地时代唤醒朝鲜民族魂，点燃朝鲜民族的心灯的歌曲。（中略）'丢掉我而去的你'的'我'暗示着祖国，人民。丢掉祖国，人民而去的人，'走不到一里路，脚就会疼起来。'这是表示爱国心高扬的内容。"③做为劳动歌的《阿里郎》在日本帝国主义的残酷统治下逐渐转变成象征民族的苦难和悲哀的歌曲，在日统时代用韩语唱《阿里郎》时，所有朝鲜半岛的人民都会感受到这首歌所表达的情感，都会沉浸在同一个文化氛围和民族感情中，而统治者却无法进入，所以在残酷的殖民统治下，《阿里郎》仍是朝鲜人民可以享受的自我表达的空间。高丽狼为这首歌流了很多次眼泪，这绝不是因为感于歌声的优美，而是因为他沉浸在朝鲜人特有的感情空间里，与这首歌所表达的民族感情产生强烈的共鸣。

司马桑敦对朝鲜民歌《阿里郎》一直很重视，满洲国时代他在东北生活，自然会耳熟于这首歌。直到1963年去韩国访问，他还谈到这首歌。他在访韩游记《青云阁上霓裳舞》中谈到韩国的流行歌，他说："韩国自家的流行歌，再没有比"阿里郎恋歌"和"凤仙花之歌"出名了。这两支歌都是女低音唱的，曲调幽沉哀伤，如诉如泣。有位韩国文学家曾评价这两支歌与韩国人民被压迫的历史相关，据说，《阿里郎恋歌》是反应李朝末叶被迫劳役的农民的歌子，歌诗情节像中国的'孟姜女'。"④这里虽然没有指明李朝以后日本对朝鲜的统治，但在"这两支歌与韩国人民被压迫的历史相关"一句话中就已暗示了受日本统治的历史。

朝鲜民歌《阿里郎》在《高丽狼》中出现了两次，两个场面与这首歌的象征意义有着密切的关联。第一次是10年前，"我"和高丽狼一起在原始密林里初次遇到"仙女"的时候，"我们是在桦甸浑发河下游遇见的。（中略）尤其是狼，（中略）竟也在她唱完了他们高丽的乡音《阿里

---

① 《山洪暴发的时候》，第149页。
② 《阿里郎的诞生》，第49页。
③ 《阿里郎的诞生》，第336~337页，引用文笔者译。
④ 《爱荷华秋深了》，第154页。

郎》恋歌之后，大大的动了感情，流了很多次眼泪。"①他们第一次遇见"仙女"的时候也是第一次听她唱《阿里郎》恋歌的时候。这个时期正是抗日时期，《阿里郎》恋歌正象电影《阿里郎》一样，象征了被殖民统治的朝鲜，反应了朝鲜人民的悲哀和反日感情。

第二次是日本投降后，"我"再访高丽狼，偶然一队苏联红军也巡逻来到高丽狼的阵营，晚上高丽狼宴请这些苏联红军，在席上"仙女"唱了《阿里郎》恋歌，但她美丽的歌声却引来了巨大的不幸。苏联红军兴奋之余竟一拥而上，把"仙女"强奸了，最后苏联红军连同"仙女"都被高丽狼打死，高丽狼的疯狂烧杀也就由此开始。很明显，《阿里郎》在这里暗示了悲剧的开始。考虑到这部作品的写作时期，再联系到作品中的时代、苏军的暴行，我们或许可以大胆地推测，第二次的《阿里郎》，象征了日本投降后接踵而至的朝鲜战争给朝鲜半岛带来的命运。正像徐延范教授指出的，《阿里郎》中的"我"象征了朝鲜国，"仙女"在这里以换喻的形式象征了朝鲜。《阿里郎》恋歌，第一次象征了日本殖民地朝鲜的悲哀和反抗；第二次则象征了二战后朝鲜再次受东西强权国家分割和统治的不幸。高丽狼曾大声疾呼："我的全世界就是她，我的全灵魂就是她，除了她，我没有别的！"② 这表明"仙女"是一个象征，是民族和祖国的象征。

《阿里郎》恋歌在作品中所起的作用不仅于此，它还构成了划界汉人与朝鲜人的文化空隙。作者以韩语引用此歌，在文中并没有加解释，显示出这部作品的文化横断性质。"我"虽然很爱"仙女"，但终无法介入高丽狼的世界，"我"最后下的判断是："他们都是高丽人，他和她应该是一对！"③ "我"决定离开狼，"另找一条抗日的路去"，④这就是10年前"我"离开高丽狼的理由。在这里，高丽狼和"仙女"被他者化。"我"、小宫以及黄老人与高丽狼形成两个即有一定交流但最终又不能完全沟通的空间，这样的局势也可以用"中心"与"周边"的紧张关系来表示。⑤

---

① 《山洪暴发的时候》，第135页。
② 同上，第131、145页。
③ 同上，第135页。
④ 同上。
⑤ 参考《逆写帝国》日语版，第109页。引用中文笔者译。

两个空间是两个不同文化的世界,《阿里郎》恋歌表示的是在这两个文化的邻接面上存在着的不可介入的差异性空隙。这实际上正是后殖民文学的一个特性。

后殖民文学的一个重要原理就是"要试图实现在文本中刻印出围绕现场主体性必然存在的差异性和不在性。明确实现完全对立的两个话语的同一性,进而言之,现实政治的、文化的同一性同时也应是对横在二者之间的文化空间轮廓的描出。而这个保持空白的空间才是做为产生差异性的场所,是后殖民文学中不可欠缺的空间。"① 这个原理在书写实践上时常反应在本土语言、对话的不加注解的直接引用上。《高丽狼》中的《阿里郎》可算是一个恰当的例子。这首歌确实起了一种民族誌的机能,但更重要的是它以语言的距离维持了文化横断式文本的"空隙",提示着作品的主题——差异性的表明。

高丽狼的固执于"仙女"和固拒于"我"和小宫的收编都强调了上面所说的差异性。"我"与高丽狼再会的时候,这个差异性就明显地表现出来:

> 我立刻从他面孔上看出他的一种矜持,一种不真实的矜持,(中略)他那张惨白的面孔,和那双为高丽人专有的细小的眼睛,都暴露出他心理上正孕藏着非常满足的矜持。②

高丽狼的矜持表示着他的自负,这自负来自他拥有的强大的武装力量和"仙女",但同时他的矜持又拉开了他与"我"的距离。对"我"来说,高丽狼的矜持显得"不真实",而且把"高丽人专有的细小的眼睛"与狼的矜持连在一起,明显地划界出异民族的特点,强调了"我"与狼的差异性,"我"不得不对狼提起一种警惕心。"我"与高丽人"仙女"完全隔绝,但狼与"仙女"却是完全的一体。他为保护"仙女"而拒绝任何收编。这是"我"不能理解的,"我"完全被摒出高丽狼的世界。

---

① 参考《逆写帝国》日语版,第109页。引用中文笔者译。
② 《山洪暴发的时候》,第137页。

我为他如此坚强肯定的语气，吃了一惊。我们都无言，（中略）我等于刚刚发掘了他灵魂深处所埋藏的东西，他的爱竟是如此的顽固而执著，我是如此惊讶，因而为之一时莫知所措。①

"仙女"对于高丽狼的意义正如上边所述，是祖国和民族的象征。而对于"我"来说，"仙女"只是一个美丽的高丽女人。他们"彼此无言"和"我"的"莫知所措"都表示着他们之间的这个差异性和"沉默的空隙"。"我"与高丽狼的诀别在"狼可怕的疯了"以后，"过后不久，我和老癞不得不离开了他。他的下落再不知道了。"②这正表明"我"在对"仙女"的爱上以及在对高丽狼的收编上都失败了。来自民族、文化的差异是导致这个结果的重要因素。新的"中心"对"周边"控制的失败，反过来说又表明了"周边"力量的崛起。

综上所述，对于《高丽狼》这篇作品，如果仍用目前主流性的观点，即朝鲜受日本帝国主义的统治，对他们的悲惨、他们的抵抗如何描写，作者对他们的同情和共鸣如何表现，如果只从这样的角度看时，我们对这篇作品是很难作准确的解读和评价的。而我们尝试从后殖民文学的角度来看时，便可以发现作品中隐含着的后殖民文学的特质，摸索到作者试图表现的"中心"与"周边"的关系，文化横断式描写中必然要确认的存在于不同文化接触面上的差异性，以及处在周边空间的民族的主体性。50年代司马桑敦写作《高丽狼》时，当然还没有后殖民文学理论的出现，但当时东亚各国已进入后殖民时代，司马对中国大陆、日本、韩国的关注意识已呈现出从殖民到后殖民的过渡，我们从他的韩国游记中可以清楚地看到这一点。《高丽狼》不仅仅是对国共内战时期的描写，还暗示了50年代朝鲜半岛的遭遇和命运。从这个意义来看，我们可以说这篇小说是后殖民文本的一个尝试，为我们展示了"韩人题材小说"的新天地，我们可以把《高丽狼》定位为后殖民文本性格的"韩人题材小说"。

---

① 《山洪暴发的时候》，第145页。
② 同上，第149页。

第四节　从60年代旅韩游记看"后殖民"韩国

司马桑敦曾经两次访问韩国，一次是1963年11月至12月，另一次是1964年8月间。日后他将当时写的旅游记收进《爱荷华秋深了》中，在"写在前面"中说："这是一本纪录一个人人生旅程的小集子，能向读者提供的只是我自己的一些真实的但不成体系的思想而已。"[1]在他的人生旅程中韩国起了怎样的作用？韩国对他的"真实而不成体系的思想"起了怎样的作用？

司马桑敦的游记对韩国记述的重点可以归纳为三点：一，韩国的风土与文化；二、对朝鲜战争的回顾；三、独立后的政治趋势、民主政治的动向。这三个方面实际上都反应了司马的后殖民主义意识与民族主体性的认识。对于我们摸索战后他的思想发展的轨道具有很大的意义。

一、朝鲜半岛与故乡比邻

司马桑敦首次访韩的游记一共有五篇，每篇都冠着七字一行的题目，《滔滔汉江水西流》、《塔公园往事堪哀》、《青云阁上霓裳舞》、《战场风腥板门店》、《尹潽善深院清秋》，可见他对这次访韩寄予了极大的兴趣。

游记开首就记述了他刚到韩国的感触，"从空中望见汉城的时候，我意识中重新温习起一种大陆人的感觉，真的，高丽半岛上的山光水色太象北中国的大陆了"。[2]当他走下飞机时这种大陆的感觉更加强烈起来："我意识到这纯粹属于大陆味道了，我更意识到这是我阔别十四年第一次在欧亚大陆岛上登陆了。高丽半岛和我的故乡比邻，我觉得被故乡的风吹拂着了。"[3]仅仅几行文字已真实地传达了他的怀乡激情，告诉我们，韩国对他来说是与故乡东北相近的、唤起乡愁的土地。这种亲近感不仅来自韩国的风土、气候，还来自汉城的文化气氛和文化历史，如南阳门、

---

[1]　《爱荷华秋深了》，尔雅出版社，1977年，第1页。
[2]　《爱荷华秋深了》，第133页。
[3]　同上，第134页。

雍仁宫、大汉门、国立博物馆、成均馆大学的儒学科目、汉城的中国大使馆等，都使他感受到中国文化对韩国的影响。但其实他的这种感觉恰恰与他所看到的韩国的现实形成时代倒错性的对照。

当一位韩国朋友向他介绍了韩国被中国、日本奴役的历史，说"如今，我们还是受人支配：一半属于俄国，一半属于美国！"① 时，司马桑敦深切地感叹道："从历史角度来理解一个民族心理的形成的话，他的想法未始不应予以同情的。"② 他首先意识到"目前这个正向民族独立迈步的韩国"，"第一步工作则是要设尽方法来冲洗中华的色彩"，③ 就是禁用汉字。对于这一点，司马桑敦并不赞成，因为汉字的禁用与他所感受的汉城的气氛颇有隔膜。他指出："纵然这步工作，未必对于他们的独立文化有建设，有效果，但，只要对于他们民族的信心有帮助，他们还是要硬干下去的。老实说，忍受落后，宁开倒车，几乎是现代新兴国家民族主义思潮中最普遍的一个倾向，你不能责备他们，可也不能太礼赞他们。"④ 帝国主义的殖民统治与语言控制有着密不可分的关联，可以说语言的统治体现了殖民统治的最重要的特质。二战前所有亚非及其他地区的殖民地国家都有这样的问题存在。韩国从古代就一直受中国文化的影响，语言表达均用汉字。1910年沦为日本的殖民地后，又改用日语。汉字、日语长期以来牵制了他们的民族自信。所以独立后他们第一步要作的工作就是文字的转换。司马桑敦在汉城一开始就注意到了这个问题，这时他的意识中不能没有台湾地区，从日文转向中文，在当时的台湾可谓一个巨大的文化转向，同时这又是所有被殖民统治的民族独立后必经的文化再建构的道路，实际上这也是后殖民文化的一个重要的课题。司马桑敦把韩国的文字政策看做"忍受落后，宁开倒车"的现象，这可以说是对战后韩国的较刻薄的评价。但他以新兴国家民族主义思潮的一个普遍现象来看待这个问题，客观地承认这样的文化转向的必然性，承认文化转向与民族主体性的内在关系，把它看成是由被殖民到真正独立的过渡期中的一个文化现象。这证明他在从殖民到后殖民过渡的过程中，已开始

---

① 《爱荷华秋深了》，第136页。
② 同上。
③ 同上，第137页。
④ 同上。

以文化横断式的多元视野来认识文化转向与民族主体性建构的关系。

二、回顾朝鲜战争

司马桑敦在游记中几次提到朝鲜战争。在他第一次看到汉江时,就立刻联想起1950年的那场战争,他说:"看到了旧桥桥基才让我感到十二年前那场残酷的战争。我又重新回忆起那幅可怕的图画:破坏了的汉江大桥上面,挂满了成千上万受难的韩国人民。在当时,他们的希望和他们的自由,唯一的寄托就在这座受伤了的桥了。"[1]朝鲜战争时司马在台湾,但他对这场战争曾非常关注。访韩中,他特地去了板门店,观察了这个军事共管区的情形,自由桥、士兵住宅、不归桥、会议室等等。1962年以后板门店已成了旅行观光点,每年都有大批的东西方游客来参观,司马在游记中写道:"这些参观的人是来找和平的象征或是冷战的标本?那就不得而知了;不过,就我自己来说,则是肯定了后者。"[2]他很清楚地认识到这里是苏联和美国两大强权对峙的象征。

司马桑敦在第二次访韩时,特地去了釜山,参拜了联军战士公墓,釜山是司马早就向往一看的历史名城,那是因为釜山在朝鲜战争时曾经成为联军和韩军的最后一个堡垒,在这里战死的联军兵士达一万四千多人。他特别提到了土耳其士兵的英勇,在公墓里,他看到了土耳其士兵的坟墓,他写道:"墓上插着土耳其国旗上弯月和星的标识,整齐的一面,排列的很远。这整齐排列著的墓标,现在看来颇为壮观,但,若想起当年血肉模糊的一面,却未免令人不胜唏嘘了。(中略)我想,这个国家的人民真正自由的日子虽尚远,但,许许多多不知名的英雄已为这自由付出很大的代价了。"[3]

司马桑敦之所以如此重视朝鲜战争,自然与当时台湾地区在国际关系上的处境以及整个亚洲的政治局势密切相关。司马以政治记者的意识,必然要深切洞察大局和其中几个关键国家的命运。韩国做为东西冷战的标本不能不成为他关注的对象。不能否认,在司马的意识中有对共产社

---

[1] 《爱荷华秋深了》,第137页。
[2] 同上,第42页。
[3] 同上,第198页。

会的反感，但实际上他所追求的自由世界并不等于认同美国的支配。苏美对朝鲜半岛的控制无疑是在政治、军事上对朝鲜半岛的再统治，所以司马说"这个国家的人民真正自由的日子尚远"，①他所说的"这个国家"不仅指韩国，还泛指整个朝鲜半岛。他寄予朝鲜半岛的希望是民族自身的主体性的独立和自由。

三、对韩国政局与学生运动的关注

司马桑敦的两次访韩都带有一定的政治目的，第一次是应韩国军人执政团邀请，为观察军人执政团革命后第一次民主选举访韩的。第二次则以台湾张群特使随行记者身分访韩。因此他的游记中触及到韩国政局的内容就比较多，可以说这是他主要的公务。但除了这样的公务以外，他还准备了他自己的目的，其中最突出的是对韩国知识分子、学生们的民主主义运动的了解。比如，第一次访韩时，他去了塔公园，那是1960年4月韩国学生反对李承晚政权的民主运动的发源地，又称"四月学生革命"，这次运动推翻了李承晚的独裁政府，使韩国向民主主义社会迈进了一步。继而发生的朴正熙的军事政变承了学生运动胜利之风一拥而冲上政坛。司马介绍说："这场革命，完全由学生发动的，学生大都是赤手空拳未使用一枪一弹而获得成功，这是值得特别一书的。（中略）朴正熙一班人也自称他们的军事革命只是学生革命的延长，可见这个运动的精神在韩国政治上是具有相当分量的。"②司马桑敦在分析李承晚独裁政治及后来的军政独裁的朴正熙政治时，总是将韩国知识分子、学生们的民主精神放在与政府对峙的位置，以对照的形式来批判独裁政治。

司马桑敦在第二次访韩时更加关注了学生运动，因为当时日韩之间正在进行着日韩条约协商会议，朴正熙为了争取日本的贷款，在战争责任问题和经济协助上都大幅度地迎合了日本政府。对此韩国人民纷纷起来抗议，3月27日汉城学生举行了大规模的抗议游行。到5月20日游行活动扩展到全部汉城，学生与警方发生冲突。6月间朴正熙宣布非常戒严令，8月政府通过了两个法案，即《学园保护法》和《言论伦理法》。这

---

① 《爱荷华秋深了》，第198页。
② 同上，第147页。

两个法案又激起了更大范围的国民的反对。司马桑敦正是在这样的情形下再次访韩的。所以他一到汉城就开始采访学生、教师和媒体人员，想极力了解运动的内情。他从一位汉城大学教授那里了解到韩国学生运动与韩国民族独立运动有着密切的关系，它继承了1919年"三·一独立运动"的传统，在争取民族独立的历史中不断发展，已成为韩国知识分子反抗专制统治的传统，并肯定1964年5月的学生运动是民族主义性质的运动。朴正熙政府对学生运动所采取的一系列措施都引起了司马桑敦的注意，他在游记中写道："最值得注意的是，这位以学生革命之延长自居的革命领导人，居然下令占领了学生起居的校园。这次戒严令，虽然7月25日便又解除，韩国知识分子对朴正熙枪杆子政权的印象加深了。韩国士大夫的反抗传统是不太容易和这种枪杆当局融洽长久的。"[①]在朴正熙当权不久的时候，司马桑敦已洞察到独裁统治的危险和必将被推翻的命运。

在两次访韩中司马桑敦还作了另外一个公务以外的工作，那就是对韩国政治家内面与反面的了解。第一次访韩时他冒了大家的反对，访问了朴正熙政治对手尹潽善。访问的目的就是"为了寻找出一些韩国政治上的特殊感觉和特殊气氛。"[②]尹潽善在1919年曾流亡上海，参与了在上海组织的大韩临时政府的工作。司马桑敦对他的重视在于他的民主主义思想上，司马桑敦写道："尹先生就是在伦敦感染了一身民主政治的空气，他希望他的祖国能够逐渐走上民主政治的光明大道。也就因此，1961年3月22日，当军人执政团颁布一道《政治活动净化法》，企图限制民主政治中最重要的政党的自由活动时，他便毅然由总统位置上辞职了。他是由权力宝座上走下来以反对军人执政团的独裁措置的。"[③]尹潽善在1963年的总统大选时虽然没能当选，但他对朴正熙政治的批判却是本着民主主义思想的，司马桑敦对尹潽善的政治态度是肯定的，同时也通过尹潽善的辞职指责了朴正熙独裁统治的弊病。

司马桑敦的第一次访韩是为了观察韩国军人执政团自称的第一次民

[①] 《爱荷华秋深了》，第191~192页。

[②] 同上，第164页。

[③] 同上。

主选举,但他却更多地注意到了即将当选为大总统的朴正熙的反民主的一面。比如游记中触及到《政治活动净化法》,尹潽善的辞职,就是一个例子。他还提出一些资料指责"军政府提高了间接的消费税和减低直接税,是有利于资本家而不利于农民,以及去年改革币制时的失败,使得广大人民的生活更艰难痛苦"。①因为军政府的这些措施的失败,在大总统选举时朴正熙的政敌尹潽善以 454 万余票紧逼朴正熙,对此司马指出:"这说明军政府两年半来的政绩并未获得人民普遍的支持。"②第二次访韩时他更关注了韩国人民对朴正熙政府颁布的几个法令的反抗,除了上面已提到的反对日韩条约协商的学生运动外,他还介绍了韩国媒体界反对《言论伦理法》的情况,提到韩国公报部部长李寿荣的辞职,他介绍了一个韩国评论家的意见:"韩国知识分子的命运便是反抗现实与批评现实的。(中略)执政者想要剥夺韩国报人这种自由,是不智的,也是危险的。"③司马桑敦通过介绍这些韩国知识分子的意见,来反映他自己对民主运动的赞同。

  通过两次访韩他已对韩国的社会与政治局势有了一个较深刻的认识。如何面对民众的民主自由的要求?如何打开韩国经济上的困局?如何争取美日的经济援助?这些是当时朴正熙政权面临的重要问题。必然要给日后的韩国带来巨大的风雨动乱。司马说:"朴正熙在这风雨中怎样走法?走向哪里?老实说,这都是关系着整个亚洲的前途的!"④他已预料到了将要来临的长达 32 年的军人统治和韩国民众百折不挠的民主主义运动,更重要的是他把韩国的问题看成整个亚洲的问题,做为东西冷战标本的韩国,今后该怎样走向真正的自由民主化,它正以正反两面的现实成为亚洲各国的标本。在警惕韩国军人独裁政治的时候,司马桑敦必然会意识到台湾国民党政府的独裁政治,早在 1949 年就进入戒严状态的台湾地区,政治、社会各方面都与韩国十分相近。司马桑敦如此重视韩国,与他对台湾国民党政府的独裁统治的认识有密切的关联,或许他意图以介绍和论述韩国的现状来暗示他对台湾独裁政治的危机感与批判。

---

① 《爱荷华秋深了》,第 150 页。
② 同上,第 152 页。
③ 同上,第 183 页。
④ 同上,第 192 页。

第五节 《艺妓小江》——双重文化认识与书写实践

一、司马桑敦与战后日本

司马桑敦的一生与日本有着密切的关系。首先他的出生地辽宁就是最先受到日本侵略的地方，他自幼就读于日本人开设的共学堂，少年时代就掌握了熟练的日语。青年时代在东北地区投身抗日活动，参加抗日游击队。二战后随国民党赴台湾。他的正式职业是新闻记者，建国前曾在哈尔滨《大北新报》和长春报社作过记者和编辑工作。赴台后，1954年以《联合报》特派员的身份赴日本，在日生活长达23年。他在日本的主要任务是观察和报导战后日本社会各方面的变化。他必须同时面向着两个不同的社会，一个是从殖民统治下解脱出来的台湾，另一个是从战败的惨状下企图复兴的日本。这种处境和他的特殊身份必然地促使他对日本的政治、文化等方面抱有很敏感的意识和关心。这种意识和关心也表现在他的学术研究上，司马桑敦来日后马上进入东京大学研究生院攻读国际关系史，中日关系史始终是他在硕士课程和博士课程中的研究主题。

司马桑敦在日本作了大量的报导工作，内容涉及到日本的政治、经济、文化、民俗、历史等，范围极其广泛。曾赢得台湾驻日特派员中"东京第一支笔"的美称。[①]特别是他对日本政界的报导充分显示了他做为政治记者的精悍的手腕。在日期间的报导、社论、随笔现在主要收集在《扶桑漫步》（传记文学社）、《江户十年》（联合报社）、《爱荷华秋深了》（尔雅出版社）、《中日关系二十五年》（联合报社）、《人生行脚》（联经出版社）、《东瀛借鉴》（美国长青文化公司）等单行本中。

司马桑敦的文笔力量不仅限于新闻报导上，还发挥在文学创作方面，写下了不少精彩的文学作品。中篇小说《野马传》是他的代表作品，《张学良评传》、《张老帅和张少帅》是人物传记中的精品。这几篇作品基本

---

① 参考周励，《〈张学良评传〉和它的作者司马桑敦》，《协商新报》，767期，2001年。

上都创作于日本。还有不少短篇小说，一部分收入短篇小说集《山洪暴发的时候》，其中两篇作品：《高丽狼》和《艺妓小江》也是在日本居住时期创作的。1999 年，香港《亚洲周刊》举办了"二十世纪中文小说一百强"评选活动，司马桑敦的《野马传》和《山洪暴发的时候》被选在台湾 152 部作品之中。

司马桑敦的一部分作品，如短篇小说《艺妓小江》、旅游记等是直接描写日本的作品；另一部分作品，如《野马传》、《张学良评传》、短篇小说《外乡人》、《人间到处有青山》等，则涉及到中日关系。由此可见，司马桑敦与日本的关系不只限于他的人生经验，还浓厚地反映在他的文学作品中，为我们提示了一个司马桑敦与日本之交涉的大课题。然而，纵观近几十年来的文学研究领域，对司马桑敦文学的研究几乎是一个空白。在大陆方面的现代文学史上看不到他的名字，在台湾的现代文学史上同样也很难找到他的名字。直到 20 世纪末，才可看到香港《亚州周刊》那样的杂志在大陆和台湾以外的地区，提到司马桑敦的作品。但最近一些学者开始注意到司马桑敦，如吉林大学的周励教授、台湾中央大学的李瑞腾教授、成功大学的应凤凰教授，都有若干涉及到司马桑敦的文章。①但大多是人物介绍或作品评论，鲜有较具体的作品研究。

笔者认为司马桑敦的主要创作经历涉及到大陆、日本和朝鲜半岛，特别是战后，他所处的地理环境与其他大陆或台湾的作家有所不同，又因为他的新闻记者的特殊身份，对战后亚洲各国的政治关系、社会及文化现象深察明辨，与其他文学作家相比，自然显出他的特色。正因为如此，在战后台湾文学，或更广泛地说，在后殖民文学中，他的作品可以说是一个潜在的成分，有待我们去挖掘出来。他的作品中所包含的中日关系的主题以及对日本文化的认识问题，也需要我们去认真探讨和研究。

二、第 29 届国际笔会大会与东西文学交流的视野

《艺妓小江》是短篇小说集《山洪暴发的时候》中唯一一篇以日本为舞台的作品，写作和发表的时期较其他作品为最晚。最初发表在 1958 年

---

① 周励，《火一样的青春》，见《新文学史料》，1999 年第 2 期。应凤凰，《〈自由中国〉〈文友通信〉作家群与五十年代台湾文学史》。

香港的《文学世界》秋季号上。作者在《山洪暴发的时候》自序中谈到："《艺妓小江》是我加入香港国际笔会后的第一篇小说"。司马桑敦于1957年加入香港国际笔会，这一年9月国际笔会在东京举行了第29届国际笔会大会，司马桑敦此时以笔会会员及记者的身份参加了大会。国际笔会大会对战后日本来说是一次举世瞩目的重大活动，媒体方面作了大量的宣传。对司马桑敦来说，这次大会为他以后的创作起了很大的刺激作用。他与香港《祖国》杂志社编辑胡欣平，笔名司马长风相识就是在这次会上，司马桑敦用了两个晚上的时间与司马长风谈了《野马传》的构思，两司马的彻夜长谈促成了中篇小说《野马传》的完成。《艺妓小江》也作于笔会大会之后。

司马桑敦针对国际笔会写了很大篇幅的通讯，如《记国际笔会东京大会》、《国际笔会群像》、《外国作家向日本笔会抗议》。国际笔会的主题是"东西文学之相互影响"。司马桑敦尤其重视这个主题，他的通讯主要围绕这个主题展开，比如他在《记国际笔会东京大会》第5中介绍了英国诗人斯宾坦与巴基斯坦作家马里库的一场论战，马里库从宗教信仰的角度主张"恢复人类尊严的，即非民主主义，也不是共产主义，而是宗教信仰，没有宗教信仰的文学，决不能成为伟大的文学。"而期宾坦却反对这个主张，指出"真正的文学创造精神，毋宁重要在尊重个性，而各个国家、各个民族都具有个性，这个个性是应该被尊重的。唯有描写出人类在时间和空间，以及历史与地理的各种差别，才是艺术。"[1]司马桑敦在通讯中表示了他自己的意见："老实说：就我个人意见，我是赞成斯宾坦的看法的。我认为所有否定个性的，倾向全体的理想主义，都含有一种可能产生权威的危险。"[2]因为当时的国际状况正处在共产圈国家与民主制国家之间政治对立，即东西冷战的状态，在国际笔会东京大会上也出现了共产圈国家与民主制国家间的对立和冲突。司马桑敦对于当时的国际性政治倾向非常敏感，不仅是共产主义，任何集权主义、霸权主义，他都坚决反对。这种态度在他的通讯和随笔中表示得很明确。[3]

---

[1] 《扶桑漫步》，传记文学出版社，第134页。
[2] 同上。
[3] 在《关西行杂记》中的《资本主义的城》和《西南纪行》中的《叛将西乡的世界》中都可以看到他对集权主义、霸权主义的警惕。

司马桑敦反对霸权主义的态度立足于自由民主，尊重个性的立场上。这也是他在文学创作上的基本立场。斯宾坦的意见正与司马桑敦的这个基本立场相吻合。从他的通讯中我们可以清楚地看到他对东西文学交流所持的基本观点，即不同国家、不同民族间的文化、文学交流，需要从保持自己的主体性与尊重对方的个性、差异性的共同认识上出发，否则真正的交流是不可能的。

在《记国际笔会东京大会》第 6 中司马桑敦还介绍了意大利作家摩拉比亚（A. Moravia）为《朝日新闻》写的一篇触及到政治与文学问题的文章，为我们提供了分析和掌握司马桑敦文学意识的材料。

> 摩拉比亚强调一个作家必须是一个历史的征人。他在他的作品中必须刻画了他自己的时代。这种刻画，当然要根据作家自己的经验，尤其必要的是：他必须归纳了种种的政治感情和各种各样的政治理想。不过，尽管如此，作家不等于政治家，作家必须对自己的艺术创作负有绝对的责任（宣传品则不然），作家必须不断诉诸于他自己的美观，良心，真实，以及感情的深度。①

这里有两点值得注意，一点是对"一般民众的经验"② 的重视，即现实主义的立场。一点是对文学异于政治的性质的认识。前者与司马桑敦的历史观、现实观相吻合。后者则为司马桑敦以后的文学创作揭示了一个可靠的基准。我们可以从《山洪暴发的时候》的自序中找到与这个基准相印证的痕迹。比如他编辑《山洪暴发的时候》时有意将一些在台湾写作的政治主义色彩浓厚的作品删掉，对选定的七篇作品加上说明道："这七篇中当然并不完全洗净了政治主义的色彩，但，我是尽量的使用了一种文学学徒应有的自由态度写作了的。另一个应有的说明是，我在这几篇小说里开始探索着由一个朴素的人的立场去写一个'人'，避开了那些约束人的目的主义或理性主义的观念。"③

---

① 参考《扶桑漫步》，第 135 页。
② 司马在《国际笔会群像》中特以这个观点批判日本作家的态度。
③ 参考《山洪暴发的时候》"写在前面"，第 2 页。

以一个自由的、朴素的"人"来写作，司马桑敦的这样的文学态度与实践是在对台湾的政治主义文学的反思和肃清的基础上产生的。通过国际笔会大会，他的这个态度得到了印证和鼓励。他在大会上认识了许多东西方的作家，包括前述的斯宾坦、摩拉比亚，还有美国的日本学家唐纳金（Donald Keene）等，都为他展示了东西文学交流的广阔视野。

三、《艺妓小江》中战后日本都市风景

《艺妓小江》通过一位生活在东京的日本诗人的叙述，描写这个诗人与艺妓小江在东京和日光之间相遇的不可思议的一段故事。日本诗人的叙述由作者导入。作者只在小说的开首部分登场："在长崎的一间酒居的一个夜晚，一个喝醉了的日本诗人，偶然的告诉了我下面这段故事。"长崎，东京，日光，三个空间在小说的开首出现。故事发生在东京与日光之间，而作者听到这个故事却是在长崎。日光是日本观光区之一，在东京西北二百多公里的地方。东京和长崎则是代表近代、现代日本的大都会。东京是日本明治以来的首都，长崎是江户时代以来日本与海外连接的港口城市。在长崎发展起来的医学、造船事业、对外贸易都为现代日本的发展打下了坚实的基础。司马桑敦在《艺妓小江》的开首提到长崎，一般看来似乎与东京没有什么关联，与这篇故事更是无缘可逢。但实际却不然，司马桑敦以他周到的构思把这个空间冠在作品之首，因为长崎在作品中暗示了一个与主题有关的重要线索。关于这个问题准备在后面详叙。

司马桑敦在作品中描绘了东京的风景，日本诗人"我"为了购买去日光的特快列车票，清早来到浅草的西武车站（实际上是现在的东武车站）。

> 仲夏早晨的浅草，空气中荡漾着一股异样的恶浊气味。太阳已经跳出百货公司大厦的陡壁。大厦与大厦间的都市山谷，阴影全消了。电车路展开在一面恐怖的灼热的白色光芒之下。①

---

① 《山洪暴发的时候》，第 105～106 页。

浅草一带本来是东京较有传统风味的地方,但在二战后期受到美军的大规模空袭,战败时已是一片焦土,经过战后十几年的建设,到1957年已恢复到现代式大厦林立的程度。高楼大厦形成了都市山谷,在这大厦的山谷之间穿行着新式的铁路网络,这番风景与现在的东京已很相像了。人们从这里想象不到战败时的惨状。然而繁荣的背后也隐藏着颓废、腐败与冷漠,日本诗人在早晨的空气中感觉到"一种异样的恶浊气味",又被售票员冷冷地奚落了一顿,使他"感到一阵心悸",一种都市的恐惧袭击着他。繁华的大都会同时呈现出一种的闭塞的状态。

司马桑敦在1957年春天曾经体验过一次从关东到关西的旅行,在他的旅行杂记《关西行杂记》中描写出他自己在东京的生活:

除非碰上一个强风后的晴天,在东京两年以来,我少有机会可从公寓的楼窗上眺望到远方的山峦。一个久居都会的人,大都是长时间被放置在一种被封闭的生活里的。拿我来说,一直是被封闭在大厦与大厦之间;电车与汽车之间;(中略)我是如何的渴望着一个解脱,解脱开这些象征着现代文明的所谓都会中人的封闭状态。①

都会的繁荣和人们的精神环境成为正负、表里的关系,这便是现代文明发展带来的必然的结果。现代日本喘息在这"象征着现代文明的"都会的封闭状态中。长年生活在东京的司马桑敦,以他的切身体会道出了东京的负性的一面。日本诗人"我"为了养病打算逃出封闭的东京,到日光去。日光做为一个国旅游光景点,1957年前后已很著名,又由于离东京不远,每天去日光的人很多,因此小说中的诗人买不到去日光的特快列车票,在他十分丧气的时候,偶然遇到一位女子,从她那里分得一张车票。

司马桑敦在作品中对这辆开往日光的快车也作了一番描写:"这列被铁路公司命名为罗曼斯卡的特快车辆,更帮助我沉浸入一种奇妙的玄想中。沙发椅是二人一组的,高高的靠背,可以自由地调节靠背的仰度。"②

---

① 《扶桑漫步》第一集,传记文学出版社,1970年,第3页。
② 《山洪暴发的时候》,第108页。

司马桑敦对日本的列车很注意，外出旅行时都要留意记载一段列车或巴士的情形。如在《关西行杂记》中对他乘坐的旅游快车特用了《燕子号特快列车》、《东海道上风景》的题目，描写了一番。去日光的特快列车名字叫"罗曼斯卡"，这辆列车是在1951年9月开始运行的。据东武铁路公司的史料说明：1951年为了配合日光、鬼怒川做为国际观光地，人气日益高涨的需要，特装备了这辆备有转换式坐席的特快专用列车。可见当时日光的观光事业是非常繁盛的。司马桑敦用这辆"罗曼斯卡"把战后复兴起来的东京与观光事业日益繁盛的日光连接起来，刻意描绘出高度经济成长期的日本的一个侧面。

四、小江的爱与藤村操的自杀

艺妓小江，顾名思义，是一个作艺的女子。小江本来约她的恋人一起去日光，然而她的恋人却没有来赴约，小江把多余的一张票分给了日本诗人。他们两个人同行到日光，使日本诗人有了一次观察和了解小江的机会。

> 这是一位美丽得让人吃惊的典型的江户佳人。她从大理石厅柱背后的阴影中姗姗走来，
> 她的海蓝衣料上的白花图样，特别显得鲜明（中略）我错觉得她像一道彩虹，飘浮的、虚茫的、突然间在我面前翩然苍止。①

作者对小江的描写有两个特点，一是刻意描写出日本女子的美丽。另一个是小江的传奇性。"江户佳人"具有都会式的潇洒和精练，司马桑敦对小江的描写集中在服装、态度和举止上。在服装上他特意描绘了和服姿态的优美：

> 我侧观着她裸露在衣领外面白皙而肉感的脖颈，觉得她是那么楚楚动人。
> 她衣料的颜色，虽然选择的是素朴高雅的，但她裸露的脖颈和

---

① 《山洪暴发的时候》，第106页。

短宽袖子所掩藏不了的那双白嫩手臂,都呈露了她诱人的艳丽。她衣裳的下摆是那样的瘦小,紧紧的拘束着两条腿。她穿着的白布短袜,洁白如雪。拖履的纽带,也是镀银的。两只纤小的脚,矜持地摆在细草拖履的中间。①

这里对小江的和服姿态的描写是非常细腻的,以衣料颜色的素朴高雅和那露出来的颈部、手臂的白嫩相对照,描写出那诱人的艳丽。再从和服下摆雪白的短袜、镀银纽带的拖履、纤小的脚,从头到脚,对和服美的关键部分都作了精细的描写,刻画出日本女子的美丽。

传奇性是小江的另一个特点。她突然出现在日本诗人面前;在日光游览车上;在中禅寺湖畔的饭店里,几次偶然地、不约而同地与日本诗人邂逅。更奇特的是,小江的恋人是早在明治三十六年(1903年)就自杀于日光的藤村操,与小说内的时间相隔50多年。小江曾七次约藤村操同去日光,然而七次都被爽约了。但她仍然执著于对藤村操的爱。在去日光的列车上她与日本诗人围绕爱情问题争论了一番。日本诗人以为小江从艺多年,"艺坛上爱情游戏的场面必然见得多",不会在意恋人的得失。然而小江却不以为然,她愤然地说:

"对于爱情你居然会有所分类,划出程度,这就够不懂爱情了。"
"爱情不是你所想象的。"
"爱情就是爱情。没有条件,没有分类和程度,也更没有时间和空间。爱情直接就是爱情。"②

小江的爱情观念近乎一种绝对观念,超越了任何相对的条件,甚至超越了时空。这听起来似乎很玄学,但她却认真忠实地固执着这个观念。她虽然对爽约的恋人已经失望了,但还执拗地希望能见到他。在去日光的列车上,小江希望她的恋人会开着车从公路上追赶上来;到达日光以后,小江又决心再等下一趟慢车到来;参观了中禅寺湖后,她又去车站

---

① 《山洪暴发的时候》,第111~112页。
② 同上,第113~114页。

等候。明知不会来，却偏恋恋不舍地等待。日本诗人被小江的执著感动了，他想："她是那样执拗的迷恋于她的心上人呢！（中略）毕竟我真实地看到一位如此美丽的和如此真挚的爱情。"①

小江的超越时间和空间的爱情在小说的高潮部分表现得更为突出。在中禅寺湖畔饭店里，日本诗人又一次偶然遇见小江，小江告诉他自己的恋人是一位还未出名的诗人，名字叫藤村操。在他们谈论之际，小江发现藤村操出现在饭店里，而且还带着一位年轻的女子，但实际上看见藤村的只有小江，日本诗人并没有看到其人。小江完全绝望了，她喊着"我老了，因为我老了。"便一直向湖中的华严瀑布跑去，最后消失在瀑布的吼声中。日本诗人回到饭店查询住客登记薄，竟然没有小江和藤村的名字，也没有人看到过他们。他在闷闷不乐中偶然翻开一本旅游大全，才发现有关华严瀑布的一个自杀事件：若干年前，爱写诗的大学生藤村操在此崖前留下遗书一封，投身谷底自杀而死。遗书中只寥寥数字，写着"人生也太难解"。使日本诗人陷入极大的恐惧之中。

藤村操是明治时代实有的人物，生于1886年，明治三十六年（1903年）5月22日在日光的华严瀑布投身自杀，留下遗书《岩头之感》。遗书中说："悠悠哉天壤，辽辽哉古今，以五尺之小躯，以比此大。（中略）万有之真象唯一言悉之，曰'不可解'。"当时藤村操在东京第一高等学校就学，正准备进入东京帝国大学学习哲学。死时年仅18岁。藤村的自杀在当时轰动一时，各家报刊都登载了这个消息。特别是最先报导的《万朝报》将《岩头之感》和藤村的叔父那珂通世博士的吊文发表出来，紧接着《万朝报》社长兼主笔黑岩周六以《吊少年哲学者》的题目发表吊文，认为藤村的自杀是为了哲学而死。他的吊文在舆论界引起了一场争论。于是乎评论家、文学家纷纷发表意见，争论自杀的原因。他们的意见分成两个方向，一个是认为自杀的原因来自藤村的哲学的怀疑和绝望，他的死是为哲学而献身，代表了时代的苦闷。② 1903年正值日俄战争的前一年，日本社会的思想界与帝国主义扩张成反比例，正处在低迷混

---

① 《山洪暴发的时候》，第117页。
② 黑岩周六《吊哲学少年》、《万朝报》，1903年5月27日、鱼住影雄《藤村操君の死を悼みて》《新人》4卷7号，1903年7月、安倍能成《〈岩頭の感〉をめぐって》《新潮》，46卷9号，1903年。

乱之中。许多青年把藤村操的遗言"人生不可解"当做自己的爱用语，甚至还有一些青年学着藤村操也到华严瀑布自杀。另一个方向是认为他不是为哲学而死，而是因为失恋而死。①但现在对于这个事件基本上可以用评论家伊藤整的观点来评定："藤村操的死，做为一个日本第一个为追求人的存在意义的行为，属于纯粹的思想问题，给青年们带来了极大的影响。"②

再来看小说《艺妓小江》，司马桑敦把明治时代的藤村操搬进了他的作品中。小江执著不舍的正是50多年前已自杀了的人，而藤村操居然还出现在饭店里。也就是说藤村操和小江都已不是现世的活人，日本诗人遇上的不过是精灵现身的小江。小江的神出鬼没时时使他觉得被置于"既现实也虚渺的幻觉中"就是因为这个原因。但值得注意的是司马桑敦的本职是新闻记者，对于藤村操的自杀事件和当时纷云一时的评论，以他内行的手腕是不难掌握的。但他在作品中并没有过多地写藤村操，他主要描写的是小江如何恋眷着藤村操。他对这个事件的注意点很明显是偏重于失恋的。他利用了世间上流传的失恋的看法，构思了一个相反的情场，即小江迷恋着藤村操，但因藤村有了另外的女人而失恋。藤村操的死在日俄战争的前一年，日本正在向着帝国主义、殖民主义发展，不论是为了人的存在意义而死，还是为了失恋而死，都与侵略和殖民统治的霸权主义、国家主义有着相当大的偏差。事隔50多年，经过一连串的侵略战争，一败涂地的日本开始向着经济大国发展之际，他们仍在东京和日光之间互相追恋着。小江所固执的超越时间和空间的爱就在这现实与虚渺之间延续着，没有条件，没有分类和程度。从这一点可知，这篇小说的着眼点在于恋爱与传奇。隐地氏在《评论〈山洪暴发的时候〉》一文中，把《艺妓小江》评为"类似聊斋的故事"③他虽然没有举出具体的考证和分析，但就这部作品的写作手法来看，他的评价是恰当的。司马桑敦把传奇的舞台搬到日本，把他对日本文化、历史的观察加上一番文学手法的加工，突出了作品的主题，塑造了小江的追求爱情的形象。这

---

① 吉田雏羊，《藤村君の詩人的最後について》、《新人》1903年8月、长谷川天溪《人生問題の研究と自殺》、《太陽》1903年8月、武林磐雄，《むそうあん物語》。
② 伊藤整，《日本文坛史》，第七讲，谈社文艺文库，1995年。
③ 参考《雪乡集》，美国长青文化公司，1992年。

一点是《艺妓小江》最有特色的地方。

五、《艺妓小江》与约翰朗《蝴蝶夫人》

旅居日本时期，司马桑敦对日本历史和战后的社会状况极为关心，对日本社会的观察为《艺妓小江》提供了丰富的素材。如作品中有关东京和日光的描写、藤村操的自杀事件的援用等，都反映了他对日本社会的深察明辨。当然来自社会的素材都经过了文学性的处理，有机地组合在作品情节中。在这里我们再来探讨一下小江的人物塑造与司马桑敦对日本社会观察的关联。

藤村操是明治时代实在的人物，而小江却是虚构的人物。她对藤村操抱有美丽、真挚的爱情，虽然她的爱情没有得到报答，但她还是耐心地等待，不舍地迷恋。简单地概括小江的人物形象，可以说是一个等待的女性形象。再有一点值得注意的是，司马桑敦并没有把小江做为一个一般的女子来描写，而给了她一个艺妓的身份。因为这个艺妓的身份，作品中才有了日本诗人与小江的有关爱情游戏上是否有真爱情的争论。小江虽身为艺妓，历经情场，但对藤村操却抱着始终不渝的爱情。

实际上，身为艺妓，对自己的恋人抱着真挚的爱情，永远等待恋人回来，这样的人物形象在司马桑敦心里早就存在。小说开首的第一句为我们提供了线索："在长崎的一间酒居的一个夜晚，一个喝醉了的日本诗人，偶然的告诉了我下面这段故事。"

在前面已经说过，这里的"长崎"来得突然，与后边的东京、日光似乎没有什么关系。但与小江却有着密切的关系。因为司马桑敦一直倾心于一位日本女性，有关这个女性的爱情故事便发生在长崎。她的名字叫：蝴蝶夫人。

蝴蝶夫人本来是美国作家约翰朗（John Luther Long）所作中篇小说《Madame Butterfly》（1898年）中的主人公。约翰朗在访问坐落在长崎湾口山崖上的格拉巴（Mr. Glober）公馆时得到了构思这部小说的灵感。小说发表后又由意大利歌剧作家普契尼（Giacomo Puccini）改编为歌剧，曾轰动美国和欧洲剧坛。当然约翰朗的小说和普契尼的歌剧都是以欧美人为上位，日本人为下位的态度来写作的，他们作品中的蝴蝶夫人是一个年轻天真的艺妓，她虽然对她丈夫屏卡顿——一个美国军人——有着真挚的爱情，但在男主角屏卡顿眼里她只是其旅居日本期间的生活和性的安慰而已。所以她必然地负着一个被奴役、忍耐的、牺牲的命运。我们对于这部作品的东方主义文学性质是不能忽视的。但尽管如此，这部作品也影响到了日本。第一次世界大战中，日本歌手三浦环（1884年~1946年）在伦敦出演歌剧《蝴蝶夫人》主角，成为日本人在欧洲的第一个歌剧主角演员。二战前又有许多题为《蝴蝶夫人》的歌曲出现，1933年美国电影《Madame Butterfly》在日本上映，引起了一个蝴蝶夫人热。1955年意大利和日本合拍的电影《蝴蝶夫人》在日本放映，二战前后，蝴蝶夫人的故事已是人人皆知的了。二战前后长崎的格拉巴公馆改名为"蝴蝶夫人旧居"，建立起三浦环扮演的蝴蝶夫人像，成为长崎的一个重要观光点。

司马桑敦曾在1962年访问长崎。他的旅行杂记《西南纪行》中专门立了《访蝴蝶夫人旧居》的大题目来记述他的访问。他去长崎虽然在时间上晚《艺妓小江》4年，但从他的旅行杂记中可以看出他对蝴蝶夫人的故事早就知道，而且知道的很深。他去长崎的主要任务就是要访问"蝴蝶夫人旧居"，体验约翰朗写作《Madame Butterfly》的灵感。他在文章中多次提到约翰朗。他对约翰朗作品要体验的有两点，第一点是，观察蝴蝶夫人生活并自杀的舞台格拉巴公馆的环境。第二点是，蝴蝶夫人的人物形象。

司马桑敦在《西南纪行》中简单地介绍了蝴蝶夫人的故事，并说明了格拉巴公馆之所以又常被称为"蝴蝶夫人旧居"，就是因为约翰朗的小说和歌剧的影响。①他是这样介绍蝴蝶夫人的：

> 约翰朗的蝴蝶夫人，是一位既美，又肯牺牲，而且钟情的长崎艺妓小姐。她和美国海军中尉屏卡顿偶然相遇便热恋了起来。（中略）这在屏卡顿本身似乎没有什么，但蝴蝶夫人钟了情，便一发而不可收拾。她一直痴心的等待屏卡顿能够再来。别后，她为屏卡顿生下一子，摒除了许多生活上的诱引和困难，她始终矢志不渝。但等到第二次又会见了屏卡顿时，她发现屏卡顿已是使君有妇了。于是

---

① 《扶桑漫步》，第62页。

她把儿子交付给她心爱的人,她剖腹自杀了。①

司马桑敦对约翰朗《Madame Butterfly》的殖民主义性质有一定认识。他在介绍这部小说的情节时,也介绍了它在日本的影响。

> 这部悲剧,据说曾经疯狂了美国,但确也深深感染了战后日本。战后日本在盟军占领之下时,日本许多女子以其降服的与牺牲的精神,献身于她们的征服者,确也替她们的国家间接直接免除了不少不必要的损害。而美国军人在佳人入抱之时自也乐得英雄气短了。就这样,由蝴蝶夫人形成的一种气氛,几乎在日本观光宣传中成了一个极端重要的"心战"项目。②

司马桑敦对这部作品的殖民主义性质的认识,不仅限在作品中,还延伸到二战后它对日本社会的影响。二战后日本接受美军的监管,许多日本女子又重蹈蝴蝶夫人的覆辙,她们的牺牲反过来为国家出了一臂之力,司马桑敦对这种逆说性的悲剧早有明察,特在《西南纪行》中提醒读者。但我们从他的文章中可以了解到他对蝴蝶夫人所感动的却是她那真实的爱情。

我们可以把《艺妓小江》中的小江拿来与蝴蝶夫人作一个比较。司马桑敦从约翰朗的小说中得到的蝴蝶夫人的形象是美丽、钟情、牺牲的和等待的女人。这与小江的形象十分接近。同是艺妓,抱着同样真挚的爱情。蝴蝶夫人在长崎的山崖上每天用望远镜注视着出入港口的外国船只希望能看到屏卡顿的船;而小江在东京与日光之间,再三地等待着藤村操的到来,她们等待恋人的形象如出一辙。蝴蝶夫人因为屏卡顿有了新夫人而自杀;小江也因为藤村操另有新欢而隐入华严瀑布之底。悲剧的结尾又是如此相似。她们所抱的爱情,正像小江说的那样,"爱情就是爱情,没有条件,没有分类和程度,也更没有时间与空间。"③蝴蝶夫人和

---

① 《扶桑漫步》,第56~66页。
② 同上,第66页。
③ 《山洪暴发的时候》,第114页。

小江同样执著于拒绝以理分说的情感,她们都体现了日本古典女性的美德——肯牺牲、钟情、等待。司马桑敦通过小江的人物塑造,刻画出日本女性的美的模型。

除了约翰朗的小说和歌剧以外,流行歌曲也是司马桑敦了解"蝴蝶夫人"的一个重要渠道。在《西南纪行》中他写到:

> 长崎的夜晚,到处不断的散扬着最红女歌手美空云雀的歌声。歌就是"蝴蝶夫人"的。美空云雀的歌声,是属于一种低音的,你在她的歌声中会感到哀怨、叹息,同时也感到一种难得抗拒的诱引和挑拨。①

这里所说美空云雀的歌曲《蝴蝶夫人》是从1957年开始流行的,正是《艺妓小江》写作的前一年。实际上《蝴蝶夫人》的流行歌并不始于美空云雀,早在1933年由西条八十作词,古贺正男作曲的《お蝶夫人の唄》就已流行。1936年佐藤八郎作词,大村能章作曲的《お蝶夫人の唄》、1939年藤浦光作词,竹冈信夫作曲的《長崎のお蝶さん》等,《蝴蝶夫人》歌曲以不同的词曲,不同的歌手多次在日本流行,而且所有新的流行都集中在大都会。生活在东京的司马桑敦在去长崎之前就已耳熟于这首流行歌,也是极自然、容易的事情了。在《艺妓小江》中,司马桑敦描写日光中禅寺湖畔的夜景时也没有忘记用了流行歌曲:"湖上的灯光已开始闪烁。湖畔的咖啡馆正用扩音机遥远的播送着日本人喜欢听的伤感曲子。"②在这个夜晚,在这个伤感曲子的回响中,藤村操登场,使小江绝望而消失在瀑布中。这里司马桑敦用了"日本人喜欢听的伤感曲子"来装饰场面,反映了他对日本流行歌曲的敏感和关心,也反映了他描写手腕的巧妙。

小江的真挚爱情和等待的形象,有很大一部分是来源于蝴蝶夫人的。蝴蝶夫人的矢志不渝的爱,促使司马构思了一个日本女子的美的形象,这个形象通过他的笔,反映到小江的形象中去。

---

① 《扶桑漫步》,第66页。
② 同上。

六、双重透视的文化认识与实践——《艺妓小江》提示的问题

司马桑敦对日本社会、文化的观察多显示出双重透视的模式，它包括了时间的纵向性和空间的横向性的展开，时间的纵向性指"过去留下来的和现在存在的"；①空间的横向性则指观察者和被观察者的所属地域，以及第三观察者的所属地域，实际上这种模式是自我放逐知识分子所特有的。司马桑敦在日生活23年，虽然对过去的战争及日本帝国主义的憎恨终生耿耿于怀，对战后日本知识分子心理的脆弱性冷彻分析，但他并非全盘否认日本文化，相反却是非常重视。他通过各种机会仔细观察日本，发现日本不同于中国的特性。短篇小说《艺妓小江》及几篇日本旅游记反映了司马桑敦对日本文化的双重透视性认识，是他尝试描写异文化的具体实践。

《艺妓小江》是短篇小说集《山洪暴发的时候》中唯一一篇描写日本的作品。在《山洪暴发的时候》"写在前面"中司马桑敦写道："我是尽量的使用了一种文学学徒应有的自由态度写作了的。我在这几篇小说里开始探索着由一个朴素的人的立场去写一个'人'，避开了那些约束人的目的主义或理性主义的观念。"②这里所涉及的"目的主义或理性主义的观念"针对了五十年代台湾的"战斗文学"所代表的政治意识。司马桑敦对"战斗文学"的质疑、抵抗实始于五十年代，③东渡日本后自由民主意识的增长促使这种反思愈见明显。《艺妓小江》写于1957年国际笔会东京大会之后，特别明显地表现了司马的自由民主的意识。关于这篇小说，笔者已在《台湾作家司马桑敦与日本——以〈艺妓小江〉为例》④ 一文中围绕两个问题作了具体的分析和论述。第一个问题是本作品所依据的史实——藤村操的自杀。第二个问题是小江的人物形象与美国作家约翰朗（John Luther Long）《蝴蝶夫人》（《Madame Butterfly》1898年）的关

---

① 《知识分子论》，Edward W. Said 著，大桥洋一译，平凡社，第98页。引用文笔者译。
② 《山洪暴发的时候》，第3页。
③ 藤田梨那，《暴力与人性的对峙——论司马桑敦'山洪暴发的时候'》，见《世界华文文学的新世纪》所收，吉林大学，2006年。
④ 藤田梨那，《台湾作家司马桑敦与日本——以〈艺妓小江〉为例》，见《东亚现代中文文学国际学报》创刊号，2005年。

联。通过分析得到的结论是：小江的人物形象受了蝴蝶夫人形象的启发，她表现了日本女性忍辱、献身、真挚不渝的爱情，这种爱情以超时空、超理性为其特点。有关这两个问题在此不再重复，在这里笔者准备探讨的是由这两个问题延伸出来的更深一步的课题，即《艺妓小江》中提示的作者对日本文化的双重透视的深层认识和其具体表现过程的问题。《艺妓小江》中的关键词是"长崎"、"日光"、"自杀"、"偶然"。这部作品的"传奇性"[1] 也源于这几点。双重透视的视点包括描写日本的美国作家与日本作家的几个作品，以及作者对日本风土人情的观察。

（一）从风土环境理解文化形态

司马作品中一个不能忽视的特点是地名所表示的意义。《艺妓小江》中的"长崎"、"日光"就是一个明显的例子。如《台湾作家司马桑敦与日本——以"艺妓小江"为例》所论，"长崎"与"日光"以约翰朗《蝴蝶夫人》为中轴，以小江的形象塑造为目的，表现内在性的关联和象征意义。《艺妓小江》的写作直接地受了约翰朗《蝴蝶夫人》的影响。《蝴蝶夫人》（1898 年）以美国人的视点来看日本女性，其性质属于东方主义文学。但司马桑敦在构思日本艺妓形象时参考的作品并不只限于此，目前可以探索到的至少有以下几篇：

> 赛·真珠（Pearl. S. Buck）《爱国者》《The Patriot》1939 年
> 林芙美子《放浪记》1930 年
> 冈本かの子《老妓抄》1938 年

《艺妓小江》以战后的东京与日光为舞台，女主人公小江为了挽回自己的恋人，七次相约去日光旅行，但她七次都被爽约了。第七次，日本诗人"我"偶然与小江同行去日光，被小江的执著、真挚的爱情所感动。"我"最后目睹小江投身华严瀑布。小江固执的恋爱观是："爱情就是爱情。没有条件，没有分类和程度，也更没有时间和空间。"[2] 小江这种爱情

---

[1] 隐地，《评论〈山洪暴发的时候〉》，《雪乡集》所收，美国长青文化公司，1992 年。
[2] 《山洪暴发的时候》，第 114 页。

拒绝理性的价值观，拒绝客观的分析，近乎一种"玄学"① 的思惟方式。但这正代表了她的人生态度，也代表了日本民族的心理特性。这种人生态度与作品中涉及的地域有着密切的关联。执著、忍辱、真挚、舍身的人生态度可以在蝴蝶夫人身上找到，同样也可以在上述3篇作品中找到。

上述三部作品中，除了冈本かの子《老妓抄》以东京为舞台以外，其他两篇都是以九州为舞台的作品。司马桑敦在他的旅行记《西南纪行》中对以上作品有所涉及。1962年司马桑敦周游日本九州时涉足了北九州、福冈、长崎、鹿儿岛、樱岛等地方。在长崎，他参观了格拉巴公馆，体验了约翰朗写作《蝴蝶夫人》的灵感。《西南纪行》为我们揭示了《艺妓小江》开首的地名"长崎"的秘密。在樱岛，司马桑敦特意拜访了日本女作家林芙美子的故乡，他在旅行记《地震山摇火山口，红颜荒冢草木哀》一章中这样写道：

> 我由鹿儿岛赶搭一班最早的渡船去了樱岛。我由一个叫垂水的市镇改搭巴士去了一下古里温泉。古里温泉是日本已故女作家林芙美子的故乡，在这里有她的纪念碑，上面由好事者题了一句话："好花命短而多苦"，其实也就是佳人薄命的意思。林芙美子是一个私生子，她的成名作"放浪记"写尽了她的奋斗与放荡的生活。她曾在剖白她自己身世时说出来她的哲学："私生子也应该活下去，我应该为活着而活下去！"这是一种单纯的不为世俗观念所拘束的生存态度，也许有人喜欢把它解释为一种斗争的与反抗的意识，但，当我看到樱岛，领略到樱岛的气氛，我觉得这种生存意识也许正可解释为生活另一面的虚无主义。②

从上文可以判断司马桑敦在游九州之前就已读过林芙美子的《放浪记》。《放浪记》是林芙美子的自传性的长篇小说，以日记的形式记述她曾经渡过的贫困、挣扎、流浪的生活，充满了失落、绝望和虚无的气味。文中"好花命短而多苦"一句原本是林芙美子写过的一段诗句，以花的

---

① 《山洪暴发的时候》，第114页。
② 《扶桑漫步》，第78页。

短命象征人生,这一段诗句反映了林芙美子的人生观和审美观。樱岛是九州著名的活火山地区,至今仍在间断地爆发。司马桑敦身临樱岛的自然环境,对林芙美子的人生观加深了理解。"私生子也应该活下去,我应该为活着而活下去!"司马桑敦没有将林芙美子的这句话当做无政府主义的反抗,而把它看做否认规范,否认观念价值的虚无主义。

在同一篇旅行记中,司马桑敦还提到了赛·珍珠的《爱国者》。他写道:

> 由林芙美子我联想到赛真珠所著"爱国者"中的那位日本女主人公。她就是九州人。她的生活艺术中所含有的那种应变与坚忍的哲学,便明显的与地震、火山爆发,以及台风有这密切的关联。也唯因如此,她在最大寂寞之时,会想到自杀,因为唯有自杀在她的生命观念中有一种结果,有一种位置,除此以外便任何东西都不存在了。①

赛·珍珠曾长期旅居中国,《爱国者》描写了中国青年吴伊万于1927年蒋介石肃清共产党时逃亡日本九州,与日本女子木村珠结婚,上海事件后又只身回国抗日的一段故事。这篇作品写于1939年,正值美国军政方面注视日本,开始掀起一个日本研究热,又正值赛·珍珠获诺贝尔文学奖(1938年)之际,《爱国者》是获奖后的第一篇作品,在美国很受欢迎。《爱国者》中描写了两个自杀事件,一个是大资本家木村的次子木村秋雄与恋人澄枝的自杀;一个是木村珠的自杀未遂事件。木村秋雄是大资本家的儿子,他父亲为他订下了门当户对的婚姻。但他偏爱上了妓楼里的澄枝,两人彼此相爱,他们必然地遭到父亲的反对,不能结婚。在孤独和苦恼中,他们选择了一起自杀的结果。木村珠是木村家唯一的一个女儿,她热爱着吴伊万,但她父亲已为她订下与日本将军的婚姻。为了抗拒父亲所定的婚姻,木村珠最后以护身刀割手腕试图自杀。这个行动迫使她父亲不得不让步。作品中写道:"父亲固然是非常顽固的,但他终于从女儿的血中知道女儿的顽固一点也不次于自己,女人顽固起来

---

① 《扶桑漫步》,第79页。

是无法对付的。"①木村珠付出了流血的代价终于与吴伊万成婚了。

在三四十年代,《爱国者》的重要意义在于其中多描写了日本人的感情表达方式和生死观以及日本特有的自然环境,突出了岛国日本的特异性。赛·珍珠在作品中特设了名为"地震"的一章,描写了长崎大地震的情形。大地震突如其来,大地摇动,房屋倒塌,海啸冲荡,吴伊万的新家被摧毁了,剧烈的振荡使吴伊万几乎站不住脚,不禁失声大叫,但木村珠却非常镇静,只安静地说了一句话:"好了,我们得救了。"作品中描写她的态度:"她好像不知道她可爱的家在她的背后已成了一堆废墟似的泰然地坐着。"②在房屋倒塌,亲人失散的状态中,所有的日本人都如木村珠一样镇静,沉默。在中国人吴伊万眼里,这是一个异样的状态,他称之为"沉默的奇迹"。作品中写道:

>珠的姿态至今还记得很清楚。她那女性的快活背后似乎有一种可以断乎舍身的东西,那是一个与希求或不希求无关的什么东西。像孩子一样愉快的这些人们的心里总有一个在关键时刻能够付与忍受一切力量的顽强的觉悟。
>
>这个岛国的人们经受过对付比人力大得多的巨大敌人的训练。他们一直与地震、火灾、台风奋战。这个可怕的敌人不断地训练了他们。③

这里吴伊万对日本人的惊异与观察深入到日本人的心理,这无疑表现了作者赛·珍珠对日本的观察与感受。日本人外表的快活与内心的坚忍来源于他们的生死观,而培育这种生死观的土壤就是这个岛国的自然环境。从风土的角度观察不同地域的文化,这并非始于赛·珍珠,1935年日本学者和辻哲郎出版《风土》一书,从风土学的角度论述了日本文化的特质。1946年美国学者露丝·本尼迪克特(R. Benedict)发表《菊与刀》,论述了日本人的特质。《爱国者》则以文学的形式具现了日本文

---

① 《爱国者》,赛·真珠1939年,内山敏译,改造社,1939年,第261页。笔者译。
② 同上,第327页。
③ 同上,第330页。

化的特色。

司马桑敦涉足九州,感受这块时常遭遇地震与台风袭击的土地的风土气味,使他对《爱国者》和《放浪记》中的日本人的人生哲学有了深切的理解。和辻哲郎在《风土》中曾分析台风的两面性质与日本人心理的关系时指出:"台风的季节性和突发性反映了人们生活的两面性。丰富的湿气给人们带来富饶的食物,同时暴风雨和洪水又给人们带来莫大的威胁。"这样的自然环境给日本人的气质带来了两面性,"培养了日本人的即崇尚感情的昂扬,又忌讳执拗的气质。以樱花来象征这个气质是深有意义的。这表示即急剧、匆忙、华丽地开放,又绝不过于执拗地持续,依然匆忙、恬淡地落去。"①日本人的特殊性格:反抗与忍从、激扬与沉默、好战与放弃,这样互相矛盾的感情时常突然交替,而这突变中又显示了日本人特有的审美观。这正与司马桑敦所说"那种应变与坚忍的哲学"相印证。很明显,司马桑敦从风土的角度深入到文化层面,他一方面通过美国和日本作家的作品理解日本人的生死观、审美观,另一方面又通过实地考察,体会风土与文化的辨证关系。

《艺妓小江》中的日光是明治时代藤村操自杀的地方,又是热爱藤村操的小江消失的地方。小江的恋爱观、执著与放弃的突变反映了日本人特有的人生观,而作品中的"长崎"与自杀名地"日光华严瀑布"正是以风土衬托了日本人的特性和感情,暗示了风土培植文化的道理。

(二)"偶然"在作品中的意义

《艺妓小江》中"偶然"一词很值得注意。"偶然"首先在作品开首出现:在

　　长崎的一间酒居的一个夜晚,一个喝醉了的日本诗人,偶然的告诉了我下面这段故事。②

"偶然"一词在作品中出现了17次。主叙者日本诗人"我"在电车站上与小江相遇是一个"偶然";"我"和小江同行去日光是一个"偶

---

① 和辻哲郎著,《风土》1925年,岩波书店,第162~164页。笔者译。
② 《山洪暴发的时候》,第105页。底线笔者。

然";两人分手后,在日光的高空缆车上相遇又是一个"偶然";在旅馆里不期而遇也是一个"偶然";小江失踪后"我"得知小江的恋人藤村操50多年前自杀于日光也是一个"偶然"。"我"与小江的故事自始至终都以"偶然"贯穿。作者对"偶然"并没有作任何解释,若不加深思,一阅而过,大多不会注意到作者的用意。反之,有些地方"偶然"以重叠的形式出现,反而给作品带来生硬、单调的感觉。但我们需要思考的问题是作者为什么如此执著于"偶然"一词?"偶然"与他的写作意图有何等的关联?

《艺妓小江》中"偶然"的用例可分为两种情况:一是登场人物不期而遇的场合;二是表示心理状态的场合。第一个场合,"我"几次意外地与小江相遇,感到非常奇异,几乎被置于"既现实也虚渺的幻觉中",①而对此小江的解释就是"偶然"。如笔者在《台湾作家司马桑敦与日本》一文中所论,其实小江与他的恋人藤村操都是精灵现身,并非现实的活人,他们穿越时间和空间,在东京和日光之间与"我"相遇。因此,"偶然"在此起了强调故事的传奇性的作用。第二个场合,表示着小江的不可思议的心理。小江忽而固执地等待恋人,忽而又转来与"我"相会,她解释自己的心理道:"偶然,我心血来潮了,我便上来了。是的,又是偶然。"②对此,"我"的反应是:"我简直为她这个玄秘的人生态度惊倒了。"③这里,"偶然"表示小江的人生态度。"我"称它为"玄秘的人生态度"。对小江的恋爱观,"我"也曾称之为"玄学的说法"。这些都表示了小江拒绝理性分析的思考模式。刻画出小江的任性、固执的形象。值得注意的是在小江的固执中隐藏着"认真"、"忠实"、"严肃",一种坚不可摧的意志。这正是司马桑敦刻意描写的日本人的特性。

司马桑敦在《西南纪行》中涉及了林芙美子的《放浪记》和赛·珍珠的《爱国者》,指出她们的共同点,即都与九州有关,地震、台风、火山都集中在这里,日本人的人生观与地震、台风、火山有密切关联。在关联到日本风土时,司马桑敦已意识到了"必然"与"偶然"的关系。

---

① 《山洪暴发的时候》,第119页。
② 同上。
③ 同上。

他屡次使用"偶然"这个字眼。他写道：

> 我是一个大陆人，我无由理解在这么一块经常地震、地鸣与火口喷烟的火山岛上居民的历史意识如何，但是，至少，我想到，在任何人向权利、制度、伦理，都无从控制的自然恐怖下，人们唯一的现实态度只是生存的虚无主义而已。在这种空间生长出来的人，"偶然"以压倒的优势占领他们观念中的任何"必然"，他们无所追求，也无可追求。①

很明显，司马桑敦在理解和认识日本的过程中意识到了风土、自然环境对文化所起的决定性作用。他将日本特有的地震、台风、火山等自然现象归纳为"偶然"，在"偶然"与"必然"的势力较量中透视日本人的心理。

"偶然"做为一个哲学的命题、早已被东西方的哲学家论述过。在哲学的范畴里，"偶然"的最基础的定义是："独立的二元之邂逅"。②有关偶然性的论述涉及了许多角度，理论分枝烦琐，在这里不准备更多涉及。笔者重视的是：自1935年到50年代在日本曾发生过的"偶然"论之热。这一事实是否给司马桑敦一些启发？1935年日本作家中河与一发表题为《偶然的毛毯》、《偶然文学论》的两篇文章和专著《偶然与文学》。③他从文艺的角度，批判了当时流行的唯物辨证法的现实主义倾向，指出唯物主义的必然论不能把握充满惊异和不可思议的现实世界。他推崇尼采、纪德、柏格森的偶然论，站在唯心论的立场，主张"在我们的生活中，无论主观也好客观也好，唯一存在的不过是不可见的偶然而已。"④即世界的本质就是一个偶然。偶然论所追求的是"真实中的不可思议和不可思议中的真实"，他说："最高的艺术应追求真实的不可思议，深入虚实的

---

① 《扶桑漫步》，第78页。
② 亚里士多德称"偶然"为"邂逅"；柏拉图和舒本华称"偶然"为二元的邂逅；柏格森、尼采也都有关"偶然"的论述。
③ 《偶然的毛毯》1935年，《东京朝日新闻》、《偶然文学论》1935年，杂志《新潮》、《偶然与文艺》1935年，第一书房。
④ 同上，第109页。笔者译。

深奥之处，开示审美的世界。所以，当今不论是解释现实主义还是理解浪漫主义，都需要从偶然论入手。"①中河与一的偶然论引起了一场争论。与此同时在哲学和风土学领域里也出现了有关偶然论的论著，1935年和辻哲郎在《风土》、《艺术的风土性格》一章中从风土学的角度论述日本诗歌，他认为日本诗歌中的"连句"的格式与诗歌意象都是"偶然"艺术性统一的产物。②哲学家九鬼周造亦出版《偶然性的问题》③一书，他继西方哲学的偶然论思想，进一步严紧地系统地对"偶然"的问题作了分析和论证。值得注目的是九鬼周造特别从风土、历史和文艺的角度重视了偶然性的问题。他在书中特别设了《历史与偶然》和《偶然与艺术》两节来论述偶然的问题。在《历史与偶然》中他写道：

> 自然科学偏重于对法则的合理性、必然性乃至盖然性的关心。反之，对于历史学来说事实的非合理性、偶然性才是具有不可忽视的生命的。例如对于暴风雨，自然科学力求寻证法则性的必然性乃至盖然性。考虑水陆分布关系、天气、温度、气压的变化等等因素，引导出在一定的条件下同样的暴风现象会反复出现的必然性和最大盖然性。自然科学的关心点在于暴风现象的抽象的周期性上。企图从中找出预知未来的可能。反之、对于历史学来说某年某月某日某地发生的暴风只是在它的一次性中存在着具体的问题。元寇袭来（1281年）时，龟山上皇向伊势神宫祈愿，愿以身殉国。弘安四年（1281年）闰七月一日鹰岛附近发生暴风，使数万元军全军覆灭于大海之中。这次暴风被称谓"伊势神风"，成为史上特笔大书的偶然事件。历史的非合理性以时空的一次性为基点，具体的限定性为背景，这是偶然性的现象。④

这里以自然现象为例，论述了自然科学与史学的不同意识。强调"偶然"在历史和人们生活中的意义。九鬼周造的偶然性论述的重要意义

---

① 《偶然的毛毯》，第119页。
② 《风土》，第194页。笔者译。
③ 《偶然性的问题》，九鬼周造，1935年，岩波书店，笔者译。
④ 《偶然的毛毯》，第138页。笔者译。

在于从自然现象、风土现象导出"偶然"的历史所与性,从"偶然"的历史所与性延伸到对文化艺术的洞察。在这一点上他与和辻哲郎的哲学基点十分接近。

在《偶然与艺术》中,九鬼周造涉及到中河与一的偶然论,以赞同的观点引用了中河与一的《偶然文学论》。同时阐述了自己的观点。他认为艺术是将自己与偶然性相关照的当下性的文化形态。①他将艺术与偶然性的关系分为两点,一是艺术构造的偶然性;一是艺术以偶然为对象的特性。他指出:

> 艺术的自由意味着相对于一切必然的自由。在突隐突现的艺术的绝对自发性中才会有灵感与冒险的偶然性存在。(中略)自然现象中的偶然性是难以预知的,不拘法则的,那当中有它的个性与自由;有生命的放纵、肆意的游戏。这生命与游戏是美的。这泼剌的超逸性所引发的惊异是能够感动人的。②

九鬼周造将偶然性的感情当价界定为"惊异的情绪"③ 从这个基点出发,艺术的对象与内容就偏重于对"偶然"的惊异与感动,"奇遇"、"奇缘"、"传奇"等都可以说是偶然性的"惊异的情绪"在文学上的表现,这个特性明显地表明了艺术与"偶然"的内在关联。中河与一也强调"艺术应该重视偶然的契机,传播美的感动。"④对于艺术和偶然的内在关联的问题,九鬼周造、中河与一的认识基本一致。

九鬼周造、中河与一、和辻哲郎同在 1935 年论述了偶然性的问题,而且他们几乎不约而同地将风土、自然现象作为论证的实例。在日本文学界虽然"偶然论"并未成为主流,但它呼应了当时的日本浪漫主义文学,对现实主义文学提出根本性的质疑。中河与一始终坚持自己的观点,1950 年发表了小说《失乐之庭》,以此尝试了他所说的"非合理的美

---

① 《偶然的毛毯》,第 221 页。
② 同上,第 222 页。
③ 《偶然性的问题》,第 215 页。笔者译。
④ 《偶然的毛毯》,第 337 页。

学"① 创作，1952 年发表随笔《非合理的美学》，再次阐述偶然论文学。1948 年 8 月日本著名物理学家汤川秀树与文艺评论家小林秀雄曾在杂志《新潮》上以《关于人的进步》的题目对谈，内容也涉及到偶然论。这些论述的目的虽然在于对"偶然"的论证，但另一面又揭示了日本文化的背景与本源。

司马桑敦在《西南纪行》中再三涉及到"偶然"，或许与日本的"偶然"论有关，并非出于偶然。目前尚未能够确着司马桑敦是否读过他们的文章，但作为《联合报》记者、一个在东京大学攻读了硕士、博士课程的知识分子，对当时的文化动向自然会十分敏感。上述文章登载的杂志，《新潮》、《改造》、《中央公论》，报刊《东京朝日新闻》又都是司马桑敦最熟悉的刊物，大多在他的《战后日本文学与政治》（1958 年）中提及过的。而九鬼周造、和辻哲郎的著作又是当时知识分子们的必读之书。因此我们可以推测他的日本文化认识中一部分很可能接受了偶然论的影响。《艺妓小江》中"偶然"代表了小江的人生态度，同时也提示了日本人的生死观、人生观及日本文化的特质。

司马桑敦出于认识日本文化的目的，关注了赛·真珠的《爱国者》、林芙美子的《放浪记》、约翰朗的《蝴蝶夫人》，从外国作家和日本作家的不同角度了解日本人；他又涉足九州等地，体验日本风土，摸索到大自然的偶然现象给日本人精神上带来的影响。这样一个文化认识过程呈现出外围与内面、风土与文化、过去与现在的双重透视的模式。司马桑敦对"偶然"的强调与 30 年代到 50 年代日本科学界、哲学界、文学界同时出现的"偶然论"相吻合，暗示着他的"偶然"论的理论背景。从这样的角度来看，我们可以将《艺妓小江》定位为对日本文化的双重透视的文学实践。作品中"偶然"的使用虽不免有过多重复的缺点，但作者的意图在于暗示多重视角透视的文化特质，突出作品的传奇性，烘托日本女性的形象。

司马桑敦与日本的关系始于少年时代，战后旅日，在日生活 23 年，他的人生的一大半与日本密切关联。司马桑敦在日本接触了东西各国的学者和文学家，唐纳金的日本文学评论为他提供了认识战后日本的重要

---

① 《非合理的美学》中河与一，1952 年，杂志《改造》，第 144 页。

线索。第29届国际笔会东京大会也为他开阔了文学理念的世界，促使他确认了文学上的民主主义观点。司马桑敦对战后日本的注目涉及到政治、历史、文化以及一般的社会现象，在这方面充分显示了他的做为新闻记者的观察力。这个观察力在小说《艺妓小江》中也起了很大的作用，为小说提供了丰富的素材。在作品处理上他采用了文学性的手法，在情节的展开上用了传奇的手法，让小江和藤村操神出鬼没，犹实犹虚；在情节构思上，他把藤村的自杀与长崎蝴蝶夫人的故事柔和在一起，刻意突出小江的真挚不渝的爱情，成功地塑造了一个美丽的、钟情的、忍耐等待的日本女子的形象。这部作品的特点在于素材丰富而精练，描写细腻而大胆，主题鲜明而优美。在其他的作品中，司马桑敦的笔锋基本上是浑厚、雄健、朴实的，颇有北方男儿的气概。而《艺妓小江》则是一篇柔情纤丽的文字，在司马桑敦的所有作品中别树一帜，具有特别的色彩。脚踏历史和社会现实，从中汲取与自己的美观、良心、感情相共鸣的成分，将它形象化，加色，加味，创造出一篇动人心弦，有普遍意义的作品。

赛·珍珠、约翰朗、林芙美子的作品为司马桑敦提供了认识和描写日本人的视角。北自北海道，南至九州鹿儿岛、长崎的旅行，使他体验了日本的风土，从风土的角度加深了对日本人、日本文化的认识。作为一个外国人，他对日本的认识由浅入深，逐渐接近文化的本质部分。小说《艺妓小江》集如此多方面的观察与思考，提示司马桑敦对日本文化认识。从文化认识的角度来看，他对异文化认识的态度在今天仍有一定的意义，提示我们在人文与民主主义的层面上，客观地、平等地、深入地认识他者，书写他者。

朝鲜半岛也与司马桑敦的文学和思想都有着密切的关联。从抗日时期到朝鲜战争，再到60年代，司马桑敦都一直关注着朝鲜半岛。这段历史自然是亚洲各殖民地国家从被殖民走向独立的历史，也是这些国家在经济、文化上向后殖民过渡的过程。帝国"中心"的崩溃带来周边国家的兴起，这些周边国家在重建自己的主体性过程中必然要经过种种难关，一方面要与新兴霸权抗争，另一方面又要清洗和反利用依然存在的帝国文化。在这个过程中，韩国和台湾地区都可算做亚洲最典型的标本，60年代他们都处在东西冷战的交点，因此司马桑敦对韩国的重视完全基于现实的需要。他的《高丽狼》和韩国游记都是他摸索周边国家在后殖民状态下如何表现自己的主体性的尝试。其中有对文化横断中的差异性的认识,如《高丽狼》;也有表示"他山之石"意图的,如,《韩国游记》。但做为这些书写尝试的思想基础应是民主主义思想。今天,韩国已突破了政治独裁统治,走上民主主义大道,然而南北分割、两岸隔绝的状态还没有得到解决。这些都证明了司马桑敦当年的预见是正确的,他提示的课题一半已完成,另一半还需努力。在20世纪50年代、60年代,司马桑敦就以后殖民的观点及多元文化视角观察和书写了韩国,他的观点和视野对今天我们的多元性文化认识具有一定的先行意义。

第五章　华人文学与异域语境书写

第一节　华人文学所提示的问题

长期以来侨居世界各地的华裔作家创作了大批的华文作品，现在，世界华文文学已经成为中国文学研究领域中的一个重要部分。华文文学的发展加强了中文在海外的影响力与生命力。另一方面，一些华人因幼年时代便飘流海外，更深地受了侨居地域的语言教育，又随着世代的延续，第二代，第三代华人除了自己的母语，亦能流利地使用居住地域的语言，于是，以异域语言创作的文学作品也就陆续出现。

以日本为例，从中国人大量移居日本大略始于甲午战争、日俄战争之后。人口流动的形式大致可分为留学、逃亡和移居。时期可分为一战前后、二战时期、80年代这样三个时段。留学、逃亡、移居的流动形式普遍存在于这三个时期。

第一期：一战前后的大移动

1868年日本明治维新不仅使日本步入现代化发展时代，也为整个亚洲带来了西方文明的曙光。甲午、日俄战争之后，日本在亚洲的地位更加显著，促使处在彼岸的中国掀起了学习日本，富国强兵的热潮。首先是官派留学生东渡日本，随即掀起洪水般的留学大潮，这个时代的留学生不是现今我们想象的年轻学生，那是包括了男女老少、学生、学者、商人的大群体。在留学生中，鲁迅、周寿裳、周作人、秋瑾、郭沫若、郁达夫、陶晶孙等是较著名的。逃亡政治家有朱舜水、罗振玉、王国维、孙文、黄兴等。除此之外还有更多的流民、苦力由宁波、广州、台湾等地流入日本。当时横滨、神户、长崎三大港湾地区是中国人东渡日本所指向的主要区域。明治四十年代在日中国人达到一万人以上。①日后其中一部分人定居下来,经过几十年的辛勤耕耘,开创在异土的生活根基,成为早期的"华侨"。

对一直以文明古国自任的中国人来说,这个时期的大流动可以说是有史以来第一次尝试优越于自国的异土体验。他们一面回味着流淌在自己血液中的中华文化的分量,一面勤奋努力,试图汲取富强的文明力量。

第二期:二战前后时期

第二次世界大战时期已有很多中国人居住在日本,1936年在日华侨已达4.5万人,②他们大多数是以"三把刀"——菜刀、剪刀、剃刀——维持生活的劳动阶层。并开始诞生第二世"华侨"。除留学生外,从大陆和台湾亦有不少人流向日本,如郭沫若、郁达夫、钱祖同等。1949年日本战败及接踵而至的国共内战是中国社会最混乱的时期,其间不少中国人往来于东海两岸,仅举知识分子有陶晶孙、胡兰成、司马桑敦等。这个时期,在日华侨已基本建立了自己的生活基地,组建了自己的社团,如各地的华侨总会和中华学校。与前一个时期相比,华人社会开始重视文化主体性的维持与传接;另一方面,他们开始扎根于日本文化土壤,第二代、第三代"华侨"已不存在语言的障碍,他们开始活跃于日本社会。如邱永汉、陈舜臣等。这个时期日中战争、国共内战以及东西冷战给在日华人以深刻的战争记忆,中国与日本、大陆与台湾、西方自由社会与东方社会主义社会,对峙的政治意识程度不同地支配着他们的思想,这样的意识在他们的文章中时隐时现,挥不可去。

第三期:80年代以后

1972年日中两国外交实现正常化后,留日学生开始增多。进入80年代经济改革开放时期后掀起第二次留日大潮。2005年在日留学生已超过30万人。③在数量上,这个时期与前两个时期决然不同,留学生中很大一部分人毕业后在日本就业,形成大批新时代的华侨。80年代以前的在日

---

① 実藤恵秀・中国人日本留学史・黒潮出版社,1981年。
② 参看许淑真《神戸と華僑》、《神戸と華僑——この150年の歩み》神戸新聞総合センター,2004年。
③ 入国管理协会《在留外国人统计》,2006年。

华侨被称为"老华侨",而新的一代被称为"新华侨"。①"新华侨"具有与"老华侨"不同的几个特点。一,势力庞大,数量远远超过"老华侨"。二,教育程度较高,高中毕业或大学毕业的人较多。三,职业范围广,与"老华侨"的"三把刀",饮食服务业相比,"新华侨"多就职于IT企业、一般的公司、研究机关、大学等。四,与集中生活的"老华侨"社会相比,"新华侨"散居于日本各地。五,在文化方面由"新华侨"创办的杂志报刊及书籍数量远超过"老华侨"社会。这些特点自然给现代在日华人社会带来文化上产出丰盛成果的有力条件。

第二节　在日华人文学创作

在日华人的文学创作主要以留学生的写作为主,如郭沫若在1920年代创作《女神》,为中国现代诗歌开拓了新的天地。九州博多海湾孕育了诗人郭沫若;郭沫若、郁达夫、张资平等留日青年组建的创造社可以说是在日本最早出现的一个文艺社团。郁达夫的《沉沦》《银灰色的死》等作品多受了私小说的影响。陶晶孙在日本的文学创作涉及的时间较长,留学时期他写了《木犀》、《两姑娘》、《理学士》、《特选留学生》、《音乐会小曲》等小说,描写了在日留学的艰苦而又唯美的生活。这个时期的特点在于留学生们通过日本吸收西方文化和文学,经历日本文化和西方文化的洗礼,在自我意识的开蒙上接受了日本以及西方的刺激与启迪。他们的作品都带有边缘和多元性质,给中国带来了西方和日本的现代文学的气息。1999年上海文艺出版社版《中国留学生文学大系》中《近现代小说卷》中收集了20年代、30年代留学日本的留学生们的作品。

另外一个特点是在日华人的双语写作。二战后,由大陆、台湾移居到日本的华人以及在日华人的二代,三代中有不少人开始用日语写作,如陶晶孙、司马桑敦、邱永汉、陈舜臣等。陈舜臣是战后在日华人作家中作品最多,在日本社会影响最大的一位作家。做为华侨二代,陈舜臣自幼受着日本式的教育,在日本经历了第二次世界大战。战后他的第一

---

① "新华侨"的称呼由莫邦富、蒋丰等开始提倡。

部小说《枯草の根》获得了江户川乱步奖,继之有《三色の家》、《弓の部屋》、《怒りの菩薩》、《割れる》等一系列推理小说问世,受到日本读者的欢迎,先后获直木奖、日本推理作家协会奖。后又发表《十八史略》、《太平天国》、《鸦片战争》、《山河在》等一系列长篇中国历史小说,被誉为当代日本的历史小说作家。他的作品均用日语书写,在日本拥有广大的读者群。但其所立足的仍然是中国文化,广涉历史与漂泊海外成为他创作的主题。目前日本已出现一些有关在日华人的研究,① 这些研究中有不少是有一定的广度和深度,具有一定的学术价值的。

"华人文学"与"华文文学"的根本分界在于所用语言的不同。"华文文学"以语种为界定,而"华人文学"则以种族为界定。"华文文学"的重要特性在于"文化传统"、"本土精神"、"外来影响"。②而"华人文学"介于作者本身的种族所属也就不可能彻底脱离他所属的文化传统。当作品涉及中国或汉文化时,文化所属的特点便更加突出。因此我们应该承认"华人文学"中仍有与"华文文学"一脉相承的因素。生活在海外的华人不论是对侨居地域的文化,还是对自己民族的文化,都具有一种双重透视的视角,他们能够更宏观地、更客观地审视自己和他者。值得注目的是由于"华人文学"使用中文以外的语言,它便提出一个更微妙的问题,即华人作者怎样以异域语言来审视和表现自己与他者?如何在异域语境中确认自己的主体性?陈舜臣文学规模庞大,笔者准备另外论述。本章将以陶晶孙50年代的日语作品为例,探讨上述诸问题。

第三节 陶晶孙的异域体验

陶晶孙1897年生于无锡,1906年9岁时就随父母东渡日本。当时清朝政府提倡学习日本维新,富国强兵,排遣了大批青年赴日留学,掀起

---

① 严安生,《日本留学精神史——近代知識人の軌跡》、陈大璋《海外中国人及びその居住地の概況》、実藤恵秀中国人日本留学史、小川博中国人日本留学史稿、朱慧玲《日本華僑華人社会の変遷》、莫邦富《新華僑》、谭露美、刘傑《新華僑·老華僑》等。

② 杜国清,《世界华文文学研究方法试论》、《台湾与海外华文文学评论和研究》编辑部,人民文学出版社,1996年。

了一个东瀛求索的留学热。鲁迅、周作人等知识青年都在这个时期赴日留学。与这些留学生不同的是陶晶孙年龄仅9岁,他没有像其他留学生那样马上进入留学生速成班,而是和日本学生一样入小学读书,他插入东京锦华小学四年级,后顺利升入东京府立第一中学和第一高等学校,1919年考入九州帝国大学医学系。在九州帝国大学结识了郭沫若,开始了两人终生不渝的交往。陶晶孙比郭沫若小5岁,但在九州大学仅比郭沫若低一年,而且他的日语要比郭流利得多。1921年他的第一篇小说《木犀》就是用日语写就的。郭沫若对《木犀》非常赞赏,鼓励陶晶孙把它翻成中文并登载在《创造季刊》第一卷第三期上。郭沫若在作品之后的"附白"中写道:

> 我们在日本有几个朋友组织过一种小小的同人杂志,名叫"Green",同人是郁达夫、何畏、徐祖正、刘恺元、晶孙和我。晶孙这篇小说、便是"Green"第二期中的作品;原名本叫"Groere en destinee"(相信运命)原文本是日本文,我因为爱读此篇,所以我怂恿他把它译成了中文,改题为《木犀》。一国的文字,有它特别美妙的地方,不能由第二国的文字表现得出的。此篇译文比原文逊色多了,但它根本的美幸还不大损失,请读者细细玩味。①

郭沫若的这段"附白"充分表示了他对《木犀》的高度评价,同时也告诉我们陶晶孙的日语是非常地道的。《木犀》的日文稿已失传,但我们从他日后发表的其他日语作品中可以了解他的日语十分应手,可与日本作家比肩。留学期间陶晶孙与郭沫若等留日学生创办了文艺团体"创造社",发表了很多作品。留学期间的作品有《黑衣人》、《洋娃娃》、《剪春罗》、《尼庵》、《温泉》、《理学士》、《特选留学生》、《女朋友》、《两姑娘》等,这些作品都接受了日本和欧洲新文学的影响,给中国新文学带来了不少新鲜的成分。九州大学毕业后,陶晶孙转入仙台的东北帝国大学,1926年就任东京帝国大学医学部助教,直到1929年才回上海,在日生活长达23年。

---

① 《创造》季刊,第一卷第三期,1922年8月,第69页。

陶晶孙长期侨居海外的异域体验前后有两次，第一次就是从1906年到1929年的留学时期。这是他在日逗留最长的一次。第二次是1950年从台湾逃往日本，这是他一生中最后一次旅居，1952年病逝于日本。

1950年的逃脱台湾充满了危险和不安。日本战败后，1946年陶晶孙受国民党政府的委托，赴台湾参与接收台湾大学的工作，后又任台湾大学教授、热带医学研究所所长。但当时台湾的社会形势非常险恶。1945年日本的战败结束了日本对台湾长达50年的殖民统治。国民党进入台湾，开始加强对台湾的统治。国民党腐败、贪欲的政治使台湾人民大失所望，台湾人民开始反抗国民党政府，1947年2月发生了"二·二八事件"，国民党政府发动了大批武装力量镇压了台湾人民的暴动，发布了军事戒严令。此后台湾被置于军事独裁统治状态下，军事戒严状态一直持续到1987年。50年代朝鲜战争爆发后，东亚的局势变得更加险恶，国民党政府对外警戒着共产党政权的进攻，对内压制台湾人民的抵抗，肃清外省人中有共产党嫌疑的分子，台湾内部处于秘密通缉、逮捕、暗杀的混乱状态。陶晶孙因为曾与鲁迅有过交往，与郭沫若又是连襟兄弟，在台已感到危机迫近，于是1950年乘赴日参加学术会议之机逃离台湾移居日本。他在《从危邦到乱邦》中回忆道：

> 突然我发现周围的许多人都不见了，都像夫子所云离危邦而去了。我并不想从井里掀起台风，只指望能爬出去罢了。（中略）算来十天的时间一切事情都解决了，接着，可怕的疲劳使我痛苦了一年。①

这几行文字足以表达50年代台湾的混乱和危机，出逃台湾所冒的危险之大。陶晶孙逃到日本后写下一个对句："台风从井里起，洪水从沙漠来。"②象征当时台湾内部及台湾与大陆之间一触即发的紧张状态。

陶晶孙的异域体验涉及了日本和中国台湾，特别是在台4年的生活使他对殖民地台湾和国民党的对台统治有了切身的了解，同时也对曾经

---

① 陶晶孙，《给日本的遗书》，创元社，1952年，第65~66页。笔者译。
② 1951年陶晶孙写给辻まこと氏的亲笔字。

统治台湾长达50年的日本有了深刻的认识。

第四节　双重透视模式的文化认识

国共内战以及国民党在台湾的独裁统治所铸成的许多后果之一就是大批知识分子的海外流亡。陶晶孙1950年逃亡日本实际上是一种亡命或流亡。正像赛依德说的那样："流亡使知识分子变得与来自权利、故乡——内在存在的种种安慰无缘的周边存在"，但"流亡者有两个视点：过去留下的和现在存在的双重透视的视点。"①流亡知识分子所特有的双重透视的视点指过去与现在的双重透视，故土与异域的双重透视。周边性与双重透视视点赋予知识分子以更宽广的视野，使他们可以更宏观地、更本源性地认识世界。

陶晶孙到日本后，他的生命就没有给他更多的时间，1951年他开始写作，到1952年去世的短短一年之间他写了四篇短篇小说，十多篇散文，死后集成《给日本的遗书》留给世间。其中《日本见闻记》、《为了中日友好》《落地秀才·日本》等文章鲜明地反映了他对日本侵略和失败的原因的认识，字里行间浸透着他对日本的教诲、对殖民地人民的关怀，萦绕着他对恢复民族主体性的思考。

40年代后期，日本还处在以美国为主导的联合国总司令部的监管之下，政治、经济、教育等各方面都要遵循美国的意图。在东西冷战期间，日本采取了与英美配合的态度。对此，陶晶孙以冷撒的态度作了分析。《落第秀才·日本》是一篇最精彩的文章。文中他首先指出明治时代日本的西方一边倒、富国强兵政策是导致日本战败的根本原因，其结果便是：

> 给中国大陆的广大民众、家族带来残杀、离散与战灾，将现在日本所有的伤瘢、孀妇以至混血儿也都留给了中国。
> 从中国的角度看，现在的日本全如自己曾经历的一样。中国处在半殖民地状态时港弯里有外国的军舰；郊外有外国的军队；官吏

---

① 赛依德，《知识分子论》，大桥洋一译，平凡社，第98页。引用文笔者译。

腐败，街上酒吧泛滥（中略）。以前中国所有的东西现在日本到处可见。中国人知道甘心于这种状态是绝不能走向独立国家的道路的。①

这里很明显地反映了陶晶孙的双重透视的视角，他从中国和日本的双重角度来认识战争的后果，以过去曾有的透视现在有的，来认识战后日本的状态，向日本敲起警钟。对于战后日本他指出：

> 倾倒于西欧文化的结果导致十一年前的袭击珍珠湾，被列强国家踢开了。但奇怪的是他们并没有吸取教训，又开始向列强们攀缘。日本的民众正被置于鲁迅所说的欲做奴隶而尚未做成的状态下。②
>
> 我们可以不客气地说，日本和德国一度狂暴过，结果被先生批了个落第，被排在殖民地人民的后面去了。如果想努力"再一次优越"，欺负和轻蔑其他同学，就又会挨先生的骂。而且先生压根就不打算再让日本出风头。日本人学着欧洲搞了文明开化就以为已经加入了欧洲的行列，但实际上这个岛子怎么划桨也划不到那个阵营去的。日本以为自己是不沉航空母舰，很有用，其实这只船划到那边，做为有色人种，是否能被接受还是一个问题。③

这里所触及的正是50年代初日本的政治动向。日俄战争以来日本曾主张脱亚入欧，与西方各国列强看齐，二战时又宣扬"东亚共荣圈"，企图称霸亚洲。在亚洲各国眼里日本是优等生，但战败使日本大挫锐气。陶晶孙称日本为"落了第的秀才"。这个"落了第的秀才"战后仍依仗英美的势力，对中国和东亚各国持着敌对或无视的态度，对此陶晶孙以"欲做奴隶而尚未做成"来批评，他的观点在于日本不能客观地认识自己，不能建构自己的主体性。

陶晶孙的对日批判实质上表现了中国知识分子对文化主体性的倡导，

---

① 陶晶孙，《落第秀才·日本》，见《给日本的遗书》，第45~46页。引用文笔者译。
② 陶晶孙，《为了中日友好》，见《给日本的遗书》，第41页。引用文笔者译。
③ 《落第秀才·日本》，见《给日本的遗书》，第46~47页。

在世界许多国家从被殖民走向独立的过程中，建构和恢复文化的主体性便成为各国人民特别是知识分子的重要课题。日本虽然没有遭遇被殖民统治，但战后一直处在英美的监管之下，如何汲取过去的经验，觉悟真正的独立也是极其迫切的问题。日本文化评论家、中国文学家竹内好在 1948 年发表论文《中国的近代与日本的近代》，其中《优等生文化》和《人文主义的绝望》两节对明治维新以来的日本文化的构造作了精辟的分析和批判。他指出日本明治以来的文化是一味追随西方的优等生模式，优等生必然要高于劣等生，有指导和救济劣等生的资格，而劣等生们不应该拒绝日本的指导和救济。"日本法西斯主义的根子就在于这包括了右翼与左翼的日本文化的构造。"① 陶晶孙称日本为"秀才"，其旨意与竹内好的"优等生"完全一致。同时对战后日本的批评中两人都用了"奴隶"一词。竹内好引用了鲁迅《南腔北调》中"做主子时以一切别人为奴才，则有了主子，一定以奴才自命"，② 指出日本现代的转折点在于对欧洲文化的劣等意识，它本身还没有明确的自我认识。"企图以做其他奴隶的主人来摆脱奴隶身份。所有的解放运动都以此为方向。故解放运动非但不能摆脱奴隶性格，反而奴隶根性愈渗愈深。解放运动的主体并不晓得自己就是奴隶，故终究找不到自己的主体性。"③ 日本的奴隶根性不仅是导致日本侵略亚洲和最终失败的重要原因，而且也是战后决定日本去向的重要因素。在欠缺主体性这一点上，陶晶孙与竹内好彼此持有共同的认识。而且他们不约而同的对鲁迅发生了共鸣。陶晶孙是鲁迅晚年来往较频繁的人，而竹内好则是鲁迅研究家。他们两个人在思想上、文学上以及社会认识上都深受了鲁迅的影响。战后他们都从鲁迅的立场出发，直面动摇、混乱的社会，试求摸索民族和国家的新的出路。这证明身经战乱，体验过殖民统治的亚洲知识分子，虽然国度不同，民族不同，但对民族文化主体性问题都抱了深切的关怀和审视，都希望各个民族、各个国家能争得真正的独立和解放。

---

① 竹内好，《中国的近代与日本的近代》，见《竹内好全集》，第 4 卷，筑摩书店，1948 年，第 150 页。引用文笔者。
② 鲁迅，《南腔北调·谚语》、《鲁迅全集》，第 4 卷，第 542 页。
③ 《中国的近代与日本的近代》，见《竹内好全集》，第 4 卷，第 158 页。

第五节　陶晶孙异域语境中的《淡水河心中》

一、万国之奴的土地

《淡水河心中》是陶晶孙从台湾逃到日本后用日文书撰写的一篇短篇小说，1951年登载于杂志《展望》7月号。小说以台湾淡水河畔发生的一起青年男女自杀事件为中心，描写屡次遭受异民族统治的台湾的悲剧。故事叙述者林智芙从大陆飞往台北，通往台北的空中入口是大屯山与观音山之间，俯瞰淡水河直指松山机场，从高空他第一次看到台湾的土地：

> 注意地看地上，荷兰人营造的欧洲童话般的古城上飘荡着英国国旗，那下边横竖躺着日本丢下的炮兵阵地的残迹，这些都象征着台湾人民在不断变换的主人手下一直做着万国之奴。①

淡水河畔的风景给林智芙带来一个"万国之奴"的感受。淡水河从17世纪以来就成为欧洲殖民者入侵的重要入口，荷兰、西班牙入侵者在河畔建筑了欧式的城楼；19世纪初英国也从淡水河进入台湾，在河畔开设了领事馆。1884年中法战争在基隆和淡水河爆发；日本统治后，这里又成为日本军的军营。1947年陶晶孙奉国民党之命前来接收台湾大学时也从淡水河上空进入台湾。《淡水河心中》以外来者必经之路、必入之门淡水河畔的描写开首，简短的几行文字点出台湾悲哀的历史。

二、十三号水门殉情案与所谓"心中"

《淡水河心中》描写来自大陆的假学士陈不凡和台湾女青年吴少贞在淡水河十三号水门一起悬崖自杀，但陈并非真心愿死，他帮吴写好遗书，装做一起殉情，在跳崖的一霎那他却没有往下跳，结果吴少贞一个人死

---

① 《淡水河心中》、《展望》，1951年7月号，第95页。引用文笔者译。

了,陈不凡悄然逃走。这个事件根据了当时发生在淡水河的一起殉情自杀事件——1950年1月13日台湾女子陈素卿殉情事件。台湾女青年陈素卿爱上了从大陆来台的青年张白帆,但因为遭到父母的反对,又因张白帆与另一位女子结婚,结果陈素卿在淡水河十三号水门上吊殉情。案件发生后社会上轰动一时,各家报刊登载了陈素卿给父母及张白帆的遗书,①因为是台湾人与外省人的恋爱事件,社会舆论倾向于美化宣传。《中央日报》有《殉情女化情灰》,报导张白帆及陈家为陈开吊,台湾大学校长傅斯年也在报上提议募捐为陈素卿立碑。但后来警方查出张白帆欺骗陈素卿,假装自杀,致使陈一人死亡。又发觉张白帆是个偷盗犯,伪造文凭,到处骗人。这起假装自杀案才被侦破,警方逮捕了张白帆,并判有期徒刑。这个案件因外省人与台湾人的纠葛和外省人的诈骗,给社会带来了很大的冲击,事件后出现了很多哀婉陈素卿的歌曲,如《河边春梦》;电影,如《少女殉情》等。实际上这个案件的背后有两个重要问题,一是台湾人与外省人的纠葛,二是国语的问题。这两个问题都明显地表现在陈素卿的遗书以及其他有关报导中。

陈素卿殉情事件发生时,陶晶孙在台湾大学工作,通过报刊他可以了解到案件的来龙去脉及社会的反应。《淡水河心中》里对这个事件的细节描写基本上与报刊的报导相吻合。在作品的题目上,他用了"心中"一词,日语"心中"的意思是男女一起殉情,但实际上陈不凡根本就无意殉情,因此"心中"一词在这个作品中就带上了一种扭曲的表现意义——爱情与欺瞒的悲剧。这个事件暗示着几个层面的问题。

第一个层面:反映男女青年之间微妙的关系,吴少贞出于对内地人的"引力",景慕学士陈不凡。但陈是个"狡猾的人",一直在欺骗吴,并另与来自大陆的女人结了婚。这里已表现了大陆人与台湾人的意识差异。

第二个层面:描写周围的大陆人与台湾人的不同反应。学院院长出于政治宣传的目的,立刻写了一篇颂扬吴少贞的文章并提议为她立纪念碑。街上也出现了许多讴歌女青年的小册子、歌曲。这些都是大陆人写

---

① 《中央日报》1950年1月14日登载《致父母遗书》《家庭阻挠难缔鸳情,悲愤自杀永保纯洁》以吊念陈素卿。

的。对此陶晶孙在作品写道:"但这些与台湾民众无关。"①后来陈不凡的欺骗真象被揭穿,院长和礼赞贞操的大陆人都翻然异样,院长推说自己受了骗,宣传的小册子、歌曲也都无踪无影了。给陈不凡制造假学士证书的一个大陆人从淡水河逃亡香港。作品中写道:"他是从重庆逃过来的,他与陈不凡不同,自有逃脱的手法。当警察严厉追捕之际他却悠然逃走。"②即,大陆人对这个事件始终出于政治意识,或是利用或是逃避,他们并没有真正想到台湾人民的感情和利益。另一方面,台湾人不相信大陆人,吴少贞的父母不相信来自大陆的人,要女儿和台湾人结婚。女儿死后他们用了日本式的火葬处理了女儿的后事。这里反映了台湾人与大陆人的隔膜、不调和。

第三个层面:这个事件连锁地隐含了两个历史事件,雾社事件与"二·二八"事件。雾社事件发生于1930年,当时台湾处在日本的殖民统治下,日本总督府提倡台湾女子与日本警察通婚,有不少台湾女青年与日本人结婚。但同时这个策略又给台湾女子带来很大的不幸,发生了多起拐骗、强奸事件,引起台湾民众的愤慨。1930年10月底以雾社为中心的台湾民众崛起,杀了当地的日本警察,暴动波及周围村落,杀日人136名。对此日方派遣大批军队镇压,至死者300余人。在镇压过程中日军使用了大量武器,甚至连毒瓦斯也使用了。这是日本镇压台湾最残酷的一次。"二·二八"事件则发生在国民党进入台湾后的1947年。日本战败后国民党接管台湾,国民党政府在政治、经济、行政方面实行独裁统治,加之物价膨胀,使台湾人民陷入困苦之中。1947年2月28日台湾民众发起暴动,袭击警察署、政府机关、宪兵队等。对此国民党军派遣大量部队镇压,杀伤大批台湾民众,并发布紧急戒严令。雾社事件与"二·二八"事件,一个关联了日本的殖民统治;另一个则针对了国民党的统治,但实质上同是台湾人民与异民族统对抗的事件。正如台湾学者陈芳明所说,"1947年暴发的"二·二八"事件,可以说是文化差异所造成的的悲剧,相当彻底地暴露了国民政府的殖民者性格。"③"二·二

---

① 《淡水河心中》,见杂志《展望》,1951年7月号,第97页。引用文笔者译。
② 同上,第99页。引用文笔者译。
③ 陈芳明,《后殖民台湾》,麦田出版社,2002年,第27页。

八"事件发生前后,陶晶孙已在台湾,对当时紧张的形势可谓亲身体验。陈素卿殉情事件从青年人恋爱的方面也反映了异民族间的隔阂。陶晶孙在《淡水河心中》有意将男女青年的殉情与上述两个事件连接起来,暗示存在于统治者与被统治者、不同民族之间的种种复杂的矛盾和情感。对于大学院长的政治手段,作者写道:

> 院长的脑袋是政治家的脑袋,不是教育家。台湾的女孩子为了中国内地人自杀了。在以前,日本人拐了生番的女孩子,以至生番暴乱;"二·二八"事件也发生了。民族怕民族,贞节是一回事,在这儿可要重政策了。
>
> 以前为这样的事情不知杀了多少头,警察、军队、机关枪、毒瓦斯实验都用上了。①

这里所说"生番暴乱"和"毒瓦斯实验",很明显在暗示雾社事件。陶晶孙的目的在于揭露统治者对台湾人民畏惧的心理。陈不凡欺骗台湾女子的事实暴露后,为什么那些礼赞贞节的大陆人都不敢作声了呢?作品中写道:

> 警察发表后第二天,街上泛滥的小册子、歌曲、乐曲、画报一律消失了。内地人在全无责任时,虽有潜在的恐怖,但还可以赞美一下这个少女的美丽的爱情。但一旦牵连到实际责任就作不下去了。那真是民众可怕了。②

事实真象暴露后,大陆人再不敢做声了,原因就是因为他们对台湾民众抱有"潜在的恐怖",这"潜在的恐怖"来自雾社事件与"二·二八"事件。台湾的新的统治者与以前的殖民统治者一样,从统治者的高位下视低位的被统治者,但尽管如此,统治者内心里总有对被统治者的惧怕,陶晶孙称这种惧怕的心理为"潜在的恐怖"。淡水河十三号水门的

---

① 《淡水河心中》,第97、99页。
② 同上,第98页。

殉情事件的第三个层面以关联发生在台湾的两个历史事件，揭示了异民族间的隔膜和统治者的内心真象。

三、殖民统治的悲剧

《淡水河心中》在描写大陆人与台湾人的隔膜心理外，还揭示了殖民主义在文化上给被殖民民族带来的悲剧。吴少贞自杀时怀里揣了一份用流利的汉语写给陈不凡的遗书，遗书上倾吐了自己对陈的纯真爱情。但林芙智的朋友——研究室教授却怀疑道：

> 那个遗书很有问题。毕业于只教日语的女子学校的她，战后无论怎么努力学汉语，也不可能写出那么好的遗书，而且表达的感情、想法也不对头。①

台湾在受日本殖民统治的 50 年间，在文化教育上也一直受着日本的牵制，学校一律使用日语，实行皇民教育。吴少贞也是在日本教育中长大的知识青年，在战后短短的时间内流利地使用汉语还不是一件容易的事。其实她的遗书是经过陈不凡修改过的，所以能达到通顺、动人的水平。

> 她以为陈真的是一个学士，就恋爱上了。又因为工作上在编辑一个小册子，每写一篇小文章就请陈修改，改好的文章受大家夸奖又很得意。她的恋爱出于对内地人的引力。②

对汉语、大陆人的向往使吴少贞爱上了陈不凡。这样的情况反映了战后台湾知识分子面临的"再动摇、再迷惑"③ 即语言和民族意识的转换。正像陈芳明指出的那样："殖民主义带来的伤害较诸帝国主义还严重，因为，强权者不仅在借来的空间进行直接的政治、经济支配，并且

---

① 《淡水河心中》，第 98 页。
② 同上。
③ 陈芳明《后殖民台湾》，第 27 页。

在文化上展开抽梁换柱的工作，终致使殖民地人民丧失其固有的历史记忆与文化传统。（中略）1945年国民政府来台湾接收时，强力把中华民族主义引进台湾，为了压制大和民族主义思潮在台湾的残余，官方正式在1946年宣布禁用日文政策，距离1937年日本军阀的禁用汉语政策，前后未及十年。时代改变，政府体制也发生改变，唯独定居于台湾的作家，却必须在最短期间内适应两种不同的语言工具，并且也必须同时适应语言背后所隐藏的两种敌对的民族主义。"① 公用语言的变更不仅使台湾的作家感到困惑，所有台湾的知识分子都不得不重新武装自己，经历一次苦涩的转折。陶晶孙的儿子陶易王在《父亲与台湾》一文中回忆陶晶孙在台湾大学讲课时，因为学生们不懂国语，只好用日语讲。还说："台湾人民长期在日本帝国主义的奴化政策的统治下，被禁止使用国语，强迫学习日文，致使许多人国语不会说，甚至连台湾话（福建、广东话）也讲不好。由于当时语言上的障碍，台湾人与大陆来的人不能充分沟通感情，产生了许多误会和纠纷。"② 从这一面看，吴少贞的恋爱与殉情也是殖民统治所造成的一个悲剧。它描写出台湾人民在殖民统治崩溃后经历的语言、民族感情上的彷徨和混乱。

四、《淡水河心中》日语书写的意义

《淡水河心中》描写的是中国大陆与台湾的故事，但却采用了日语文体，发表在日本的杂志上。或许因为这个缘故，这部作品至今在大陆还未见学术性的研究，在台湾和日本也很少研究。然而在今天文化交流全球化时代里文学研究已迈进跨民族、跨区域、跨语种的广泛领域，《淡水河心中》为我们提示着对历史的认识，异民族、异文化交流的重要问题，从学术的角度，以客观的态度来研究、评价这部作品已成为无需踌躇的问题。那么、我们应该怎样估价这部作品呢？

首先、我们应该考虑到这部作品的写作时代和环境。如前所述，1950年陶晶孙从台湾逃往日本，在台4年中他目睹了战后台湾的混乱，国民党政府的独裁统治和"二·二八"事件后的白色恐怖。台湾与大陆

---

① 《后殖民台湾》，第13、27页。
② 陶易王，《父亲与台湾》，见《陶晶孙百岁诞辰纪念集》，百家出版社，1998年，第17页。

处在两岸对峙,一触即发的险恶状态,面临着"台风从井里起,洪水从沙漠来"的危险。《淡水河心中》中的林芙智也感到了这个危险。他说:

> 看着那原始的桃园高地,就会感觉到从观音山旁边会有许多飞机云霞般地飞过来,淡水河的河水便会清澈起来。我们可不能再呆在这儿了,台风要来了。①

林芙智所感觉的飞机将来,台风将起的危机感正是陶晶孙在台湾亲身体验的政治危机。50年代东西两大阵营明显对立,陶晶孙不得不举家亡命日本。此后与中国大陆和台湾隔绝,有国难回。在这样的情况下,他即便用中文写作也很难在大陆或台湾发表。而日本虽仍处在战后处理的混乱状态中,但终竟已开始引进民主主义,言论、学术也比较自由。日本的知识分子、文学家们热心地容纳了陶晶孙,安排他在东京大学兼任冰心曾担任的中国文学的课程。因此当时他可以选择的路就是使用他最熟悉的语言——日语,在日本书写、发表。值得注意的是,对他来说,使用日语并不是被动的,相反日语赋予他以周边存在的身份,他可以在大陆或台湾的"中心"之外书写"中心",享受流亡者特有的身份和自由。我们从这样的角度看《淡水河心中》,从中可以看到作者的周边视角或多元视角的存在。主述者林芙智来自大陆,他以心理学者的态度观察台湾人的心理。

> 坐在研究室里,也没有时间限制,尽可以望着窗外的大王椰子树冥想。他想到台湾人的心理,他想,日本时代他们不愿意称自己为台湾人,反而喜欢称本岛人,现在他们还是不喜欢台湾人这个称呼,这很矛盾。本岛人的称呼不正是土人的态度吗!这与中国内地人说:"我是山东人,你是台湾人。"一样,那心理很费解。②

林芙智提示的问题至今在台湾仍然存在,"台湾人"、"本岛人"的称

---

① 《淡水河心中》,第97页。引用文笔者译。
② 同上,第96页。引用文笔者译。

呼有时很容易牵连到民族主义或两岸问题上，对台湾人来说，表示自己身份的称呼问题涉及到历史和现实中的复杂、微妙的民族问题。在这里，林芙智也没有提出任何结论。但从日本和大陆来看台湾本身表示了他的多元视角的观察。最后他通过吴少贞的自杀和陈不凡的欺骗，对民族问题得到一个结论：

> 芙智坐在研究室里，他没有钱，所以只能到圆公园去吃炖猪耳朵，听台湾的声音，又在爽快的空气流畅的研究室里冥想。他想：不论哪个民族都以为自己最伟大，这个道理很简单，但谁都不醒悟。"就这样一年又一年地消磨掉自己的青春。"①

林芙智找到的这个结论自然不能不说是多带了无奈的悲观，然而简而扼要地点出不同民族长期以来彼此争执、隔膜的根本原因。对于吴少贞的自杀事件，林芙智是同情的，但在对民族心理认识的层面上，他的视点涉及到更广的范围，包括台湾民族、中国汉民族和日本大和民族。"心中"一词，按日语的意思来理解就是男女情人的殉情，虽然悲哀，但终竟能表示情人们志同道合的意志。但《淡水河心中》却逸出了这个常识，描写了一个欺骗与被欺骗而不觉的悲剧。在这悲剧的背后隐藏着殖民统治的历史，还隐藏着独尊自大的民族主义的恶因，令人回味沉思。作品中关于民族心理的结论虽然很笼统，但也具有一定的普遍性，既指涉"他者"又包含了自己。日本文化评论家竹内好曾分析现代日本向亚洲扩张的民族心理时就指出其优等生的意识。②他的观点与陶晶孙的认识基本上是相同的。陶晶孙将这篇小说发表在日本的杂志上，是否意在让日本的读者也来思考他在作品中提示的问题？《淡水河心中》最后被编入陶晶孙的遗著《给日本的遗书》，真正成为他留给我们的遗书了。

陶晶孙在台湾4年的生活和亡命日本的体验，在他整个人生中可以说是他对殖民统治、异民族文化认识、民族独立等问题尝试了最痛切、

---

① 《淡水河心中》，第99页。
② 竹内好，《中国的近代与日本的近代》收《竹内好全集》，第4卷，筑摩书店，1948年，第150页。引用文笔者。

最深刻的思考的一段时期。迁徙和亡命扩大了他的视野，在异域语境中的创作使他掌握了对文化的双重透视的认识和表达这种认识的方法。他通过战后的台湾认识到殖民统治在文化上给殖民地人民带来的严重伤害，同时也认识到国民政府统治的本质。用日语书写的《日本见闻记》、《为了中日友好》、《落地秀才·日本》以及小说《淡水河心中》都反映了他对这些问题的思考，做为华人文学为我们提示着多方面的课题。《给日本的遗书》中还有不少从不同的角度描写人生，表示他对历史与文化审视的优秀作品，值得我们去认真研究和探讨。

第六章 20世纪90年代新朝鲜题材小说的出现

——夏辇生"韩流三部曲"

第一节 20世纪90年代朝鲜题材小说所提示的新课题

进入20世纪90年代,中国与朝鲜半岛之间的交流有了飞跃性的发展,1992年中韩两国正式建交,实现了南北朝鲜与中国的对等交流。中国80年代以来的改革开放政策为建交后的中韩交流全面打开了快车道的绿灯。两国学者的交流、经济贸易的交流、中韩企业的提携、旅游事业等,都呈现了快速、广大、火热的发展局面。90年代末又迎来"韩流"的隆兴,滚滚"韩流"席卷大陆。在这样的社会形势下,中国的知识分子、作家们开始对韩国文化、历史发生兴趣,透过目前中韩的多方面交流,把审视的目光转向两国之间尘封已久的历史,试图从中摸索到两国之间更深远的因缘脉搏。在文学创作上陆续出现一些韩国题材的作品,如:理由的《浪迹萍踪》、肖凤的《韩国之旅》、许道明的《木槿花的传说》、孔庆东的《独立韩秋》等一些散文作品。20世纪90年代末最令人醒目的是女作家夏辇生的韩人题材三部作品——《船月》、《虎步流亡》、《回归天堂》。

"韩人题材作品"这一概念的提起始于20世纪末,1996年,韩国外国语大学教授朴宰雨发表《中国现代韩人题材小说发展趋势考》、《中国现代小说里的韩人形象与其社会文化状况考》、《中国韩人题材小说试探》[①] 三

---

① 朴宰雨,《中国现代韩人题材小说发展趋势考》,见《外国文学研究》,第二辑,1996年、《中国现代小说里的韩人形象与其社会文化状况考》,见《中国学研究》,第11辑年、《中国韩人题材小说试探》,见《中国研究》,第18辑,1996年。

篇论文,将现代中国文学中以韩半岛为题材的作品分类为"韩人题材作品"。朴教授将20世纪以来的"韩人题材作品"细分为四个阶段。第一阶段是从日俄战争(1894年)到"三·一独立运动","五·四运动"前夜(1918年)。第二阶段是从"五·四运动"(1919年)到新中国建立之前。第三阶段是从建国到1988年中韩交流开始前夜。第四阶段是1988年中韩交流开始到现在。按朴教授的时代划分,夏辇生的韩人题材三部作品当属于第四阶段。

《船月》[①]是一部描写韩国独立运动领袖金九结缘中国船娘的历史小说;《虎步流亡》[②]是记述作者自己家族的特殊经历、作者与韩国人士的交流,交错记述抗战期间金九避难嘉兴的流亡生活的纪实文学;《回归天堂》[③]也是一部记实文学作品,记述上海"虹口公园炸案"的韩国义士尹奉吉的故事。与其他作家的作品不同的是夏辇生的韩人题材作品明显地以一个历史主题为贯穿线,将十年的实地调查的结果立体地穿插到作品中,每一部作品都是有机的、整体性的文学叙述。因为三部作品均以韩国民族英雄为描写对象,故又有"韩流三部曲"之称。

通观"五四"以来的朝鲜题材作品,单以韩国作为描写对象的作品可谓皆无,当然从"五四"到建国这一段时期,朝鲜半岛还未被南北分割,中国作家多以一个整体来看朝鲜半岛。建国以后特别是朝鲜战争以来,中国作家的视线一直集中在朝鲜。从政治方面来说,直到80年代为止,韩国一直都是一个被冷漠的对象,因此建国以后涉及朝鲜半岛的文学作品也就多限制在朝鲜。夏辇生的韩人题材作品是以中韩建交与中韩交流的热浪为背景的第一次对韩国的正面叙述,故夏辇生荣有中国文坛以韩国抗日复国斗争为题材进行长篇创作的第一人之称。目前夏辇生的韩人题材作品已引起国际文坛的关注,《船月》韩语版在韩国受到了众多读者的欢迎,评价她"填补了韩国文坛的空白",她还荣获了韩国政府奖,她的作品被收入美国哈佛大学、耶鲁大学、哥伦比亚大学以及英国剑桥大学图书馆,列入重点书目。

[①] 夏辇生,《船月》,人民文学出版社,1999年。
[②] 夏辇生,《虎步流亡》,人民文学出版社,1999年。
[③] 夏辇生,《回归天堂》,上海文汇出版社,2002年。

在 90 年代的市场经济大潮中，大陆文学已呈现出作品的商品化、一次性消费化的时代现象。在这样的浪潮中出现的夏辇生"韩流三曲"具有如何的文学意义和历史意义？作品中所反映的对韩认识是怎样的？叙述手法与以前的朝鲜题材作品有什么不同？在当今文化交流全球化的形势下，夏辇生的"韩流三部曲"中的史实叙述与"他者"形象描述具有怎样的现实意义？这些都是有待我们去认真讨论的问题。本章准备从历史的真实性与叙述的真实性的相关角度解读夏辇生的韩人题材三部作品，探讨以上所提的诸问题。这里所用"他者"之意并不涉及心理学的概念，仅用于文化交流全球化中的异域文化认识范围内。

第二节 《船月》的叙述空间与主题

《船月》包括的是 20 世纪 30 年代到 40 年代这一段历史。韩国独立运动领袖金九自 1919 年三·一独立运动时逃亡到中国，在上海参与了韩国临时政府的组建，并担任了警务局长的重要职务。1932 年 1 月他策划了由李奉昌执行的暗杀日本天皇的"东京炸案"。4 月又策划了由尹奉吉执行的上海"虹口公园炸案"，事后为了保护一般市民和侨民，金九发表了正式声明，声明事件是由他亲自策划的。于是日本军开始疯狂地搜捕金九，金九由上海转移到嘉兴避难。《船月》描写了金九在嘉兴避难的一段生活。《船月》以"引子"开首，接下来是 10 个章篇，结尾是"尾声"和"作者补述"，最后加上"后记"。每一章的开头引一段《漂在水上的日记》，以此作为一章的伏线和概括。《船月》的主题是什么？笔者认为这部作品的主题就是一个"缘"——金九与朱爱宝的"缘"、金九与中国人民的"缘"。

作者在"后记"中坦诚地道出了她的作品世界，她说："恐怕，正是因为这种没有退路的逼进，我以全身心的投入走进了历史，走进了故事，走进了那一个个活生生的因缘聚散的生活，走进了一个无限惨烈而又无限壮美的悲剧……"[①] 几行文字表明作者有意识地走入她所面对的历史的。

---

① 《船月》，第 553 页。

E·H·卡（Edward Hallett Carr）对历史小说作过精辟的论述，指出："历史，是在人们将时间的流动不是做为自然的过程——四季的循环或人的一生去看待，而是做为特种的事件——人们意识地卷入进去，或能够主体性地予以各种影响的事件的连锁来考虑时才开始的。"①夏辇生进入的是30年代中朝两国人民之间的那段活生生的"因缘聚散"的历史。"引子"中说："世界上有一个不识字的女人，把她生命中最珍贵的一段经历，写成了日记。"②这是女主人公朱爱宝用船橹写在水中的日记。《漂在水中的日记》是一个象征，意味着不被记录的历史，这样的历史不能用眼去看，而只能用心去读，用意识去摸索。作者在"作者补述"中对"引子"作了解答。"作者补述"中极简捷地概述了促使《船月》产生的人与事的机缘，作者说："由于特殊的因缘，我作为一名记者，自始至终参与了对这段尘封往事的寻踪。""偶尔有一天，我在三塔湾月光如银的水面上，读到了一个船娘漂在水上的日记，于是，就打捞起这么一个深埋在已逝岁月中的故事。"③"引子"、"作者补述""后记"点明了《船月》的世界与主题，就是描写朱爱宝与金九的因缘故事，及围绕他们的种种因缘聚散。而把这些因缘故事打捞起来的作者，又与这种种因缘有着"无法拒绝的缘分"。

有关朱爱宝与金九结情故事的史料来自金九的自传《白凡逸志》。④但我们翻开《白凡逸志》便可以发现那里对朱爱宝的记述是很零散、很简捷的。朱爱宝的名字在"下篇"中出现了5次，其中4次都是极平淡的记述，只有最后一处的叙述内容稍多，同时也夹杂了金九的一些感情。金九写道：

> 离开南京时，我把朱爱宝遣返回她老家嘉兴去了。深感后悔的是，那时只给了她一百元旅费。她只知道我是广东人，服待我将近五年的时间，我和她在不知不觉中产生了类似夫妇的感情。她照顾我实在功劳不小。当时，我认为一定会后会有期，所以除了车资外，

---

① 《历史是什么？》，笔者译 E·H·Carr，清水几太郎译，岩波新书，2005年，第200页。
② 《船月》，第1页。
③ 同上，第551页。
④ 金九，《白凡逸志》，梶村秀树译，平凡社，1975年。

没有给她足够的钱，真是遗憾之至。①

　　从这段记述中，我们能够知道的是朱爱宝与金九相处的时间，两人之间已产生近乎夫妇的感情。但朱爱宝是怎样的女人？他们的感情是怎样发展起来的？朱爱宝为金九作了些什么？这些疑问都不能从《白凡逸志》中得到解答。但尽管如次，《船月》的作者确实捉住了想象的线索。在《虎步流亡》中作者记述了她寻找朱爱宝的过程与结果。在嘉兴，与金九有过接触的人物，如褚辅成的后代陈国琛、孙永宝的儿子孙桂荣等，都是经过作者努力的探寻才被找到的。但朱爱宝的消息却仍然是不甚明了，只知道她早已去世。但作者这时已下决心要将这埋没在史实与史实之间的历史打捞起来。她说："朱爱宝手下那把大橹一下一下深划在我的心上。我希望有朝一日，我能用心去聆听历史的回声，把这个普通但却伟大的女性写在我的故事里。"②作者捉住的有关朱爱宝的线索是"类似夫妇的关系"与"船娘"。船娘、漂泊的船、船娘手中的橹、河水，再加上超越感情、俯瞰一切的月亮，这便构成了作者的想象空间。朱爱宝与金九的结缘故事是在作者的虚构中完成的，但这个虚构又正是作品呈现的"叙述的真实"。作者所完成的是将史实的真实与叙述的真实揉和在一起的困难的工作。《白凡逸志》中有关朱爱宝的记述可以说是一个史实，但因为记述得过少，我们无法了解实际上她与金九的生活；而且除了《白凡逸志》，再没有其他历史书记述朱爱宝这样一个太普通的女人了。从这一层来说，《白凡逸志》中有关朱爱宝的记述可谓一个"轶事"。金九笔下的几行文字，一方面确实点出了朱爱宝忍辱负重而无怨无悔的品格，使人难以忘怀。另一方面在他对朱爱宝的感激中也凸现了他做为一个普通的人的情感。用《亚历山大王传》作者谱鲁塔克的说法，这就是金九的"心灵的表现"。③《船月》的切入点就是这个"轶事"和"心灵的表现"。作者从这个切入点进入想象与虚构的世界，选择史料中的史实，配合上用十年的时间调查出来的史实、历史人物，发挥作者精练的笔力，

---

① 《白凡逸志》，第 286 页。笔者译。
② 《虎步流亡》，第 267 页。
③ 《亚历山大王传》，《PLUTARCH'S LIVES》所收，第 225 页："the signs of the soul"。

拓展了金九在嘉兴度过的那段避难生活，描绘出了朱爱宝与金九悲壮而美丽的结缘故事，使人感到它与史实一样真实。

朱爱宝的人物设定是嘉兴的一个船娘，朴实纯厚，不识字，但却很相信命运。第一章开首的《漂在水上的日记》中，朱爱宝告白了自己心里一直惦记着的一件事：小时候算命鸟为她叼出来的一张印有船与月的纸牌，算命小神仙说的"小姑娘有萍水相逢之命"那句话。"萍水相逢"就是一种缘分，预告朱爱宝将直面于一个甘苦交加，波澜悲壮的因缘聚散的命运。

朱爱宝与金九初逢是在1932年的初夏，这个时间设定很重要。这一年的4月29日，韩国义士尹奉吉按照金九的指示，在上海虹口公园趁日军举行"天长节"万人祝捷大会，向会场投了炸弹，当场炸死日军总司令白川大将。"上海虹口公园炸案"发生后，日军以60万大洋悬赏通缉捉拿金九。金九自传《白凡逸志》的下篇中，尹奉吉的"虹口公园炸案"和李奉昌的"东京炸案"是两次重要的抵抗日本殖民统治的行动，对这两个事件金九都作了详细的记述。"虹口公园炸案"后，金九紧急避难到嘉兴。在嘉兴偶然与朱爱宝相遇，在朱爱宝的掩护下见到了帮助他避难的褚辅成。可见作者的时间设定是为了将朱爱宝与金九的因缘故事安排在韩国志士勇敢抗日的背景之中的。

作者夏辇生为了重述朱爱宝与金九那一段生活，选择了一系列与他们有关的史实，首先将时间的开首设在1932年初夏，将尹奉吉的"虹口公园炸案"定为第一个史实，为作品布下了确实的历史背景。作品中主要描写朱爱宝与金九的结缘故事，但除了他们以外还立体地安排了诸多的人物、诸多的因缘。如：金九与褚辅成一家人的真挚的交往；金九与孙桂荣；金九与陈国琛；金九与黑胡子等，金九在嘉兴与许多普通的民众打过交道。朴实忠厚的嘉兴民众热情地接纳了他，有些人为了保护他甚至付出了自己的生命。又如哑巴子，他一直挚爱着朱爱宝，但一旦知道朱爱宝爱着金九，他便用生命来保护朱爱宝和金九，最后为了掩护金九，被日寇打死。作品的各个章节中都可以看到"缘"这个字，这个缘不只是指朱爱宝与金九的缘，有很多指金九与嘉兴民众的血浓于水的情分。这些因缘故事有的取自《白凡逸志》，有的选自作者的调查，有的来源于作者的想象。作者将他们立体地组合起来，构成一个整体的、活生生的历史空间,在这个历史空间中,朱爱宝与金九的结缘故事由浅入深,浸着众多人的生命,浸着中韩人民的血与泪、理想与绝望、欢乐与痛苦,以一个整体性的历史故事展现在读者的面前,这部作品的叙述的真实性就是这样建构起来的。

第三节　作者与韩国的深层因缘

《船月》与《虎步流亡》是关联极紧密的两部作品,写作时间在 1998 年末至 1999 年初,基本上是一气呵成的。长篇历史小说《船月》中的许多史实均根据《虎步流亡》中的实地调查的结果;《船月》描写金九与中国船娘的深厚而悲壮的情缘;《虎步流亡》则塑造出独立运动领袖金九的形象。

夏辇生对《虎步流亡》的叙述定位是:三通道时空交错。三个通道是:一,有关金九流亡中领导抗日复国斗争的历史故事;二,金九的儿子金信在半个世纪后来嘉兴寻访旧踪的纪实性事件;三,作者因"韩国缘"而在文革期间经历的家庭遭遇。即《虎步流亡》包容了三个历史层面,一个是金九流亡中国的那一段历史;一个是风云动乱的文革时代;一个是 90 年代中韩建交前后的时代。金九流亡中国的旧踪调查始于金信的来访,而金信的来访得以实现则因为时代的变化。建国以后很长一段时间,对中国人来说,韩国是一个在政治上被否认和回避的对象,很多中国人知道北朝鲜却不知道韩国。但进入 80 年代,大陆的改革开放促进了大陆与海外各国的交流,中韩之间开始了民间范围的经济交流。到了 90 年代,中韩两国正式建交,为两国的各项交流敞开了大门。这样的时代变化为金九旧踪的调查提供了可能性。

我们在《船月》的"作者补述"和"后记"中已大略知道对金九流亡中国的那一段历史的挖掘源于金九的儿子金信的多次寻访。读了《虎步流亡》,才了解到金信寻访的全部过程。夏辇生本来是《嘉兴日报》的记者,因为她的姐夫是韩国人,她受姐夫之托,接待并陪同金信寻访金九旧踪,通过十年的寻访,终于把金九流亡的史实从尘封已久的历史中挖掘出来。

有关金九流亡中国的历史的线索是很稀少的,只靠《白凡逸志》和金信的一些片断性的记忆,调查中困难是很大的。但夏辇生不折不挠,发挥她做为记者的敏感与坚韧,终于找到了《白凡逸志》中记述的有关金九在嘉兴避难的具体地点,如:梅湾街76号,陈桐生的家;褚辅成的宅院;海盐的载青别墅;还有韩国临时政府要员居住过的日晖桥17号石库门大院等。在人物方面的调查中,夏辇生找到了褚辅成的后代,陈国琛等,了解到有关褚辅成与金九的往事;发现了孙永宝的儿子孙桂荣,从孙桂荣的回忆中得知了金九从上海秘密运到嘉兴的一箱炸弹,和孙永宝一家为保护这箱炸弹尽力的一番周折。夏辇生的调查成果为证实和弥补金九流亡中国的历史作出了很大贡献,在20世纪中韩交流史中,《虎步流亡》所具有的史料性价值是不能否认的。

《船月》与《虎步流亡》虽然是不同形式的作品,但实际上是表里相衬的两部作品,《船月》以写朱爱宝与金九的结缘故事为主,描写出一个惨烈而壮美的悲剧。《虎步流亡》则以记述金九的避难生活为主,塑造了独立运动家金九的形象。其中很多地方记述了作者对各个历史事件的感触,因此,《虎步流亡》还可以说是《船月》的题材宝库,为我们理解作者的对韩认识、对韩感情,提供了重要的根据,也为我们探讨《船月》的描写与作者内心世界的关联提供了有意义的线索。

《船月》与《虎步流亡》有一个共同点,就是对"缘分"的强调。当我们读《船月》时,就感觉到历史上众多人物之间的因缘的分量;当读到"后记"时,第一句话就是:"写完这部书稿以后,我恍然顿悟:世界上许多因缘天定的事情,往往是无法拒绝的。"接下去便是一连串"缘分"迎面袭来,从"后记"中我们知道作者的姐夫是韩国人,他的父亲与金九有过关系;我们又知道后来她姐夫一家回韩国去了;我们还知道作者受了姐夫的委托,帮助金九的儿子金信调查当年金九在嘉兴的生活等等。作者把这些称为"不容拒绝的缘分"。然而,我们在"后记"里很难摸索到这些"不容拒绝的缘分"是怎样串联在一起的,在作者的内心世界发生了怎样的作用。我们要重新提问:作者的人生中到底发生了什么事件?她再三强调的缘分与她长达十年的调查,与"韩流三部曲"写作动机到底有什么内在的关系?

抱着这样的疑问,我们打开《虎步流亡》,在开首部分又是作者向

"缘分"提出的问话：

> 命运是什么？我常常会问。
> 问过了大半辈子，还是一个没有解开的谜。
> 我又问，什么叫缘分？似乎也没有谁能说得清楚。①

《船月》的缘分只限在作品人物之间，但《虎步流亡》中的缘分却是作者自己的问题了。作者问了半辈子的问题始于文革的动荡期。文革初期，她的姐夫突然以"朝鲜特务"的嫌疑，被逮捕。她的父母因此也受到牵连，被戴上"特务"的帽子，关进"牛棚"。她的父亲在"牛棚"里受尽毒打，致使他完全绝望，在一天夜里用斧头谋图自杀，经抢救虽然未至丧命，但已成了卧床不起的身体。当时夏辇生被通知去洗被鲜血染透了的被子和床单，年轻的作者受到了莫大的精神打击，作者说那是一个"血的冲击"。在《虎步流亡》中，作者回忆了父亲自杀前说过的话："唉，说不清楚了。什么都说不清楚了。"还沉痛地写道："确实，他说不清楚。那是个说你是什么就是什么的疯狂时代，他说不清楚他女婿是不是特务，也说不清楚自己是不是特务。确切地讲，他连说的权利都没有。"②文革结束时，作者的父亲和姐夫都被平反了，但她的父母已是身心创伤累累，无法医治。而且那以后很长一段时间，姐夫的"朝鲜特务"之谜依然留在他们的心里，难以解开。直到80年代中期，作者才知道姐夫的身世，但那时她的父亲已不在人世了。

《虎步流亡》的三个历史层次中，中间的一层是文革时代，就是作者经历的"血的冲击"的时代。在种种冲击中，她开始思考：姐夫是什么人？韩国是怎样的国家？中国和韩国究竟有过怎样的交往？对中国与韩国的缘分的提问，对自己与韩国的缘分的提问，对文革的反思，这些都促使她在90年代，以浑身的力量和热情投入于寻访金九旧踪的工作。我们可以说，促使她将90年代与金九流亡中国的30年代连接起来的原动力就来源于文革那段"血的冲击"的历史。她对金九的理解和感动也基于

---

① 《虎步流亡》，第1页。
② 同上，第79页。

文革期间的种种体验。所以，不理解她的遭遇和痛苦，也就不能理解她的"韩流三部曲"的创作动机。"历史的回音，是需要用心去聆听的"，这是夏辇生的信条。能用心听，就必须先用心去问。文革时期的体验使她开始用心向历史提出疑问，用心去听历史的回答，听金九的回答。可以说，她对历史的磕问就是对韩国这个"他者"的划界与认同的过程。

我们从《虎步流亡》了解到了作者的经历，才知道《船月》"后记"中她说的种种"不容拒绝的缘分"的意思。文革期间造成作者一家深受创伤的原因在于姐夫与韩国的关系。姐夫之所以在中国，是由于他父亲和叔叔跟随金九在中国从事独立运动。这本来是抗战时期中韩人民同命运共患难，值得记忆的历史。但第二次世界大战后国际阵营上呈现出东西冷战的状态，朝鲜战争后，朝鲜半岛被南北分割。半个多世纪以来，中国与韩国一直隔绝，中韩两国人民相濡以沫的历史被无情地封闭起来。在文革中，一提到"韩国"就会立刻唤起"间谍"、"里通外国"、"特务"等疑念。夏辇生在文革结束后仍然不能解开她的疑问。"'朝鲜特务'之谜，依然存留在我心底的疑惑中难以解开。"①这句话告诉我们，她一直在向这个事件提出质疑，向历史提出质疑。她的疑问经过十年的寻访调查，终于得到了解答。如 E·H·卡所说的那样，她"意识地卷入了历史，并主体性地为历史起了作用"。

在《虎步流亡》中，作者面对自己打捞起来的历史，意味深长地感慨道："在今天回忆这些往事时，许多人都已不在人世了。但是，每当打开这段尘封的历史，这些人却都活生生地'活'在眼前。一方面是一批前仆后继、以身许国的韩国仁人志士；另一方面是一些平凡善良和默默无闻的普通中国人民。他们偶尔相遇，相识，进而相互理解以至相濡以沫。这不能说，这跟我们的国土相依相接没有关系！就象在韩文中至今还有许多汉字一样，有着它必然的因缘和源头。"②因为夏辇生意识地卷入了历史，那些被人忘却的历史便活生生地在她眼前展现开来，历史中的种种因缘也都有机地串联在一起。因缘由人与人的范围扩展到国与国，文化与文化的范围。金九、李奉昌、尹奉吉都是不怕死的仁人志士；哑

---

① 《虎步流亡》引子。
② 同上，第275页。

巴子、孙桂荣、朱爱宝又都是平凡善良的中国人，他们能理解志士仁人的胸怀，愿意"好人帮好人"，甚至为了保护他们付出自己的生命。鹧鸪与红爪鸟、杜鹃花与无穷花，又是用了象征的手法表现国家之间、文化之间、民族之间的因缘关系。

第四节 从"他者"形象描述到跨民族的文化认同

一、船娘朱爱宝眼中的金九形象

《船月》中金九的形象是通过嘉兴人民的角度来描写的。其中最主要的就是船娘朱爱宝对金九的感情上的变化。开始金九以一个语言生硬的"广东人"、"黝黑而粗糙的麻脸"的客人出现在朱爱宝面前，这显然表明金九是一个与嘉兴人不同的"他者"存在，而朱爱宝对金九的感情上的变化又表示了对"他者"的理解、认同。

朱爱宝对金九的感情是在她掩护金九的艰难岁月中逐渐发展起来的。褚辅成儿媳难产时，金九作出的诚心诚意的帮助；在河中遇到大风浪时，金九对朱爱宝的关怀；在朱爱宝的船上日夜工作的金九；金九的那双明亮的眼睛……，这些都沁润着朱爱宝的心，一个坚强的抗日英雄，一个"心最好，最懂得爱别人而又最值得别人去爱的男人"——金九的形象逐渐充实了朱爱宝的心。

朱爱宝是不识字的女人，金九便教她识字。一次他把尹奉吉和李奉昌的名字教给朱爱宝，告诉她"别小看这么一个字，那可是一颗赤诚的心啊！""是一颗为国家，为民族，无私无畏彻底奉献的心！"[①]在金九的教导下，朱爱宝认识了"奉"这个字，理解了这个字的分量。而促使她在感情上接近金九的也是尹奉吉、李奉昌的英勇行动。《船月》第四章中有一段描写金九得知李奉昌在日本被枪决的消息时的悲痛情景。他悲痛涕下，为了吊念义士绝食了一天，并立刻疾书《屠倭实记》。对此朱爱宝受到了很大的震动：

---

① 《船月》，第208页。

今天的情景,着实把她吓坏了。长这么大,她还从来没有见过那么动容悲泣的男人。何况,是一条硬汉子!特别是,那泪闪着逼人的寒光,如此平静地淌在一张钢浇铁铸般坚挺的脸上。①

经过几次惊心动魄的事件,朱爱宝逐渐受到金九的感化,理解了李、尹二义士的赤诚之心,在她的心里,李、尹二人和金九都是好人,"好人帮好人,是天经地义的事。"②她在金九祭奠李奉昌的地方植上了一簇杜鹃花,又在金九的鞋底上纳出了一朵"红灿灿的杜鹃花"。这些都表明朱爱宝与金九已有了共同的感情。杜鹃花是一个象征,象征着朱爱宝对金九的爱情,也象征着爱国义士的赤诚的血与心。在这里,朱爱宝与金九初逢的时间设定的意图有了进一步的发展,朱爱宝开始接触到金九的心灵世界,对金九奉献之心的理解与感动坚固了她对金九的信赖。朱爱宝走近金九,嘉兴民众保护金九,这正是作者为《船月》设下的"他者"认同的构思,作者将这个构思用"缘"来具现出来。

第六章以后"缘"、"缘份"这样的字眼频繁出现。第七章中金九与朱爱宝围绕"缘"的一场对话就证明了这一点。他们谈到佛经中的缘字:

爱宝:"听我娘说,经里只有一个字。"

金九:"经里只有一个字?"

爱宝:"就是一个'缘'字!"

金九:"是啊,你娘说出了博大精深的佛理。"

爱宝:"这个字,人人都有,但不是人人都看得见。"

金九:"是这样,不是每个人都看得见。"

爱宝:"不!我看见了!你也看见了!"

金九怔怔地望着爱宝那双乌亮的眼睛,

爱宝:"我跟你有缘!"

金九搂紧了她颤抖的肩膀,眼中的泪水在急速地汇集,他无限

---

① 《船月》,第235页。

② 同上,第450页。

感慨地自语着:"缘啊……缘……国与国,乃缘;人与人,乃缘;心与心,乃缘……一切皆缘,而一切皆无缘!这,就是我金九至今还苦行在人间的缘故啊!"①

这段因缘叙述应发想于《白凡逸志》,金九年轻时代曾入佛门,在麻谷寺当过和尚,读了《真言经》、《千手经》、《般若圣经》等佛典。②对于缘分的理解,朱爱宝是直观的、朴素的。但金九却不然,他固然知道佛法中"缘"的真意,而且他早已被朱爱宝火热的心所打动,但他不能给朱爱宝一个正面的回答,这不仅是因为两人年龄的悬殊,更重要的是因为金九肩负着拯救祖国的重任,为了救国,他已经忍受了丧妻失子的痛苦,为此,他不忍再连累别的女人;在避难中他不仅要隐姓埋名,还要保护韩国的逃难同胞。所以他考虑的缘包括了被战乱断绝的"缘"、欲求不得的"缘"、人与人的缘、国与国的缘;缘也不只是善缘,还有恶缘;国与国的缘也不只是韩国与中国,在当时的国际局势中,可以说韩国与日本正是迫在眉睫的恶缘。他正直面于佛典所说的"一切皆缘,一切皆无缘"的现实。故金九考虑的缘在高度和深度上显然与朱爱宝不同。这里表现了金九做为一个人的心理,对于爱情的感激、踌躇、矛盾和苦恼。"一切皆缘,而一切皆无缘!"这是一个既简单又复杂的哲理,暗示了一切缘分聚散的必然性,也暗示了他们两人的爱的悲壮结局。朱爱宝在《漂在水上的日记》中写道:

> 他认了这份缘。
> 他嘴上不说,但我看得出来,他心里有我。
> 我发誓,要为他摇一辈子的船!
> 他笑了。可是,他含着眼泪,还摇着头。我勿晓得,这是什么意思。但只要他能笑,我就满足了。③

---

① 《船月》,第368页。
② 金九,《白凡逸志》,平凡社,1975年,第126~135页。
③ 《船月》,第396页

《船月》的作者让朱爱宝选择的就是这样的爱。在《虎步流亡》中，作者夏辇生倾吐了她对朱爱宝的感佩，她说："若不是金九先生在他的传记中写下了这些，恐怕已不会有人在时隔几十年之后再提到这个普通船娘的名字，朱爱宝——这个普通的嘉兴船娘，曾经以其淳朴忠厚的情怀，给了金九先生一个漂泊而又安全的'家'！……这个无怨无悔的女人，选择的是无须表达的奉献。"①我们从这一段叙述中，可以清楚地看到夏辇生在《船月》中让朱爱宝选择的爱正是"无须表达的奉献"，这样的奉献出自一颗赤诚的心，朱爱宝心中的金九从陌生的"他者"发展到值得奉献，值得爱的同缘人。朱爱宝的奉献与李奉昌、尹奉吉所作的奉献是同样可贵的，作者在李、尹的奉献的延长线上列入了朱爱宝的奉献，突出了中韩两国人民心心相连。

二、金九的愿望与悲哀

金九在《白凡逸志》的最后声明了他的愿望：

> 如果上帝问我的愿望是什么的话，我将毫不犹豫地回答：
> 我的愿望，是大韩的独立。
> 如果再问我下一个愿望是什么时，我的回答还是：
> 我国的独立。
> 即使第三次问我其他的愿望，我也大声回答：
> 我的愿望是我大韩的完全自主独立。……②

金九的愿望是大韩民族的独立，他所说的"完全自主独立"的真意最终在于朝鲜半岛脱离美苏两大强国的支配，以一个整体获得独立。这表示了他对祖国的赤诚至爱。但他的愿望并没有完全实现，他为了韩国的统一，为了使朝鲜半岛摆脱美国和苏联的控制，曾奔波于38度线南北，促成了南北协商会议和祖国统一民主主义战线的实现。但就在祖国统一民主主义战线结成的第二天，他被政治暴徒安斗熙暗杀了。而且他

---

① 《船月》，第249页。
② 《白凡逸志》，第319页

的愿望至今仍未得以实现。

金九的这一段以身许国、倾吐忠诚的话，在《船月》和《虎步流亡》中都能看到，但《船月》没有详细地描写金九被暗杀的事件，重点描写为他的死而悲痛的朱爱宝。《虎步流亡》中对金九被害却有较大篇幅的叙述。在作品结尾部分作者叙述了金九的死，并加上作者的感触。作者想象着金九的国民葬的情景，感慨万分地写道：

> 在一片悲恸的哀泣声中，金九先生按照他与李奉昌、尹奉吉的生前所约，朝着孝昌公园的墓地走去。唯一让义士们吃惊的是，这位无所畏惧的伟人脸上流满了泪水……
> 那泪水，是从他心底流淌而出的最深重的悲哀！为他终于没能实现的南北统一的大愿。也为他终因倒在同胞的枪下而无法去礼拜自己的母亲。不知见到母亲的时候，他会不会重复当年他在南湖时说话的口气，这么说："遗憾的是安斗熙也是韩人。倒不如是中了日本人的枪弹好！"脸上的表情，一定无限悲哀与遗憾！①

作者对金九的死所抱的感慨是大愿未果的悲哀和死于同胞之手的遗憾。作者把自己所感到的悲哀写进金九的心里，让金九与他母亲在九泉之下对话，共叙他们的遗憾与悲哀。作者这样写，不是没有根据的。《白凡逸志》中，有金九在1938年5月曾遭韩人李云汉暗杀的记述，枪弹直射到心脏附近，他却没有死掉。那时他母亲对他说："我知道上帝会保佑你的，邪不犯正嘛！让人遗憾的是李云汉也是韩人，倒不如是中了日本人的枪弹好！"②金九并没有清楚地说明她母亲的心情是否是悲哀的。但作者从金九母亲的话中敏感地体察到他们的心情。为了韩国的独立，不顾自己的生命，英勇奋斗的仁人志士竟会遭到这样的毒手，这不仅是金九和他母亲的遗憾与悲哀，还是大韩民族的遗憾与悲哀。实际上这正是作者从《白凡逸志》中发现的金九和他母亲的"心灵的表现"，作者把这个"心灵的表现"——遗憾与悲哀，写进了《虎步流亡》，也写进了《船

---

① 《虎步流亡》，第294~295页。
② 《白凡逸志》，北京民主与建设出版社，1994年，第290页。

月》。《船月》第十章"月亮碎了"中描写了李云汉暗杀金九的事件,让金九母亲道出了她的遗憾,同时这样写道:

> 他领会母亲说这话的悲哀情绪。
> 一个被日寇重金悬赏缉拿却未被伤着一根毫毛的韩国抗日领袖,竟然倒在自己同胞的枪下!这也正是他心底最深的悲哀。①

这里,遗憾与悲哀已表现出来。《船月》的结尾主要以写朱爱宝的悲哀,她与金九结缘的悲壮美丽的结局为目的,故没有从韩国和作者的方面描写金九的死。但作者对暗杀金九所触发的感怀在这里已以通过金九和他母亲表现出来,与《虎步流亡》中倾吐的情绪是一致的。

三、孙桂荣与金九

从《白凡逸志》中我们可以看到孙永宝这个名字。金九在《白凡逸志》写道:

> 出了嘉兴的南门,沿河岸走下去有一个叫严家滨的村子。陈桐生君在那里有一些房产,他与村里的农民孙永宝关系很好,所以我到那村子去时总是住在孙永宝家里。②

在《白凡逸志》中,孙永宝只出现在这段记述中。但在当时孙永宝与金九的交情很深。直到金九回国后他们还有过书信来往。③金九在孙永宝家避难时孙永宝的儿子孙桂荣年龄10岁上下,与金九朝夕相处。据夏辇生的调查,"上海虹口公园炸案"后,金九将剩余的炸弹秘密运到嘉兴,委托孙永宝隐藏。金九离开嘉兴后的1937年日军曾到孙永宝家搜查,当时孙永宝的母亲和儿子孙桂荣在家里,他们缄口不言隐藏炸弹的地方。日军大发残暴,竟把他们绑起来,浇上煤油,放火烧杀。孙永宝的母亲

---

① 《船月》,第518页。
② 《白凡逸志》,第229~230页。
③ 参照《虎步流亡》,第177页。

被活活烧死,孙桂荣被乡亲们救出来,死里逃生,但负了严重的火伤,腹部留下满肚皮的伤疤。日后孙桂荣落了一个绰号"花肚皮"。①这个事件发生在金九离开嘉兴之后,故《白凡逸志》中没有记载。夏辇生找到孙桂荣,日军烧杀孙家的事件才被揭晓。1997 年孙桂荣得与金九的儿子金信重逢,这之间整整相隔了 50 个年头。这个事实为中韩两国同命运共患难的历史增添了一个可歌可泣的史实。但是像孙永宝、孙桂荣这样太平凡的人,任何历书都不会记录他们。孙永宝在金九的《白凡逸志》中仅仅出现过一次,而他的母亲和儿子孙桂荣自然是默默无闻的。

夏辇生从孙桂荣的回忆中得知"上海虹口公园炸案"所用炸弹的下落、孙桂荣为什么又叫"花肚皮"的缘故、还有一些有关金九避难生活的细节,《虎步流亡》中详细记录了有关孙桂荣和金九的交往。夏辇生在写作《船月》时,将这个事实写进作品中。孙桂荣在《船月》第一章里登场,在从上海通往嘉兴的火车上他与金九相遇。金九为了躲避日军的追捕秘密逃亡嘉兴。中途突然遇到警察的检查,金九跳出车窗,紧紧贴在快速行驶的车厢外。

> 这回,小光头(孙桂荣)没敢再大意。见那帮坏蛋已吆喝着过到另一节车厢去了,便朝油纸伞和破窗间的空挡里贴过脸,往外张望——
> "啊!"他突然捂着失声惊叫的嘴,转过脸来,下意识地用他那光脑袋挡住了空挡,他看见的是,黑脸老伯(金九)手抠着窗边的横档,脚撑着门边的车把,壁虎似地攀在黑沉沉的车厢壁上。劈面而下的大雨,像无数条重鞭毫不留情地抽打着,抽得他睁不开眼睛。
> 小光头低头一找,黑色的宽沿礼帽掉在了小茶几下……他没有多想,闪电般猫腰捡起帽子,塞出窗外,扣到了老伯被雨淋得溜滑的脑袋上。②

一场惊险的逃脱剧展开在奔驰的列车上,孙桂荣以他的机智勇敢帮

---

① 参照《虎步流亡》,第 178~185 页。
② 《船月》,第 32 页。

助金九敏捷地逃脱了危险。孙桂荣从第一章登场，作者的目的在于要以一个少年作为金九逃亡的见证人，衬托金九既英勇又可亲的形象。在第七章中孙桂荣与金九重逢于嘉兴，孙桂荣竖着大拇指表扬金九说："你还是个大英雄！火车都敢跳！"①第十章中作者描写了日本军烧杀孙家的惨案。

> "嚓"——八字胡划着了火柴。
>
> 刹那间，火光像魔鬼般蹿起，在娘娘亲妈瘦削的胸前和孙桂荣的肚子上张牙舞爪……
>
> "娘娘亲妈——"桂荣的惨叫声，如马刀剖开了夜的胸膛。紧接着，在昏迷的沉寂里剩下的，便是皮肉被烧得吱吱作响的声音和那股刺鼻难闻的焦味……②

日本军烧杀孙家的惨案发生在嘉兴的一个小村子严家滨，平凡的中国农民为保护韩国革命家而遭遇了生命危险。这个不曾有人过问的历史事件活生生地再现在《船月》中。历史小说的任务不在于修复历史，而在于重话历史。这是作者夏辇生所持的历史小说的观念。她重视了金九与普通的中国民众的友情，"一方面是一批前仆后继、以身许国的韩国仁人志士；另一方面是一些平凡善良和默默无闻的普通中国人民。他们偶尔相遇，相识，进而相互理解以至相濡以沫。"③她将中韩两国人民相濡以沫的友谊视为"血浓于水"的缘分。《船月》的主题——金九与中国民众的缘分——以强烈的搏击性与真实性表现在孙桂荣与金九的这一段历史中。

四、尹奉吉的奉献精神

与金九的形象相晖映的还有两个人物，李奉昌、尹奉吉。"韩流三部曲"中，这两位民族英雄自始至终贯穿其中。作者夏辇生在书写《船月》

---

① 《船月》，第332页。
② 同上，第534页。
③ 《虎步流亡》，第279页。

《虎步流亡》时,还没有涉足韩国,叙述空间主要是嘉兴一带,《回归天堂》却与这两篇作品不同,它的叙述空间的一半是韩国。为了书写这部作品,夏辇生有机会到韩国采访,她走访了尹奉吉的家乡礼山,采访了许多韩国友人。关于尹奉吉的史料很有限,只有金九的《屠倭实记》和尹奉吉的诗集《鸣椎》、《玉唾》及几封家信遗言记述着尹奉吉23年的生命。正因为如此,韩国采访对夏辇生来说是一次体验韩国文化、了解韩国独立英雄尹奉吉的实地体验,对她的韩国认识起了很重要的作用。夏辇生将《回归天堂》的叙述形式定位为双向多层叙述架构。(韩流三部曲的叙述定位)双向,指中国作家与韩国义士的心灵对话。多层指三个层面,一是每一章前,作者用第一人称来叙述韩国采访的体验与感受;二是正文中作者以第三人称客观叙述故事情节与人物个性;三是正文中主人公以第一人称展现自己的内在情感。

尹奉吉是1932年4月29日在上海虹口公园向日本军举行的"淞沪战争胜利祝捷大会"会场投炸弹,炸死炸伤日军多人的韩国民族英雄。历史上称之为"虹口公园炸案"。同年12月19日,尹奉吉在日本就义。对于《回归天堂》的作者来说,尹奉吉固然是一个异民族人物,但他的一生到处都与中国有着关联。出生在礼山的尹奉吉,少年时代就开始学习汉文、儒学,青年时代从老师那里得到"梅轩"的雅号。作者夏辇生很重视尹奉吉的汉学教养,她通过尹奉吉的嘴吐露出韩国与中国文化上的密切关连:

> 我常常会想,汉文是不是像村口那棵枝繁叶茂的大树,因为它深扎于地底下的根须不断吸收着那种属于源头的营养,树枝上的叶子才会年复一年地舒展着它不尽的绿意?假如追根寻源的话,我们的韩文恐怕不像汉文那样根深蒂固,这种拼音文字只能是大树上那些靠叶脉去舒展绿意的叶片。①

这一段感受并不意味着尹奉吉盲目崇拜汉学,而是表示他对汉韩文化渊源的开眼。作者在尹奉吉的思想成长史上重视了韩国民族英雄安重

---

① 《回归天堂》,第27页。

根和金九对他的影响,在第四章里安排了安重根的故事。尹奉吉读了中国的古典,知道了孔子、孟子,但是他在思考"这些通明之理又能否救今日之韩国?"①这时他听到安重根在哈尔滨炸死伊藤博文的故事,他"猛然醒悟:在我追寻理想目标的人生旅途上,安重根就是指引我前行永不迷航的灯塔!"②安重根的故事拨亮了尹奉吉的眼睛,促使他立志要为韩国独立奉献自己的一切。"三·一独立运动"后,许多韩国独立运动家都流亡中国,在上海建立了大韩民国临时政府,金九任警务局长。尹奉吉只身出走,到上海后就在金九的安排下参加了"爱国团",准备具体的抗日行动。

作者夏辇生在《船月》和《虎步流亡》中对"虹口公园炸案"都作了描写,她对李奉昌、尹奉吉都非常重视,因为他们都是"爱国团"员,在金九的指挥下向日军作了不惜生命的反抗,而金九又为他们的英举发表声明,一身揽责,受到日军60大洋悬赏的通缉。"东京炸案"、"虹口公园炸案"都是在金九一手指挥下遂成的。所以作者对李、尹二人的英举非常重视。韩流三部曲中夏辇生强调了李奉昌、尹奉吉的共同点"奉"的意义。在《回归天堂》中她写道:

> 一个巧合,不能不让人感怀成就大业者人格力量之伟大——那就是在尹奉吉和李奉昌的名字里,都有一个"奉"字。其间,注有何等高尚的精神!一个连身家性命都可以奉献的人,还有什么奇迹不能创造出来?③

在正文中主人公以第一人称倾吐自己的生死观,他说:

> 我想,包括安重根、白贞基、李奉昌等所有为国舍身的人……与生俱来地肩负着以日本侵略者为天敌的使命。因此,活着的全部意义,就是在于完成这一使命!从这个意义上说,死,对于一个完

---

① 《回归天堂》,第52页。
② 同上,第60页。
③ 同上,第360页。

成了使命的人来说,就是一个最好的归宿。难怪,人们早有"视死如归"的说法。①

尹奉吉的"奉献"精神就来自他的这样的生死观。他以自己的生命"换取独立运动的一线生机"②所以在他就义的一刻,作者为他设下了将军峰崩爆的场面。将军峰是尹奉吉的家乡礼山岛中岛上的一座山峰,一直被尹家看做是坡平尹氏祖先文肃公尹将军的象征,这座山峰在尹奉吉被枪杀的那一刻突然崩爆了。

> 将军峰顶,如火山爆发,喷吐出一股浓烈的火焰。火焰,在盘旋中升腾,时如烈豹,时如巨蟒,最后变成一只全身透红的火鸟,站立于将军峰顶。几乎同时,在大亮的天光之中,苍天在东方睁开了一只巨大的天眼。火鸟低下头来,最后看了一眼大地,然后,抖开它巨大无比的翅膀,飞入天眼深处……③

这"全身透红的火鸟"象征着尹奉吉,如同 Phoenix 不死鸟,突破将军峰,回归天堂,获得永生。除了这样的象征性的描写外,夏辇生还引用了许多具体的文献来评价尹奉吉,首先是1932年"虹口公园炸案"后金九疾书的《屠倭实记》,金九这样写道:

> 吾韩华二同志其勿以日人之坚甲利兵为惧,东京、虹口两炸案既足破此扰忧,则以吾血肉以吾精诚奋勇直前,复何畏何惧哉?呜呼大势亟矣,使不幸中华而受制于日,则其所受之惨毒艰苦必十百于昔之满清,而其复兴之难亦必十百于辛亥之役,吾韩更有万劫不复之痛矣!故如吾韩计复韩国,必先救中华,为中华计复韩国亦以救中华。此鄙人所以喑口哀音,以望吾华韩两同志之共醒以期共命于战场也!④

---

① 《回归天堂》,第 326 页。
② 同上,第 357 页。
③ 同上,第 392 页。
④ 《船月》,第 238 页。

在此，金九以东京、虹口两炸案为例，揭示了列强不足畏，靠着不折不挠的奋斗，弱小民族一定能争得解放的可能性。他把李奉昌和尹奉吉的形象提高到不仅是韩国争取独立的英雄，而且还是唤起中国人民崛起，与韩国人民携手共同抵抗日本侵略的榜样的高度。金九把韩国和中国的命运联系在一起，把中国视为同志。他的这几行文字意在呼吁中国人民觉醒，中韩二同志合力"救中华"、"复韩国"。作者夏辇生引用这几行文字的用意也正在此，她对金九的共鸣在于她和金九一样，没有把李、尹二人的行为限制在一个国家一个民族的范围内，而是把他们扩展到中国，扩展到被侵略被殖民统治的弱小民族，即国际主义的范围去认识，去评价，关注中韩两国共同抗争的具体行动和具体交流。我们在围绕金九与李、尹二人的描述中可以清楚地看到作者对韩国独立运动者的认同与评价。《大陆杂志》赞扬尹奉吉的英勇从容道：

在人类向上意志的最高形式上，他是一位抱了亡国的惨痛而不愿终为亡国的惨痛所侵蚀的新英雄。[①]

《时代公报》将尹奉吉与爱尔兰新芬党、安重根相并比。赞扬道：

此次尹奉吉图炸白川等，为宗邦复仇，大义凛然。宁做救国鬼，不为亡国奴！[②]

天津《大公报》发表蒋介石的述怀："中国100万大军不可，惟一韩国青年尹奉吉遂成。"[③]《救国时报》在1936年刊登文章，将尹奉吉列为"沪战殉国烈士"[④]。夏辇生列举这些文章的目的在于要强调尹奉吉不仅是与安重根比肩的韩国义士，也是"中国人民心中的民族英雄"[⑤]。《回归天堂》中不论是想象空间的描述，还是纪实空间的叙述，都反映出作者

---

① 《回归天堂》，第365页。
② 同上，第371页。
③ 同上，第371页。
④ 同上，第396页。
⑤ 同上，第396页。

的创作意图——以"奉献"精神具现尹奉吉英雄形象,以中韩共同抗日的意义认同韩国青年的英举。

第五节 "韩流三部曲"中跨文化书写——算命鸟与天堂鸟

夏辇生的韩流三部曲是描写韩国人的作品,其中就必然会有涉及到韩国文化、风俗习惯等的书写,即一种跨文化的书写。我们可以通过作品中想象空间的描述和纪实空间的叙述来探讨跨文化书写这个问题。在想象空间的描述中一个书写聚焦点,就是对"鸟"的描述。这也是《船月》与《回归天堂》的一个共同的叙述特点,在每个作品中都起了很重要的作用。

《船月》第一章开首《漂在水中的日记》中就出现了一个算命鸟,又叫"尖嘴鸟"。这是一个算命先生的鸟,它为朱爱宝叼出了一张纸牌。这鸟被描写得很出奇:

> 小鸟转了转它的蓝眼珠子,对我笑笑。真的,不骗你,笑得很神秘。然后,从搁在一边的纸牌中衔出一张来递给我。[1]

算命鸟只在第一章里出现了一次,但在小姑娘爱宝的心里却留下了一生难忘的记忆。算命鸟所起的作用就是要为朱爱宝日后与金九相逢结缘设下伏线,蒙上一层神秘的纱幕。作者用了拟人的手法描写这个算命鸟,给它涂上神秘的色彩。这样的描写方法在迄今的韩人题材小说中很少见。但在从事了 20 多年儿童文学创作的夏辇生,却是一个得心应手的事情。夏辇生是喜欢写鸟的,我们翻开她的童话作品,比如《七个太阳》[2] 中那五彩六色的"太阳鸟",那是太阳的孩子,也是太阳的使者。还有七彩的长尾鸟。这些鸟都是作者想象出来的,他们有一个特征,那

---

[1] 《船月》,第 2 页。
[2] 夏辇生,《七个太阳》,浙江少年儿童出版社,1999 年。

就是他们都来自太阳,来自光明,为地球上的人们带来欢喜、幸福。还有儿童科学幻想小说《着火的蓝月亮》①中的"乖乖嘴",它是主人公——一个喜欢孵蛋的"怪博士"孵出来的助手"红嘴八哥"。它帮助"怪博士"作各种孵化实验,最后和"怪博士"一起飞到"梦的歌"城去。

《船月》中的算命鸟无疑是基于作者的童话式想象而产生的。《漂在水上的日记》是一个虚拟的叙述空间,算命先生、算命鸟、印有船与月的纸牌,这些都是构成这个空间的重要因素,衬托出朱爱宝的命运。因为夏辇生作品中的鸟多是从地球外的世界飞来的使者,算命鸟的出现也就为《漂在水上的日记》带来了美丽的意象、好奇的幻想、神秘的暗示。

用鸟、鸡等飞禽类算命是中国古代民间的一种占卜的方法,现在在大陆已很罕见了。但这种占卜方法仍存在于韩国,笔者2008年访问釜山时,在龙头山公园里就遇见了"算命鸟"。叼纸牌的方法与《船月》中的算命鸟一样。可见《船月》的作者用这个即细小而又重要的描述对象巧妙地将中国和韩国的民间习俗连接在一起了。

《船月》中,除了算命鸟外还有"鹧鸪",这"鹧鸪"很像韩国的"红爪鸟"。在第五章"脚印里开出的花朵"中,"红爪鸟"和鹧鸪连接了金九的回忆和朱爱宝的梦境。朱爱宝与金九有这样一段对话:

"我变成鸟,飞上山栗子树的时候,看见那些咧着嘴笑的栗子有黄的,蓝的,绿的,还有红的。对,有红的!"

"哈哈哈哈……"金九开怀大笑。

"你笑什么?"爱宝歪着脑袋问。

"我笑你现在又变成鸟了!"

"又变成鸟了?"爱宝被说胡涂了。

"没错。"金九站起身,走向窗边,"一只美丽的鹧鸪!"②

鹧鸪原本是地球上生存着的普通的鸟,但在《船月》中,作者把它

---

① 夏辇生,《着火的蓝月亮》,少年儿童出版社,1999年。
② 《船月》,第195页。

写进梦境——一种虚拟的叙述空间中,把朱爱宝与金九的心灵拉到一起。金九母亲的梦是在《白凡逸志》中有记载的,但朱爱宝的梦却是作者的想象。两个梦境的相关处就是鹧鸪与红栗子。朱爱宝的叙述完全用了一种童话式描写法,表现了她在她所爱的男人面前的纯真可爱。金九又因为爱宝的梦与自己母亲的梦相近,对爱宝产生了亲近怜爱的感情,把眼前的爱宝比做美丽的鹧鸪。在这里鸟与梦构成了一个被净化的封闭的空间,此刻,朱爱宝与金九忘掉了身边的危险,沉浸在两个心灵的纯洁的交流之中。

夏辇生的"鸟"所起的作用是连接这个世界与那个世界、现实与超现实,象征灵魂的自由飞跃。又如热爱朱爱宝的哑巴子为了保护朱爱宝和金九,被日寇打死,在临死前他笑了。

> 哑巴子的笑声,不是从嘴里发出来的,而是从眼睛里飞出来的,像无数只驮着阳光的鸟,她能听到它们欢快的鸣叫。①

这里的鸟有如童话小说《七个太阳》中的太阳鸟,是光明和欢乐的使者,它起的作用就是将哑巴子的死净化,提升到美丽的意境。这个连接这个世界与那个世界,表示灵魂的自由飞跃的"鸟"的象征性在《回归天堂》中表示的更明显更重要。它贯穿了整个作品,代表了这部作品的描写特征。第一章开首作者这样写道:

> 在初访韩国的日子里,总有阵阵鸟鸣,时隐时现地跟着我。声音不很清晰,但却真切入耳,扣击心弦……是喜鹊吧?——我感觉,那鸟是白色的,羽翼间闪射着来自天堂的光芒。这种光芒,柔和着阳光的激情和月光的冷静,灿亮而绚丽……②

这个像喜鹊但又不是喜鹊的"鸟"在《回归天堂》中出现了不下 20 次,随着故事情节的发展,这只"鸟"以"来自天堂的鸟"的形象逐渐

---

① 《船月》,第 386 页。
② 《回归天堂》,第 1 页。

清晰、宏大起来。小说第三章"曾经放飞一只小鸟"中写尹奉吉小时候在山里拾到一只受伤的小鸟,他把小鸟带回了家。一天晚上他做了一个梦,梦见那小鸟的伤养好了,要飞回天空去。

  小鸟低下头来寻找。
  哦,它看见了我,朝我微微一笑。我还是头一回见到鸟儿的笑容,在眼中,在嘴边,在每一片抖擞着精神的羽毛上。那笑容被阳光照射得异常神秘。
  我坚信那是一只来自天堂的鸟儿。在它自由飞翔的时候,我见到了它羽翼上五彩的霞光。①

这里对鸟的描写与《船月》开首的"算命鸟"很相近,都用了拟人的手法,而且与夏辇生的儿童文学的书写手法相同,起着一种超越、升华、神秘化的作用。"天堂鸟"象征了不受任何力量压迫拘束的自由的精神。

"喜鹊"在中国是吉祥鸟,在韩国也同样是吉祥的象征,韩语叫它"卡祺",据说早上如果听到"卡祺"的叫声,这一天就会有好运气。韩国还有一个关于新罗建国的神话,传说两千多年前一只船漂到韩国的庆州附近,船的周围有很多喜鹊飞翔鸣叫,海边的人们随着喜鹊的叫声发现了这只船,发现船上有一个柜子,打开看时,里边坐着一个容姿端正的男孩,这个男孩长大后就成了新罗的开国之王,叫脱解王。在《回归天堂》中也可以看到船与喜鹊的描写,第十五章中,尹奉吉乘船去上海,清早他看见一只鸟伫立在桅杆顶上。

  衬在如火的朝霞里,我看不清那是只什么鸟。
  只是感觉出那鸟是白色的,羽翼间闪射着来自天堂的光芒。这种光芒,柔和着阳光的激情和月光的冷静,灿亮而绚丽……②

---

① 《回归天堂》,第42~44页。
② 同上,第240页。

尹奉吉到上海是为了见金九，鸟出现在他的船上，就暗示着他的愿望即将实现。这只鸟与作品开首登场的鸟一样，像是喜鹊，但又不是。但在暗示吉兆的意义上，与喜鹊的含意一致。这只鸟在《回归天堂》中一直是尹奉吉向往、追求的目标。在他就义的时刻，他终于变成了那只鸟：

> 将军峰顶，如火山爆发，喷吐出一股浓烈的火焰。火焰，在盘旋中升腾，时如烈豹，时如巨蟒，最后变成一只全身透红的火鸟，站立于将军峰顶。几乎同时，在大亮的天光之中，苍天在东方睁开了一只巨大的天眼。火鸟低下头来，最后看了一眼大地，然后，抖开它巨大无比的翅膀，飞入天眼深处……①

尹奉吉以"火鸟"——不死鸟——的形象回归天堂。作品在结尾处描写了战后金九派人到日本寻回尹奉吉的遗骨，安葬在汉城孝昌公园，此时空中呈现出异样的光景：

> 一只又一只天堂鸟，从这飞溅的光芒中跳跃而出，在孝昌公园的上空久久盘旋！那鸟是白色的。羽翼间闪射着来自天堂的光芒！这种光芒，柔和着阳光的激情和月光的冷静，灿亮，纯净而绚丽！！②

结尾的这一段描写完全呼应了作品开首描写喜鹊与来自天堂的鸟的部分，在这里好像是喜鹊的那只鸟，分明地以"天堂鸟"的形象出现，鲜明地表示了作者对这部作品的构思，即以"天堂鸟"作为一条引线，贯穿作品，这条引线由不太明晰的"喜鹊"的意象发展到鲜明的"天堂鸟"的象征，将尹奉吉的故事引向高潮，将尹奉吉的形象逐渐提高，逐渐鲜明化。也许因为这个写作意图，《回归天堂》在韩国出版时被改名为《天堂鸟》。如此看来，"算命鸟"也好，"喜鹊"也好，都是跨越中国和韩国的，它们在两国的民间风俗和文化中有着相关联的因素，它们能呼

---

① 《回归天堂》，第392页。
② 同上，第397页。

唤起中国和韩国读者的共感。因此，我们可以说《船月》、《回归天堂》中鸟的意象是一种跨国家、跨文化式的书写。

第六节 "韩流三部曲"的当今意义

中国的韩人题材小说，从"五四"时期到现今，贯穿其中的对韩认识的主流，始终是对韩国被殖民地化的同情和对韩国独立的希望。各个不同时代又加进中国人的时代感。如：从"五四"到新中国成立，表现以朝鲜半岛为反面或正面的镜子，忧国忧民，从而激励民心，奋起反抗；在朝鲜战争时代，则表现为援助朝鲜，保卫祖国的国际主义精神。到20世纪末期，中国则通过了一个动荡的时代——文革时期，和转折的时代——改革开放时期，作家们的对韩认识也必然带上动荡和转折的色彩。另一方面，做为被认识的对象，朝鲜半岛南北分割的现实也为中国作家提出了新的、复杂的课题。

夏辇生正是在文革的动荡中度过了她的青年时代，她与她的家族经受的遭遇，在她的心灵中留下了难以泯没的伤痕。她对文革的反思、疑问，是付出了痛苦、流血、牺牲的代价的。但又正是这个文革的遭遇，使韩国做为一个"他者"出现在她的面前，给了她一个反顾历史的契机。在她那里，对韩国的认识跨越了大半个世纪，从文革时期的经历，接上90年代中韩建交，彼此来往的新时代，通过帮助金信寻访，才得到揭示30年代金九流亡中国的那一段历史的机缘。正像夏辇生在《虎步流亡》"后记"中说的那样："很多时候，书写便是将这些昨天的故事浸泡在今天的水中，显现出历史的花纹来，迎候着明天太阳的照耀。"[①]她的"韩流三部曲"正是将半个多世纪以前金九、李奉昌、尹奉吉的故事浸泡在今天的水中，浸泡在中韩两国人民的来往交流中，浸泡在作者的辛苦寻访和丰富的想象中，进而显示出来的历史的花纹。这个浸泡的过程正是作者接近韩国这个生疏的"他者"，由生疏到熟悉的过程。作者主体性地、意识地进入历史、摸索到了历史的脉搏。

---

① 《虎步流亡》，第296页。

夏辇生对韩认识的基点是金九、李奉昌"东京炸案"和尹奉吉"虹口公园炸案"。三部作品中都可以看到对这两个事件的描写,对李奉昌、尹奉吉的英雄形象的塑造,反映了作者对他们以身许国,为民族独立不怕牺牲的精神和行为的感动。作者的感动分散在作品中许多人物的言行上,从不同的角度表现出来。与"五四"时期的韩人题材作品相比,夏辇生的"韩流三部曲"明显地实现了一次大幅度的深化。其意义可归纳为以下几点:

第一,"五四"时期的作品虽已有对朝鲜半岛的负面或正面的认识,但着重强调的多是亡国的悲哀;小说的主人公也多以中国人为主,通过中国人的叙述描写朝鲜人的形象。相对而言,夏辇生的"韩流三部曲"则均以韩国人为直接的描写对象,注重韩国人民的反抗精神,全面强调韩国做为中国的正面镜子的意义。

第二,如果说"五四"时期的作品多以传闻、报刊为描写朝鲜半岛的题材来源,表现中国人的同情和自省。那么"韩流三部曲"的作者夏辇生则对这段历史作了直接的、全面的调查。她查阅了《白凡逸志》、《屠倭实记》等历史资料;与金九的儿子金信及许多韩国人士共同调查;亲访韩国,作了实地采访和调查。历经十年的调查,挖掘了至今未被知晓的史实,使作者掌握了充分的写作资料。"韩流三部曲"是基于这些丰富的资料写就的。以中韩两国人民共同抗日、生死与共的历史故事为题材,表现了两国人民志同道合,"血浓于水"的情谊。表现着中国人不再是韩国的敌人和旁观者,而是他们的同志。

第三,"韩流三部曲"以作者对历史的主体性迫近,突破了对韩认识的禁区,沟通了半个多世纪以来中国与韩国之间的隔绝,为我们揭开了长期以来被忘却和被扭曲的历史。作品中呈现出的对韩认识,在某种意义和程度上,澄清了长期以来中国对南韩的误解和疑惑,为我们展开了重新认识中韩关系的视野。

第四,在"他者"形象描述中始终贯穿了作者对韩国文化的关心、认同,为韩人题材小说拓展了新的视野。在叙述方面,作者以她所擅长的儿童文学的手法,扩大了历史小说的叙述空间,提示了新的叙述的可能性。

在20世纪与21世纪相接交的时刻,夏辇生以她的"韩流三部曲"

表现出对韩认识与对韩情感的深度,呈现了跨民族文化认同的幅度和深度。在当今韩流席卷亚洲之际、在跨文化交流的时代潮流中,夏辇生为我们掀起了另一股来自中国的韩流,填补了中韩两国被忘记的历史。

后　记

这本书汇集了我这几年来的研究，从上世纪90年代末算起，已有十几个春秋了。以"现当代文学中的异域描写"为主题，涉及中国、日本、韩国、中国台湾等地，陈列出一个文学现场的大体轮廓。最早着手的工作应算是第二章的鲁迅与夏目漱石研究。这曾是我博士论文的课题，在研究过程中曾接受东京大学平川祐弘教授、二松学舍大学佐古纯一郎教授和佐藤喜代子教授的指导，于1993年提交并出版。所收的内容译自1993年版《漱石と魯迅の比較文学研究》（新典社）。这里所收原初论文如下：

《漱石と魯迅の比較文学研究》，新典社，日本，東京，1993年。

《五四时期韩人小说中的叙事与对韩认识》。

"韓中言語文化研究"，第12辑，2007年6月。

《郭沫若'牧羊哀話'の創作背景とモチーフに関する考察》。

"清泉女子大学人文科学研究所紀要"，ⅩⅩ，1999年3月。

《郭沫若と朝鮮——'狼群中一隻白羊'を中心に——》。

"国士館大学文学部人文学会紀要"，33号，2000年12月。

《郭沫若の？鶏之帰去来？について》。

"国士館大学漢学会記要"，第5号，2003年4月。

《論郭沫若の'天狗'》，"国士舘大学人文学会紀要"，第36号，2003年12月。

《郭沫若日本流亡时期的抵抗文学》。

"韓中言語文化研究"，第9辑，2006年9月。

《台湾作家司馬桑敦の'芸妓小江'について》。

"国士館大学漢学会紀要"，第7号，2005年3月。

《司馬桑敦の韓国叙述——'高丽狼'と50年代——》。
"国士舘大学人文学会紀要",第36号,2010年3月。
《90年代中国の新しい韓人題材小説——歴史小説'船月'の意義——》。
"現代中国"82号,日本現代中国学会,2008年10月。

此书稿编撰了已有三年,天津外语大学比较文学研究所所长张晓希教授很支持我的工作,鼓励我将几年来的研究整理并在国内出版,本书便是受了张教授的鼓励和帮助才有机会与读者们见面,这对我来说是一件很高兴的事情。本书如能给读者和学者一些贡献,我将会感到非常荣幸。

2012年12月1日
写于东京